Bouquet d'épines

Du même auteur aux Éditions J'ai lu

Ma douce Audrina (1578)

FLEURS CAPTIVES :
Fleurs captives (1165), Pétales au vent (1237),
Bouquet d'épines (1350), Les racines du passé (1818),
Le jardin des ombres (2526)

LA SAGA DE HEAVEN :
Les enfants des collines (2727), L'ange de la nuit (2870),
Cœurs maudits (2971), Un visage du paradis (3119),
Le labyrinthe des songes (3234)

AURORE :
Aurore (3464), Les secrets de l'aube (3580),
L'enfant du crépuscule (3723), Les démons de la nuit (3772),
Avant l'aurore (3899)

LA FAMILLE LANDRY :
Ruby (4253), Perle (4332), D'or et de lumière (4542),
Tel un joyau caché (4627), D'or et de cendres (4808)

LES ORPHELINES :
Janet (5180), Crystal (5181), Brenda (5182),
Rebecca (5183), En fuite ! (5184)

LA FAMILLE LOGAN :
Melody (5516), Le chant du cœur (5616),
Symphonie inachevée (5772), Petite musique de nuit (5967),
Olivia (6053)

LA FAMILLE HUDSON :
Rain (6079), Au cœur de l'orage (6167),
L'œil du cylone (6286), Au-delà de l'arc-en-ciel (6371)

LES FLEURS SAUVAGES :
Misty (6466), Star (6524), Jade (6645), Cat (6716),
Au fond du jardin (6766)

LA FAMILLE DE BEERS :
Willow (6829), La forêt des maléfices (6922),
Les racines vénéneuses (7295), Au fond des bois (7374)

ÉTOILES FILANTES :
Cinnamon (7505), Ice (7585), Rose (6957),
Honey (7660), Pluie d'étoiles (7771)

LES AILES BRISÉES :
Les ailes brisées (7868), L'envol de minuit (7999)

LES JUMEAUX :
Céleste (8065), Le chat noir (8103),
L'enfant de la pénombre (8167)

VIRGINIA C. ANDREWS

FLEURS CAPTIVES - 3

Bouquet d'épines

Traduit de l'américain par Michel Deutsch

Pour Mary
Pour Joan

Titre original :
IF THERE BE THORNS

© Virginia C. Andrews, 1981

Pour la traduction française :
© Éditions J'ai lu, 1982

PROLOGUE

Quand les ombres s'allongeaient à la tombée du jour, je m'asseyais près d'un des marbres de Paul et je restais là, sans faire de bruit, sans bouger. De leur voix de silence, les statues, alors, me parlaient du passé, ce passé que je ne pourrais jamais oublier, et évoquaient en sourdine l'avenir auquel j'essayais de ne pas songer. Fantômes de feux follets voltigeant dans la clarté blême de la lune qui se levait, les regrets, jour après jour, me soufflaient que j'aurais pu et dû agir différemment. Mais je suis celle que j'ai toujours été, un être dominé par ses instincts. Je ne crois pas que je changerai.

J'ai découvert aujourd'hui un fil d'argent dans mes cheveux. Il m'a rappelé que je serais bientôt grand-mère et j'ai frissonné. Quelle grand-mère serai-je ? Quelle mère ai-je été ?

Dans la douceur du crépuscule, j'attends que Chris rentre, qu'il vienne me rejoindre pour que je puisse lire dans ses yeux bleus qui ne savent pas mentir que je ne me fane pas. Que je ne suis pas une fleur en papier mais une fleur bien réelle.

Il m'entoure les épaules de son bras et je pose ma tête contre sa poitrine. Nous savons tous deux que notre saga est presque arrivée à son terme et que Bart et Jory nous donneront le meilleur ou le pire de ce qui est encore à naître.

C'est maintenant leur histoire à eux, et ils la raconteront telle qu'ils l'ont vécue. À Jory et à Bart de prendre la parole.

PREMIÈRE PARTIE

JORY

Quand papa ne venait pas me chercher à l'école, je prenais le car de ramassage, un bus jaune qui me déposait à l'endroit isolé où je cachais tous les matins mon vélo dans un ravin avant de monter.

Je roulais sur la petite route étroite et sinueuse, sans une maison à perte de vue, et quand je passais devant la coquille vide du gigantesque manoir, je tournais invariablement la tête en me demandant qui y avait habité et pourquoi ses occupants l'avaient abandonné. Dès que je l'apercevais, je ralentissais automatiquement, sachant que j'étais presque arrivé.

Nous demeurions cinquante mètres plus bas au bord de cette route solitaire, plus tarabiscotée que le labyrinthe que la souris doit suivre pour se goinfrer de fromage. Nous vivions à Fairfax, dans le comté de Marin, à une trentaine de kilomètres de San Francisco. De l'autre côté des montagnes, il y avait une forêt de séquoias — et l'océan. C'était un endroit froid, lugubre parfois. Souvent, le paysage disparaissait des journées entières sous des nappes de brouillard qui bouillonnaient comme des vagues, et tout était alors glacé, effrayant. Il était spectral mais aussi romantique et mystérieux.

Si j'aimais beaucoup notre maison, j'avais cependant le souvenir flou et troublant d'un jardin plein de magnolias géants festonnés de guirlandes de mousse espagnole. Celui, aussi, d'un homme de haute taille dont les cheveux noirs grisonnaient et qui m'appelait son fils. Je me rappelais moins bien ses traits que le chaud sentiment de sécurité que m'apportait sa présence. Ce qu'il y a de plus triste quand on vieillit, c'est que personne n'est plus assez grand, plus assez fort pour vous prendre dans ses bras et vous serrer contre lui jusqu'à ce qu'on se sente à nouveau à l'abri.

Chris était le troisième mari de ma mère. Mon père était mort avant ma naissance. Il s'appelait Julian Marquet et il était célèbre dans les milieux de la danse. En revanche, presque personne ne connaissait ailleurs qu'à Clairmont, Caroline du Sud, le Dr Paul Scott Sheffield, que ma mère avait épousé en secondes noces. Ma grand-mère paternelle, Madame Marisha, vivait dans le même État, à Greenglenna.

Elle m'écrivait une lettre par semaine et nous allions la voir tous les étés. Elle semblait souhaiter presque aussi passionnément que moi que je devienne le danseur le plus illustre que le monde eût jamais connu. Je le voulais pour lui prouver, à elle et aux autres, que mon père n'avait pas vécu et n'était pas mort en vain.

Que l'on ne croie surtout pas que ma grand-mère était une banale vieille dame allant sur ses soixante-quatorze printemps. Elle avait été très célèbre autrefois et elle ne permettait à personne de l'oublier. Il y avait une règle imprescriptible : défense absolue de l'appeler grand-mère à portée d'oreille de tiers qui auraient pu deviner son âge. Un jour, elle m'avait laissé entendre qu'il ne serait pas d'un mauvais effet que je l'appelle *Mère* mais je n'avais pas approuvé cette suggestion puisque j'avais déjà une mère que j'aimais énormément. Alors, je l'appelais Madame Marisha ou Madame M., comme tout le monde.

L'hiver, nous attendions en bouillant d'impatience le voyage annuel d'été à Greenglenna et nous l'oubliions très vite une fois rentrés et bien calfeutrés dans la petite vallée où notre maison était nichée au milieu des séquoias. « À l'abri dans la vallée où le vent ne souffle pas », disait souvent ma mère. Trop souvent, d'ailleurs — comme si le mugissement du vent l'angoissait terriblement.

J'enfilai l'allée en demi-lune, rangeai ma bicyclette et entrai. Pas de Bart, pas de maman en vue. Allons bon ! Je me précipitai dans la cuisine où Emma préparait le dîner. C'était là qu'elle passait le plus clair de son temps, ce qui expliquait sa silhouette « aimablement enveloppée ». Elle avait une figure longue et austère quand elle ne souriait pas, ce qui, heureusement, était rare. Lorsqu'elle vous ordonnait de faire ci ou ça, grâce à son sourire, mettre la main à la pâte cessait d'être une corvée. Mon frère Bart, lui, se refusait obstinément à payer de sa personne et je soupçonnais Emma de l'avoir plus à l'œil que moi. Quand il versait du lait dans son bol, il le faisait couler à côté. Quand il portait un verre d'eau, il le laissait tomber. Il s'accrochait dans tout, il se cognait dans tout, il faisait basculer les tables et dégringoler les lampes. Si jamais un fil électrique traînait quelque part dans la maison, on pouvait être sûr qu'il se prendrait les pieds dedans et ramasserait un billet de parterre... et le batteur, le mixeur ou la radio volaient en morceaux.

— Où est Bart ? demandai-je à Emma en train d'éplucher les pommes de terre qui accompagneraient le rosbif qu'elle avait mis au four.

— J'aimerais bien qu'il reste à l'école aussi tard que toi, Jory, tu sais. Je déteste le voir traîner dans ma cuisine. Il faut que je m'interrompe et que je le surveille pour prévoir ce qu'il va faire tomber ou dans quoi il va se heurter. Encore une chance qu'il y ait ce mur sur lequel il adore se percher. À propos, qu'est-ce que vous fabriquez, tous les deux, en haut de ce mur ?

— Rien.

Je ne tenais pas à ce qu'Emma sache que, souvent, nous sautions par-dessus le mur en question pour jouer dans la grande maison vide d'à côté. Nous n'en avions pas le droit mais les parents ne sont pas censés tout voir et tout savoir. Je demandai à Emma où était maman. Elle me répondit qu'elle était rentrée de bonne heure parce qu'elle avait annulé ses leçons de danse de l'après-midi. Je le savais déjà.

— La moitié de ses élèves sont enrhumés, lui expliquai-je. Mais où est-elle maintenant ?

— Si je m'occupais des allées et venues de tout le monde, comment voudrais-tu que je puisse travailler, Jory? Elle m'a dit, il y a quelques minutes, qu'elle montait chercher de vieilles photos dans le grenier. Tiens! Tu devrais l'aider.

C'était une façon discrète de me faire comprendre qu'elle ne voulait pas m'avoir dans ses jambes. Je me dirigeai donc vers l'escalier du grenier, dissimulé au fond du grand placard à linge de l'entrée de derrière. J'étais au milieu de la salle de séjour quand j'entendis claquer la porte d'entrée. C'était papa. À ma grande surprise, il s'arrêta net dans le vestibule, l'air bizarrement songeur. Du coup, je n'osai pas me manifester, craignant de le déranger dans ses pensées, je m'immobilisai, indécis.

Enfin, il posa sa trousse. Pour aller dans sa chambre, il fallait qu'il passe devant le placard à linge dont la porte était légèrement entrebâillée. Il fit halte, écoutant comme moi la musique assourdie qui venait du grenier. Pourquoi ma mère était-elle là-haut? Était-elle encore en train de danser? Chaque fois que je lui demandais pourquoi elle dansait dans ce grenier plein de poussière où l'on étouffait, elle me répondait qu'elle y était « forcée ». « Mais n'en parle pas à ton père », m'avait-elle signifié à plusieurs reprises. Après mes questions, elle avait cessé d'y aller. Et voilà qu'aujourd'hui, elle recommençait.

Ce coup-là, j'allais monter. Comme ça, je saurais quelle explication elle donnerait à papa. Parce que, cette fois, il allait la prendre sur le fait!

Je le suivis sur la pointe des pieds tandis qu'il escaladait les marches hautes et raides. Il s'arrêta juste au-dessous de l'ampoule nue qui éclairait le grenier, les yeux rivés sur maman qui continuait de danser comme si elle ne l'avait pas vu entrer. Elle faisait semblant d'épousseter des choses avec son essuie-meubles. C'était Cendrillon qu'elle mimait, sûrement pas la princesse Aurore de *La Belle au bois dormant*, le disque que jouait le vieux phonographe.

Zut alors! Mon père ouvrait des yeux comme des soucoupes. Il avait l'air effrayé et je devinai que de voir maman danser comme ça dans le grenier, cela lui faisait de la peine. Comme c'était drôle! Je ne comprenais pas ce qu'il y avait entre eux. J'avais quatorze ans, Bart en avait neuf, et beaucoup d'eau coulerait encore sous les ponts avant que nous ne soyons des grandes personnes, lui et moi. Leur amour me paraissait très différent de l'amour que se portaient les parents de mes quelques rares amis. Il me donnait l'impression d'être plus intense, plus tumultueux, plus passionné. Quand ils se croyaient à l'abri des regards, ils se dévoraient littéralement des yeux et chaque fois qu'il leur arrivait de passer l'un à côté de l'autre, il fallait absolument qu'ils se frôlent, ça ne ratait pas.

Maintenant que j'étais un adolescent, je commençais à mieux observer les merveilleux modèles qu'ils étaient pour moi et je m'interrogeais souvent sur les différentes facettes que présentait le couple qu'ils formaient. Il y en avait une destinée aux étrangers, une pour Bart et moi, et, enfin, une troisième, plus fervente, à leur usage exclusif. (Comment auraient-ils pu deviner que leurs fils n'avaient pas toujours la discrétion de regarder ailleurs comme ils auraient dû le faire?)

Peut-être était-ce ainsi que se conduisaient tous les adultes, et particulièrement les parents.

Papa ne quittait pas des yeux maman, dont les rapides pirouettes soulevaient et faisaient se déployer ses blonds cheveux. Elle portait un maillot et des chaussons blancs. Comme en transe, elle frappait d'estoc et de taille les vieux meubles d'enfant mis au rancart maintenant que nous étions grands, Bart et moi, avec son chiffon qu'elle maniait à la manière d'un sabre. Par terre et sur les étagères traînait tout un fatras de joujoux démantibulés, de petites voitures hors d'usage, d'assiettes cassées, qu'elle avait empilées là dans l'intention d'en recoller un jour les morceaux. Les moulinets de son chiffon soulevaient des tourbillons de grains de poussière dorés qui jouaient dans la lumière et qui n'arrivaient pas à se poser : sans arrêt, le chiffon les obligeait à reprendre leur essor.

— Disparaissez! leur criait-elle comme une reine s'adressant à ses esclaves. Allez-vous-en, et que je ne vous revoie plus! Cessez de me tourmenter!

Et elle tournoyait, tournoyait si rapidement que, pris de vertige, je dus détourner les yeux. Elle balançait la tête, levait les jambes et ses fouettés étaient encore plus adroits que lorsqu'elle était sur scène. On eût dit qu'elle était possédée, ses virevoltes de plus en plus impétueuses collaient à la musique, son chiffon était promu au rang d'accessoire scénique et cette besogne ménagère revêtait un aspect tellement théâtral que je n'avais qu'une envie : me débarrasser de mes chaussures et la rejoindre, être son partenaire comme mon vrai père l'avait été dans le temps. Mais je ne pouvais que rester immobile, planté dans la pénombre aux reflets empourprés, à contempler un spectacle dont, je le sentais, je n'aurais pas dû être témoin.

Mon père déglutit avec difficulté. Comme elle était belle, ma maman! Comme elle paraissait jeune et douce! Elle avait trente-sept ans mais on ne lui aurait pas donné son âge. Et un mot méchant aurait suffi à la blesser comme ses élèves de seize ans.

La musique cessa avec un crissement désagréable quand papa souleva sans ménagement le bras du phono.

— Cathy! ARRÊTE! Qu'est-ce qui te prend?

À ces mots, simulant l'effroi, maman brassa l'air de ses bras déliés et si blancs, s'approcha à petits pas de bourrée et elle se mit à tourner autour de lui, à l'encercler de ses pirouettes. En même temps, elle le giflait avec son chiffon!

Il le lui arracha des mains et le lança au loin.

— Arrête! répéta-t-il d'une voix de stentor en l'empoignant par la taille et en l'immobilisant tandis qu'elle devenait écarlate.

Lorsqu'il relâcha son étreinte, les bras de maman palpitèrent comme des ailes brisées et elle porta ses mains à sa gorge. Ses yeux s'écarquillèrent et s'assombrirent. Ses lèvres pulpeuses commencèrent à trembler tandis que lentement, très lentement et avec la plus vive répugnance, elle tournait son regard dans la direction que papa désignait de son doigt tendu.

Je fis de même et quelle ne fut pas ma surprise de voir deux lits jumeaux dans la partie du grenier qui devait être bientôt aménagée. Papa avait promis à maman d'en faire une salle de jeux pour Bart et moi. Mais qu'est-ce que des lits jumeaux venaient fabriquer au milieu de ce capharnaüm ?

— Chris ? fit alors ma mère d'une voix altérée. Tu es là ? Tu ne rentres généralement pas d'aussi bonne heure...

Il l'avait prise sur le fait et je m'en félicitais. Il allait la raisonner, lui dire qu'il ne fallait pas danser dans ce grenier plein de poussière où l'air était trop sec — elle risquait de se trouver mal. Il était visible qu'elle éprouvait de la difficulté à inventer une excuse.

— Je sais bien que j'ai moi-même monté ces lits ici, Cathy, mais comment as-tu fait pour les installer ? s'exclama-t-il. Et les matelas ? Où les as-tu trouvés ? (Encore une fois, il tressaillit quand il avisa le panier de pique-nique posé entre les deux lits.) Cathy ! gronda-t-il en décochant à maman un regard flamboyant. Est-il donc fatal que l'histoire se répète ? Ne pouvons-nous donc pas tirer la leçon des erreurs des autres ? *Faut-il tout recommencer ?*

Tout recommencer ? De quoi parlait-il ?

— Catherine, poursuivit-il sur le même ton froid et dur, ne reste pas là à essayer de prendre l'air innocent comme une gamine surprise en train de chaparder. Pourquoi ces lits sont-ils faits, prêts à servir, avec des draps propres et des couvertures neuves ? Et ce panier de pique-nique ? N'avons-nous pas vu assez longtemps ce genre d'accessoires pour en être écœurés jusqu'à la fin de nos jours ?

Moi, je pensais que si elle avait fait les lits, c'était simplement pour que nous puissions avoir un endroit où nous reposer après avoir dansé ensemble, comme cela nous arrivait parfois. Et un panier de pique-nique n'était, après tout, qu'un panier comme un autre.

Je m'approchai d'un montant de soutènement derrière lequel je me glissai. Il y avait quelque chose entre eux. Quelque chose de triste et de douloureux. Comme une plaie ouverte qui ne se referme pas. Ma mère avait l'air honteux et paraissait soudain embarrassée. L'homme que j'appelais papa semblait frappé d'hébétude. Il était évident qu'il avait envie de la prendre dans ses bras et de lui pardonner.

— Cathy, Cathy, ne sois pas comme *elle !* l'implora-t-il, de l'angoisse dans la voix.

Maman redressa la tête et, bombant le torse, le toisa avec hauteur. D'un mouvement vif elle repoussa les longs cheveux qui masquaient son visage et lui adressa un sourire charmeur. Était-ce uniquement pour qu'il cesse de poser des questions auxquelles elle ne voulait pas répondre ?

Il faisait étrangement froid dans ce grenier sombre qui sentait le renfermé. Un frisson glacé me parcourut l'échine. J'avais envie de me sauver pour aller me cacher. Et j'avais aussi honte d'être là à les épier. C'était bon pour Bart, ça, pas pour moi. Mais comment filer sans attirer leur attention ? J'étais forcé de rester, invisible.

— Regarde-moi, Cathy, reprit papa. Tu n'es plus une douce et tendre ingénue, et ce n'est pas un jeu. Ces lits n'ont aucune raison d'être là. Et ce panier ne fait qu'aviver mes appréhensions. *Veux-tu me dire ce que tu es en train de mijoter ?* (Maman fit mine de vouloir le serrer dans ses bras mais il la repoussa.) Ce n'est pas le moment de te livrer à des manœuvres de séduction. Je suis atterré. Je me demande tous les jours en rentrant comment il m'est possible de ne pas en avoir assez, d'éprouver encore pour toi les mêmes sentiments après tant d'années, après tout ce qui s'est passé. Et pourtant, je t'aime toujours, j'ai toujours autant besoin de toi, autant confiance en toi. Ne tue pas mon amour, n'en fais pas quelque chose d'horrible.

L'expression de maman se figea de stupéfaction. Et la mienne aussi, j'en suis sûr. Ne l'aimait-il pas vraiment ? Était-ce cela qu'il voulait dire ? Elle tourna à nouveau la tête vers les deux lits comme si elle n'en revenait pas de les voir là et s'exclama d'une voix étranglée :

— Aide-moi, Chris ! (Elle fit un pas vers lui, ouvrant encore les bras, mais il recula en secouant la tête.) Je t'en supplie, l'implora-t-elle alors, ne me rejette pas, ne fais pas celui qui ne comprend pas. Je ne me rappelle pas avoir acheté le panier, c'est la pure vérité. J'ai rêvé l'autre nuit que je montais dans le grenier et que j'installais les lits mais, tout à l'heure, lorsque je suis venue et que je les ai vus, j'ai pensé que c'était toi qui l'avais fait.

— Cathy ! Ce n'est pas moi !
— Ne reste pas dans l'ombre. Je ne te vois pas.

Ses mains blanches voletèrent et l'on aurait dit qu'elle chassait d'invisibles toiles d'araignées, puis elle les considéra comme si elles l'avaient trahie — à moins qu'elle ne vît réellement des fils d'araignées collés à ses doigts.

Comme papa, je regardai autour de moi. Le grenier n'avait jamais été aussi propre. Le plancher avait été brossé, les cartons remplis de vieilleries étaient empilés en bon ordre. Elle avait accroché aux murs de jolies gravures représentant des fleurs pour que ce soit plus gai.

Maintenant, papa la contemplait comme si elle était devenue folle. À quoi pensait-il ? Pourquoi ne pouvait-il pas diagnostiquer ce qui ne tournait pas rond chez elle, lui qui était le meilleur docteur du monde ? Se demandait-il si c'était un simulacre ou le regard terrifié de maman, son air hagard lui suggéraient-ils qu'elle ne jouait pas la comédie ? Sans doute, car ce fut avec douceur qu'il lui dit :

— Tu n'as pas à avoir peur, Cathy. Non, tu ne nages plus dans une mer de mensonges, tu n'es pas aspirée par une lame de fond. Tu n'es pas en train de perdre pied, tu ne te noies pas. Et tu ne vis pas un cauchemar. À quoi bon essayer de te raccrocher à des fétus de paille alors que je suis là ? (Il lui tendit les bras et elle s'agrippa à lui comme pour ne pas couler.) Tout va bien, ma chérie, murmura-t-il en lui tapotant le dos.

D'une caresse, il essuya les larmes qui coulaient sur les joues de maman puis, d'un geste d'une infinie tendresse, il lui releva le menton et ses lèvres allèrent lentement à la rencontre de celles de maman. Ce fut un baiser interminable ; j'en avais le souffle coupé.

— La grand-mère est morte, Cathy. Et, de Foxworth Hall, il ne reste plus que des cendres.

Foxworth Hall ? Qu'est-ce que c'était que ça ?

— Non, Chris, ce n'est pas vrai. Il y a un instant, je l'ai entendue monter l'escalier. Et tu sais qu'elle ne supporte pas les lieux exigus et confinés. Comment pouvait-elle monter l'escalier ?

— Dormais-tu quand tu l'as entendue ?

Je frissonnai. De quoi diable parlaient-ils ? Qu'est-ce que c'était que cette grand-mère ?

— Oui, répondit-elle dans un souffle, ses lèvres contre le visage de papa. Je me suis endormie dans le patio après avoir pris mon bain et je crois que j'ai fait des cauchemars. Je ne me souviens même pas d'être montée. Je ne sais ni pourquoi je viens là ni pourquoi je danse. Ou alors c'est que je suis en train de perdre la raison. Il y a des moments où j'ai l'impression d'être *elle* — et je me déteste !

— Non, tu n'es pas elle. Maman est à des milliers de kilomètres et, là où elle est, elle ne pourra jamais plus nous faire du mal. C'est loin, la Virginie, et le passé est mort. Lorsque les doutes t'envahissent, pose-toi cette question : puisque nous avons survécu au pire, n'est-il pas raisonnable de croire que nous sommes capables de vivre le meilleur ?

Je voulais me sauver. Je voulais rester. Moi aussi, il

me semblait que je me noyais dans leur mer de mensonges, même si je ne comprenais rien à ce qu'ils racontaient. Mes parents étaient soudain devenus deux étrangers, des gens que je ne connaissais pas — plus jeunes, moins forts, fragiles.

— Embrasse-moi, murmura maman. Réveille-moi, chasse les vieux fantômes. Dis-moi que tu m'aimes, que tu m'aimeras toujours, quoi que je puisse faire.

Il l'embrassa, il lui dit avec une brûlante ferveur qu'il l'aimait. Alors, elle voulut qu'il danse avec elle. Elle remit le phono en marche et la musique s'éleva à nouveau.

Me faisant tout petit dans mon coin, j'observais papa s'essayer à exécuter des pas compliqués qui, pour moi, n'auraient pas posé de problème. Il n'avait ni assez de savoir-faire ni assez d'agilité pour être le partenaire d'une ballerine aussi remarquable que maman, à tel point que j'étais gêné de le voir ainsi suer sang et eau. Elle ne tarda pas à mettre un autre disque — un air qui lui permettrait de le guider.

Dancing in the dark,
'Till the tune ends, we're dancing in the dark[1]...

Maintenant, papa évoluait avec assurance, il serrait maman contre lui et leurs joues se touchaient.

— Les fleurs en papier qui se balançaient derrière nous me manquent, chuchota maman.

— En bas, les jumeaux regardaient en silence la petite télé noir et blanc dans le coin de la chambre. (Papa avait fermé les yeux et sa voix était rêveuse.) Tu n'avais que quatorze ans et j'avais déjà honte de t'aimer autant.

Honte ? Pourquoi ?

Il ne la connaissait même pas quand elle avait quatorze ans! Le front plissé, je m'efforçai de me rappeler quand et où ils s'étaient rencontrés pour la première fois. Maman et sa petite sœur, Carrie, s'étaient sauvées

---

1. *Dansons dans le noir. Nous danserons dans le noir jusqu'à la fin du morceau.*

après que leurs parents eurent trouvé la mort dans un accident d'auto. Elles étaient montées dans un car à destination du Sud et une brave négresse du nom de Henny les avait conduites chez son patron, un certain Dr Paul Sheffield, et cet homme généreux les avait recueillies. Maman s'était remise à la danse et c'était à son cours qu'elle avait fait la connaissance de Julian Marquet qui devait devenir mon père. J'étais né peu après sa mort. Maman s'était alors remariée avec Papa Paul. Et Papa Paul était le père de Bart. Elle n'avait connu que bien plus tard Chris, le frère cadet de Papa Paul. Comment aurait-il donc pu en être amoureux quand elle avait quatorze ans ? Nous avaient-ils dit des blagues ? Je ne savais plus où j'en étais.

Le disque était fini et ils recommençaient à se disputer.

— À présent, ça va mieux, tu es de nouveau toi-même, fit papa. Je veux que tu me promettes solennellement que si quelque chose devait m'arriver, demain ou dans des années, tu ne cacheras jamais Bart et Jory dans le grenier pour qu'ils ne t'empêchent pas de te remarier.

Sidéré, je vis maman lever brusquement la tête avant de bredouiller :

— C'est donc ça l'idée que tu te fais de moi ? *Que je suis tellement semblable à elle ?* Tu n'as pas le droit de penser une chose pareille ! J'ai peut-être installé les lits. J'ai peut-être monté le panier de pique-nique. Mais jamais je n'ai songé un seul instant à... à... Tu sais bien que je ne ferais pas ça, Chris !

Faire quoi ?

Il l'obligea quand même à jurer, lui arrachant littéralement les mots de la bouche. Pendant tout ce temps, elle ne le quitta pas des yeux et je lisais la colère dans son regard.

J'étais couvert de sueur, j'avais mal, j'étais furieux et terriblement déçu par papa. Qu'est-ce qui lui prenait ? Maman ne ferait jamais quelque chose d'aussi saugrenu. C'était impossible ! Elle m'aimait. Elle aimait également Bart, même s'il lui arrivait parfois de le regarder d'un air chagrin; jamais, au grand jamais, elle ne nous enfermerait dans le grenier !

Papa alla prendre le panier, puis il ouvrit le store et le jeta par la fenêtre, après quoi il fit face à maman.

— Peut-être perpétuons-nous les fautes de nos parents en menant une vie commune comme nous le faisons et peut-être que Jory et Bart auront à le payer un jour. Alors, ce soir, quand nous serons couchés, ne viens pas me reparler d'adopter un autre enfant. Je trouve que deux, c'est amplement suffisant comme gâchis ! Inutile de faire le malheur d'un troisième. Est-ce que tu te rends compte, Cathy, qu'en installant ces lits, tu faisais inconsciemment des préparatifs pour le cas où notre secret serait révélé au grand jour ?

— Non, protesta maman en écartant les bras dans un geste d'impuissance. Je ne pourrais jamais faire ça...

— J'y compte bien, l'interrompit-il rageusement. Quoi qu'il arrive, nous ne — *tu* ne séquestreras pas tes gosses dans ce grenier afin de sauver la face.

— Je te déteste de pouvoir penser que j'en serais capable !

— J'essaie d'être patient. De te croire. Je sais que tu as toujours des cauchemars, que tout ce que nous avons souffert quand nous étions jeunes et innocents continue encore à te torturer. Mais tu es maintenant assez adulte pour regarder la vérité en face. N'as-tu pas encore compris que ce qui se passe dans le subconscient ouvre souvent la voie à la réalité ?

Il la prit dans ses bras pour la consoler en l'embrassant. Mais pourquoi s'accrochait-elle à lui avec toutes les apparences du désespoir ?

— Cathy, mon cœur, reprit-il sur un ton radouci, il faut que tu fasses une croix sur les terreurs qu'une grand-mère cruelle a semées en toi. Elle voulait que nous croyions à l'enfer et à ses tourments éternels. Mais le seul enfer qui existe est celui que nous nous fabriquons nous-mêmes. Et le seul paradis est celui que nous nous inventons. Ne détruis pas ma confiance et mon amour avec tes actes « inconscients ». Il n'est pas, pour moi, de vie sans toi.

— Alors, cet été, ne va pas voir *ta* mère.

Il leva la tête, les yeux perdus dans le vide. Il y avait de la souffrance dans son regard. Sans bruit, je m'assis par terre. Que se passait-il ? Pourquoi avais-je subitement si peur ?

BART

— « Et le septième jour, Dieu se reposa », récita Jory après avoir tapoté et aplani la terre sur les graines de pensées qu'il avait semées en l'honneur de l'anniversaire de tante Carrie et d'oncle Cory.

Je les ai jamais vus ni l'un ni l'autre. Ça faisait un sacré bout de temps qu'ils étaient morts, tous les deux. J'étais pas encore né, même. On faisait pas de vieux os dans la famille. (Pourquoi qu'ils aimaient tant que ça les pensées ? C'est des fleurs idiotes, des petites fleurs de rien du tout, on dirait des crêpes.) Je voudrais bien que ce soit pas aussi important pour maman de fêter les anniversaires des morts, moi.

— Tu sais la suite ? me demanda Jory, comme si, à neuf ans, on était complètement bouché et que lui, c'était une grande personne. Au commencement, quand Dieu les a créés, Adam et Ève habitaient dans le jardin d'Éden et ils n'avaient pas de vêtements. Et puis, un beau jour, un vilain serpent qui parlait leur a expliqué que c'était un péché de se balader tout nu. Alors, Adam s'est mis une feuille de figuier.

Ben mince ! Des gens qui se promenaient à poil sans savoir que c'était mal !

— Et Ève, qu'est-ce qu'elle a mis ? lui demandai-je en regardant à gauche et à droite dans l'espoir que je verrais une feuille de figuier.

Jory continua de lire d'une voix chantonnante qui

me ramenait dans les vieux temps où Dieu ne quittait personne des yeux, même les gens tout nus qui causaient avec les serpents. Il disait qu'il pouvait mettre les histoires de la Bible en musique « mentale ». Moi, ça me fichait en colère et ça me flanquait la frousse qu'il danse sur une musique « mentale » que je n'entendais pas ! Je me sentais stupide, invisible, pire que si j'étais dingue.

— Où c'est qu'on peut trouver des feuilles de figuier, Jory ?
— Pourquoi ?
— Si j'en avais une, je me déshabillerais et je me la mettrais.

Il éclata de rire.

— Tu sais, Bart, il n'y a qu'une seule façon d'en porter une pour un garçon. Et tu te sentirais embarrassé.
— Non !
— Si !
— Je ne me sens jamais embarrassé !
— Alors, comment peux-tu savoir ce que c'est que de l'être ? Et puis d'ailleurs, est-ce que tu as déjà vu papa avec une feuille de figuier ?
— Non...

Mais comme je n'avais jamais vu non plus de feuilles de figuier, comment est-ce que j'aurais pu savoir ? Quand j'expliquai ça à Jory, il s'esclaffa encore un coup pour se moquer de moi, et puis il sauta d'un seul bond par-dessus les marches de marbre. Je ne pouvais pas m'empêcher de l'admirer. Moi, j'étais forcé de le suivre en traînant la patte. Ah ! Si seulement j'avais eu autant de souplesse que lui ! Si seulement j'avais su danser et charmer tout le monde pour qu'on m'aime ! Il était plus grand, plus vieux et plus malin que moi, Jory. Mais attention ! Si je ne pouvais pas être plus grand, peut-être que je pourrais être plus malin. J'avais une grosse tête. Donc, il y avait un gros cerveau dedans. Et je finirais bien par grandir un jour. Je le rattraperais et même, je le dépasserais. Oui, je serais encore plus grand que papa, plus grand que le géant de *Jack et le haricot magique*, qu'était plus grand que tout le monde!

Neuf ans... Ce que j'aurais voulu en avoir quatorze!

Jory s'assit sur la dernière marche et attendit que je le rejoigne. Il me narguait, le salaud. Faut dire que le bon Dieu m'avait pas gâté, question coordination. Je me rappelais que, quand j'avais quatre ans, Emma nous avait donné à chacun un petit poussin tout couvert de duvet jaune, qui couinait et qui gazouillait. Je n'avais jamais été aussi heureux de ma vie. Je lui ai fait un câlin, à mon poussin, j'ai reniflé son odeur de petit bébé et puis je l'ai posé tout doucement par terre — et ce sacré bon Dieu de poussin, il est tombé raide mort.

— Tu l'as trop serré, m'a dit mon père qui savait de quoi il causait. Je t'avais pourtant prévenu. Les petits poussins sont fragiles et il faut les manier avec précaution. Ils ont le cœur tout près de la surface. La prochaine fois, fais attention.

J'étais sûr que Dieu allait me foudroyer sur place, même si c'était d'abord Sa faute à Lui. Parce que je n'y étais pour rien si mes terminaisons nerveuses n'allaient pas jusqu'à la surface de ma peau. Je n'y étais pour rien si je ne sentais pas la douleur comme tout le monde. C'était Sa faute à Lui, pas la mienne! Mais Il me pardonna et, une heure plus tard, je me suis approché de la cage où le poussin à Jory batifolait tout seul. Je l'ai pris et je lui ai dit que j'étais son ami. Qu'est-ce qu'on s'est amusés! Il me courait après, je lui courais après. Et puis, d'un coup, d'un seul, vlan! il s'est écroulé. Mort, lui aussi.

Les cadavres, c'est tout froid, je déteste. Pourquoi qu'il avait lâché la rampe comme ça? « Qu'est-ce que t'as? que je lui ai crié. *J'ai pas serré!* J'y ai été mollo. Alors, arrête de faire semblant d'être mort et relève-toi, sans quoi mon papa, il va croire que je t'ai tué exprès! »

Papa, un jour, il avait sorti un bonhomme de l'eau et il l'avait sauvé en lui soufflant de l'air à l'intérieur.

Alors, j'ai fait pareil avec le poussin mais il a continué à être mort. Alors, je lui ai massé le cœur. Après, j'ai dit des prières. Il est resté mort quand même.

J'étais pas gentil. J'étais bon à rien. Incapable de rester propre. Emma disait que nettoyer mes vêtements, c'était perdre son temps. Si j'essuyais une assiette, je la laissais tomber. Si j'avais des jouets neufs, ils étaient aussitôt détraqués. Quand on m'achetait des chaussures, dix minutes plus tard, on aurait dit que c'étaient des vieilles grolles. On ne sait pas fabriquer des bonnes pompes solides qui s'éraflent pas. Quand mes genoux étaient pas en sang, ils étaient couverts de sparadrap. Quand je jouais au ballon, je me cassais la figure et je l'envoyais à côté des buts. J'arrivais pas à le bloquer comme il faut et je me tordais les doigts à tous les coups, encore heureux quand ils ne se cassaient pas. Je suis tombé trois fois d'un arbre et je me suis pété d'abord le bras droit, ensuite le gauche. La troisième, j'ai juste eu des contusions. Jory, lui, il ne se faisait jamais rien. Pas étonnant si maman nous serinait tout le temps de ne pas aller dans la grande baraque d'à côté où c'était qu'il y avait tant d'escaliers : elle savait qu'un jour ou l'autre, je louperais une marche et que je me fracturerais tous les os !

— C'est embêtant que tu aies une si mauvaise coordination, soupira Jory. (Il se leva et me cria :) Arrête de courir comme une fille, Bart ! Penche-toi en avant et sers-toi de tes jambes comme de pistons. Serre les dents et vas-y ! Ne te dis pas que tu vas tomber. Tu ne tomberas pas si tu n'y penses pas. Si tu m'attrapes, je te filerai ma balle de championnat.

Dis donc ! Rien ne me faisait plus envie que sa balle super. Il la lançait en coulé et quand il tirait sur des boîtes de conserve, il les dégringolait les unes après les autres. Moi, je touchais jamais rien, sauf ce que je visais pas et même ce que j'avais pas vu, les fenêtres aussi bien que les gens, mais alors, ça y allait un peu !

— J'en veux pas, de cette balle à la noix, je répondis en soufflant.

Mais c'était pas vrai. Elle était vachement mieux que la mienne. C'est pas difficile, on lui donnait toujours ce qu'il y avait de plus chouette, à Jory.

Il me décocha un regard affectueux et j'eus envie de pleurer. J'avais horreur de la pitié !

— Je te la filerai même si tu ne gagnes pas la course et tu me passeras la tienne en échange. Je ne cherche pas à te vexer, Bart. Je voudrais seulement que tu cesses d'avoir tout le temps peur de mal faire. Peut-être qu'alors ça s'arrangera. Parfois, se mettre en colère, ça aide à vaincre.

Il me sourit. Je suis sûr que si maman avait été là, elle aurait trouvé que l'éclat de ses dents blanches était merveilleux. Moi, j'avais une figure faite pour la grimace.

— J'en veux pas, de ta balle à la noix, je répétais, bien décidé à ne pas céder au charme d'un type de quatorze ans, beau et gracieux, descendant d'une longue lignée de danseurs de ballets russes qui s'étaient tous mariés avec des ballerines.

Qu'est-ce qu'ils avaient de si formidable, les danseurs ? Rien ! Rien ! Dieu avait eu Jory à la bonne et Il l'avait gratifié de jambes superbes. Les miennes ressemblaient à des bouts de bois noueux et elles passaient leur temps à saigner.

— Tu me détestes, hein ? Tu serais content si je mourais, pas vrai ?

Il me regarda bizarrement.

— Non, Bart, je ne te déteste pas et je ne souhaite pas que tu meures. Tu es mon frère et je t'aime bien, tout maladroit et geignard que tu sois.

— Je te remercie beaucoup.

— De rien. Allez ! On va explorer la maison. Viens !

Tous les jours après l'école, on grimpait en haut du grand mur blanc pour regarder de l'autre côté et, des fois, on visitait la maison. Bientôt on serait en vacances et on n'aurait rien d'autre à faire de la journée qu'à jouer. C'était agréable de se dire qu'elle était là, la baraque, et qu'elle n'attendait que nous. C'était une vieille maison hantée avec des tas de chambres, des couloirs biscornus, des malles pleines de trésors mystérieux, des pièces qui avaient des hauts plafonds et des drôles de formes, des plus petites aussi, on aurait dit qu'elles jouaient à cache-cache. Les araignées tissaient leurs toiles sur les lustres, il y avait des souris qui cavalaient partout, elles faisaient des petits à la pelle qui semaient des crottes dans tous les coins. Les insectes du jardin escaladaient les murs, rampaient sur les parquets. Des oiseaux s'engouffraient par les cheminées et ils voletaient follement en tous sens en essayant de s'échapper. Ils se cognaient contre les obstacles et on les retrouvait morts, assommés. Des fois, avec Jory, on arrivait juste à temps pour ouvrir les fenêtres et les portes pour qu'ils puissent sortir.

D'après mon frère, les gens de la vieille maison étaient partis en catastrophe. La moitié du mobilier était encore là et Jory, ça le faisait éternuer tellement que ça sentait la poussière et le moisi. Moi, je reniflais, dans l'espoir de comprendre ce qu'ils disaient, les meubles. J'arrivais à pas bouger et j'entendais presque les fantômes causer. Quand on s'asseyait sur le vieux canapé de velours et qu'on restait sans parler y avait des vagues bruits de froissements qui venaient de la cave comme si c'étaient des spectres qui nous murmuraient des secrets à l'oreille.

— Ne dis jamais à personne que les fantômes te parlent, sinon on penserait que tu es fou, m'avait averti Jory.

On avait déjà une folle dans la famille — la mère de papa. Elle était dans une maison pour dingues en Virginie. Tous les ans, l'été, on allait la visiter et visiter aussi des vieilles tombes. Maman voulait pas entrer dans le grand bâtiment de briques entouré de pelouses vertes où on voyait se promener des gens qui avaient des jolis habits. S'il n'y avait pas eu aussi des infirmiers en blanc, on aurait jamais cru que c'étaient des fous.

Et quand papa revenait après avoir vu sa mère, maman lui demandait si elle allait mieux. Alors, il prenait un air triste et il répondait :

— Non, il n'y a pas vraiment d'amélioration. Mais elle ferait des progrès si tu lui pardonnais.

Ça la faisait sortir de ses gonds, maman. On aurait dit qu'elle voulait que la grand-mère reste enfermée pour toujours.

— Écoute-moi bien, Christopher Doll, grondait-elle. C'est tout le contraire. C'est elle qui devrait implorer notre pardon à genoux !

L'année dernière, on n'est pas allés là-bas, on n'a rendu visite à personne. Je détestais les vieilles tombes, je détestais la vieille Madame Marisha, avec ses robes noires qui froufroutaient et son gros chignon avec des mèches blanches — et si nous n'allions jamais plus les voir, les deux vieilles, ça me serait bien égal. Et ceux qui étaient dans la tombe, eh bien, ils avaient pas besoin qu'on leur apporte des fleurs ! Il y avait trop de morts qui nous empoisonnaient la vie.

— Tu viens, Bart ?

Jory avait déjà escaladé l'arbre qui était de notre côté et il m'attendait, perché en haut du mur. Je réussis à grimper à mon tour et m'installai à côté de lui. Il voulut absolument que je m'adosse au tronc... parce qu'on ne sait jamais.

— Tu veux que je te dise ? fit-il d'un air rêveur. Un jour, j'achèterai une maison aussi grande à maman. Je les ai plusieurs fois entendus, elle et papa, parler de grandes maisons. Je crois qu'elle trouve la nôtre trop petite.

— Ça, c'est vrai qu'ils causent souvent de grandes maisons.

— Je préfère la nôtre.

Je me mis à donner des coups de talon dans le mur. Son revêtement qui s'effritait laissait apparaître les briques. Maman avait dit une fois que ça faisait un « contraste de textures qui ne manquait pas d'intérêt ».

Alors, je faisais ce que je pouvais pour rendre le mur plus intéressant.

N'empêche que dans une grande baraque comme celle-là, on pouvait se perdre et errer à l'aventure pendant des jours entiers. Les salles de bains étaient hors d'usage. Il n'y avait pas d'eau aux lavabos, pas de fruits dans la réserve à fruits, pas de vin dans le cellier.

— Ce serait quand même un peu bath si toute une famille y emménageait, non ? soupira Jory.

Comme moi, il aurait bien aimé avoir des tas de copains dans le voisinage pour s'amuser. Quand on rentrait de l'école, on n'avait que nous.

— Et s'il y avait deux garçons et deux filles, ce serait l'idéal, ajouta-t-il d'une voix songeuse. Tu te rends compte, si toutes les filles habitaient la porte à côté ? Ce serait le pied !

Le pied... tu parles ! Et comment, qu'il aurait aimé que Melodie Richarme vienne s'installer dans la grande maison ! Comme ça, il pourrait la voir tous les jours et l'embrasser comme je l'avais vu faire plusieurs fois. Les filles ! Ça me donnait la nausée.

— Je déteste les filles ! Je voudrais qu'il y ait rien que des garçons !

Il se mit à rire et me dit que c'était normal, je n'avais que neuf ans. Mais que je ne tarderais pas à préférer les filles aux garçons.

— Pourquoi que les armes de Melodie sont riches ?

— Patate, va ! Richarme est son nom de famille, ça ne veut rien dire.

Au moment où je me préparais à lui répondre que c'était lui, la patate, parce que les noms veulent forcément dire quelque chose sans quoi ce serait pas la peine d'en avoir un, deux camions surgirent et s'engagèrent dans l'allée d'à côté. Ça alors ! C'était bien la première fois que quelqu'un d'autre que nous y mettait les pieds.

De notre poste d'observation, nous vîmes des ouvriers courir et s'activer dans tous les sens. Les uns montèrent sur le toit pour le vérifier, d'autres entrèrent dans la maison avec des échelles et des récipients qui avaient l'air d'être des pots de peinture. Quelques-uns portaient de gros rouleaux de papier à tapisserie sous le bras. Il y en avait qui examinaient les fenêtres, d'autres qui examinaient les arbres et les buissons.

— Mince! s'exclama Jory qui avait l'air tout retourné. Quelqu'un a sûrement acheté la maison. Je parie qu'ils emménageront quand toutes les réparations auront été effectuées.

Je voulais pas qu'il y ait des voisins qui viennent troubler l'intimité de maman et de papa. Les parents disaient tout le temps que c'était drôlement bien de ne pas avoir de voisins immédiats pour « troubler leur intimité ».

Quand il commença à faire noir, nous rentrâmes mais nous gardâmes bouche cousue parce que quand on dit quelque chose tout haut, c'est que c'est vraiment vrai. Les pensées, ça compte pas.

Le lendemain, c'était dimanche et on est allés pique-niquer à la plage. Et le lundi après-midi, on a encore grimpé sur le mur, tous les deux, pour surveiller ce qui se passait de l'autre côté. Il y avait du brouillard et il faisait froid mais on voyait quand même suffisamment. Maintenant qu'on pourrait plus aller de l'autre côté, où c'était notre endroit à nous, où c'est qu'on irait pour jouer?

— Eh! les mômes! Qu'est-ce que vous foutez là-haut?

C'était un malabar qui nous engueulait comme ça, un autre jour qu'on était là sans rien faire que de regarder.

— Rien! lui répondit mon frère.

(Moi, je parlais jamais aux étrangers. Jory se moquait tout le temps de moi, soi-disant que je causais à personne sauf à moi.)

— Comment ça, vous faites rien? Je vois bien que vous êtes là, non? C'est une propriété privée. Alors, fichez-moi le camp ou vous aurez de mes nouvelles.

C'était vraiment un costaud et il n'avait pas l'air commode. Il avait une vieille salopette crasseuse. Il s'approcha. Je n'avais jamais vu de ma vie des pieds aussi grands et des chaussures aussi sales. Heureusement que le mur faisait trois mètres de haut. Ça nous donnait l'avantage.

— Oui, on vient de temps en temps jouer ici, mais on ne fait pas de mal, lui envoya Jory qui n'avait peur de personne. Quand on part, on laisse les choses comme elles étaient quand on est arrivés.

— Eh bien, maintenant, c'est fini. (L'homme nous décocha un regard féroce.) La dame qui a acheté la maison est très riche et elle n'a pas envie que des galopins viennent la déranger. Et ne croyez pas que vous pourrez en faire à votre tête sous prétexte qu'elle est vieille et qu'elle vit toute seule. Elle a ses domestiques.

Des domestiques ! Eh ben dites donc !

— Les riches, c'est toujours eux qui font la loi, grommela le géant en s'éloignant. Faites ci, faites ça, et faites-le hier soir ! Ah ! l'argent ! Je paierais cher pour en avoir !

Nous, on avait seulement Emma, la preuve qu'on n'était pas vraiment riches. Jory, il disait qu'Emma c'était comme une espèce de tante, sauf qu'elle faisait pas réellement partie de la famille, mais c'était pas une domestique. Pour moi, c'était seulement quelqu'un que j'avais toujours connu et qui était loin de m'aimer autant que Jory. Mais comme moi non plus je ne l'aimais pas, je m'en balançais.

Plusieurs semaines s'écoulèrent. L'école ferma pour les vacances. A côté, les ouvriers travaillaient toujours. Maintenant, maman et papa les avaient remarqués et ça ne les enchantait pas qu'on allait avoir des voisins. Ils n'avaient pas l'intention de leur souhaiter la bienvenue quand ils seraient là. Jory et moi, on ne comprenait pas pourquoi ils ne voulaient pas qu'il y ait des amis qui viennent à la maison.

— C'est l'amour, me souffla Jory. Ils sont encore comme des amoureux en pleine lune de miel. N'oublie pas que Chris est le troisième mari de maman. La fleur n'a encore rien perdu de son éclat.

La fleur? Quelle fleur? Où qu'il voyait des fleurs?

Il avait passé ses examens de fin d'année les doigts dans le nez. Moi, c'était tout juste si j'avais été admis dans la classe supérieure. Je détestais l'école. Et je détestais la vieille maison d'à côté qui paraissait toute neuve, à présent. Envolés, les fantômes! Fini, le temps où on allait s'y amuser!

— Patience, on finira bien par se glisser là-bas en douce voir la tête de la vieille dame, me dit Jory à voix basse pour que les jardiniers qui taillaient les buissons et élaguaient les arbres n'entendent pas.

Elle avait plein de terrain, la vieille. Au moins huit hectares. Ça faisait une drôle d'étendue à nettoyer, d'autant que les ouvriers qui arrangeaient le toit faisaient tout le temps tomber des choses. Le jardin était jonché de bouts de papier, de clous, de chutes de bois, sans compter les cochonneries que le vent plaquait contre la grille de fer bordant l'allée que Jory appelait le « chemin des amoureux ».

Le contremaître mal embouché, en train de ramasser les boîtes de bière vides qui traînaient, s'approcha du mur.

— Combien de fois est-ce qu'il faut que je vous le répète? nous cria-t-il. Ne m'obligez pas à vous le redire encore! (Il nous lança un coup d'œil furibard, ses gros poings sur les hanches.) Je vous ai prévenus qu'il ne faut pas que vous grimpiez sur ce mur. Allez! ouste! Filez de là!

Mais mon frère n'était pas d'humeur à obéir. On n'embêtait personne. On regardait, c'était tout.

— Vous êtes sourds ou quoi, espèces de petits morveux?

D'un seul coup, les traits de Jory se durcirent.

— Non, nous ne sommes pas sourds. Nous sommes chez nous. Le mur est la limite des deux propriétés et il est autant à nous qu'à la dame. Notre papa l'a dit. On restera là et on regardera aussi longtemps que ça nous fera plaisir. Alors, ce n'est pas la peine de vous esquinter les poumons à nous crier après pour qu'on parte.

— En voilà de sacrés effrontés ! bougonna l'autre en battant en retraite.

PRÉSENTATIONS

Nous étions en train de prendre le petit déjeuner. Maman parlait à papa d'une de ses élèves. Bart, assis en face de moi, chipotait dans son assiette, la mine boudeuse. Il n'aimait pas grand-chose, sauf des trucs froids qu'il grignotait entre les repas. Papa disait que c'était mauvais pour sa santé.

— Tu sais, Chris, je ne crois pas que cette pauvre Nicole s'en tirera, soupira maman, le front plissé. C'est épouvantable, ces accidents de la circulation ! Ils font un nombre incroyable de victimes. Elle a une petite fille de deux ans. Je l'ai vue il y a quelques semaines. C'est fou ce qu'elle me rappelle Carrie quand elle avait cet âge !

Papa hocha distraitement la tête sans quitter son journal des yeux. La scène dont j'avais été témoin dans le grenier continuait de me hanter, surtout la nuit quand je n'arrivais pas à m'endormir. Alors, je m'asseyais dans mon lit et j'essayais de me rappeler quelque chose qui était embusqué au fond de ma mémoire. C'était important, j'en étais sûr, mais impossible de mettre le doigt dessus.

Tout en écoutant la conversation, je revoyais l'épisode du grenier et je me demandais ce qu'il signifiait. Et quelle était cette grand-mère qui leur faisait si peur. Et comment ils avaient pu faire pour se connaître alors que maman n'avait que quatorze ans à l'époque.

— Tu pourrais m'écouter quand je te parle, reprit maman en haussant le ton pour forcer papa à s'arracher à sa page sportive. Nicole n'a pas de famille. Pas un oncle, pas une tante pour prendre soin de Cindy si jamais elle meurt. Tu m'entends? Et, comme tu sais, elle n'a pas épousé ce garçon.

— Hmmm, se contenta de répondre papa avant de mordre dans son toast. Oh! N'oublie pas d'arroser le jardin, aujourd'hui.

Elle fronça les sourcils avec agacement. Il n'écoutait pas. Pas comme moi!

— Je crois que nous avons commis une erreur en vendant la maison de Paul pour nous installer ici. Ses statues jurent dans ce décor.

Cette fois, la remarque fit tiquer papa.

— Cathy, nous nous sommes promis de ne jamais rien regretter. Et il y a dans la vie des choses plus importantes qu'un jardin tropical où tout pousse en désordre.

— En désordre? Qu'est-ce que tu chantes? Je n'ai jamais vu un jardin aussi soigné que le jardin de Paul.

— Tu sais très bien ce que je veux dire.

Il y eut une seconde de silence, puis maman remit la conversation sur Nicole et sur Cindy qui serait confiée à un orphelinat si sa mère mourait. Quelqu'un l'adopterait certainement très vite, répondit papa en se levant et en enfilant sa veste.

— Pourquoi toujours voir le mauvais côté des choses, Cathy? conclut-il. Nicole guérira peut-être. Elle est jeune, vigoureuse et elle a une santé de fer. Mais puisque tu te fais tellement de bile, je passerai à la clinique et j'en toucherai un mot à ses médecins.

— Papa, glapit Bart qui se réveillait du pied gauche tous les matins, personne ne me forcera à aller en Virginie, cette année. Non, j'irai pas! Personne m'y forcera!

— Tu as raison. (Papa lui donna une tape sous le menton et lui ébouriffa les cheveux.) Personne ne t'y forcera, c'est entendu. J'espérais seulement que tu aimerais mieux aller là-bas que de rester tout seul à la maison.

Il se pencha vers maman pour l'embrasser.
— Sois prudent en conduisant.
Ça ne ratait jamais! Tous les matins, il fallait qu'elle lui fasse la même recommandation. Il sourit, lui promit qu'il roulerait doucement, et leurs yeux se croisèrent. En un sens, je comprenais ce qu'ils se disaient.
— Y avait une vieille qu'habitait dans un soulier, se mit à chantonner Bart. Elle avait tant d'enfants qu'elle savait pas quoi en faire.
— As-tu fini de faire des saletés, Bart? Si tu ne veux pas terminer ce que tu as dans ton assiette, tu n'as qu'à demander la permission de sortir de table.
— Peter, Peter, Peter qui mangeait des citrouilles avait une femme. Il savait pas où la mettre. Il l'a mise dans l'écorce d'une citrouille.
Il adressa un large sourire à maman, se leva et quitta la table. C'était sa manière à lui de s'excuser. Seigneur! Il aurait bientôt dix ans et il en était encore aux chansons de nourrice! Quand il balança sur ses épaules le vieux chandail qu'il affectionnait, il renversa le berlingot de lait. En un rien de temps, Clover se précipita sur la flaque qui s'élargissait par terre pour la laper comme un petit chat.
Maman était tellement passionnée par la photo de la fille de Nicole qu'elle était en train de contempler qu'elle ne remarqua rien. Ce fut Emma qui répara les dégâts. Elle décocha un regard vengeur à Bart qui lui tira la langue et sortit sans se presser.
— Excuse-moi, m'man.
Je sautai sur mes pieds et lui emboîtai le pas.
Une fois dehors, nous escaladâmes le mur et nous nous assîmes sur son faîte. Nous avions la même hâte l'un que l'autre que la vieille dame emménage. Qui sait? Peut-être qu'elle avait des petits-enfants?
— Elle me manque déjà, la baraque, grogna Bart. Les gens qui vont s'installer chez nous, je les déteste.
Pour passer le temps, nous semâmes de nouvelles graines et nous arrachâmes les mauvaises herbes. Je me demandais ce que nous pourrions fabriquer pour

nous distraire, cet été, si nous ne pouvions plus faire un tour à côté, une fois de temps en temps.

A dîner, Bart était grognon. Lui aussi, cette perspective lui donnait le cafard. Il considérait son assiette d'un air hargneux.

— Mange de bon appétit, Bart, sinon tu n'auras pas assez de forces pour profiter de Disneyland, lui dit papa.

Bart en demeura bouche bée.

— Disneyland ? (Ses yeux s'écarquillèrent d'émerveillement.) C'est vrai ? On va y aller ? On ira pas dans l'Est visiter les vieilles tombes ?

— Disneyland sera ton cadeau d'anniversaire. On le fêtera là-bas et, après, on prendra l'avion pour la Caroline du Sud. Maintenant, cesse de ronchonner. Il faut tenir compte des autres dans la vie. Sa grand-mère est heureuse d'embrasser Jory au moins une fois par an et comme nous n'avons pas été la voir l'année dernière, elle nous attend avec deux fois plus d'impatience. Et il y a aussi ma mère qui a besoin de retrouver sa famille.

Mon regard se posa sur maman. Elle avait l'air d'être sur des charbons ardents. C'était comme ça tous les ans quand approchait le moment où il fallait rendre visite à « sa » mère. Je trouvais triste qu'elle ne comprenne pas combien c'est important, les mères. Elle était orpheline depuis si longtemps qu'elle devait l'avoir oublié. A moins, peut-être, qu'elle ne fût jalouse.

— Chouette alors ! J'aime encore mieux aller à Disneyland qu'au paradis ! s'exclama Bart. Jamais j'en aurai assez, de Disneyland ! Jamais, jamais !

— Je sais, fit papa d'une voix sèche.

Mais à peine eut-il été dit que son rêve allait se réaliser que Bart reprit sa sempiternelle litanie :

— Non, j'veux pas aller dans l'Est ! Deux semaines à visiter des vieilles tombes et des vieilles grand-mères, c'est trop long !

— C'est très mal de ne pas respecter les morts, répliqua maman sur un ton tranchant. Ton propre père repose dans une de ces tombes sur lesquelles tu ne veux pas te rendre. Et ta tante Carrie aussi. Je te garantis que tu iras les visiter et que tu iras aussi visiter Madame Marisha, que cela te plaise ou non. Et si tu as le malheur d'ouvrir encore la bouche, tu pourras faire ton deuil du voyage à Disneyland.

L'effet de la menace fut immédiat ; Bart, maté, cessa de pleurnicher et changea de sujet :

— Dis, maman, pourquoi que sur sa photo ton père qui est mort à Gladstone il ressemble tellement à notre papa à nous ?

Quelque chose de douloureux passa dans le regard de maman. Mon frère avait une façon de torturer tout le monde que je trouvais odieuse. Il fallait faire diversion.

— Dollanganger n'est pas un nom facile à porter. Tu as dû être contente d'en changer, non ?

Maman se tourna vers la grande photo du Dr Paul Sheffield et laissa tomber calmement :

— Oui, le jour où je suis devenue Mme Sheffield, cela a été un grand jour.

C'était maintenant papa qui semblait ne pas être à son aise. Je m'enfonçai davantage dans le coussin de velours rembourré de ma chaise. Tout autour de moi, flottant dans l'air, rampant sur le plancher, embusqués dans les coins d'ombre, bruissaient les fragments d'un passé qu'ils se rappelaient mais qui était pour moi lettre morte. Malgré mes quatorze ans, je ne comprenais rien à la vie. Ni à mes parents.

Vint enfin le jour où la maison d'à côté fut prête. Aux ouvriers succédèrent les femmes de ménage qui grattèrent les vitres et fourbirent les parquets, puis des jardiniers qui ratissèrent, fauchèrent et travaillèrent du sécateur. Nous ne perdions rien du spectacle, Bart et moi. On guettait derrière les fenêtres, puis on battait précipitamment en retraite, on escaladait un arbre en espérant ne pas se faire prendre et on s'asseyait innocemment en haut de notre mur comme si nous n'avions jamais, au grand jamais, enfreint les règles édictées par nos parents.

— La vieille dame va arriver! me murmurait à l'oreille Bart qui frémissait d'excitation. Elle va arriver d'un moment à l'autre.

Elle était si somptueuse, maintenant, cette maison, qu'on s'attendait à voir s'amener une vedette de cinéma, une femme de président, enfin, quelqu'un d'important. Et un beau jour, alors que papa était à son cabinet, que maman faisait des courses et qu'Emma s'affairait comme d'habitude à la cuisine, une gigantesque limousine noire apparut et remonta l'allée de la propriété voisine en roulant au pas. Une autre voiture la suivait, plus ancienne mais qui en jetait quand même. Quinze jours plus tôt, c'était une allée de béton toute craquelée, pleine de creux et de bosses. A présent, elle était asphaltée et lisse comme un billard. Je lançai un coup de coude à Bart qui ne tenait pas en place tant il était énervé. Le feuillage faisait un excellent écran sans nous empêcher de voir.

Le chauffeur stoppa, mit pied à terre et fit le tour de la luxueuse automobile pour ouvrir la portière. Nous ne respirions plus. Nous allions enfin la voir, cette dame si riche, si riche qu'elle pouvait s'offrir tout ce qu'elle voulait!

Le chauffeur était un homme jeune à l'allure décontractée. Même de loin, on se rendait compte qu'il était beau mais le vieux bonhomme qui descendit de la limousine, lui, il n'était pas beau. Pas beau du tout. J'étais interloqué. Le contremaître ne nous avait pourtant parlé que d'une vieille dame et de domestiques.

— C'est sûrement le valet de chambre, chuchotai-je. Mais je ne savais pas que les valets de chambre montaient dans la même auto que les maîtres.

— Je déteste les gens qui viennent habiter dans notre maison, maugréa Bart.

Le valet de chambre tendit la main pour aider la vieille dame à descendre mais, feignant de l'ignorer, ce fut sur le bras du chauffeur qu'elle s'appuya. Mince alors! Elle était habillée de noir, de la tête aux pieds. Comme une Arabe. Un voile, également noir, lui cachait la figure. Était-elle veuve? Était-ce une musulmane? Ce qu'elle avait l'air mystérieux!

— Je déteste les robes noires qui traînent par terre. Je déteste les vieilles dames avec des voiles noirs sur la tête. Je déteste les revenants.

J'étais fasciné, incapable de faire autre chose que de regarder. Je me disais qu'elle ne manquait pas d'une certaine grâce, sous ses vêtements noirs. Même à cette distance, je devinais qu'elle n'éprouvait que du mépris pour ce vieux barbon de valet de chambre.

Elle examinait tout autour d'elle. Pendant un temps interminable, elle regarda dans notre direction, contemplant le mur blanc, le toit de notre maison. Je savais par expérience qu'elle ne pouvait pas voir grand-chose. Je m'étais plus d'une fois trouvé exactement à la même place et, de là, on apercevait juste la cime de notre toit et la cheminée. Ce n'était qu'au premier qu'il était possible de distinguer l'intérieur d'une ou deux pièces. Je dirais à maman qu'il y aurait intérêt à planter quelques gros arbres de plus derrière le mur mitoyen.

Je crus alors comprendre pourquoi les ouvriers avaient coupé plusieurs eucalyptus, à côté. Peut-être que la vieille dame était une curieuse qui voulait nous épier. Mais non! Il était plus probable qu'elle désirait simplement ne pas avoir d'arbres trop près de sa demeure.

La seconde voiture s'immobilisa derrière la limousine. Une femme de chambre en robe noire avec un tablier blanc à festons et un bonnet assorti en émergea, suivie de deux domestiques en livrée grise qui commencèrent à décharger des quantités de bagages — valises, cartons à chapeaux, plantes vertes et je ne sais quoi encore. Pendant ce temps, la vieille dame continuait de regarder notre cheminée sans faire un mouvement. Je me demandais bien ce qui l'intéressait comme ça.

Un gigantesque camion de déménagement jaune fit son apparition et les hommes en sortirent des meubles magnifiques. La dame en noir ne bougeait toujours pas, laissant les femmes de chambre se débrouiller toutes seules avec les déménageurs. Finalement, l'une d'elles vint la rejoindre en courant pour lui demander quelque chose. Alors, elle s'arracha à la contemplation de notre toit et s'engouffra à l'intérieur de la demeure. Les domestiques y disparurent à leur tour.

— Regarde le canapé que les déménageurs sont en train de trimballer, Bart. Tu en as déjà vu d'aussi joli ?

Mais il y avait déjà un bon moment que Bart s'était désintéressé du déménagement. A présent, il était passionné par la chenille jaune et noir qui se tortillait sur une branche basse à peu de distance de ses baskets crasseux. De ravissants petits oiseaux gazouillaient, des nuages vaporeux parsemaient le ciel d'un bleu intense, la brise fraîche embaumait, chargée d'odeurs d'eucalyptus et de pin — et Bart ne voyait que la seule chose hideuse qu'il y avait dans le décor : une chenille à cornes !

— Je déteste les bestioles qui rampent et qui ont des cornes sur la tête, soliloquait-il. (Il avait toujours envie de savoir comment c'était fait à l'intérieur.) Je parie que sous ce duvet bigarré, c'est que de la purée toute verte et toute gluante. T'approche pas de moi, ignoble dragon. Si tu viens trop près, t'es morte.

— Au lieu de raconter des bêtises, tu ferais mieux de regarder la table que les déménageurs coltinent. Oh la la ! Et ce fauteuil, il ne peut venir que d'un château d'Europe !

— Encore un centimètre et je t'aplatis !

— Tu veux que je te dise, Bart ? Cette dame doit être gentille. Quelqu'un qui a aussi bon goût en matière de mobilier ne peut qu'être une personne de qualité.

— Encore un centimètre et t'es morte, cochonnerie dégueulasse !

Le soleil se couchait, le ciel virait au rose et les larges traînées mauves qui le striaient rehaussaient encore la splendeur de l'heure crépusculaire.

— Regarde ce coucher de soleil, Bart. As-tu jamais vu des teintes aussi radieuses ? Les couleurs sont pour moi de la musique. Je les entends chanter. Si Dieu me rendait sourd et aveugle à l'instant, je suis sûr que j'entendrais leur musique et que je les verrais derrière mes paupières. Je danserais dans la nuit sans même me rendre compte qu'il fait noir.

— Arrête de dire des âneries, grommela mon frère, les yeux toujours fixés sur la chenille velue qui se rapprochait insensiblement du basket meurtrier. Quand on est aveugle, on ne voit rien. C'est de la poix. Y a pas de couleurs. Pas de musique. Rien. Un silence de mort.

Et il écrasa la chenille sous sa semelle. Cela fait, il se laissa glisser de l'autre côté du mur et frotta son basket dans l'herbe du jardin de la voisine.

— C'est très mal ce que tu as fait, Bart Winslow ! Les chenilles connaissent ce qu'on appelle une métamorphose. Celle que tu viens d'écrabouiller se serait transformée en un papillon de toute beauté. Ce n'est pas un dragon que tu as tué mais un roi ou une reine des fées.

— Ça, c'est des histoires de ballets complètement débiles, commenta-t-il, bien qu'il eût l'air un peu effrayé. (Il regarda autour de lui avec inquiétude et ajouta avec une gêne visible :) Mais il y a un moyen de réparer le mal. Je mettrai un piège, j'attraperai une chenille vivante, je la garderai et quand elle sera devenue la reine des fées, je lui rendrai la liberté.

— Je disais seulement ça pour rire mais, désormais, ne tue plus les insectes qui ne se baladent pas sur des roses.

— Si j'en trouve sur les roses, je pourrai les tuer ?

C'était étrange, ce besoin qu'il avait de vouloir tuer les insectes ! Un jour, je l'avais surpris en train d'arracher une par une les pattes d'une araignée qu'il avait ensuite écrasée entre le pouce et l'index.

— Est-ce que les insectes souffrent, Jory ?

— Oui, mais ne te tracasse pas. Tôt ou tard, tu finiras par connaître la douleur, toi aussi. Allons, ne pleure pas. Ce n'était qu'une chenille toute velue, pas la reine des fées. Et maintenant, il faut rentrer.

J'avais de la peine pour lui parce que je savais que cela le tourmentait d'être insensible à la douleur. Il ne connaissait pas son bonheur!

— Non! J'veux pas rentrer! Je veux regarder ce qui se passe dans la maison!

Au même moment, Emma sonna la cloche du dîner et nous nous précipitâmes vers la maison.

Le lendemain, nous regrimpâmes sur le mur. Les déménageurs étaient partis dans la soirée et, à présent, c'était le calme plat à côté. J'avais passé la plus grande partie de la matinée et le début de l'après-midi au cours de danse avec maman. Pendant ce temps, Bart était resté à jouer tout seul à la maison. Et c'est long, les journées d'été! Il m'avait accueilli avec un large sourire, content de me retrouver.

— Tu es prêt?
— Et comment! s'exclama-t-il.

Nous avions d'ores et déjà préparé nos plans. Nous escaladâmes le mur et redescendîmes de l'autre côté en nous laissant glisser le long d'un jeune arbre. Nous étions en territoire interdit mais, à tort ou à raison, nous estimions que le parc nous appartenait par droit du premier occupant. Nous nous aventurâmes à l'intérieur de la propriété comme deux ombres. Bart examinait les massifs taillés en forme d'animaux. C'était bizarre. Un coq se rengorgeait dans son nid à côté d'une grosse poule. Ils étaient rudement bien imités! Qui aurait jamais pensé que ce vieux Mexicain était si adroit avec son sécateur?

— J'aime pas les buissons qui ressemblent à des animaux, gémit plaintivement Bart. J'aime pas les yeux verts. C'est des yeux méchants. Ils nous regardent, Jory!

— Chut! Tais-toi! Et fais attention en marchant. Pose tes pieds exactement là où je mets les miens.

Je me retournai. Le ciel avait pris une teinte violine

et les traînées écarlates qui le marbraient faisaient penser à des éclaboussures de sang frais. La nuit tomberait bientôt et la lune n'avait pas toujours un visage amical.

— Jory, chuchota Bart en me tirant par la chemise, maman nous a dit de rentrer avant qu'il fasse noir.

— Il ne fait pas encore noir.

Pas encore mais presque. La grande demeure, d'une blancheur éclatante en plein jour, prenait dans l'ombre bleutée du crépuscule un aspect effrayant.

— J'aime pas les vieux cadavres de maisons repeintes pour faire comme du neuf. (Vraiment, Bart avait des idées pas ordinaires !) Il est sûrement l'heure de rentrer, maintenant ?

Je ne me laissai pas ébranler. Au point où nous en étions, autant continuer. Je posai mon doigt sur mes lèvres, murmurai : « Reste là », et me dirigeai à pas de loup vers la seule fenêtre éclairée. Toutes les autres, et Dieu sait combien il y en avait, étaient obscures.

Mais au lieu de m'obéir, Bart me suivit. Je lui ordonnai à nouveau de ne pas bouger et commençai à grimper sur un petit chêne juste assez fort pour supporter mon poids jusqu'à ce que je sois suffisamment haut pour que mon regard soit au niveau de la fenêtre. Tout d'abord, je ne vis qu'une immense pièce sombre encombrée de cartons pas encore déballés. Un grand lampadaire muni d'un énorme abat-jour faisait écran et je dus me pencher de côté pour mieux voir. Je distinguai alors vaguement une silhouette empaquetée dans une longue robe noire assise dans un fauteuil à bascule en bois qui ne paraissait pas très confortable. Quel contraste avec les canapés et les sièges luxueux et moelleux au déchargement desquels j'avais assisté ! Cette femme dont un voile dissimulait le visage était-elle celle de la veille ?

Les Arabes portent des espèces de robes, eux aussi. Il pouvait donc s'agir du vieux valet de chambre cacochyme. Mais quand j'aperçus une main fine et pâle surchargée de bagues scintillantes, je me rendis à l'évidence : c'était bien la dame du manoir. Comme j'essayais de changer de position pour mieux la voir, la branche à laquelle je me cramponnais craqua. La femme leva la tête et se tourna vers la fenêtre.

Il y avait de l'effroi dans ses yeux écarquillés. J'avais beau me dire qu'elle ne pouvait rien voir, dehors, dans l'obscurité, mon cœur battait à grands coups et je retenais mon souffle. Des insectes grésillaient autour de moi et me picotaient la peau.

Ce fut le moment que Bart, qui commençait à s'impatienter, choisit pour se mettre à secouer ce malheureux petit arbre anémique. Je m'efforçai de ne pas lâcher prise tout en lui faisant signe d'arrêter. Heureusement, une porte s'ouvrit dans la pièce et une femme de chambre entra avec un grand plateau d'argent chargé de toute une kyrielle de plats surmontés de couvercles.

— Grouille! geignit cette poule mouillée de Bart. Je veux rentrer!

De quoi avait-il peur? C'était moi qui risquais de tomber de l'arbre, pas lui! Le cliquetis des assiettes et de l'argenterie que la femme de chambre disposait sur une petite table couvrit les pleurnichements de mon frère. Lorsque la soubrette se fut retirée, sa maîtresse souleva son voile et commença à manger.

Alors que j'étais maintenant sûr qu'elle n'avait entendu aucun bruit suspect capable de trahir la présence d'un visiteur indésirable, voilà que la branche fragile qui me servait de point d'appui craqua une seconde fois — une vraie détonation!

La femme tourna à nouveau la tête vers la fenêtre et je pus enfin la voir. La voir vraiment, sans son voile. Mais je ne vis pas réellement ses traits — son nez, ses lèvres, ses yeux. Je ne vis que les cicatrices qui labouraient ses joues. Était-ce un chat qui l'avait défigurée de la sorte à coups de griffes? J'eus soudain pitié de cette vieille dame obligée de dîner toute seule, sans appétit ni joie de vivre. C'était injuste qu'elle dût mener cette existence de recluse, privée d'amour. Et je trouvais également scandaleux que le destin me montre comment la vieillesse pouvait arracher la beauté à une personne qui avait peut-être été aussi jolie que ma mère — autrefois.

— Jory...
— Chut !

Elle regardait toujours fixement la fenêtre. D'un geste vif elle rabattit son voile et cria :

— Qui est là ? Qui que vous soyez, allez-vous-en ! Sinon, j'appelle la police !

La menace suffit pour me convaincre de ne pas insister davantage. Je me laissai glisser au sol, pris Bart par la main et l'entraînai en courant. Il trébucha et tomba — comme d'habitude. Je le forçai sans douceur à se relever, et en avant ! Jamais il n'aurait cavalé comme ça si je n'avais pas été là pour le remorquer.

— Pas si vite, Jory ! me supplia-t-il d'une voix haletante. Qu'est-ce que t'as vu ? Hein ? Qu'est-ce que t'as vu ? Un fantôme ?

J'avais vu pis que cela. J'avais vu ma mère telle qu'elle serait dans trente ans si elle vivait assez longtemps pour que les ravages du temps fassent leur œuvre.

— Où étiez-vous, tous les deux ?

Maman nous bloquait le chemin. Nous avions espéré pouvoir nous faufiler en douce dans la maison et nous passer de l'eau sur la figure avant qu'elle eût l'occasion de remarquer le désordre de notre tenue mais c'était raté.

— On était dans le jardin, derrière.

Je me sentais coupable. Elle le devina immédiatement et cela éveilla ses soupçons.

— Où étiez-vous réellement ?
— Ben, dehors...
— Jory, vas-tu, toi aussi, faire comme Bart et tourner autour du pot au lieu de répondre franchement ?

Je la pris par le cou et nichai ma tête dans sa poitrine. Ce n'était plus de mon âge mais j'avais brusquement besoin de sécurité, besoin d'être consolé.

— Qu'est-ce qui ne va pas, Jory?

Il n'y avait rien qui n'allait pas. Je ne savais pas — pas vraiment — ce qui me tourmentait. J'avais déjà vu de vieilles gens, ne fût-ce que ma propre grand-mère, Mme Marisha. Mais elle avait toujours été vieille, elle.

Cette nuit-là, maman vint me visiter en rêve sous l'aspect d'un ange radieux qui jetait un charme sur la terre pour empêcher les gens de vieillir. Je voyais des dames âgées de deux cents ans qui étaient aussi jeunes et jolies que si elles en avaient eu vingt. Sauf une seule. Une vieille femme tout en noir qui se balançait dans un fauteuil à bascule.

Un peu avant l'aube, Bart se glissa dans mon lit et, se pelotonnant derrière mon dos, se perdit dans la contemplation du brouillard qui engloutissait les arbres, gommait l'or de la pelouse, étouffait tout signe de vie. On aurait dit que le monde était mort.

— Il y a des morts plein partout, monologuait-il. Et des animaux morts. Et des plantes mortes. Tout ça, ça fait de l'engrais, comme dit papa.

La mort l'obsédait et il me faisait pitié. Il se serra davantage contre moi tandis que nous regardions avec la même fascination ce brouillard qui faisait partie de notre quotidien.

— Jory, personne ne m'aime, se lamenta-t-il.
— Mais si.
— Non, les gens ne m'aiment pas. Ils t'aiment plus que moi.
— Parce que toi tu ne les aimes pas, et que ça se voit.
— Pourquoi que t'aimes tout le monde, dis?
— Non, je n'aime pas tout le monde mais je souris et je fais comme si. Tu devrais faire comme moi et mettre quelquefois un masque.
— Pourquoi? C'est pas carnaval.

Il me troublait. Comme me troublaient ces lits dans le grenier. Et comme cette chose étrange qui surgissait si souvent entre mes parents, me rappelant qu'ils savaient quelque chose que je ne savais pas.

Je fermais les yeux et décidai que tout finit toujours par s'arranger pour le mieux dans le meilleur des mondes.

LA BATTUE DU CHASSEUR

Ils me regardaient mais ils me voyaient pas. Savaient pas qui j'étais. Pour eux, j'étais rien qu'un machin assis à leur table qui essayait d'avaler la tambouille qu'on mettait dans son assiette. J'avais des tas de pensées mais ils savaient pas lire dans mon esprit, ils pouvaient pas me comprendre. C'était décidé : j'irais dans la maison d'à côté puisque j'y avais été invité. Et, là-bas, faudrait que je fasse attention à causer correctement comme ils me disent tout le temps, les parents, soi-disant que je fais des fautes. Oui, pour la vieille dame, je ferais gaffe à bien me conduire. En tout.

Et puis, j'irais seul. J' le dirais pas à Jory. Jory, il a pas besoin de connaître mes nouveaux amis. Il a ses cours de danse où qu'y a plein de jolies filles, il est pas à plaindre. Avec Melodie, il a tout ce qu'il lui faut. Moi, j'ai personne que des parents qui comprennent rien à rien. Dès que j'aurai fini mon petit déjeuner, je filerai en laissant Jory avec ses crêpes qui baignent dans le sirop d'érable. Un cochon, voilà ce qu'il est ! Un gros cochon dégueulasse !

Il faisait chaud. Le soleil brillait trop fort. Par terre, ça faisait des longues ombres. Saleté de mur, il était vachement haut ! Est-ce qu'il savait d'avance que j'allais venir et que je serais maladroit ? Est-ce qu'« ils » voulaient me rendre les choses plus difficiles ? L'arbre, j'y étais monté dessus sans trop de peine.

Elle était tellement grande, la cour, que ça me fatiguait. J'ai les jambes courtes. Si seulement elles étaient aussi longues et aussi fines que celles à Jory !

J'arrête pas de tomber et de me cogner mais ça me fait jamais mal. Il a été étonné, papa, quand il s'en est aperçu. « Bart, il m'a expliqué, tes terminaisons nerveuses n'arrivent pas jusqu'à la surface de ta peau, alors il faut que tu fasses deux fois plus attention à ne pas attraper d'infections. Tu pourrais te blesser sérieusement sans t'en rendre compte. Si tu te coupes ou si tu t'égratignes, lave bien les plaies avec du savon et dis-le-nous, à ta mère et moi, pour qu'on les désinfecte. »

Il paraît que l'eau savonneuse chasse les microbes. Où c'est qu'ils vont ? J'aimerais bien le savoir. Au ciel ? Ou en enfer ? À quoi que ça peut bien ressembler, les microbes ? C'est des monstres, qu'il m'a dit, Jory, des sales monstres affreux qui piquent et qui gratouillent. Ils pourraient tenir un million à l'aise sur une pointe d'épingle. J'aimerais bien avoir des yeux qui fonctionneraient comme des microscopes.

J'ai longuement regardé le jardin à la dame, puis j'ai sauté en fermant les paupières pour ne pas voir le sol venir à ma rencontre et j'ai atterri en plein au milieu de ses rosiers. Ça ne fera jamais que quelques égratignures et quelques écorchures de plus à ajouter à ma collection. Et quelques microbes de plus, aussi. J'm'en fous. Je m'aplatis, je plisse les yeux pour ne pas être ébloui par le soleil et j'essaie de repérer les bêtes féroces qui sont embusquées dans les endroits sombres et mystérieux — comme ici.

Là-bas ! Derrière le gros buisson... c'est un tigre ! J'épaule mon fusil et je vise soigneusement. Il remue sa longue queue comme un fouet, ses yeux jaunes étincellent et il se lèche les babines en se disant qu'il va bientôt me manger tout cru. J'appuie sur la détente. Pan ! Pan ! Je l'ai eu ! Il est mort. Aussi mort qu'une descente de lit.

Le fusil sur l'épaule, j'explore prudemment les pistes de la jungle semées de dangers. Je traite par le mépris un petit chat roux et blanc qui miaule d'une voix *dolente*. (« Dolent » fait partie des mots nouveaux que je dois utiliser. Un par jour. Papa nous donne chaque semaine une liste de sept mots à apprendre, à Jory et à moi. Il veut qu'on se serve du mot du jour au moins cinq fois dans la conversation. J'ai pas besoin d'un vocabulaire plus riche. Je sais déjà assez bien parler comme ça.)

Un air m'est remonté à la mémoire. C'était la chanson d'un film que j'avais vu à la télé. Un film sur West Point. Une chanson qui allait très bien. Elle parlait d'un soldat.

Le fusil fièrement posé sur l'épaule, bombant le torse, le menton levé, j'avançai au rythme de la musique. Droit en direction de la porte. Il y avait un marteau en cuivre — une tête de lion à la gueule béante. Je cognai très fort.

J'étais sûr et certain que la vieille dame serait impressionnée par mon allure martiale. Les docteurs, ça casse pas des briques. Les danseurs non plus. Mais un général à cinq étoiles, ça, c'est quelque chose! Et personne n'avait un nom aussi long que le mien: général Bartholomew Scott Winslow Sheffield. C'était encore plus long et ça sonnait encore mieux que Jory Janus Marquet Sheffield. Attendez seulement que l'ennemi sache à qui il a affaire!

Je pensais que ce serait le vieux maître d'hôtel bancal qui m'ouvrirait, mais non: ç'a été la vieille dame en personne. Je l'avais déjà aperçue plusieurs fois dans son jardin. Elle ne fit qu'entrebâiller la porte, laissant juste entrer un maigre rayon de soleil.

— Bart? fit-elle d'une voix à la fois surprise et heureuse.

Est-ce qu'elle était vraiment contente de me voir? Pourtant, elle ne me connaissait même pas encore.

— C'est merveilleux, Bart! J'espérais tant que tu viendrais.

— Arrière, femme! lui ordonnai-je sur un ton féroce, pour la terrifier. Mes hommes vous encerclent. Toute résistance est inutile. Rendez-vous et hissez le drapeau blanc. Vous n'avez aucune chance.

Elle se mit à glousser bêtement.

— Oh! Bart, comme c'est gentil d'avoir répondu à mon invitation! Viens t'asseoir un moment et raconte-moi tout. Sur toi, sur ta vie. Je veux que tu me dises si tu es heureux, si ton frère est heureux, si tu te plais ici, si vous aimez vos parents. Je veux tout savoir!

Je refermai la porte en la faisant claquer très fort comme tous les bons généraux. C'était bizarre de voir les yeux bleus qui souriaient alors que cet imbécile de voile noir cachait ses lèvres. Ma rude prestance de vieux briscard s'évanouit d'un seul coup. Pourquoi fallait-il qu'elle porte cet horrible voile? Je me sentais redevenir un petit garçon intimidé.

— Vous m'avez appelé de derrière le mur, hier, m'dame, commençai-je d'une voix hésitante, pour me dire que je vienne vous voir si je me sentais seul. Alors, j'ai filé en douce...

— En douce? répéta-t-elle sur un drôle de ton. Tu dois te cacher de tes parents? Te punissent-ils souvent?

— Oh non! Ça servirait à rien. S'ils me donnaient la fessée, je sentirais rien. Et ils peuvent toujours me priver de manger, n'importe comment j'aime pas ce qu'on me donne. (Je baissai la tête et ajoutai dans un murmure :) Maman et papa, ils m'ont dit de ne pas aller embêter les vieilles dames riches qu'habitent dans des grandes maisons hantées près de chez nous.

— Ah! fit-elle en poussant un soupir. Et il y a beaucoup de grandes maisons hantées où demeurent des vieilles dames riches, près de chez toi?

— Oh! Fichtre pas, m'dame, je répondis d'une voix traînante.

Je me dirigeai d'un pas nonchalant vers un petit salon tout mignon d'où je pourrais voir dehors qui arrivait et qui partait. Là, je m'adossai à un mur et je sortis de ma poche de quoi m'en rouler une tandis qu'elle s'asseyait dans un fauteuil à bascule et me regardait souffler des ronds de fumée qui s'enroulaient autour de sa tête. Elle m'observait en souriant vaguement. Son imbécile de voile se gonflait devant sa bouche chaque fois qu'elle respirait. Je me demandai si elle dormait avec ce truc sur la figure.

— Je vous entends souvent parler dans votre jardin, ton frère et toi, tu sais. Parfois, je monte sur une échelle pour regarder derrière le mur. Tu ne m'en veux pas, j'espère ? (Je répondis pas. Je lui soufflai un rond de fumée en plein dans la figure.) Parle-moi, s'il te plaît, Bart... assieds-toi et mets-toi à ton aise. Je veux que tu te sentes chez toi, ici, que tu saches que la maison vous est ouverte, à Jory et à toi. Je suis si seule ! Je vis en tête à tête avec moi-même et John Amos, mon maître d'hôtel. C'est réconfortant d'avoir une vraie famille qui habite la porte à côté. Tu peux me dire tout ce qui te passe par la tête, absolument tout.

J'avais rien à lui dire — mais, quand même, une grande personne qui voulait m'écouter... De quoi qu'on pourrait causer ?

— C'est pas bien de nous espionner.

— Mais je ne vous espionnais pas, fit-elle précipitamment. C'était juste pour tailler mes rosiers grimpants. Ce n'est pas ma faute si j'ai surpris votre conversation, n'est-ce pas ?

Une espionne, voilà ce qu'elle était. J'écrasai mon mégot sous le talon de ma botte pleine de boue. Comme j'avais le soleil dans les yeux, je rabattis le bord de mon chapeau. Ce maudit soleil me donnait soif.

— Vous arrêtez pas de poser des questions, m'dame. Alors, maintenant, venez droit au fait, hein ?

— Si tu t'assieds, on nous servira des rafraîchissements, Bart. Tu vois cette sonnette ? La femme de chambre va apporter de la glace et du gâteau. Il est encore très tôt, cela ne te coupera pas l'appétit pour le repas.

Je pouvais bien rester encore un peu. Je me laissai tomber dans un fauteuil rembourré et regardai les pieds de la dame. Presque invisibles, ils étaient. Pourquoi qu'elle avait des talons hauts ? Des sandales aussi chics ? Et pourquoi qu'elle se peignait les ongles des orteils ?

La porte s'ouvrit et une jolie bonne mexicaine entra avec un plateau plein de pâtisseries. Youppie ! Elle me sourit, adressa un signe de tête à la dame et disparut. J'acceptai poliment ce que la dame me donna — y avait pas assez de rien — et je me mis à table. J'aimais pas la nourriture qu'était bonne pour moi, elle avait un sale goût. Aussitôt que mon assiette fut vide, je me levai.

— Merci de votre bonté pour un vieux cow-boy qu'était pas habitué à tant d'hospitalité, m'dame. Maintenant, faut que je les mette...

— Si tu dois partir... (Elle avait l'air si triste que ça me fit pitié qu'elle vive toute seule, rien qu'avec des domestiques, sans enfants.) Reviens demain, si tu veux, et amène Jory. Tout ce qui pourra te faire plaisir...

— Je veux pas amener Jory !

— Pourquoi ?

— Parce que vous êtes mon secret à moi ! Il a toujours tout et j'ai jamais rien. Personne ne m'aime.

— Moi, je t'aime.

Mince ! Ce que j'étais content ! Je la dévisageai mais je ne voyais rien que ses yeux bleus.

— Pourquoi que vous m'aimez ?

Je n'en revenais pas. Personne d'autre ne m'aimait.

— Cela va plus loin, Bart Winslow, dit-elle étrangement. Je t'adore.

— Pourquoi ?

Je ne la croyais pas. Les dames avaient le coup de foudre pour Jory, jamais pour moi.

Elle baissa la tête.

— J'ai eu deux fils, autrefois, et je ne les ai plus. (Sa voix était sourde et étranglée.) J'ai voulu en avoir un autre de mon second mari mais cela n'a pas été possible. (Elle releva la tête et plongea son regard dans le mien.) Je voudrais que tu prennes la place de ce troisième fils que je n'ai pu avoir. Je suis très riche, Bart. Je peux t'offrir tout ce dont tu as envie.

— Même ce que mon cœur désire le plus ?
— Oui, tout ce que l'argent permet d'acheter, je peux te le donner.
— On peut pas acheter tout ?
— Hélas ! non. Je l'ai cru, jadis, mais je sais à présent que l'argent est incapable de procurer ce qui est le plus important, des choses qui me paraissaient aller de soi et dont je ne faisais pas cas. Ah ! Si je pouvais recommencer ma vie, j'agirais différemment ! J'ai commis tant d'erreurs, Bart ! Je voudrais maintenant faire au mieux pour toi, avec toi. Si tu tiens absolument à ce que je reste ton secret, peut-être qu'un jour... Enfin, nous verrons cela plus tard. Reviendras-tu me voir demain ?

Elle avait l'air malheureuse et ça me mettait mal à l'aise. Je frottai mes pieds par terre. Valait mieux que je parte en vitesse avant qu'elle essaie de m'embrasser.

— Faut que je retourne au camp, m'dame. Mes hommes vont penser que je suis blessé ou mort. Mais oubliez pas : vous êtes encerclée et vous ne pouvez pas gagner la bataille.

— Je sais. (Oh ! Ce que sa voix était triste en disant ça !) Je n'ai jamais gagné à aucun des jeux que j'ai essayé de jouer. J'ai toujours été battue, même quand je croyais avoir les bonnes cartes en main.

Exactement comme moi !

— Y a qu'à jouer vos cartes comme il faut, m'dame, et je viendrai tous les jours vous faire une visite — ou même deux ou trois.

— Merci, Bart. Tu n'auras qu'à me dire quelles cartes je dois jouer, et elles t'attendront sur la table.

Ça me donna une idée. Y avait plein de choses dont j'avais envie et que j'avais jamais eues. Les livres, les jeux, les jouets et les trucs ordinaires, ça m'intéressait pas. Mais y avait quelque chose, une seule chose qu'il fallait que j'aie absolument. Je la regardai, le cœur battant. Peut-être que ce serait elle qui me la donnerait.

— Comment vous vous appelez ?

— Je te le dirai la prochaine fois que tu reviendras.
Je reviendrais. Pas question de la laisser tomber, maintenant.

Quand je rentrai à la maison, personne ne remarqua que j'étais là. Maman était en train de parler de la petite fille qu'elle voulait à toute force avoir si Nicole, son élève préférée, mourait. Elle s'interrompit même pas. *Mon Dieu, faites qu'elle meure pas!* priai-je silencieusement.

— Tu viens, Jory? On va jouer au ballon.
— Je ne peux pas. Maman me conduit à l'école cet après-midi. Et puis, les parents de Melodie viennent me chercher pour dîner chez eux et, après, ils m'emmèneront au cinéma.

Moi, personne m'emmenait jamais nulle part, sauf les parents. J'avais pas d'amis. Pas de bêtes à moi. Cette saleté de Clover me préférait Jory et il braillait comme si je le torturais quand par hasard je lui marchais sur la queue sans le faire exprès ou qu'il me faisait trébucher — il était tout le temps dans mes pieds.

Je me dirigeai vers la porte de derrière — c'était quelques jours plus tard.

— Où vas-tu? me demanda maman, qui buvait des yeux la photo de la petite fille dont elle avait tellement envie. Bart, réponds-moi. Où vas-tu?
— Nulle part.
— Chaque fois que je te pose la question, tu ne vas nulle part et tu ne fais rien. Je veux que tu me dises la vérité.

Jory se mit à rigoler et il la serra dans ses bras.

— Tu devrais quand même le connaître, depuis le temps, maman. Quand Bart file par la petite porte, il est *partout*! On n'a jamais vu un gosse plus fort que lui pour jouer à faire semblant. Tantôt il est ci, tantôt il est ça. Il n'y a qu'une chose qu'il n'est jamais : lui-même.

Je le transperçai du regard avec une telle force que ça aurait dû le faire taire immédiatement — mais non, il continua :

— Il préfère le rêve à la réalité, maman, c'est tout.

Pas vrai! J'en avais marre, tout simplement. J'avais pas ce que je voulais dans la vie réelle et, quand je jouais à faire semblant, là, j'avais tout. Jory et maman se mirent à rire comme des idiots. Encore un coup, j'étais rejeté. Furieux! Ils me rendaient fou furieux!

Tous, ils se fichaient de moi, cette bande de vaches! Mais ça me rendait malheureux de les haïr alors que faire semblant me rendait heureux. Qu'est-ce que j'avais à perdre à aller chez la dame? Rien, absolument rien.

Et je m'y rendis en traversant au péril de ma vie la plus noire et la plus dangereuse des jungles. J'avançais bravement, au mépris de la mort qui me guettait à chaque pas, j'escaladai l'arbre au tronc glissant qui cherchait à me faire tomber. Pour la rejoindre, je fis l'ascension du haut mur. Pour la rejoindre, j'affrontai le vent et la neige, la pluie et le givre, les engelures, les blizzards qui m'aveuglaient.

J'atteignis sa demeure harassé — c'était la cinquième fois que j'y allais en l'espace de trois jours. Et la dame était là, souriante derrière son voile. Personne ne m'aimait autant qu'elle. Quand elle m'accueillait en m'ouvrant les bras, ça me faisait chaud en dedans. Le bonheur! Je me précipitais pour qu'elle me prenne sur ses genoux, qu'elle me câline et me cajole. Elle avait besoin de moi. Besoin de m'aimer comme si j'étais son petit garçon à elle. Quand elle m'embrassait, ce n'était pas aussi désagréable que je le craignais mais, quand même, c'était rêche à cause de son sacré voile.

Comme elle m'aimait! Et moi aussi, je l'aimais, maintenant, elle m'avait donné une pièce à moi tout seul pour y mettre tout ce qu'elle m'avait offert. Deux trains électriques avec leurs accessoires, des petites autos, des camions, des jeux. Et c'était chez elle que je jouais avec, pas chez moi.

Le temps passait et je l'aimais un peu plus chaque jour. Et puis une fois — c'était un mardi —, voilà que je tombe en entrant dans sa pièce favorite sur le vieux maître d'hôtel, John Amos, cette espèce de crapouilleux, en train de tripoter dans ses affaires en marmonnant dans sa barbe, il disait comme ça que c'était une idiote, de dali... dilapider ses sous, que bientôt il en resterait plus. Ça me plaisait pas qu'il fouille dans ses affaires. Ni qu'il dise du mal d'elle derrière son dos.

— Sortez, je lui ordonnai en faisant ma grosse voix d'homme. Prévenez votre maîtresse que je suis là et la cuisinière que je veux des gaufrettes avec la glace au chocolat, aujourd'hui, pas des tuiles.

Rien que de le regarder, ça me faisait froid dans le dos.

— On peut de temps en temps faire confiance à quelques-uns mais ça n'arrive presque jamais. Il faut s'estimer heureux si on peut avoir confiance en un seul tout le temps.

Qu'est-ce qu'il voulait dire ? Je lui lançai un regard méchant et essayai de battre en retraite. J'aimais pas son râtelier qui n'arrêtait pas de vouloir sortir. Il le renfonçait alors et ses fausses dents grinçaient comme si elles étaient mal faites pour sa bouche.

— Tu l'aimes bien, hein ? me demanda-t-il avec un sourire sournois. (Il secouait la tête de haut en bas et de gauche à droite, ça me donnait le tournis.) Quand tu auras envie de savoir qui tu es — et qui elle est — vraiment, tu n'auras qu'à venir me voir.

Les pas de la dame dans l'escalier le firent décamper.

J'avais la chair de poule. Je savais très bien qui j'étais — la plupart du temps.

Maintenant, j'étais tout seul. Avec rien à faire. Je m'assis les jambes croisées l'une sur l'autre, comme mon papa et, me carrant dans le fauteuil, j'allumai un cigare grand luxe, ce qu'il ne faisait jamais. (Maman n'aimait pas qu'on fume. Moi, je ne voyais pas ce que ça avait de mal.) Je soufflai quatre ronds de fumée impeccables qui s'envolèrent en direction du Pacifique. Ils termineraient leur voyage au Japon, sur le mont Fuji.

— Bonjour, Bart chéri. Comme je suis contente de te voir !

Elle entra et s'assit dans son fauteuil à bascule.

— Et mon poney, vous l'avez ?

— Oui, je sais que je t'ai promis que tu en aurais un puisque c'est ton plus cher désir, répondit-elle avec embarras. Mais je n'avais pas pensé à tous les inconvénients que cela présenterait, mon cher enfant.

— Vous l'avez promis !

Est-ce qu'elle était indigne de ma confiance ? Est-ce qu'elle était de ceux qui ne tenaient pas leurs promesses ?

— Un poney exige une écurie, et ça sent mauvais. Quand tu rentreras chez toi, tes parents et Jory devineront que tu as un ami à quatre pattes ici.

Je ne répondis pas. Au lieu de ça, j'éclatai en sanglots.

— Toute ma vie, j'ai eu envie d'un poney. Toute ma vie. Et maintenant, je sais que je mourrai sans jamais en avoir un.

Je pleurai encore un peu, puis, tête basse, me dirigeai vers la porte, bien décidé à ne plus jamais revenir.

— Bart, je connais un gros chien, très beau, qui ne laissera pas d'odeur et ne trahira pas ton secret. Un saint-bernard. Il est si grand que tu pourras monter dessus comme si c'était un poney. Il suffira que tu le soignes bien et il ne sentira pas.

Je me retournai lentement et lui lançai un regard noir.

— Un chien aussi gros qu'un poney, ça n'existe pas.

— Tu crois ?

— Vous essayez de vous moquer de moi. J'vous aime plus ! Je vais rentrer à la maison et je reviendrai plus jamais... tant que vous aurez pas un poney que je pourrai appeler Pomme.

— Mais, mon chou, tu pourras appeler le chien Pomme — bien qu'il ne mange pas de pommes. Pense un peu comme Jory sera jaloux que tu aies un chien plus beau que le sien.

Je fis volte-face, bien décidé à repartir. J'étais écœuré.

— Tu sais, Bart, il n'y a que des gens très, très riches qui ont les moyens de nourrir un saint-bernard.

J'étais comme une épingle en face d'un aimant. Je fis demi-tour avec réticence. Elle me prit alors sur ses genoux et me fit un câlin.

— Appelle-moi grand-mère, Bart.
— Grand-mère.

C'était bon d'en avoir une, enfin. Je me pelotonnai davantage contre elle, m'attendant qu'elle m'appelle « mon bébé », mais non, elle continua de se balancer en me chantant une berceuse. Je mis mon pouce dans ma bouche. C'était chouette d'être cajolé, embrassé, choyé comme un tout petit enfant.

— Est-ce que vous êtes laide sous votre voile?

J'étais toujours curieux de savoir comment elle était vraiment. Son voile n'était qu'à moitié transparent.

— Je présume que c'est ce que tu penserais mais j'ai été très belle autrefois. Aussi belle que ta maman.

— Vous connaissez ma maman?

Au même moment, la porte s'ouvrit, livrant passage à la jolie femme de chambre, celle que je préférais, qui apportait de la glace et des sablés encore tout chauds.

— Tu ne vas manger qu'un seul gâteau et juste cette petite part de crème glacée. Comme cela, tu pourras revenir après déjeuner.

Et elle continua en me disant qu'il fallait pas que je prenne des aussi grosses bouchées, que c'était mal élevé, et d'un, et pas bon pour la digestion, et de deux.

J'étais bien élevé. Ma mère m'expliquait tout le temps comment il fallait faire pour bien se tenir. Ça m'a tellement mis en colère d'entendre ça, que j'ai descendu de ses genoux en me demandant ce que le maître d'hôtel avait à me raconter au juste. Et dans le hall, au moment où j'allais sortir, il a surgi brusquement avec son sourire qui me donnait la chair de poule. Et il m'a tendu un petit livre relié en cuir rouge.

— J'ai l'impression que tu ne sais pas trop où tu en

es, murmura-t-il d'une voix sifflante qui me faisait penser à un serpent. Il est temps que tu apprennes qui tu es réellement. La dame qui t'a dit de l'appeler grand-mère est effectivement ta grand-mère.

Eh bien ça alors! Si j'avais su que j'en avais une pour de vrai! Je croyais que mes deux grand-mères, il y en avait une de morte et l'autre chez les fous.

— Eh oui, Bart, elle est ta grand-mère, mais il y a encore mieux. Elle a autrefois été mariée avec ton père. *Ton véritable père.*

Je ne savais plus quoi penser, sauf que j'étais drôlement content d'avoir une grand-mère pour de vrai et rien qu'à moi, comme Jory. Et qui n'était ni morte ni folle.

— Écoute bien ce que je vais te dire, mon garçon, poursuivit John Amos, et tu ne te sentiras plus jamais faible et impuissant. Tu vas lire tous les jours un passage de ce cahier pour apprendre à devenir comme ton arrière-grand-père, Malcolm Neal Foxworth. Il n'y a jamais eu sur terre personne d'aussi malin que ton bisaïeul — le père de ta grand-mère, cette femme qui se balance sans arrêt dans son fauteuil à bascule et qui ne se sépare pas de cet affreux voile noir.

— En dessous, elle est jolie. (Ses paroles me déplaisaient et son air aussi.) J'ai jamais vu sa figure mais je sais qu'elle est jolie; suffit d'entendre sa voix. Plus que vous!

Il ricana mais son expression malveillante redevint aussitôt souriante.

— D'accord, pense ce que tu veux. Mais quand tu auras lu ce petit livre écrit par ton cher arrière-grand-père, tu sauras qu'il ne faut jamais avoir confiance dans les femmes, surtout quand elles sont jolies. Elles sont rusées et connaissent l'art et la manière d'imposer leurs quatre volontés aux hommes. Tu t'en rendras compte assez tôt quand tu en seras devenu un. Ton père n'était pas le premier venu, il avait de la prestance. Mais elle l'a pris dans ses filets, elle en a fait son esclave. Elle le menait comme un toutou en laisse. Et elle en fait autant avec toi.

Moi, un toutou en laisse ? Il ferait beau voir !

— Bartholomew Winsley était son deuxième mari, il avait huit ans de moins qu'elle et il s'est fait posséder dans les grandes largeurs. Il se figurait qu'il la ferait marcher au doigt et à l'œil et, finalement, c'est elle qui s'est servie de lui. Je veux t'arracher de ses griffes pour t'éviter de connaître le même sort que ton père qui en est mort.

Il n'y avait presque que des morts dans notre famille. Tout ce que me disait John Amos ne m'étonnait pas vraiment, sauf que je ne savais pas que les femmes étaient aussi mauvaises que ça.

— Si tu veux que ton âme ne brûle pas dans les flammes éternelles de l'enfer, mon petit Bart, lis ce livre. Alors, tu seras aussi fort et aussi puissant que ton grand-père. Et jamais les femmes n'auront barre sur toi.

Je le regardai. Il avait un visage maigre, tout en longueur, une moustache mangée aux mites et des dents jaunâtres qui le faisaient chuinter quand il parlait, et même siffler. J'avais jamais vu quelqu'un d'aussi laid. Mais combien de fois n'avais-je pas entendu Emma répéter que c'est dans ce que les gens font que réside leur beauté ? Alors, pourquoi ne pas accorder sa chance à mon arrière-grand-père en lisant son petit livre rouge ?

Moi, la lecture, c'était pas tellement mon truc. Mais une fois dans l'écurie qui serait bientôt celle de mon poney, je me blottis dans la paille. J'en avais tellement envie, de ce poney, que j'en avais mal. J'ouvris le petit livre relié en cuir rouge. Il avait l'air drôlement vieux.

« Je commence ce journal par le jour le plus cruel de mon existence : celui où ma mère bien-aimée s'est enfuie et m'a abandonné pour un autre homme. Elle a aussi abandonné mon père. Je me rappelle ce que j'ai éprouvé quand il m'a dit ce qu'elle avait fait, les larmes que j'ai versées. J'étais perdu sans elle. Oh ! comme je me suis senti seul dans mon lit, sans ma mère pour m'embrasser et m'entendre réciter mes prières ! J'avais cinq ans. Jusqu'à son départ, elle avait toujours dit que personne ne comptait plus que moi dans son existence. Comment avait-elle pu m'abandonner ainsi, moi, son fils unique ? Quel esprit diabolique s'était emparé d'elle pour qu'elle se résolve à se détourner de ce fils qui l'aimait tant ?

« Quelle innocence, quelle ignorance étaient les miennes à cette époque ! Ce fut en lisant les enseignements du Seigneur que je me suis peu à peu rendu compte que, depuis Eve, les femmes ont toujours trahi les hommes d'une façon ou d'une autre, même les mères. Alors, Corinne, Corinne, j'ai commencé à haïr ton nom. »

C'était bizarre. J'éprouvais une drôle d'impression en levant les yeux du petit livre rouge noirci d'une écriture de mouche qui, des fois, s'élargissait en bas de la page comme si celui qui avait griffonné ces lignes n'avait pas voulu laisser le moindre espace en blanc.

Moi aussi, j'avais toujours craint que maman ne disparaisse sans raison sauf qu'elle n'aurait plus eu envie de vivre près de moi. Alors, je serais resté seul avec un beau-père qui ne pouvait évidemment pas m'aimer autant que si j'avais été son fils.

— Alors, ça t'intéresse ?

C'était John Amos. Il était entré furtivement dans l'écurie et il m'observait, ses petits yeux brillant dans l'ombre.

— Oh oui, c'est un chouette livre, parvins-je à répondre.

J'étais tout retourné, j'avais peur que maman se sauve, elle aussi, avec un homme qui serait pas un docteur. Elle disait tout le temps qu'elle regrettait que papa n'ait pas un autre métier, comme ça il aurait été plus souvent à la maison.

— Il faut que tu en lises un petit peu tous les jours, me répéta John Amos qui m'aimait bien, sans doute, même s'il avait une sale tête. De cette manière, tu sauras tout ce qu'il y a à savoir sur les femmes et comment les tenir en main. Et pas seulement les femmes, tout le monde. Ce petit livre rouge t'empêchera de faire les erreurs que commettent tant d'hommes. Rappelle-toi que, de par la volonté de Dieu, l'homme a le devoir de dominer les femmes qui sont des créatures fondamentalement faibles et stupides.

Eh bien, j'aurais pas cru que maman était faible et stupide. Je pensais qu'elle était, au contraire, forte et formidable. Et que ma grand-mère était bonne et généreuse, beaucoup plus, même, parce que ma mère, elle était toujours trop occupée pour s'occuper de moi, on aurait dit.

— Malcolm était un homme que tout le monde respectait et redoutait, Bart. Quand on inspire ce genre de sentiments aux gens, ils vous révèrent à l'égal d'un dieu. Inutile de parler de ce livre à ta grand-mère. Il est préférable que tu ne lui en souffles mot et que tu fasses semblant de l'aimer comme avant. Il ne faut jamais laisser les femmes deviner ce que l'on pense au fond de soi.

Possible qu'il avait raison. Peut-être que si je lisais le livre jusqu'au bout, je serais plus malin encore que Jory et que tout le monde me respecterait.

Cette nuit-là, dans mon lit, je serrai le journal de Malcolm sur mon cœur en souriant. Il ferait de moi l'homme le plus riche de la terre, riche comme Malcolm Neal Foxworth qui habitait autrefois, très loin d'ici, une propriété appelée Foxworth Hall.

Maintenant, j'avais deux amis. La dame en noir qui était ma grand-mère et John Amos qui me parlait plus que ne m'avait jamais parlé papa. C'était quand même drôle de voir ces étrangers entrer dans ma vie et commencer à me donner plus que ne m'avaient jamais donné mes parents.

LE DOUX ET L'AMER

Le cours de danse que maman avait racheté portait encore le nom de la première propriétaire, *École de ballet Marie DuBois*. Elle l'avait conservé et laissait ses élèves croire qu'elle était Marie DuBois. Elle nous avait expliqué par la suite, à Bart et à moi, que c'était plus simple que de le changer — et financièrement plus intéressant. Papa semblait être du même avis.

Le cours était installé au premier étage d'une petite maison de San Rafael, tout près de son cabinet. Souvent, ils déjeunaient ensemble ou bien ils passaient la nuit à San Francisco quand ils avaient envie de voir un spectacle pour ne pas avoir à rentrer après. Comme Emma était là, ça ne nous ennuyait pas outre mesure sauf que, parfois, quand ils rentraient, heureux et radieux, j'avais un peu l'impression d'être laissé pour compte.

Un soir où je n'arrivais pas à m'endormir, je sortis de ma chambre avec l'idée de m'offrir une petite collation, rien de plus. Quand je traversai le hall, j'entendis en passant devant le salon la voix de mes parents. Ils parlaient fort. Comme s'ils se disputaient.

Que faire? Rester ou regagner ma chambre? Comme j'hésitais sur la conduite à tenir, je me remémorai brusquement l'épisode du grenier et décidai que, dans mon propre intérêt comme dans celui de Bart, il fallait que je sache de quoi il retournait.

Maman portait encore la jolie robe bleue qu'elle avait mise pour aller dîner au restaurant avec papa.

— Je ne comprends pas pourquoi tu persistes à élever des objections! tempêtait-elle en marchant de long en large sans cesser de lancer à papa des regards furibonds. Tu sais aussi bien que moi que Nicole ne va pas fort. Si nous attendons qu'elle soit morte et enterrée, ce sera l'État qui deviendra le tuteur légal de Cindy et nous aurons un mal fou à obtenir qu'il se dessaisisse de sa garde en notre faveur. Il faut prendre tout de suite les mesures qui s'imposent. Décide-toi, Chris, je t'en supplie!

— Non, répondit papa sur un ton tranchant. Nous avons déjà deux enfants et je trouve que c'est largement suffisant. Il y a d'autres jeunes ménages qui seront ravis d'adopter Cindy. Des couples qui n'auront rien à craindre, eux, quand l'Assistance publique commencera à enquêter...

Maman leva les bras au ciel.

— C'est exactement ce que je dis! Si nous avons la garde de Cindy alors que Nicole est encore en vie, il n'y aura aucune raison d'ouvrir une enquête. Je vais mettre immédiatement Nicole au courant de nos projets. Je suis sûre qu'elle sera d'accord et qu'elle signera tous les papiers nécessaires.

— Comme si les choses devaient toujours se conformer à ton bon plaisir! Il se peut très bien que Nicole soit rétablie dans quelques semaines et même si elle devait rester définitivement infirme, elle voudra garder sa fille.

— Mais une mère invalide, tu te rends compte?

— Ce n'est pas à nous de décider.

— Elle ne guérira pas! Tu le sais comme je le sais. Et je vais te dire quelque chose, Christopher Doll. Je suis allée à la clinique et j'ai déjà parlé à Nicole. Elle veut que ce soit moi qui aie la garde de Cindy. J'avais apporté les papiers et elle les a signés. J'étais accompagnée de Simon Daughtry, l'avocat, et de sa secrétaire. Alors, tu peux toujours essayer de me mettre des bâtons dans les roues, à présent!

Visiblement bouleversé, papa se cacha le visage dans les mains.

— Cesse de faire l'autruche, Christopher! gronda ma mère. Regarde-moi et assume tes responsabilités. Rappelle-toi la nuit où Bart est né. Tu étais là avec tes yeux implorants qui me disaient que Paul n'était qu'un pis-aller et que ce serait finalement toi qui gagnerais. Ah! Si tu n'avais pas été là à m'implorer avec tes fichus yeux bleus, je n'aurais pas signé la décharge, je n'aurais pas laissé les médecins me stériliser ! J'aurais donné le jour à un autre enfant, même si cela avait dû me coûter la vie. Seulement, tu étais là et j'ai cédé. Pour toi. Pour toi, tu m'entends ?

Elle s'écroula, secouée de sanglots, et resta couchée par terre en chien de fusil. Ses longs cheveux d'or déployés sur le tapis que ses doigts pétrissaient masquaient sa joue et elle pleurait, elle pleurait, se reprochant et lui reprochant de faire ce qu'ils faisaient.

Mais que faisaient-ils ?

Roulant sur elle-même, elle se mit sur le dos, les bras en croix. Papa repoussa ses cheveux et la contempla fixement, l'expression torturée.

— Tu as raison, Christopher ! Tu as toujours raison ! Moi, je n'ai eu raison qu'une seule fois mais cela aurait pu sauver Cory.

Elle repoussa violemment papa qui, à genoux, faisait mine de vouloir la prendre dans ses bras et une exclamation étranglée m'échappa quand elle le frappa.

— Tu avais encore raison quand tu m'as déconseillé d'épouser Julian. Tu as dû boire du petit-lait en voyant notre mariage faire lamentablement naufrage ! Je suis sûre que tu as pavoisé lorsque Julian a laissé Yolanda Lange détruire tout ce que nous possédions. Tout se déroulait comme tu l'avais prévu. Ce que tu devais exulter ! Et lorsque Bart est mort dans l'incendie qui a ravagé Foxworth Hall, est-ce que tu riais aussi sous cape ? Étais-tu heureux d'être débarrassé de lui ? T'imaginais-tu que j'allais me précipiter dans tes bras en oubliant tout ce que je devais à Paul ? Doutais-tu de mon amour pour lui ? Quand nous étions amants, Paul et moi, poursuivit-elle d'une voix stridente, je n'ai jamais pensé qu'il était trop vieux avant que tu te mettes à ramener tout le temps son âge sur le tapis. Peut-être n'aurais-je prêté aucune attention aux ragots d'Amanda si tu ne m'avais pas tellement seriné que j'avais tort d'épouser un homme de vingt-cinq ans plus âgé que moi.

Je me faisais tout petit dans mon coin. J'avais honte

d'être là à les écouter et, en même temps, je ne voulais pas m'en aller maintenant que je surprenais tant de choses.

— Tu te rappelles le jour de mon mariage avec Paul ? fulmina-t-elle. Tu te le rappelles ? Souviens-toi... Quand tu m'as tendu l'alliance qu'il devait me passer au doigt, tu as hésité si longtemps que le pasteur a dû te rappeler à l'ordre à mi-voix. Et tes yeux ne cessaient de m'implorer. Mais je t'ai résisté, comme j'aurais dû te résister après la mort de Paul. Espérais-tu qu'il mourrait vite pour avoir ta chance ? Ton vœu a été exaucé, Christopher Doll ! Tu as gagné ! Tu as toujours été gagnant ! Tu attends patiemment en faisant tout ce que tu peux pour gâcher ma vie ! Et tu m'as conduite là où tu voulais — dans ton lit, comme si j'étais ta femme. Tu es content ? Dis, tu es content ?

Et elle le gifla à toute volée.

Il recula mais ne dit rien.

Mais elle n'avait pas encore fini.

— Ne te rends-tu pas compte que je ne me serais jamais tournée vers Bartholomew, pour commencer, si tu ne t'étais pas tout le temps interposé entre Paul et moi, si, à cause de toi, je ne m'étais pas sentie coupable de ce que maman nous avait fait ? Alors, il a fallu que je lui vole son Bart bien-aimé, c'était le seul moyen que j'avais de la punir. Et maintenant, après toutes les bontés que Paul a eues pour nous, tu n'as même pas assez de générosité pour adopter une malheureuse petite fille qui sera bientôt orpheline, alors que j'ai tout arrangé sur le plan juridique pour qu'il n'y ait pas d'enquête. Tu veux toujours m'avoir pour toi tout seul. Deux enfants, n'est-ce pas, c'est amplement suffisant !

— Catherine, gémit papa, je t'en supplie...

Maman se mit à le bourrer de coups de poing en vociférant :

— Peut-être même que si tu m'as dit qu'il n'y avait pas de contre-indication à ce que Paul fasse l'amour, c'était pour qu'il ait une nouvelle attaque cardiaque !

Elle s'effondra, pantelante, les joues barbouillées de larmes, sans le quitter des yeux, mais il ne bougea pas.

J'avais envie de pleurer — de pleurer sur lui, sur elle, sur Bart, sur moi. Et pourtant, j'étais loin d'avoir tout compris.

À présent, papa était pris d'un tremblement incoercible ; il frissonnait comme si l'hiver avait soudain envahi le salon. Maman avait-elle dit vrai ? Était-ce lui qui était responsable de tous les cadavres que nous traînions derrière nous ? J'avais peur, aussi. Parce que je l'aimais.

Enfin, il se releva et se dirigea vers leur chambre.

— Puisqu'il en est ainsi, Cathy, je fais mes valises et dans une heure j'aurai quitté cette maison, si c'est cela que tu veux. J'espère que tu es satisfaite. Cette fois, c'est toi qui as gagné.

D'un bond léger, elle se mit debout et, courant vers lui, l'empoigna par un bras pour l'obliger à lui faire face et l'étreignit.

— Je te demande pardon, Chris ! Je te demande pardon ! Je ne pensais pas un mot de ce que j'ai dit. C'était un jeu cruel, je le sais. Je t'aime. Je t'ai toujours aimé. Je mens, je triche, je raconte n'importe quoi pour obtenir ce que je veux et je rends les autres responsables de tout. Ne sois pas meurtri, ne te sens pas trahi. Tu as raison de t'opposer à ce que j'adopte la fille de Nicole car je finis toujours par faire du mal à ceux que j'aime. Je détruis ce que j'ai de plus précieux. Si j'avais été quelqu'un de bien, j'aurais trouvé les mots qu'il fallait dire à Carrie mais je n'ai pas su. Pour Julian non plus, d'ailleurs.

Elle se cramponnait au cou de papa mais, raide comme un morceau de bois, il ne se laissait attendrir ni par les supplications ni par les baisers passionnés de maman. Elle saisit une de ses mains inertes, dans l'intention de l'obliger à la gifler, mais comme il restait sans réaction, elle se gifla elle-même.

— Pourquoi ne me frappes-tu pas, Chris ? Dieu sait que je t'ai donné assez de raisons de le faire, ce soir !

Non, je n'ai pas besoin de Cindy puisque je t'ai et que j'ai mes fils.

Visiblement, mon beau-père était réduit à l'impuissance devant un pareil déchirement. Mais il n'était pas question pour elle d'en rester là et elle se remit à hurler :

— Eh bien, que se passe-t-il, Christopher Doll ? Tu es là sans rien dire à essayer de me juger en fonction de ta morale. Incline-toi devant la vérité : je suis un être totalement amoral ! Tu veux croire que je ne suis qu'une comédienne qui joue un rôle comme notre mère jouait jadis le sien. Même maintenant, après tout ce temps, tu es incapable de dire quand je joue la comédie et quand je ne la joue pas. Tu veux savoir pourquoi ? (Sa voix s'était faite âpre, cynique.) Puisque tu ne t'es jamais donné la peine d'analyser mon cas pitoyable, je vais le faire à ta place. Tu as peur de me voir telle que je suis, Christopher. Tu veux ignorer ce que je suis réellement. Tu ne peux pas te résoudre à admettre que tu as été dupe. Tu devrais alors reconnaître que ton sublime amour est allé à une femme sans cœur, insensible, un monstre d'égoïsme. Regarde donc la vérité en face ! Je ne suis pas, je n'ai jamais été, je ne serai jamais un ange divin ! Durant toute ta vie d'adulte, tu t'es raconté des histoires, tu t'es efforcé de voir en moi une créature que je ne suis pas — et, du coup, toi aussi, tu es un menteur. Non ?

Elle éclata de rire tandis que papa pâlissait.

— Regarde-moi, Christopher. Est-ce que je ne te rappelle pas quelqu'un ? (Elle s'écarta de lui et demeura un long moment à le dévisager mais, comme il s'obstinait dans son silence, elle reprit :) Allez, dis-le ! Je suis comme elle, n'est-ce pas ? Elle a agi exactement de la même façon lors de la dernière soirée à Foxworth Hall. Pendant que les invités se pressaient autour du sapin de Noël dans la salle de bal, elle explosait dans la bibliothèque comme je suis en train d'exploser. Et que son père la battait, et qu'il l'avait obligée à faire ce qu'elle avait fait ! Quel dommage que tu n'aies pas été là! Alors, qu'attends-tu, Chris? Vas-y! Insulte-moi! Frappe-moi! Hurle à ton tour, montre que tu es humain!

Lentement, très lentement, son sang-froid abandonnait papa. Qu'allait-il se passer? J'avais peur. J'avais envie d'intervenir pour qu'il ne se produise rien car s'il avait levé la main sur elle, je me serais précipité pour la défendre. Jamais je ne l'aurais laissé frapper ma mère.

Je ne sais si elle entendit mes supplications muettes. Toujours est-il qu'elle le lâcha et se laissa à nouveau glisser à terre. J'étais bouleversé de les voir tous deux près de s'écharper. Et pourquoi le nom de Foxworth Hall éveillait-il en moi des terreurs secrètes que je préférais refouler? Qui avait « explosé »? Et Papa Paul? Où était-il pendant ce temps? À cette époque lointaine, maman ne connaissait pas encore son jeune frère. C'était, tout au moins, ce qu'on m'avait dit.

Une fois de plus, papa se laissa tomber à genoux, mais ce fut pour la prendre dans ses bras avec une profonde tendresse, et elle se laissa faire. Il couvrait ses joues blêmes de baisers légers, tentant de la bâillonner de ses lèvres pour l'empêcher de parler.

— Chris, disait-elle, comment peux-tu continuer de m'aimer alors que je me conduis comme une garce? Comment peux-tu continuer de faire l'effort de comprendre pourquoi je suis si souvent ignoble? Je sais que je suis aussi répugnante qu'elle, sauf que je donnerais volontiers ma vie pour effacer le mal qu'elle nous a fait.

Sans un mot, il planta son regard dans celui de maman et, au bout d'un moment, leur respiration se fit haletante. La passion qui, entre eux, couvait toujours s'embrasa.

Ne voulant pas en voir davantage, je regagnai ma chambre sur la pointe des pieds avec, dans l'esprit, la vision troublante de leurs deux corps enlacés qui s'agitaient, frémissants, sur le tapis. La dernière chose que j'entendis fut le crissement d'une fermeture Éclair.

Je me ruai dans le jardin et, me laissant tomber au pied de la statue de marbre qui faisait une tache claire dans l'obscurité près du mur blanc, je cédai à mes larmes. Quand je relevai les yeux, la première chose que je vis fut le groupe de Rodin, *Le Baiser*. Ce n'était qu'une copie, mais qui en disait long sur les adultes et les sentiments qui les animaient.

Quelle candeur puérile d'avoir cru que la rectitude de mes parents était sans défaut, que leur amour était un pur et brillant ruban de satin immaculé! À présent, le ruban était éraillé, souillé, et il avait perdu son éclat. S'étaient-ils déjà souvent disputés ainsi sans que je les entende? J'essayai de me rappeler. J'avais l'impression que c'était la première fois qu'avait lieu une scène aussi épouvantable.

J'étais trop grand pour pleurer longtemps. À quatorze ans, on est presque un homme. J'avais déjà quelques poils qui poussaient au-dessus de ma lèvre, et ailleurs aussi. Reniflant et ravalant mes sanglots, je me redressai, escaladai le chêne et, une fois perché à ma place préférée en haut du mur, je m'abîmai dans la contemplation de l'immense demeure blanche qui, à la lueur de la lune, avait quelque chose de fantomatique. Des tas de questions se bousculaient dans ma tête. Je pensais à Bart. Qui était son père? Pourquoi ne lui avait-on pas donné le nom de Papa Paul? Un fils devrait porter le nom de son père. Pourquoi s'appelait-il Bart, et non Paul?

Tandis que je remuais ces pensées, le brouillard venu de la mer s'installa, engloutissant le manoir sous une épaisse grisaille.

D'étranges bruits étouffés parvinrent soudain à mes oreilles. Était-ce quelqu'un qui pleurait dans le parc? C'étaient des sanglots déchirants, entrecoupés de gémissements et de brèves prières implorant le pardon du ciel.

Ô mon Dieu! Était-ce cette pauvre vieille dame qui pleurait comme ma mère avait pleuré tout à l'heure? Qu'avait-elle donc fait? Tout le monde avait-il un passé honteux à cacher?

J'entendis prononcer le nom de mon père et sursautai sous l'effet de la surprise. J'essayai de voir où était la vieille dame. Comment connaissait-elle son prénom ? À moins qu'elle n'eût aussi un Christopher dans sa famille ?

Une chose, en tout cas, ne faisait aucun doute : une obscure menace planait sur notre vie. Bart avait un comportement plus étrange que d'habitude. Quelqu'un, quelque chose exerçait sur lui une influence insidieuse. Cela n'avait rien à voir cependant avec maman et papa. Si j'étais incapable de les comprendre, Bart avait encore moins de chances que moi d'y arriver. Néanmoins, quoi qu'il pût y avoir entre mes parents et quelle que fût la cause du changement qui affectait mon demi-frère, j'avais le sentiment de porter tout le poids du monde sur mes épaules. Et elles n'étaient pas encore assez solides pour ça.

Cet après-midi-là, je quittai le cours de danse plus tôt que d'habitude et me dépêchai de rentrer à la maison. Je voulais savoir à quoi s'occupait Bart quand je n'étais pas là. Personne dans sa chambre, personne dans le jardin. Il n'y avait donc qu'un seul endroit où il pouvait être allé : à côté.

Je le trouvai sans difficulté mais grande fut ma surprise : il était à l'intérieur, assis sur les genoux de la vieille dame éternellement vêtue de noir.

J'eus le souffle coupé à la vue de mon garnement de frère pelotonné dans son giron. Je m'approchai davantage de la fenêtre du petit salon pour lequel la dame semblait avoir une prédilection particulière. Elle fredonnait une chanson et Bart levait vers elle de grands yeux noirs débordant d'innocence. Mais son expression changea, devint subitement cauteleuse, on aurait dit un petit vieux, et ce fut d'une voix bizarre qu'il lui demanda :

— Vous ne m'aimez pas vraiment, n'est-ce pas ?

— Oh si ! répondit doucement la vieille dame. Je t'aime plus que je n'ai jamais aimé personne.

— Plus que vous pourriez aimer Jory ?

Pourquoi diable m'aurait-elle aimé ?
Elle hésita et se détourna.

— Oui... tu as beaucoup, beaucoup d'importance pour moi.

— Vous m'aimerez toujours plus que n'importe qui d'autre ?

— Toujours.

— Et vous me donnerez toujours ce que je voudrai — absolument tout ?

— Toujours. La prochaine fois que tu viendras, mon cher amour, il y aura une surprise qui t'attendra. Ton désir le plus cher.

— Vous avez intérêt ! s'exclama-t-il.

Sa dureté me stupéfia : d'un seul coup, il paraissait avoir vieilli de plusieurs années. Il est vrai qu'il modifiait sans cesse sa façon de parler, de marcher. Il passait son temps à jouer la comédie, il n'arrêtait pas de jouer à faire semblant.

Il faudrait que j'en parle à maman et à papa. C'était d'amis de son âge, pas d'une vieille femme, qu'il avait besoin. À nouveau, je me demandai pourquoi mes parents n'invitaient jamais personne à la maison comme les autres parents. Nous vivions en reclus, sans relations de voisinage.

Finalement, Bart se mit debout.

— Au revoir, grand-mère, laissa-t-il tomber, de sa voix normale de petit garçon, cette fois.

Qu'est-ce qui lui prenait de l'appeler « grand-mère » ?

J'attendis patiemment pour être sûr qu'il était bien parti, puis je fis le tour de la grande bâtisse et frappai à la porte. Je pensais que ce serait le vieux maître d'hôtel qui viendrait m'ouvrir en traînant la jambe mais je me trompais : ce fut la vieille dame en personne qui colla son œil au judas et demanda qui était là.

— Jory Marquet Sheffield, répondis-je fièrement — exactement comme l'aurait fait papa.

— Jory ! (La porte s'ouvrit toute grande.) Entre

donc, dit-elle joyeusement en s'effaçant pour me laisser passer. (Je crus apercevoir dans l'ombre, tout au fond du vestibule, quelqu'un qui s'éclipsa précipitamment.) Que je suis heureuse de ta visite ! Ton frère vient justement de partir et il ne reste plus de glace mais je peux t'offrir une tranche de gâteau ou des biscuits.

Je comprenais maintenant pourquoi Bart boudait les bons petits plats que mijotait Emma. Cette bonne femme le bourrait de friandises.

— Qui êtes-vous ? lui demandai-je avec brusquerie. Vous n'avez pas le droit de donner des choses à manger à mon frère.

Elle recula et répondit sur un ton humble :

— J'essaie de lui dire qu'il devrait attendre le repas mais il insiste. Ne me condamne pas sévèrement avant de me laisser le temps d'expliquer.

D'un geste, elle m'invita à l'accompagner dans un de ses petits salons bonbonnières. J'allais refuser mais ma curiosité fut la plus forte et je la suivis. Elle me fit entrer dans une pièce qui aurait pu être la salle d'apparat d'un château français. Il y avait un piano à queue, des causeuses, des fauteuils recouverts de brocart, un bureau et une vaste cheminée de marbre. Je me tournai vers elle et la regardai droit dans les yeux.

— Avez-vous un nom ?

— Bart m'appelle... grand-mère, bredouilla-t-elle d'une voix incertaine.

— Vous n'êtes pas sa grand-mère. En lui disant cela, vous semez le trouble dans son esprit, madame, et Dieu sait s'il est déjà assez perturbé comme ça !

Une rougeur envahit lentement son front.

— Je n'ai pas de petits-enfants. Je suis très seule ; il m'est nécessaire que quelqu'un... et Bart a l'air de bien m'aimer...

J'éprouvai à ces mots un tel élan de compassion pour cette pauvre femme que j'eus le plus grand mal à lui dire ce que j'avais décidé de lui dire ; j'y parvins néanmoins.

— Je ne crois pas qu'il soit bon pour Bart de venir ici, madame. Si j'étais vous, j'essaierais de l'en dissuader. Il lui faut des amis de son âge...

Là, je me mis à bafouiller. Comment lui faire comprendre qu'elle était trop vieille ? Et que deux grand-mères, une à l'asile et l'autre à qui la chorégraphie était montée à la tête, c'était plus que suffisant ?

Le même jour, on nous annonça que Nicole était morte dans la nuit et que, à partir de maintenant, Cindy allait être notre petite sœur. Mon regard croisa celui de Bart. Papa avait les yeux fixés sur son assiette mais il ne mangeait pas. Je me retournai, surpris, en entendant pleurer un petit enfant.

— C'est Cindy, dit alors papa. Nous étions au chevet de Nicole quand elle est morte, votre mère et moi. Ses dernières paroles ont été pour nous supplier de prendre soin de sa fille. Alors, j'ai laissé votre mère dire ce qu'elle voulait dire depuis l'accident de Nicole.

Maman entra au même moment dans la cuisine, portant dans ses bras une petite fille blonde et bouclée, dont les grands yeux étaient presque du même bleu que les siens.

— N'est-elle pas adorable, les garçons ? (Elle piqua un baiser sur une joue rose et potelée tandis que les grands yeux bleus de la fillette nous observaient alternativement, Bart et moi.) Cindy a deux ans deux mois et cinq jours très exactement. La logeuse de Nicole était ravie d'être débarrassée de ce qui était pour elle un lourd fardeau. Tu te rappelles quand tu réclamais une petite sœur, Jory ? Je t'avais dit alors que je ne pouvais plus avoir d'enfants. Eh bien, les voies de Dieu sont parfois mystérieuses. J'ai du chagrin pour Nicole, mais elle avait une fracture de la colonne vertébrale et des lésions internes multiples...

Elle n'alla pas jusqu'au bout de sa phrase. C'était affreusement triste qu'il ait fallu que quelqu'un d'aussi jeune que Nicole Nickols meure pour que nous ayons la petite sœur que j'avais réclamée jadis sans y attacher tellement d'importance.

— Nicole était ta patiente ? demandai-je à papa.

— Non, mais c'était une amie et une élève de votre mère. Nous avons été prévenus qu'elle était à la dernière extrémité. Nous nous sommes aussitôt rendus à la clinique.

Je regardai ma nouvelle petite sœur. Elle était à croquer avec son pyjama rose, son visage encadré de bouclettes. Elle tourna la tête et enfouit sa figure dans le corsage de ma mère, intimidée par tous ces inconnus.

Maman sourit aux anges.

— Tu faisais la même chose, Bart. Tu te cachais la figure, pensant que nous ne te verrions pas si tu ne nous voyais pas.

— Emmenez-la ! gronda mon frère, cramoisi et grimaçant de colère. Qu'elle s'en aille ! Mettez-la dans la tombe avec sa mère ! J'veux pas de sœur ! Je la déteste, je la déteste !

Silence. Cette sortie nous avait tous frappés de mutisme. Maman, atterrée, avait le souffle coupé. Papa se précipita sur Bart qui avait bondi, prêt à frapper Cindy qui se mit à pleurer.

— Je n'ai jamais rien entendu d'aussi méchant et d'aussi cruel, dit papa en le soulevant à bras-le-corps. (Il le fit asseoir de force sur ses genoux. Bart se débattait pour s'échapper mais il n'y parvint pas.) Tu vas monter dans ta chambre et tu y resteras jusqu'à ce que tu aies appris à faire preuve d'un peu de compassion. Tu t'estimerais très heureux si tu étais à la place de Cindy.

Bart sortit alors de la cuisine en grommelant et fit claquer la porte derrière lui.

Papa prit sa trousse, mais avant de partir il se tourna vers maman.

— Tu comprends maintenant pourquoi j'étais opposé à ce que nous nous chargions de Cindy ? lui dit-il en lui adressant un regard sévère. Tu sais aussi bien que moi que Bart a toujours été d'un caractère très jaloux. Une enfant aussi jeune et aussi mignonne ne serait pas restée longtemps à l'orphelinat. Elle aurait été adoptée au bout de deux jours.

— Oui, Chris, tu as raison. Comme toujours. Quelqu'un d'autre n'aurait pas manqué de l'adopter — et nous n'aurions jamais eu de petite fille. Eh bien, comme ça, j'en ai une qui me rappelle énormément Carrie.

Mon père tressaillit, comme pris d'une violente douleur, et il partit sans embrasser maman — c'était la première fois, pour autant que je me le rappelais. Et elle ne lui recommanda pas de conduire prudemment.

Je succombai en un clin d'œil au charme de Cindy. Elle ne cessait de trottiner partout, il fallait qu'elle touche à tout, qu'elle goûte à tout. Cela me faisait chaud au cœur de la voir aimée, choyée, dorlotée. Maman et elle, on aurait dit la mère et la fille, toutes deux en rose, un ruban rose dans les cheveux.

— Quand tu seras grande, Jory t'apprendra à danser.

Je souris au passage à maman qui confia Cindy à Emma. J'étais déjà dans la voiture quand elle me rejoignit pour me conduire au cours.

— Tu sais, Jory, je crois que Bart ne tardera pas à aimer Cindy. Ce n'est pas ton avis?

J'avais envie de la détromper mais j'opinai, ne voulant pas qu'elle sache comme je me faisais du souci pour mon frère. « *Bouillonne, bouillonne et fermente*[1]... »

— Qu'est-ce que tu marmonnes?

Zut! j'avais parlé tout haut.

— Rien, maman. Je répétais seulement quelque chose que j'ai entendu Bart dire en dormant, cette nuit. Il pleure dans son sommeil. Il t'appelle, il crie. Parce que tu t'es sauvée avec ton amoureux. (Je souris et ajoutai sur un ton que j'essayai de rendre badin :) Je n'étais pas au courant de tes incartades.

1. *Macbeth*, acte I.

— Pourquoi ne m'en as-tu pas parlé plus tôt ? s'exclama-t-elle, insensible à la plaisanterie. Pourquoi ne m'as-tu pas avertie qu'il avait des cauchemars ?

Comment aurais-je pu lui dire la vérité ? À savoir qu'elle était beaucoup trop obnubilée par Cindy et que Bart avait besoin d'elle plus que personne. Plus que personne. Plus que moi.

J'entendis encore Bart crier dans son sommeil, cette nuit-là.

— Maman, maman ! Où es-tu ? Ne me laisse pas seul ! Ne m'abandonne pas, maman, je t'en prie ! Je veux pas que tu l'aimes plus que moi. Je ne suis pas méchant, pas vraiment... simplement, des fois, je fais des choses que j'peux pas m'empêcher de faire...

Il n'y avait que les fous qui ne pouvaient pas s'empêcher de faire ce qu'ils faisaient ! Et une folle dans la famille, c'était suffisant.

Finalement, c'était à moi qu'il appartenait de sauver Bart de lui-même de, remettre d'aplomb ce qui commençait à ne plus tourner rond en lui depuis un certain temps. Et il y avait dans les obscurs tréfonds de ma mémoire le souvenir vague et troublant de quelque chose qui m'avait tracassé autrefois quand j'étais trop petit pour comprendre, trop jeune pour pouvoir mettre les pièces du puzzle à leur place.

L'ennui, c'était que je m'étais trop plongé dans le passé et que, maintenant, le passé se réveillait. Je me rappelais un homme brun qui n'était pas Papa Paul. Un homme que maman appelait Bart Winslow. Le prénom et le nom de mon demi-frère...

MON DÉSIR LE PLUS CHER

Une sale petite vicieuse, la Cindy, voilà ce que c'était. Ça lui était bien égal qu'on la voie toute nue ou sur le pot. La pudeur et la propreté, elle s'en moquait.

Et puis, elle me piquait mes petites autos et elle les mettait dans sa bouche.

C'était un moche été. Rien à faire, que j'avais. Sauf d'aller à côté. La vieille dame me promettait tout le temps que j'aurais mon poney mais il n'arrivait jamais. Elle se fichait de moi, oui, elle me menait en bateau. Mais je lui montrerais. Je la laisserais poireauter toute seule, j'irais plus la voir. Hier soir, j'ai entendu maman qui disait à papa qu'elle l'avait vue en haut d'une échelle derrière le mur.

— Et elle me regardait fixement, Chris. Elle me regardait...

Papa avait ri.

— Franchement, Cathy, quel mal cela peut-il faire qu'elle te regarde ? C'est une étrangère. Ne crois-tu pas qu'il aurait été gentil de lui dire bonjour ? Et peut-être de te présenter ?

J'ai ricané à l'intérieur. Grand-mère aurait pas répondu. Elle se méfiait des inconnus à part moi. J'étais le seul en qui elle avait confiance.

Un autre jour, j'avais été méchant avec Cindy, on m'avait enfermé pour me punir. Mais j'ai été le plus malin. J'ai filé ni vu ni connu, ça n'a pas été long, pour aller là-bas où qu'il y avait quelqu'un qui m'aimait.

— Où il est, mon poney ? j'ai crié en voyant que l'écurie était toujours vide. Vous me l'avez promis. Alors, si vous me le donnez pas, je dirai à maman et à papa que vous voulez me kidnapper !

Elle a paru se recroqueviller dans son affreuse robe noire. Ses mains pâles et minces se sont portées à son cou et elle a sorti le gros collier de perles d'habitude caché sous son corsage.

— Demain, Bart. Demain, ton désir le plus cher sera réalisé.

En repartant, je suis tombé sur John Amos. Il m'a conduit dans sa cachette secrète pour parler entre hommes.

— Les femmes comme elle qui naissent riches n'ont pas de cervelle. (Ses yeux qui n'étaient plus que deux fentes brillaient d'un éclat dur.) Écoute-moi, mon garçon : ne tombe jamais amoureux d'une femme stupide. Et toutes les femmes sont stupides. Toutes, tu m'entends ? Il faut d'emblée leur faire comprendre qui est le patron — et s'arranger pour qu'elles ne l'oublient jamais. Bon. Passons maintenant à notre leçon d'aujourd'hui. Qui est Malcolm Neal Foxworth ?

— Mon arrière-grand-père. Il est mort mais il est quand même puissant, répondis-je sans vraiment comprendre ce que je disais.

— Et qu'était encore Malcolm Neal Foxworth ?

— Un saint. Un saint qui mérite d'avoir une place d'honneur au paradis.

— Exact. Mais continue sans rien oublier.

— Il n'y a jamais eu un homme aussi malin que Malcolm Neal Foxworth.

— Ce n'est pas tout ce que je t'ai appris. Tu devrais en savoir plus long sur lui après avoir lu son journal. Est-ce que tu le lis régulièrement tous les jours ? Il y a fidèlement relaté sa vie. Aussi, il ne faut pas que tu t'arrêtes de le lire tant que tu ne seras pas aussi intelligent et aussi malin qu'il l'était.

— Intelligent et malin, c'est pas pareil ?

— Bien sûr que non ! Être intelligent, c'est ne pas laisser les gens se douter à quel point on est malin.

— Pourquoi que Malcolm aimait pas sa maman ?

Je savais qu'elle s'était sauvée, mais est-ce que j'aurais haï la mienne si elle en avait fait autant ?

— Lui, ne pas aimer sa mère ? Mais le Seigneur est témoin qu'il l'adorait jusqu'au moment où elle est partie avec son amant, le laissant seul avec son père qui avait trop à faire pour s'occuper de lui. Continue d'étudier son journal, il t'enseignera que l'on ne doit jamais compter sur une femme au moment où on a besoin d'elle.

— Mais ma maman est une bonne maman, protestai-je faiblement, plus tout à fait aussi sûr que c'était vrai tellement la vie était *tortueuse*.

C'était le nouveau mot pour aujourd'hui : « tortueux ».

77

— Écoute-moi bien, Bart, m'avait dit papa, ce matin, après l'avoir écrit soigneusement et m'avoir expliqué ce qu'il signifiait. Je veux que Jory et toi trouviez le moyen d'employer au moins cinq fois le mot *tortueux* dans la conversation pendant la journée. Cela veut dire qui n'est pas droit, pas franc.

Il l'a épelé. Ah! Qu'est-ce que je détestais vivre dans un « monde tortueux »! Ces saletés de mots nouveaux m'apprenaient combien tous les gens pouvaient être tortueux.

— Maintenant, je te laisse pour que tu puisses t'imprégner de la parole de Malcolm.

Et John Amos s'éloigna en traînant les pieds, penché en avant et un peu de guingois.

J'ouvris le livre à la page que marquait le signet de cuir.

« Aujourd'hui, j'ai eu envie de goûter un peu au tabac de mon père. J'ai bourré sa pipe qui était dans son bureau et je suis allé me cacher derrière le garage pour la fumer.

« Je ne sais pas comment il l'a su, à moins qu'un domestique ne m'ait mouchardé. En tout cas, il l'a su. Les yeux flamboyants, il m'a ordonné de baisser ma culotte. J'ai pleuré sous les coups de fouet. Après, il m'a enfermé dans le grenier pour que je médite sur les commandements du Seigneur et expie mes péchés. Là-haut, j'ai trouvé de vieilles photos de ma mère quand elle était petite. Comme elle était belle! Comme elle avait l'air doux et innocent! Je la détestais! Je souhaitais qu'elle meure sur-le-champ, où qu'elle fût. Qu'elle souffre comme je souffrais dans ce grenier torride où j'étouffais presque, le dos labouré de plaies.

« Je trouvai aussi des corsets à lacets. C'était avec ça que les femmes faisaient saillir leur poitrine pour tromper les hommes en leur faisant croire que c'était naturel. Moi, jamais une femme ne me tromperait, si belle qu'elle soit, car c'était à la beauté que je devais d'être enfermé dans le grenier, c'était à la beauté que je devais d'avoir reçu le fouet. Ce n'était pas vraiment sa faute si mon père avait fait cela. Il souffrait aussi, comme moi.

« Je savais maintenant que ce qu'il répétait tout le temps était la vérité : il ne faut jamais placer sa confiance dans une femme. Surtout celles qui ont un visage aimable et un corps séduisant. »

Je levai les yeux, le regard perdu dans le vide. Je ne voyais pas l'écurie, je ne voyais pas le tas de foin mais le doux et joli visage de ma mère. Était-elle *tortueuse*, elle aussi ? Se sauverait-elle un jour avec son « amant » en me laissant seul avec un beau-père qui ne m'aimait pas autant, et de loin, qu'il aimait Jory et Cindy ?

Qu'est-ce que je ferais, alors ? Est-ce que je trouverais accueil auprès de ma grand-mère ?

— Oui, mon cœur, me répondit-elle quand je lui posai la question, plus tard. Oui, je te prendrais avec moi, je m'occuperais de toi, je ferais tout ce que je pourrais pour toi car tu es le fils de mon second mari, Bart Winslow. Je ne te l'avais pas encore dit ? Crois-moi, aie confiance en moi. Et méfie-toi de John Amos. Ce n'est pas un ami qui te convient.

Le fils de son second mari... Est-ce que ça voulait dire que ma maman avait été mariée avec lui, elle aussi ? Il fallait tout le temps qu'elle se marie avec quelqu'un ! Je fermai les yeux et pensai à Malcolm, depuis si longtemps dans sa tombe. Couic, couic, couic, faisait le fauteuil à bascule. Plouf, plouf, plouf, faisait la terre qui tombait sur mon cercueil. Tout était noir. Je suffoquais. J'étais à l'étroit et j'avais froid. Le ciel... où était le ciel ?

— Comme tes yeux sont vitreux, Bart !
— Je suis fatigué, grand-mère, terriblement fatigué.
— Tu auras bientôt ce que ton cœur désire.

De l'argent, je voulais de l'argent, des tas et des tas de billets. Soudain, on frappa à la porte. D'un bond, je quittai les genoux de ma grand-mère et me dépêchai d'aller me cacher.

Jory surgit en courant, précédant John Amos qui lui avait ouvert.

— Où est mon frère? demanda-t-il en jetant un coup d'œil circulaire dans le salon. Il a un comportement qui ne me plaît pas et je soupçonne que les visites qu'il vous fait y sont pour quelque chose.

— Ne me regarde pas avec cet air furieux, Jory, fit ma grand-mère en levant une main avec plein de bagues flamboyantes. Je ne lui fais aucun mal. Je lui donne seulement un peu de glace après qu'il a déjeuné. Assieds-toi et bavardons un moment. Je vais sonner pour qu'on apporte des rafraîchissements.

Sans lui prêter attention, Jory, avec un flair de chien de chasse, fonça droit sur les palmiers en pots derrière lesquels je me dissimulais et me tira par le bras.

— Non merci, madame, dit-il avec froideur. Ma mère me donne toute la nourriture dont j'ai besoin. Vous êtes en train de transformer mon frère. Alors, je vous prie de lui interdire de revenir.

Ses dents étaient si serrées que ses lèvres étaient presque invisibles et il y avait des larmes dans ses yeux quand il m'entraîna.

Lorsque nous fûmes de retour dans notre jardin, il me secoua sans ménagement.

— Je ne veux plus que tu remettes les pieds là-bas, Bart Winslow! Elle n'est pas notre grand-mère! Tu la regardes avec des yeux... comme si tu l'aimais plus que maman!

Y avait des gens qui disaient que Bart Winslow Scott Sheffield était plus petit que les autres garçons de son âge mais moi, je savais que quand j'aurais dix ans, je me mettrais à pousser comme l'herbe folle en été. Dès que je serais à Disneyland, le charme jouerait et je grandirais, je deviendrais un géant.

— Pourquoi as-tu l'air tellement grave? me demanda grand-mère, qui m'avait pris sur ses genoux.

C'était le lendemain. Et le poney n'était toujours pas là.

— J'viendrai plus vous voir, j'ai répondu sur un ton

grognon. Papa m'en donnera un, de poney, pour mon anniversaire, quand je lui aurai répété que j'en veux. J'aurai pas besoin du vôtre.

— Tu n'as pas parlé de moi à tes parents, j'espère, Bart ?

— Non.

— Si tu mens, Dieu te punira.

Évidemment. Pourquoi pas, puisque tout le monde en faisait autant ? Je bougonnai :

— Je raconte jamais rien à personne. Papa et maman m'aiment pas. Ils avaient déjà Jory. Maintenant, en plus, ils ont Cindy. Ça leur suffit comme ça.

Elle regarda vivement tout autour d'elle, s'assurant en particulier que les contre-portes étaient bien fermées, et chuchota :

— Je t'ai vu parler avec John, Bart. Je t'avais pourtant demandé de te tenir à l'écart de lui. C'est un vieil homme méchant qui peut être très cruel. Souviens-t'en.

Mais alors, en qui est-ce que je pouvais avoir confiance ? Il m'avait dit la même chose sur son compte à elle. Avant, je croyais pouvoir me fier à tout le monde dans la famille. Maintenant, je commençais à me rendre compte que les gens n'étaient pas toujours ce qu'ils semblaient être. Ils n'étaient pas affectueux, pas assez attentionnés, surtout quand il s'agissait de moi. Peut-être qu'il n'y avait que grand-mère qui se souciait de moi — et John Amos. J'étais de nouveau paumé. Est-ce que John Amos était un vrai ami ? Si oui, ma grand-mère ne pouvait pas être une vraie amie. Je devais choisir. Mais quand elle me serra fort dans ses bras, pressant ma figure contre sa poitrine qui était toute douce, je compris que c'était elle qui m'aimait le plus. Elle était ma grand-mère pour de vrai, ma grand-mère à moi.

Mais... si c'était faux ?

Je l'avais vue une douzaine de fois, et même plus. John, lui, n'était mon ami que depuis quelques jours seulement. Peut-être que s'il m'attendait sept fois de suite, ça voudrait dire qu'il était recta. Sept fois de suite pour n'importe quoi, ça portait bonheur. Et, cinq fois, il m'avait parlé dans son antre et il m'avait déjà appris que les femmes étaient trompeuses et tortueuses.

— Ne prends pas cet air effrayé, murmura ma grand-mère. Tiens-toi seulement éloigné de John Amos et ne crois pas un mot de ce qu'il pourra te dire. (Elle me caressa la figure et je sentis qu'elle souriait sous son voile.) Maintenant, si tu descendais jeter un coup d'œil dans l'écurie, tu y découvrirais quelque chose que tous les petits garçons rêveraient d'avoir et qui les ferait pâlir de jalousie.

Elle allait ajouter encore autre chose mais je me laissai glisser à terre, sortis en trombe et courus d'une seule traite jusqu'à l'écurie. Youppie ! Tous les jours, j'avais une pomme dans ma poche au cas où... Tous les jours, j'apportais des morceaux de sucre au cas où... Et tous les soirs, dans ma prière, je demandais mon poney ! Il me le fallait. Il m'aimerait plus que n'importe qui d'autre ! Je ne tombai pas une seule fois en chemin. Arrivé à l'écurie, je m'arrêtai net en ouvrant les yeux tout grands. Mais ce n'était pas un poney, ça !

Rien qu'un chien. Un gros chien avec plein de poils qui remuait la queue. Il y avait déjà de l'adoration dans ses yeux, et pourtant j'avais rien fait pour gagner son amour. J'avais envie de pleurer. Il était attaché à une corde fixée à une racine qui sortait du sol de terre battue. Il était tout frétillant comme s'il était heureux de me voir. Je le détestais, ce cabot !

Ma grand-mère arriva en courant, tout essoufflée.

— Bart, mon trésor, ne sois pas déçu. Je voulais vraiment t'offrir un poney, mais, comme je te l'ai dit, il y aurait eu l'odeur... Jory et tes parents auraient compris et ils ne t'auraient plus jamais laissé venir.

Je m'écroulai, la tête sur les genoux. Je voulais mourir. Toutes ces glaces que j'avais mangées, tous ces baisers, toutes ces embrassades que j'avais supportés... pour rien ! Elle m'avait pas acheté mon poney.

— Vous m'avez raconté des mensonges, balbutiai-je, les larmes aux yeux. Vous m'avez fait perdre mon temps en venant chez vous alors que j'aurais pu faire des choses plus amusantes.

— Tu ne connais rien aux saint-bernard, mon chéri. Rien du tout. (Elle me prit dans ses bras.) C'est encore un bébé, et regarde la taille qu'il a. Quand il aura grandi, il sera comme un poney. Tu pourras lui mettre une selle et monter sur son dos. Sais-tu qu'en montagne, on se sert de cette race de chiens pour secourir les gens perdus dans la neige ? On leur attache un tonnelet d'eau-de-vie au cou et ils sont capables de retrouver tout seuls un homme en perdition et de lui sauver la vie. Le saint-bernard est le plus héroïque des chiens.

Je ne la croyais pas. N'empêche que je commençais à le regarder avec plus d'intérêt. Est-ce que c'était un bébé chien ? Il tirait sur sa laisse pour venir à moi et, du coup, je l'aimai un petit peu plus.

— C'est vrai qu'il deviendra aussi grand qu'un poney ?

— Il n'a que six mois et il est déjà presque aussi gros que certains poneys, tu vois bien. (Elle éclata de rire et, me prenant par la main, me fit entrer à l'intérieur de l'écurie.) Regarde, reprit-elle en me désignant successivement du doigt une selle rouge complète avec le mors et la bride et une petite carriole à deux roues, rouge aussi.) Tu pourras monter sur son dos ou l'atteler, au choix. Il sera ainsi ce que tu voudras, un chien ou un poney.

— Il me mordra pas ?

— Bien sûr que non ! Regarde comme il est content de voir un petit garçon ! Approche ta main, paume en l'air, pour qu'il la flaire. Traite-le avec gentillesse, nourris-le bien, soigne son poil, et tu n'auras pas seulement le plus beau chien du monde mais aussi le meilleur des amis.

Je tendis craintivement la main — et il se mit à la lécher comme si c'était une glace. Du coup, j'éclatai de rire parce que ces baisers mouillés me chatouillaient.

— Allez-vous-en, grand-mère.

Elle obéit de mauvaise grâce tandis que je m'accroupissais devant mon poney pour lui expliquer ce qu'il était.

— Maintenant, écoute-moi, lui dis-je avec fermeté, et tâche de te rappeler. Tu n'es pas un chien, tu es un poney. Tu n'es pas fait pour apporter de l'eau-de-vie aux gens qui sont perdus dans la neige, tu es fait seulement pour me porter. Tu es mon poney rien qu'à moi.

Il me regardait en secouant sa grosse tête hirsute d'un côté et de l'autre comme s'il était tout ahuri.

— Reste pas assis comme ça ! je lui criai. Les poneys s'assoient pas, il y a que les chiens.

— N'oublie pas qu'il faut être gentil avec lui, dit doucement ma grand-mère derrière mon dos.

Je fis comme si j'avais pas entendu. C'était une affaire d'homme et on ne peut pas compter sur les femmes dans ces cas-là. John Amos me l'avait bien dit. Ce sont les hommes qui commandent, les femmes n'ont qu'à rester dans leur coin et à se taire.

Il fallait que je jette un sort pour transformer le bébé chien en poney. Au théâtre, les méchantes sorcières savaient très bien faire ça et je me creusai la tête pour me rappeler toutes les scènes de magie que j'avais vues dans les ballets. Finalement, je compris comment elles opéraient. Il fallait avoir un grand nez crochu, un menton en galoche, des yeux creux et de longs doigts osseux avec des ongles noirs de cinq centimètres de long. Moi, tout ce que j'avais, c'étaient des yeux noirs et perçants. Peut-être que ça marcherait quand même. Je savais tirer un bon parti de mon regard torve.

Je levai les bras au-dessus de ma tête, recourbai mes doigts pour faire comme si c'étaient des griffes, courbai le dos et prononçai la formule d'enchantement :

— Je te baptise Pomme ! Cet élixir magique sur lequel j'ai fait une incantation va te transformer en poney. (Je lui donnai l'élixir magique qui était une pomme.) Maintenant, tu es à moi, et à moi tout seul !

Tu mangeras et tu boiras seulement si c'est moi et personne d'autre qui te le donne. Tu n'aimeras personne d'autre que moi. Tu viendras en courant quand je t'appellerai et tu mourras quand je mourrai. Tu es à moi, Pomme! Pour toujours... tu es à moi!

La puissance de ma formule magique avait agi. Il flaira la pomme que je lui présentai, puis gémit tristement et détourna son museau, beaucoup plus intéressé par le sucre que je gardais en réserve pour après.

— Arrête de geindre. Il faut manger de tout.

Je mordis dans la pomme pour lui montrer comment il fallait s'y prendre et je la lui tendis à nouveau. Pour la seconde fois, il tourna la tête. Il avait des taches de poils roux tout dorés et c'était assez joli. Je recommençai à croquer dans la pomme et je mâchonnai pour qu'il comprenne qu'il ratait quelque chose de bon.

— J'ai peut-être fait une erreur, Bart, dit alors grand-mère d'une voix un peu étranglée. Je rapporterai ce chien au chenil et je t'achèterai le poney dont tu as envie.

Je regardai tour à tour le chiot et la maison en réfléchissant. Évidemment, si les poneys sentaient comme les chevaux, moi aussi je sentirais le cheval. Une odeur de chien paraîtrait plus naturelle. Ils penseraient que Clover, qui n'avait jamais voulu que je le touche, commençait à me prendre en amitié.

— Non, grand-mère, je garde mon petit chien-poney. Je lui apprendrai à jouer au cheval. S'il n'a pas appris quand je partirai à Disneyland, alors, vous pourrez le rapporter. Et je ne viendrai plus jamais vous rendre visite.

Et, fou de joie, je me couchai en riant dans le foin et commençai à chahuter avec mon petit chien-poney, le seul petit chien-poney qui existait au monde.

Soudain, je regardai ma grand-mère et je compris que John Amos avait tort. Les femmes n'étaient pas mauvaises et tortueuses. Ce que j'étais heureux d'avoir enfin découvert que c'était John Amos qui était tortueux et que maman et ma grand-mère étaient ce que j'avais de mieux au monde — après Pomme!

— Grand-mère, c'est vrai que vous êtes réellement ma grand-mère et que mon vrai père était votre second mari?

— Oui, c'est vrai, répondit-elle en baissant la tête. Mais c'est un secret entre nous. Il faut que tu me promettes que tu ne le répéteras à personne.

Elle avait l'air triste mais moi, j'étais heureux à éclater. Un petit chien-poney et une vraie grand-mère qui avait été mariée à mon vrai père! Mince! La chance commençait à me sourire, c'était pas trop tôt!

Je ne tardai pas à constater que la bouffe avait beaucoup de rapports avec l'amour. Plus je donnais à manger à Pomme, plus il m'aimait. Et il était à moi, tout à moi, sans que j'aie besoin d'utiliser d'autres sortilèges magiques. Quand j'arrivais, le matin, il se précipitait à ma rencontre, il faisait des bonds et tournait autour de moi en remuant la queue, il me léchait la figure. Et quand je l'attelais à la carriole rouge, il se cabrait exactement comme un vrai cheval. Et quand je lui mettais la selle, il faisait tout ce qu'il pouvait pour s'en débarrasser.

Un jour, histoire de lui donner des idées, je dis à grand-mère que j'allais bientôt avoir onze ans.

— Dix, rectifia-t-elle. Tu auras dix ans à ton prochain anniversaire.

— Onze! j'insistai rageusement. Ça fait un an que je vais sur mes dix ans. Je dois sûrement en avoir onze, depuis le temps.

— Ne souhaite pas vieillir, Bart. La vie passe déjà suffisamment vite. Accroche-toi à ta jeunesse, reste comme tu es.

Je caressai la tête de Pomme.

— Grand-mère, parlez-moi de vos petits garçons.

Elle eut soudain un nouveau coup de cafard. Ça ne se voyait pas sur sa figure, cachée sous son voile, mais à la façon dont ses épaules s'affaissaient.

— L'un d'eux est au ciel, murmura-t-elle d'une voix enrouée, et l'autre s'est sauvé.
— Où qu'il est parti ?
— Dans le Sud, dit-elle simplement.
— Moi aussi, j'irai dans le Sud. Je déteste ce pays ! C'est plein de vieilles tombes et de vieilles grand-mères. Y en a une qui est enfermée chez les dingues. L'autre, c'est une vieille sorcière qui a l'air vache. Vous êtes la mieux de mes grand-mères.

En effet, je savais maintenant qu'elle ne pouvait pas être la mère de papa, la folle, mais qu'elle était celle de mon vrai père. Les femmes changent de nom quand elles changent de mari, non ? Brusquement, je me rappelai que je ne connaissais ni son nom ni son prénom et je lui demandai comment elle s'appelait.

— Corinne Winslow, répondit-elle, la tête toujours baissée.

J'apercevais un petit bout de sa figure là où son nez soulevait le voile noir. Et une mèche. Elle avait des cheveux gris avec des traînées blondes toutes dorées. Ils étaient doux. J'eus de la peine pour elle. Qu'est-ce qu'elle aurait du chagrin quand je serais parti !

— Je vais aller à Disneyland, grand-mère. Pendant une semaine. Même qu'on y fêtera mon anniversaire et qu'ils me donneront plein de cadeaux, maman et papa et Jory et Emma, et puis après on prendra l'avion et on ira s'embêter pendant quinze jours dans l'Est, juste pour visiter...

Elle m'interrompit, et il y avait comme un sourire dans sa voix :

— Oui, je sais. Quinze jours gâchés à visiter de vieilles tombes et de vieilles grand-mères. Mais tu t'amuseras bien quand même. (Elle se pencha pour m'embrasser et me serra très fort.) Pendant ton absence, je m'occuperai de Pomme, ne te fais pas de souci.

— Non ! je criai, terrifié à l'idée qu'il l'aimerait peut-être plus que moi quand je rentrerais. Je veux pas que vous touchiez à Pomme. Il est à moi. Je veux pas que vous lui donniez à manger.

Elle me promit de faire comme je voulais. Alors, je lui expliquai que, quand je serais à Disneyland, je m'arrangerais pour revenir en douce m'occuper de Pomme. Comment je me débrouillerais ? Ça, ce n'était pas très clair dans mon esprit.

Un peu plus tard, comme j'étais seul avec Pomme dans l'écurie, couché dans le foin, John Amos vint me retrouver. Sa haute silhouette plantée devant moi, il commença une fois de plus à me débiter un sermon sur les femmes qui sont mauvaises et qui entraînent les hommes dans le « péché ».

— Personne ne fait rien pour rien. Sois bien persuadé qu'elle a des projets malintentionnés à ton égard, Bart Winslow...

— Pourquoi que vous m'appelez comme ça ?

— C'est ton nom, n'est-ce pas ?

Je souris de toutes mes dents, très fier de lui dire que personne n'avait un nom aussi long que le mien.

— C'est sans importance, répliqua-t-il avec agacement. Écoute-moi avec attention, mon garçon. Hier, tu m'as demandé ce que c'est que le péché. J'avais l'intention de te l'expliquer avec précision mais j'avais besoin de réfléchir pour que ce soit bien clair. Le péché, c'est ce que les hommes font avec les femmes dans leur chambre, toutes portes closes.

— Qu'est-ce que ça a de tellement mal, le péché ?

La mine sombre, il fit une grimace qui découvrit ses dents. Je me recroquevillai dans le foin. Je voulais qu'il s'en aille et qu'il nous laisse tranquilles, Pomme et moi.

— Le péché est l'arme que les femmes utilisent pour vider les hommes de leurs forces. Il faut que tu sois informé d'un certain nombre de réalités. Il existe en tout homme un point faible et les femmes ont l'art de le trouver. Pour cela, elles se déshabillent et recourent aux plaisirs de la chair afin de saper les forces de l'homme en excitant son désir. Observe ta mère. Regarde-la sourire à ton père, vois comme elle se peint la figure et les ongles, comment elle met des vêtements qui ne cachent presque rien. Alors, les yeux de ton père commencent à briller. À ce moment, tu peux être sûr qu'ils s'apprêtent à pécher tous les deux.

J'avalai ma salive, le cœur serré. Je ne voulais pas que mes parents fassent des choses mauvaises dont Dieu les punirait.

— Écoute ce que disait Malcolm : « Je n'ai cessé de pleurer pendant cinq années après que ma mère fut partie, me laissant seul avec mon père qui me détestait parce que j'étais son fils à elle. Il me répétait inlassablement que tout le temps où ils avaient été mari et femme, elle lui avait été infidèle, qu'elle le trompait, qu'elle avait amant sur amant. Et il me disait qu'il ne pouvait pas m'aimer. Il m'était insupportable d'être auprès de lui. Comme je me sentais seul, claquemuré dans cette grande bâtisse sans personne pour prendre soin de moi ! Et Père passait son temps à me ressasser que c'était à cause de moi qu'il n'avait pas pu se remarier. Aucune de ses concubines ne m'aimait. Mais elles avaient peur de moi. Parce que je ne me gênais pas pour leur faire comprendre ce que je pensais d'elles. Je savais qu'elles se consumeraient dans les flammes éternelles. »

— Qu'est-c'est qu'une concubine ?

Il y avait des moments où il me barbait, Malcolm.

— Une âme perdue qui s'est engagée sur le chemin de l'enfer. (Ses yeux rivés aux miens lançaient des éclairs.) Et ne t'imagine pas que tu peux partir en vacances en laissant quelqu'un d'autre s'occuper de Pomme. À partir du moment où tu acceptes l'amour d'une bête, tu es responsable d'elle jusqu'à sa mort. Tu dois lui donner à manger et à boire, prendre soin d'elle, lui faire faire de l'exercice. Sinon, crains le châtiment de Dieu.

Je frissonnai et tournai la tête vers mon petit chien-poney en train de courir après sa queue.

— Il y a un pouvoir dans tes yeux noirs, Bart. Le même que dans ceux de Malcolm. Dieu t'a envoyé pour mener à son terme une tâche inachevée. Malcolm ne connaîtra le repos dans sa tombe que lorsque la progéniture du diable sera la proie des flammes infernales.

— Des flammes infernales, répétai-je d'une voix mécanique.

— Deux y rôtissent déjà. Il en reste encore trois.

— Il en reste encore trois.

— L'engeance diabolique croît et se multiplie sans fin.

— Se multiplie sans fin.

— Quand tu auras mené ta tâche à bien, Malcolm trouvera le repos dans sa tombe.

— Dans ma tombe.

— Qu'est-ce que tu as dit?

J'étais désorienté. Des fois, je faisais semblant que j'étais Malcolm. John Amos sourit pour une raison inconnue. Il semblait satisfait. Il me donna la permission de rentrer à la maison.

Jory se précipita aussitôt sur moi :

— Où étais-tu? Que fais-tu là-bas? Je t'ai vu en grande conversation avec le vieux maître d'hôtel. Qu'est-ce qu'il te disait?

J'avais l'impression d'être une souris face à un lion. Mais je me rappelai brusquement le livre rouge et comment Malcolm agissait dans des situations de ce genre. Je pris une expression glacée.

— John Amos et moi, on a des secrets qui ne te regardent pas.

Jory, interloqué, ouvrit de grands yeux et j'en profitai pour filer.

Maman poussait Cindy attachée dans sa balançoire sous un gros arbre touffu. Ces petites morveuses, il fallait les attacher pour pas qu'elles tombent.

— Où étais-tu, Bart? me demanda ma mère.

— Nulle part! grommelai-je hargneusement.

— Je te prie d'employer un autre ton pour me répondre.

Je m'arrêtai dans l'intention de faire comme Malcolm, de lui lancer un regard haineux qui l'écraserait.

C'est alors que je vis avec stupéfaction qu'elle avait un corsage bleu de rien du tout qui ne descendait pas jusqu'à son short blanc et qui lui laissait le nombril à l'air. Elle montrait sa peau nue! Et le péché était lié à la peau nue. Dans la Bible, il est dit que le Seigneur a ordonné à Adam et Ève de mettre des vêtements pour cacher leur chair perverse.

— Ne me regarde pas comme si tu ne m'avais jamais vue, Bart.

Des versets de la Bible que John Amos citait tout le temps se bousculaient dans ma tête. J'apprenais petit à petit ce que Dieu attendait de ses créatures.

— Sache, maman, que le Seigneur te voit quand je ne te vois pas et qu'Il te punira.

Elle tressaillit, déglutit et demanda d'une voix sèche :
— Pourquoi dis-tu cela?

Elle tremblait. Je tournai la tête et balayai d'un regard flamboyant les statues nues qui peuplaient ce jardin du péché. Les gens nus et corrompus empêchaient Malcolm de connaître le repos dans sa tombe.

Pourtant, j'aimais maman. C'était ma mère. Des fois, elle montait m'embrasser dans mon lit et elle restait pendant que je faisais ma prière. Elle était plus gentille quand Cindy n'était pas là, elle passait davantage de temps avec moi. Et elle avait l'air d'être amoureuse d'un « concubin ».

Je ne savais pas quoi faire. Je lui dis que j'étais fatigué et je m'éloignai, furieux contre moi et le reste du monde. Et si ce que Malcolm avait écrit et ce que John Amos disait était la vérité? Était-elle une pécheresse corrompue qui poussait les hommes à se conduire comme des animaux? Est-ce que c'était mal d'être comme les animaux? Pomme n'était pas corrompu, il n'était pas un pécheur. Même pas Clover qui ne m'aimait pas, lui.

Dans la chambre de Jory, je m'arrêtai devant son gros aquarium. Il y avait un courant régulier de bulles d'air qui venaient éclater à la surface, c'était comme le champagne que maman m'avait fait goûter, un jour.

Les poissons ne voulaient pas vivre dans le mien,

d'aquarium, alors que ceux de Jory ne crevaient jamais. Il faisait tout mieux que moi, Jory. J'en avais assez d'être Bart. Bart était forcé de rester à la maison et d'oublier Disneyland maintenant qu'il avait des responsabilités.

Un animal pouvait être un fardeau drôlement encombrant.

Je me laissai choir sur mon lit et contemplai le plafond. Malcolm n'avait plus besoin de sa force et de son pouvoir, ni de son cerveau intelligent et astucieux. Il était mort et ses talents ne servaient plus à rien. À partir du moment où il était devenu grand, personne ne l'avait jamais obligé à faire ce qu'il ne voulait pas faire. J'en avais marre d'être un petit garçon. Je voulais être un homme comme Malcolm, le sorcier de la finance.

Les gens sursauteraient quand je parlerais. Ils trembleraient quand je les regarderais. Ils se feraient tout petits dans leur coin quand je m'approcherais. Ça n'allait plus tarder. Je le sentais.

OMBRES

— Je ne comprends pas ce qui se passe avec Bart, dit maman comme nous nous dirigions vers la voiture avec tout notre attirail. Ce n'est plus le même enfant. Que crois-tu qu'il fait tout le temps tout seul ?

J'étais ennuyé. Je voulais protéger mon frère et le laisser faire ami-ami avec la voisine et je ne pouvais pas dire à maman qu'elle prétendait être la grand-mère de Bart.

— Ne t'inquiète pas pour lui, maman. Continue de profiter de Cindy. Elle est tellement mignonne, cette petite. Tu devais être comme elle à son âge.

Elle sourit et me planta un baiser sur la joue.

— Si mes yeux ne me jouent pas des tours, je crois qu'il y a une autre petite mignonne qui a droit à ton admiration.

Je me sentis rougir. Je ne pouvais pas m'empêcher de dévorer des yeux Melodie Richarme. Elle était si jolie avec ses cheveux blonds un rien plus foncés que ceux de maman, mais ses yeux bleus étaient aussi doux, aussi caressants. Je pensais que je n'aimerais jamais une fille qui n'aurait pas les yeux bleus. Au même moment, Melodie sortit du cours en courant pour monter dans la voiture de son père et je fus décontenancé en m'apercevant soudain qu'elle était en train de se transformer en femme. C'était prodigieux la façon dont, brusquement, les seins minuscules des petites filles se mettaient à pousser tandis que leurs hanches s'arrondissaient. D'un seul coup, elles avaient dix fois plus de personnalité!

Dès que nous fûmes rentrés, maman voulut que je me mette à la recherche de Bart.

— Et s'il est à côté, tu me le diras. Je ne veux pas que vous alliez embêter cette vieille dame qui vit en recluse, encore que j'aimerais bien qu'elle cesse de grimper sur son échelle pour me regarder.

Après avoir escaladé le mur, je finis par dénicher mon frère dans l'espèce de vieux hangar que l'on appelait dans le temps « remise voiturière ». Un râteau à la main, il était dans une stalle vide qu'il s'affairait à nettoyer. J'écarquillai les yeux avec stupéfaction. Il était en compagnie d'un jeune saint-bernard presque aussi grand que lui. Il était facile de deviner que ce n'était encore qu'un chiot, à sa manière de faire le fou en poussant de petits jappements.

— Arrête de sauter comme ça, Pomme! le réprimanda Bart en laissant tomber son râteau. Les poneys sautent pas, sauf dans les courses d'obstacles. Maintenant, tu vas manger ton foin, sinon je ne t'en donnerai pas du propre demain.

— Bart... dis-je doucement en souriant d'avance — parce que ça allait être à lui de sauter. Les chiens ne mangent pas de foin.

Il devint cramoisi.

— Va-t'en! T'as rien à faire ici. T'es pas chez toi.

— Toi non plus.

— Va-t'en! répéta-t-il d'une voix étranglée de sanglots en soulevant l'énorme chien dans ses bras. C'est mon chien, ça aurait dû être un poney, alors je veux faire de lui à la fois un petit chien et un poney. Et ne ris pas en te disant que je suis fou.

— Je n'ai jamais dit ça.

J'avais la gorge nouée de le voir si bouleversé. J'étais vraiment affligé d'avoir plus d'affinités que lui avec les animaux. On aurait dit qu'ils devinaient qu'il allait leur marcher sur la queue ou trébucher sur eux.

— Qui t'a donné ce chien?

— Ma grand-mère, répondit-il, les yeux pleins de fierté. Elle m'aime, Jory. Plus que maman. Elle m'aime même encore plus que la vieille Madame Marisha t'aime toi.

C'était ça l'ennui, avec Bart: dès que j'avais l'impression que le courant passait, il m'expédiait une claque en pleine figure et je regrettais aussitôt d'avoir baissé ma garde.

Je m'abstins de caresser la tête de ce superbe chien qui me faisait fête. Mieux valait laisser couler. Peut-être que, pour une fois, Bart s'était trouvé un copain, après tout.

— Tu n'es pas en colère contre moi? me demanda-t-il avec un grand sourire sur le chemin de la maison. (Bien sûr que je n'étais pas en colère contre lui!) Tu me cafarderas pas, hein, Jory? Il faut pas que papa et maman le sachent, c'est important.

Je n'aimais pas faire des cachotteries à nos parents mais il avait l'air de tenir énormément à ce que je garde le secret et si la dame avait la gentillesse de lui donner des cadeaux et de lui offrir un chien, quel mal y avait-il à cela? Il avait le sentiment d'être aimé et ça le rendait heureux.

Dans la cuisine, Emma était très occupée à enfourner des céréales dans la bouche de Cindy, vêtue d'une petite salopette bleu ciel et d'une blouse blanche ornée de lapins roses que maman avait brodés elle-même.

Ses cheveux étaient si bien brossés qu'ils brillaient comme de l'or. Un ruban de satin bleu maintenait sa queue-de-cheval. Elle était si mignonne et si fraîche que j'avais envie de la prendre dans mes bras mais je me contentai de lui sourire. Mieux valait éviter les démonstrations de tendresse quand Bart était là. Bizarrement, Cindy était plus intéressée par lui que par moi. Peut-être parce qu'il n'était pas beaucoup plus grand qu'elle.

Il se laissa choir si lourdement sur une chaise qu'elle faillit s'écrouler sous lui. Emma se retourna et fronça les sourcils.

— Si tu veux t'asseoir à ma table, Bart Winslow, commence par te laver les mains et la figure.

— C'est pas votre table, ronchonna-t-il.

Il se leva et se dirigea vers la salle de bains en se frottant contre les murs au passage.

— Bart! s'exclama sévèrement Emma. Ne traîne pas tes mains sales sur mes murs!

— C'est pas ses murs, maugréa-t-il.

Il lui fallut une éternité pour se laver les mains et quand il revint, seules ses paumes étaient propres. Il considéra d'un air dégoûté le potage et les sandwiches qu'Emma avait préparés.

— Allons, Bart, mange si tu ne veux pas n'avoir que la peau sur les os.

J'en étais déjà à mon second sandwich et à ma seconde assiettée de soupe aux légumes et je me préparais pour le dessert alors que Bart avait à peine grignoté la moitié de son sandwich et n'avait pas touché à son potage.

— Que pensez-vous de votre nouvelle petite sœur? demanda Emma en essuyant la bouche barbouillée de Cindy. Ne dirait-on pas une vraie petite poupée vivante?

— Et comment! approuvai-je. Elle est jolie comme un cœur.

— C'est pas notre sœur! explosa Bart. C'est rien qu'un affreux bébé que personne d'autre que maman aurait voulu!

— Que je ne t'entende jamais plus répéter des méchancetés pareilles, Bartholomew Winslow! s'écria Emma, la prunelle flamboyante. Cindy est une enfant adorable qui ressemble tellement à votre mère qu'elle pourrait être sa propre fille.

Mais Bart continua de lancer des regards sombres à tout le monde — à Cindy, à moi, à Emma, et même aux murs.

— Je déteste ses cheveux blonds et ses lèvres rouges qui sont tout le temps mouillées, maugréa-t-il avant de tirer la langue à Cindy, ce qui la fit éclater de rire. Si maman était pas tout le temps aux petits soins pour elle, et je te lui fais des frisettes, et je te lui achète des vêtements neufs, elle serait laide comme un pou.

— Laide, Cindy? Qu'est-ce qu'il ne faut pas entendre! protesta Emma en contemplant la fillette d'un air d'admiration béate.

Le baiser qu'elle plaqua sur la mignonne petite frimousse arracha une horrible grimace à Bart.

J'avais une boule dans la gorge. J'avais peur. Tous les matins quand je me réveillais, je savais que j'aurais à affronter un frère qui devenait chaque jour un peu plus étrange. Pourtant, je l'aimais. J'aimais mes parents et je voulais bien être pendu si je ne commençais pas à aimer aussi Cindy. J'avais la conviction que je devais les protéger tous les quatre. Mais j'ignorais contre quoi et, qui pis est, j'étais bien incapable de le deviner.

LA MÉTAMORPHOSE

Au diable Jory et Emma! je pensais, en m'enfonçant dans le brûlant désert de l'Arizona. Heureusement encore que j'avais Pomme qui m'aimait autant que ma grand-mère, sinon, qu'est-ce que j'aurais été malheureux! Elle m'attendait, ma dame en noir, les bras grands ouverts pour m'accueillir. Elle m'embrassa et me dorlota comme Cindy l'avait jamais été, et puis elle me servit un bol de soupe qu'était vachement bonne, même qu'il y avait du fromage dessus.

— Pourquoi que je peux pas dire à mes parents que je vous aime tout plein et que vous m'aimez aussi tout plein ? Ce serait tellement mieux.

Je n'ajoutai pas que je ne croyais pas qu'elle était ma vraie grand-mère mais qu'elle me racontait ça juste pour me faire plaisir. D'ailleurs, en un sens, ça la faisait m'aimer davantage. Les gens de la même famille s'aiment pas. C'est les étrangers qui vous aiment.

Avant de répondre à ma question, elle commença par poser un petit camion à benne en plein milieu d'une table. C'était drôle, elle avait l'air triste, effrayée, presque, alors qu'un instant plus tôt elle paraissait toute joyeuse.

— Tes parents me haïssent, Bart, soupira-t-elle. Ne leur parle pas de moi, je t'en prie. Il faut que cela reste un secret.

J'écarquillai les yeux.

— Vous les avez connus ?

— Oui, il y a bien longtemps, quand ils étaient très jeunes.

Ça alors !

— Qu'est-ce que vous avez fait pour qu'ils vous haïssent ?

Elle prit ma main dans la sienne.

— Les grandes personnes aussi font parfois des bêtises, Bart. J'en ai commis une terrible et je la paie cher. Toutes les nuits, je prie Dieu pour qu'Il me pardonne. Pour que mes enfants me pardonnent. Je ne trouve pas la paix quand je me regarde dans la glace. C'est pour cela que je cache mon visage à ma vue comme à la vue des autres. Et je ne m'assieds que sur d'inconfortables fauteuils à bascule afin de ne jamais oublier, ne serait-ce qu'un instant, tout le mal que j'ai fait aux êtres que j'aimais le plus.

— Où ils sont allés, vos enfants ?

— Mais je te l'ai déjà dit, sanglota-t-elle. Ils se sont

sauvés pour me fuir. Si tu savais comme j'en souffre, Bart! Ne quitte jamais tes parents.

Ben, j'en avais pas l'intention! Le monde était trop grand. Trop terrifiant. Je resterais là où j'étais en sécurité. Je me jetai sur elle pour me suspendre à son cou et je me mis à jouer avec mon petit camion. Ce fut le moment que John Amos choisit pour surgir. Il était en colère.

— Madame, s'écria-t-il, ce n'est pas en cédant à tous les caprices des enfants qu'on les endurcit! Il y a longtemps que vous devriez le savoir.

— Je vous interdis d'entrer dans cette pièce sans frapper, à l'avenir, laissa-t-elle tomber avec hauteur. Je vous prie de demeurer à votre place.

Elle ne se laissait pas faire, la grand-mère! Elle avait de la poigne. Je souris à John Amos qui battait en retraite en marmonnant qu'il n'avait aucune place, en tout cas pas celle qu'il méritait. Dès qu'il eut disparu, je cessai de penser à lui pour succomber au charme magique de mon petit camion. D'abord, comment est-ce qu'il fonctionnait? Je ne mis pas longtemps à le découvrir. Peut-être qu'être curieux et être méchant c'était pareil, parce que tout ce qu'on m'offrait, à tous les coups c'était cassé en moins d'une heure.

Ma grand-mère poussa un soupir triste quand ma benne rendit l'âme.

Les longues journées d'été passaient lentement. John Amos m'apprenait des tas de choses importantes, comment il fallait faire pour devenir aussi puissant et redoutable que Malcolm. Dans son genre, il était fascinant, John Amos, avec sa drôle de manière de traîner les pieds, ses jambes maigres encore plus tordues que les miennes, sa respiration poussive, sa façon de faire siffler les *s*, sa moustache raide et son crâne chauve. Pourquoi que ma grand-mère l'aimait pas? C'était elle la patronne, elle pouvait le mettre à la porte et pourtant elle ne le faisait pas. Il y avait quelque chose de dur, de mauvais, entre eux.

Maintenant que je commençais à devenir aussi

intelligent que Malcolm, fallait que j'essaie de trouver le moyen de conserver l'affection de Pomme pendant les trois semaines où je serais absent. Je me creusai la cervelle toute la journée. Qui ce serait qui lui donnerait à manger et qui me volerait son amour quand je serais parti ? Qui ?

Je suis allé jeter un coup d'œil sur le noyau de pêche qu'on avait planté près du mur. Il aurait dû pousser. Pourtant, il poussait pas. Ensuite, j'ai été voir mes pois de senteur. Ces imbéciles, ils bougeaient pas.

C'était une malédiction. Il y avait un sort sur moi. Je considérai avec colère le coin de jardin dont Jory s'occupait. Lui, toutes ses fleurs étaient épanouies. Même mes fleurs voulaient pas pousser, c'était pas juste. Je m'approchai à quatre pattes des passeroses de Jory en écrasant les pétunias et les pourpiers sous mes genoux. Qu'est-ce que Malcolm ferait à ma place ? Il arracherait toutes les fleurs de Jory, il ferait des trous avec ses pouces dans son jardin à lui et il mettrait des tuteurs.

Je fis des trous et j'y plantai une par une les passeroses de Jory. Elles voulaient pas se tenir droites mais je les arrangeai de manière qu'elles se soutiennent les unes les autres. Maintenant, j'avais aussi des fleurs épanouies dans mon jardin. J'étais malin. Tortueux et madré. Et astucieux.

Mon regard se posa sur mes genoux tout noirs et je vis que j'avais fait un accroc à ma culotte neuve. Je l'avais déchirée avec la niche que j'avais commencé à fabriquer pour Clover, histoire de lui demander pardon de lui marcher si souvent dessus. Il était pour le moment sur la véranda à me surveiller avec attention. Il osait pas dormir quand j'étais dans les environs. J'avais plus besoin de lui. Avant, si, mais à présent, j'avais un plus chouette chien.

Y avait des insectes qui me piquaient la figure. Je me frottai les yeux et ça m'était égal que j'aie du cambouis plein les mains parce que j'avais tripoté les outils à papa dans son atelier, au garage. Emma serait pas contente que mon polo blanc soit couvert de cambouis et maman elle-même ne pourrait pas recoudre la déchirure qui allait du col jusqu'en bas. Je me mordis les lèvres.

Le samedi, c'est fait pour s'amuser, et je m'amusais pas du tout. J'avais pas un truc spécial comme Jory. J'étais pas doué pour danser, rien que pour me salir et m'écorcher. Maman avait Cindy, papa avait ses malades, Emma avait sa cuisine et son ménage. Tout le monde se moquait bien que je m'embête. Je décochai un coup d'œil furieux à Clover.

— J'ai un chien qu'est plus beau que toi! je lui criai.

Il alla se réfugier dans la maison et se cacha sous un fauteuil. Je lui hurlai :

— T'es rien qu'un caniche miniature! Tu sais pas sauver les gens perdus dans la neige! Tu sais pas porter une selle rouge ni manger du foin!

Piteux, Clover se renfonça encore davantage sous le fauteuil et me regarda de son air triste qui me tapait sur les nerfs. Pomme me regardait pas comme ça, lui.

Je me redressai en soupirant, essuyai mes genoux et mes mains. C'était l'heure d'aller faire une petite visite à Pomme. En chemin, mon attention fut attirée par le mur blanc qui serait plus joli si on voyait davantage sa texture. Je ramassai une pierre et je me mis à taper dessus pour faire encore tomber de son enduit. Et s'il continuait à s'allonger sans fin? Peut-être même qu'il allait jusqu'en Chine pour empêcher les hordes mongoles de passer. Qu'est-ce que c'était, les Mongols? Des grands singes? Oui, ça se pouvait bien. Des espèces de gros singes méchants qui mangeaient les gens qu'étaient dans les *affres* de quelque chose. Ce serait chouette si j'étais aussi colossal que King Kong pour pouvoir écrabouiller les choses que je détestais.

D'abord, j'écrabouillerais les maîtres d'école et, ensuite, les écoles. Mais je piétinerais pas les églises. Malcolm respectait Dieu, et je ne voulais pas que Dieu soit en colère contre moi. Je décrocherais les étoiles du ciel et je les collerais à mes doigts pour faire des bagues en diamants comme celles de ma grand-mère. La lune, je m'en ferais une casquette. Je toucherais pas au soleil qui risquerait de me brûler mais si j'arrachais l'Empire State Building, je pourrais m'en servir comme d'une batte et d'un coup, d'un seul, je le chasserais loin de l'univers, le soleil. Alors, tout deviendrait noir comme du goudron. Y aurait plus de jour, rien que la nuit éternelle. Tout serait comme quand on est aveugle ou mort.

— Bart...

Je sursautai à la voix douce qui m'appelait.

— Allez-vous-en !

Je m'amusais bien tout seul. Et qu'est-ce qu'elle faisait encore, sur son échelle ? Elle m'espionnait ou quoi ? Je m'assis et commençai à piocher la terre avec un bout de bois.

— Bart, Pomme attend que tu lui apportes à manger et il a besoin d'eau fraîche. Tu as promis que tu serais un bon maître. Quand on a conquis l'amour et la confiance d'un animal, on a des obligations envers lui.

Aujourd'hui, ses yeux n'étaient pas cachés. Son voile ne lui couvrait la figure qu'à partir du nez.

— Je veux des bottes de cow-boy, une nouvelle selle de cow-boy en vrai cuir, et puis un chapeau et un pantalon de peau et des éperons et des haricots pour faire cuire au bivouac.

— Qu'est-ce que tu es en train de déterrer ?

Elle se pencha pour mieux voir ce que je faisais. C'était drôle, on aurait dit qu'il y avait juste une tête en haut du mur, sans corps ni rien par en dessous.

Mais qu'est-ce que c'était que ça ? Des vieux os. Où qu'était passée la fourrure ? Et les oreilles avec leur duvet blanc ? Je me mis à trembler, terrifié, et essayai d'expliquer :

— C'est un tigre. J'étais là l'autre nuit, sans rien, j'avais que mon pyjama, et ce tigre est sorti de l'ombre. Il a grondé et il m'a sauté dessus. Il voulait me dévorer. Mais j'ai empoigné mon fusil en un rien de temps et je lui ai envoyé une balle dans l'œil !

Son silence signifiait qu'elle me croyait pas et quand elle parla enfin, sa voix était toute chose.

— Ce n'est pas un cadavre de tigre, Bart. J'aperçois un bout de fourrure. Ne serait-ce pas mon petit chat? Le chaton perdu que j'avais recueilli? Bart, pourquoi as-tu tué mon petit chat?

— Non! Jamais je tuerais un petit chat, moi! C'est un tigre. Pas très gros. Y a vachement longtemps que ces vieux os sont là, depuis avant ma naissance, au moins.

C'était pourtant vrai qu'ils ressemblaient à ceux d'un petit chat. Je me frottai les yeux pour qu'elle voie pas qu'ils étaient remplis de larmes.

Il aurait pas chialé comme ça, Malcolm. C'était un dur. Je savais pas quoi faire. John Amos me disait tout le temps qu'il fallait que je sois comme Malcolm et que je haïsse toutes les femmes. Eh bien, oui, il valait mieux que j'agisse comme Malcolm plutôt que comme moi qu'étais qu'une poule mouillée. Être comme Malcolm c'était mieux puisque j'avais son livre où il expliquait comment s'y prendre pour y arriver.

— Il commence à se faire tard, Bart. Pomme a faim et il t'attend.

Oh! Comme j'étais fatigué!

— Je viens, répondis-je d'une voix lasse.

Ce que ça pouvait être crevant de faire semblant d'être un vieil homme fatigué! Finalement, je préférais redevenir un petit garçon. Être vieux, ça voulait dire ne pas arrêter de travailler pour gagner de l'argent et c'était pas amusant du tout. Il me fallait un temps fou pour aller là-bas maintenant que je forçais mes jambes à marcher lentement. Tout autour de moi, c'était plein de brume. L'été n'est plus aussi chaud quand on est vieux. *Maman, maman, où es-tu? Pourquoi tu n'es pas là quand j'ai besoin de toi? Pourquoi tu réponds pas quand je t'appelle? Est-ce que tu ne m'aimes plus, maman? Maman, pourquoi tu viens pas à mon secours?*

Je me traînais en trébuchant et j'essayais de réfléchir. Et j'eus soudain une illumination : personne pouvait m'aimer parce que j'étais pas à ma place, ni ici ni là-bas. J'avais de place nulle part.

DEUXIÈME PARTIE

CONTES MALÉFIQUES

Je fis un sort à mes œufs brouillés au bacon, à la crème aigre et à la ciboulette. J'en étais à mon troisième toast alors que Bart chipotait dans son assiette. Son toast refroidissait tandis qu'il buvait son jus d'orange par petites lampées — on aurait dit que c'était du poison.

Il me décocha un coup d'œil hostile, puis son regard se posa sur maman. J'eus un coup au cœur. Je savais qu'il l'aimait. Comment pouvait-il la regarder comme ça ?

Quelque chose ne tournait pas rond dans sa tête. Où était passé mon petit frère timide et introverti ? Il devenait progressivement agressif, soupçonneux, cruel.

Ne savait-il donc pas qu'il n'existait pas de meilleure mère au monde ? J'aurais voulu le lui crier pour qu'il redevienne comme avant — un petit garçon qui se tenait de grands discours à lui-même, mal assuré sur ses jambes, qui chassait la grosse bête, qui faisait la guerre ou qui rassemblait son troupeau de vaches. Où s'en étaient allés son amour, son admiration pour maman ?

Dès que l'occasion s'en présenta, je le pris à part dans le jardin.

— Que diable t'arrive-t-il, Bart ? Pourquoi regardes-tu maman d'un air aussi méchant ?

— J' l'aime plus. (Il se plia en deux, écarta les bras horizontalement et se métamorphosa en aéroplane. Rien de plus normal... pour lui.) Dégagez la piste ! Faites place au jet qui va décoller pour les pays lointains ! La chasse au kangourou est ouverte en Australie !

— Pourquoi veux-tu toujours tuer quelque chose, Bart Sheffield ?

Ses ailes battirent, son moteur toussa avant de caler et il me contempla, désorienté. Le gentil petit garçon qu'il était au début de l'été ressuscita un court instant dans ses yeux bruns.

— J'tuerai pas des vrais kangourous. J'veux juste en capturer des tout p'tits de rien du tout. J'les mettrai dans ma poche en attendant qu'ils grandissent.

Complètement givré !

— D'abord, tu n'as pas de poche avec des mamelles pour que tes bébés kangourous puissent téter. (Sans douceur, je l'obligeai à s'asseoir sur un banc.) Je crois que le moment est venu d'avoir une conversation d'homme à homme tous les deux. Qu'est-ce qui ne va pas, mon vieux ?

— C'était une grande maison tout illuminée, perchée au sommet d'une colline très, très haute. Il faisait nuit. Il neigeait. Et puis, d'immenses flammes jaune et rouge ont jailli. Les flocons devenaient roses. Et, dans la grande maison, il y avait une vieille, vieille dame qui pouvait pas marcher et qui pouvait pas causer, et puis mon papa qu'était avocat il s'est précipité pour la sauver. Mais il a pas pu. Et il a brûlé... il a brûlé... il a brûlé !

J'étais atterré. C'était du délire ! Je me sentis pris de compassion.

— Tu sais très bien que ce n'est pas du tout comme ça que Papa Paul est mort, Bart, voyons ! commençai-je en marchant sur des œufs.

Mais qu'est-ce que je racontais là ? Il n'était né que quelques années avant la mort de Papa Paul. Combien d'années ? Je pouvais le demander à maman mais je ne voulais pas lui donner davantage de soucis, elle en avait déjà suffisamment.

— Bart, ton vrai papa est mort sur sa terrasse en lisant le journal, pas dans un incendie. Il avait des ennuis cardiaques et il a été emporté par une thrombose coronarienne. Papa nous l'a expliqué, tu ne t'en souviens pas ?

Ses yeux s'assombrirent, ses pupilles se dilatèrent et il hurla rageusement :

— C'est pas de celui-là que je parle, c'est de mon vrai papa ! Un avocat tout ce qu'il y avait de costaud qu'avait rien au cœur. C'était mon papa pour de vrai !

— Qui t'a raconté un mensonge pareil, Bart ?

— Il a brûlé ! vociféra-t-il à nouveau en tournoyant comme un homme aveuglé par la fumée qui essaie de trouver une issue pour se sauver. John Amos m'a dit comment ça s'est passé. C'était le réveillon de Noël. Le sapin a pris feu. Tout brûlait. Les gens criaient, ils couraient, ils piétinaient ceux qui tombaient et la plus grande, la plus magnifique de toutes les maisons a pris mon vrai père au piège et il est mort, mort, mort !

Cette fois, j'en avais assez entendu. J'allais immédiatement rentrer mettre mes parents au courant.

— Écoute-moi bien, Bart. Si tu ne cesses pas sur-le-champ d'aller écouter les blagues et les histoires de fous des voisins, j'avertirai papa et maman.

Il plissait les paupières comme s'il essayait de mieux voir la scène qui était gravée au fer rouge dans son cerveau. Brusquement, il ouvrit grands les yeux. Son regard était égaré.

— Occupe-toi de tes oignons, Jory Marquet. (Il ramassa une balle de base-ball qui traînait par terre et la lança dans ma direction avec une telle violence qu'elle m'aurait fracassé le crâne si je n'avais pas esquivé.) Si tu cafardes et que tu causes de grand-mère, je te tuerai pendant ton sommeil, laissa-t-il tomber avec défi d'une voix glacée, ses yeux rivés aux miens.

Je déglutis péniblement. Avais-je peur ? Non, ce n'était pas possible. Et puis, d'un seul coup, il abandonna son attitude bravache et se mit à haleter en se tenant la poitrine comme s'il suffoquait. Je souris, pas dupe : c'était son truc pour couper à une vraie bagarre.

— Très bien, Bart, fis-je sèchement. Tu l'auras

voulu. Je vais aller de ce pas dire deux mots à ces gens d'à côté qui te farcissent le crâne d'histoires à dormir debout.

Cela suffit pour lui faire mettre fin à sa pantomime de vieillard. Il me lança un regard suppliant mais je fis demi-tour et me mis en marche sans imaginer un seul instant qu'il réagirait. Et vlan! Quelque chose m'atterrit brutalement sur le dos et je me retrouvai à plat ventre par terre. Bart m'avait sauté dessus. Mais avant que j'aie eu le temps de le féliciter de sa rapidité et de sa précision inhabituelles, il se mit à m'aplatir le visage à coups de poing.

— T'auras plus une aussi jolie petite gueule quand j'en aurai fini avec toi!

Je m'efforçai de me protéger de mon mieux et je remarquai soudain qu'il tapait au hasard, les yeux fermés, en sanglotant. Malgré mon envie, j'étais bien incapable de cogner mon petit frère.

— J't'ai foutu la trouille, hein? gronda-t-il en retroussant les lèvres, manifestement content de lui. Maintenant, tu sauras peut-être qui est le plus fort des deux. T'en as pas autant dans le ventre que tu croyais, pas vrai?

Je le repoussai si violemment qu'il perdit l'équilibre.

— Tu mériterais une bonne fessée, Bart Sheffield, et il se pourrait bien que ce soit moi qui te la donne. La prochaine fois que l'envie te prendra de faire le mariolle, réfléchis d'abord, parce qu'il pourrait t'en cuire.

— T'es pas mon frère, sanglota-t-il, maté. T'es qu'mon demi-frère, et c'est comme si c'était rien.

Il ravala sa hargne et, se frappant les yeux de ses poings, se mit à brailler encore plus fort.

— Tu vois bien que cette vieille bonne femme te met des idées insensées dans la tête. Comme si tu n'en avais déjà pas suffisamment! Elle te dresse contre ta propre famille — et je ne vais pas me gêner pour lui dire en face ma façon de penser.

— N'essaie pas de faire ça! (Il s'était tassé sur lui-même, ses larmes s'étaient brusquement taries et la rage bouillonnait à nouveau en lui.) Parce que je ferais quelque chose de terrible. *Je le jure! De terrible! Si tu y vas, tu le regretteras!* Je sais bien ce que tu veux, poursuivit-il, sur un ton soudain puéril, tu veux mon chien-poney. Mais il t'aimera pas. Non, il t'aimera pas! Tu veux que ma grand-mère t'aime plus que moi mais elle t'aimera pas plus! Tu veux tout me prendre mais tu y arriveras pas!

Il me faisait de la peine mais j'avais suffisamment tergiversé, il fallait que je fasse mon devoir.

— Allez! lui jetai-je. Va plutôt boire ton biberon.

Tandis que je m'éloignais, il me cria qu'il m'en ferait baver, que sa vengeance serait impitoyable.

— Et tu pleureras, Jory! Tu pleureras comme tu n'as encore jamais pleuré!

Le soleil jouait à cache-cache avec les ombres sur la route. Il tapait ferme et j'avais le crâne brûlant. Je me retournai en entendant le bruit d'une cavalcade derrière moi. C'était Clover qui arrivait ventre à terre. Je m'accroupis et il me sauta dans les bras, puis se mit en devoir de me lécher la figure avec la même adoration et la même ferveur que depuis que j'avais trois ans.

Trois ans. En ce temps-là, j'habitais avec maman un petit cottage dans les Blue Ridge Mountains, en Virginie. Je me souvenais de l'homme de haute taille qui m'avait fait cadeau non seulement de Clover mais aussi d'un chat appelé Calico et d'une perruche que nous avions baptisée Bouton-d'Or. Une nuit, Calico avait pris le large et nous ne l'avions jamais revu. Et j'avais sept ans quand Bouton-d'Or était morte.

— Aimerais-tu être mon fils?

La voix de cet homme résonnait encore dans ma mémoire. Il s'appelait... Comment s'appelait-il donc? Bart? Bart Winslow? Mais... mais est-ce que je n'étais pas en train de découvrir quelque chose qui m'était passé par-dessus la tête jusqu'à présent? Bart, mon demi-frère, était-il le fils de cet homme, et non celui de Papa Paul?

— Il faut rentrer à la maison, Clover. (Il eut l'air de comprendre ce que je lui disais.) Tu as onze ans et ce n'est pas recommandé à ton âge de faire le fou par cette chaleur. Tu vas rentrer et m'attendre tranquillement dans le petit coin où tu es au frais et que tu aimes bien, d'accord ?

Remuant la queue, il repartit docilement sans cesser de se retourner pour voir si je poursuivais mon chemin. Quand il fut hors de vue, je me remis en marche en direction de la vieille demeure. Le passé bruissait dans ma tête comme un sourd et lointain battement de tambour qui faisait renaître des événements oubliés. Je refoulai les souvenirs qui m'assaillaient parce que je voulais que ma mère me demeure sacrée, que mon amour pour Papa Paul et mon respect pour Chris restent intacts. Non, il ne fallait pas trop fouiller dans ma mémoire.

Un amour chasse l'autre, c'est comme ça pour tout le monde, me disais-je, si les arguments des ballets sont des histoires vraies, juste un peu exagérées. Je m'approchai avec assurance — exactement comme l'aurait fait papa — de la grille de fer forgé. Je demandai dans la petite boîte qu'on me laisse entrer et la grille s'ouvrit silencieusement. Ce fut presque au pas de course que je parcourus l'allée. Arrivé devant l'entrée à double battant, je commençai par sonner, puis secouai de toutes mes forces le heurtoir de cuivre.

J'attendais avec impatience que le vieux maître d'hôtel se manifeste. Derrière moi, les grilles s'étaient refermées. J'avais l'impression de me jeter dans la gueule du loup. Comme Bart avec ses aventures imaginaires dont il se délectait, je commençai à inventer une histoire inspirée des ballets que je connaissais : j'étais un infortuné et indésirable prince qui ignorait le mot de passe magique. Seul Bart le connaissait.

L'appréhension et les regrets se liguaient pour ébranler ma résolution. Cette bâtisse ne ressemblait en rien au palais de je ne sais quelle mauvaise fée, c'était simplement une vaste demeure démodée qu'habitait une vieille dame solitaire qui avait autant besoin de Bart que Bart avait besoin d'elle. Mais elle ne pouvait pas être sa grand-mère, c'était l'évidence même. La grand-mère de mon demi-frère était en Virginie, internée à cause de quelque chose de terrible qu'elle avait fait.

Tout était si silencieux, si calme, que j'avais l'impression d'étouffer. Chez nous, c'était plein de bruits de cuisine, de musique... Clover qui aboyait, Cindy qui piaillait, Bart qui braillait, Emma qui régentait tout le monde. Ici, rien, pas même un craquement dans la maison. Soudain, j'entr'aperçus une ombre derrière le voilage d'une fenêtre. Je frissonnai et il s'en fallut de peu que je ne décampe. Mais, au moment où j'allais battre en retraite, la porte s'entrebâilla, juste assez pour que le maître d'hôtel puisse me dévisager.

— Vous pouvez entrer, dit-il sur un ton qui n'avait rien d'accueillant, mais ne restez pas trop longtemps. Madame est de santé fragile et elle se fatigue vite.

Je lui demandai quel était son nom car j'en avais assez de l'appeler la vieille dame ou la dame en noir mais ma question resta sans réponse. Il m'intriguait avec sa façon de marcher en traînant les pieds, son allure boitillante, le tapotement de sa canne d'ébène sur le sol, son crâne chauve, rose et luisant. Pourtant, si vieux et si fragile qu'il parût, il y avait quelque chose de sinistre et d'inquiétant dans cet homme-là.

Il me fit signe d'entrer et, comme j'hésitais, il eut un sourire cynique qui découvrit des dents trop égales et trop jaunes. Alors, redressant les épaules, je le suivis bravement en me disant que j'allais tout arranger et que, ensuite, nous retrouverions l'existence heureuse que nous menions avant qu'ils soient venus habiter cette maison.

La pièce qui servait de retraite à la dame en noir me surprit, bien que j'eusse été incapable de dire exactement pourquoi. Peut-être parce que les rideaux étaient hermétiquement tirés alors qu'il faisait si beau dehors.

Les persiennes fermées ne laissaient passer que des stries de lumière. Ces persiennes, ces rideaux empêchaient la chaleur d'entrer, et il faisait étrangement froid.

Assise dans son fauteuil à bascule en bois, la dame en noir me regardait fixement. D'un vague geste de sa main menue, elle me fit signe d'approcher et je devinai d'instinct qu'elle était une menace pour mes parents, pour ma propre sécurité et, surtout, pour l'équilibre mental de Bart.

— Tu n'as aucune raison d'avoir peur de moi, Jory, dit-elle avec douceur. Tu es ici chez toi tout autant que Bart et je serai toujours heureuse de t'accueillir. Assieds-toi et bavardons un peu. Veux-tu une tasse de thé et une tranche de gâteau ?

Séduction était le mot que papa avait ajouté hier à la liste des mots que nous devions apprendre pour enrichir notre vocabulaire. « Le monde, disait-il, appartient à ceux qui savent bien parler, et ceux qui savent bien écrire gagnent des fortunes. »

Le fait était là : la dame en noir, qui semblait si vieille et, en même temps, si altière dans son fauteuil inconfortable, possédait une séduction à laquelle je succombai.

— Pourquoi n'ouvrez-vous pas les rideaux et les volets pour faire entrer un peu d'air et de lumière ? lui demandai-je.

Ses mains frémissaient nerveusement, faisant scintiller des bagues à profusion. Elle en avait à chaque doigt — des rubis, des émeraudes, des diamants ; toutes les couleurs de l'arc-en-ciel étaient représentées. Et ces pierres tranchaient avec sa robe sévère et les voiles de mousseline noire qui dissimulaient ses traits. Mais aujourd'hui ses yeux étaient à découvert. Ils étaient bleus. Comme ils me paraissaient familiers !

— Une lumière trop vive me fait mal aux yeux, murmura-t-elle d'une voix enrouée.

— Pourquoi ?

Le soupir qu'elle poussa était presque inaudible.

— J'ai vécu longtemps coupée du monde, recluse dans une petite chambre. Mais le plus terrible était que j'étais enfermée en moi-même. Lorsque l'on se trouve par force confronté avec soi-même pour la première fois de son existence, on vacille sous le choc. J'ai reculé d'horreur le jour où, devant la glace — il y en avait une dans la pièce —, j'ai plongé au fond de moi. J'étais terrifiée. C'est pourquoi je vis maintenant entourée de miroirs mais je cache mon visage pour me voir le moins possible.

— Vous n'avez qu'à décrocher vos miroirs.

— Tu en parles à ton aise. Il est vrai que tu es jeune et, quand on est jeune, on se figure que tout est simple. Non, je ne veux pas les enlever, je veux qu'ils restent là pour me rappeler perpétuellement ce que j'ai fait. Ces fenêtres closes, cette atmosphère renfermée sont mon châtiment, pas le tien. Si tu le souhaites, Jory, continua-t-elle tandis que je m'asseyais, ouvre les fenêtres, tire les volets. Fais entrer la lumière et j'ôterai mes voiles pour que tu voies ce qu'ils dissimulent. Mais tu ne trouveras pas que c'est un plaisant spectacle. Ma beauté s'en est allée. Cependant, c'est là une bien petite perte, comparée à tout ce que j'ai eu et que je n'ai plus, à tout ce à quoi j'aurais dû me cramponner vaillamment.

— Vaillamment ?

C'était un mot un peu inusité dont je ne percevais pas pleinement la signification.

— Oui, Jory, j'aurais dû protéger vaillamment ce que je possédais. Ils n'avaient que moi et je les ai abandonnés. Je croyais que j'avais raison et que c'étaient eux qui avaient tort. Je résistais à leurs poignantes supplications et le pire était que je ne pensais même pas qu'elles étaient poignantes en ce temps-là. Je me disais que je faisais tout ce que je pouvais parce que je les comblais de présents. Peu à peu, ils ont perdu confiance en moi, ils ont fini par me détester, et cela m'a fait horriblement mal, plus que tout le reste. Je me reproche d'avoir été aussi faible, aussi lâche, de m'être stupidement laissé intimider alors que j'aurais dû ne jamais baisser pavillon, me battre pied à pied, ne songer qu'à eux et faire une croix sur mes ambitions. Ma seule excuse était que j'étais jeune à cette époque, et la jeunesse est égoïste, même quand il s'agit de ses propres enfants. Pour moi, mes besoins étaient plus importants que les leurs. Je me disais que leur tour viendrait un jour et qu'ils pourraient alors en faire à leur tête. Je croyais que c'était ma dernière chance d'être heureuse et qu'il fallait que je la saisisse vite avant que l'âge m'enlaidisse. J'aimais un homme plus jeune que moi. Je ne pouvais pas le leur expliquer.

Qui ça, « leur » ? De qui parlait-elle ?

— À qui ? bredouillai-je tout en souhaitant, sans trop savoir pourquoi, qu'elle ne me dise rien — ou, au moins, qu'elle ne m'en dise pas trop.

— Mes enfants, Jory. Mes quatre enfants nés de mon premier mari que j'avais épousé alors que je n'avais que dix-huit ans. Cet homme m'était interdit et pourtant c'était lui que je voulais. J'étais convaincue que je ne rencontrerais jamais un homme plus merveilleux et j'en ai rencontré un autre qui l'était pareillement.

Je ne voulais pas en entendre davantage mais elle insista tant pour que je reste que je m'assis finalement sur une de ses jolies chaises — tout au bord.

— Et c'est ainsi, continua-t-elle, que j'ai laissé mon amour pour cet homme me rendre aveugle à leurs besoins. Je n'ai pas tenu compte de leur désir d'être libres, et voilà le résultat : je pleure toutes les nuits dans mon lit.

Que pouvais-je répondre ? Je ne comprenais pas de quoi elle parlait. Elle était sûrement folle. Elle se pencha en avant pour me regarder de plus près.

— Tu es remarquablement beau, mon enfant. Mais je suppose que tu le sais déjà.

J'acquiesçai. Depuis que j'étais tout petit, les gens ne tarissaient pas d'éloges sur ma grâce, mon talent, mon charme. Mais c'était le talent qui comptait, pas l'apparence. Pour moi, l'aspect physique sans le talent ne servait à rien. Je savais aussi que la beauté s'effaçait avec l'âge mais cela ne m'empêchait pas de l'apprécier.

Il suffisait de jeter un coup d'œil sur la pièce pour se rendre compte que cette femme n'y était pas moins sensible que moi. Et pourtant...

— Quel dommage qu'elle s'enferme dans l'obscurité en refusant de profiter de toutes les belles choses qui l'entourent! murmurai-je étourdiment.

Elle entendit et répliqua d'une voix sans timbre :

— C'est pour mieux me punir.

Je gardai le silence et elle continua d'évoquer à bâtons rompus son triste passé de petite fille riche qui avait commis la faute de tomber amoureuse de son demi-oncle de trois ans son aîné, en conséquence de quoi elle avait été déshéritée. Pourquoi me racontait-elle sa vie?

— Je me suis remariée. Mes quatre petits m'en ont voulu. (Elle s'abîma dans la contemplation de ses mains croisées sur ses genoux, puis se mit à faire tourner ses bagues étincelantes l'une après l'autre.) Les enfants s'imaginent que tout est facile pour les grandes personnes. Ce n'est pas toujours vrai. Ils se figurent qu'une mère qui est veuve n'a besoin de personne d'autre qu'eux. (Elle soupira.) Ils croient qu'ils peuvent lui apporter tout l'amour qu'il lui faut. Ils ne comprennent pas qu'il y a différentes formes d'amour et qu'il est dur de vivre seule pour une femme qui a déjà été mariée. (Brusquement, elle sursauta, comme si elle avait presque oublié que j'étais là.) Oh! Quelle piètre maîtresse de maison je fais! N'as-tu pas envie de goûter, Jory?

— Non merci. J'étais seulement venu vous demander de ne pas encourager Bart à venir vous rendre visite. Je ne sais pas ce que vous lui racontez ni ce qu'il fait ici mais quand il rentre, il a des idées bizarres dans la tête et il se conduit comme s'il était déphasé.

— Déphasé? Voilà un bien grand mot dans la bouche d'un garçon de ton âge!

— Mon père exige que nous apprenions un mot nouveau chaque jour.

Elle se mit à jouer nerveusement avec son collier — un collier de grosses perles dont le fermoir était un papillon en diamants.

— Jory, si je te pose une question purement hypothétique, me répondras-tu avec franchise ?

Je me levai.

— Je préfère ne pas avoir à répondre à vos questions...

— À supposer que ta mère ou ton père te déçoivent, qu'ils trompent ta confiance d'une manière ou d'une autre, même pour quelque chose d'important, serais-tu capable de leur pardonner ?

Bien sûr, me dis-je aussitôt dans mon for intérieur, encore que je fusse bien incapable de les imaginer trompant ma confiance. Je me dirigeai à reculons vers la porte.

— Oui, madame, je crois que je pourrais leur pardonner n'importe quoi.

— Même un meurtre ? fit-elle en se levant à son tour. Pourrais-tu leur pardonner un meurtre ?

Elle était folle à lier ! Aussi folle que son maître d'hôtel. J'avais hâte de prendre le large. Je la mis une dernière fois en garde pour mon frère :

— Si vous voulez que Bart ne perde pas la raison, laissez-le tranquille.

Elle secoua le menton et baissa la tête. Je lui avais fait du mal en lui disant ça, c'était visible, et je dus prendre sur moi pour ne pas lui demander pardon. Au moment où je m'apprêtais à sortir, on frappa à la porte. J'ouvris. C'étaient des livreurs qui apportaient une grosse caisse oblongue. Il fallut qu'ils se mettent à deux pour déclouer le couvercle.

— Ne pars pas, Jory, m'implora la vieille dame. Reste. Je voudrais que tu voies ce qu'il y a dans cette caisse.

Ça changerait quoi ? Mais rien de tel qu'une boîte fermée pour éveiller la curiosité des gens et je ne faisais pas exception à la règle : je restai.

Le vieux maître d'hôtel surgit dans le vestibule en

martelant le sol de sa canne mais la dame en noir eut vite fait de se débarrasser de lui :

— Je ne vous ai pas sonné, John. Je vous prie de demeurer dans la partie de la maison qui vous est réservée tant que je ne vous appelle pas.

Il l'enveloppa d'un regard mauvais mais regagna ses pénates.

La caisse était à présent ouverte et les deux hommes s'affairaient à en sortir la paille de rembourrage. Finalement, ils mirent au jour un objet de grande taille enveloppé dans une couverture grise ouatinée.

J'avais l'impression d'attendre qu'un bateau lève l'ancre. J'étais tellement excité que j'en avais le souffle coupé. L'expression étrange de la vieille dame y était peut-être aussi pour quelque chose. On aurait dit qu'elle trépignait d'impatience tant elle avait hâte que je voie ce que recelait cette caisse. Voulait-elle me faire un cadeau comme à Bart à qui elle offrait tout ce dont il avait envie ?

Je poussai une exclamation étranglée et fis un pas en arrière.

C'était un tableau que les deux hommes étaient en train de déballer.

J'avais sous les yeux ma ravissante mère. Vêtue d'une robe du soir blanche dont la traîne n'en finissait pas, elle s'était immobilisée sur la dernière marche de l'escalier, sa main fine posée sur le pilastre admirablement travaillé de la rampe. Derrière elle, l'escalier à double révolution s'élevait gracieusement pour se fondre dans une brume tourbillonnante, donnant par le miracle de l'art l'impression d'un brasillement d'or et de pierres précieuses qui suggérait une demeure princière.

— Sais-tu qui est représenté sur ce tableau ? me demanda la dame quand les livreurs eurent accroché la toile au mur d'un boudoir.

Je fis signe que oui. La stupéfaction m'avait rendu muet.

Que faisait-elle avec le portrait de ma mère ?

Elle attendit que les deux hommes se soient retirés. Ma respiration faisait un bruit de forge. Mais pourquoi donc éprouvais-je cette sorte de paralysie? La vieille dame se tourna vers moi et reprit d'une voix contenue :

— C'est mon portrait, Jory. Mon second époux l'a fait exécuter peu après notre mariage. J'avais trente-sept ans à l'époque.

La femme du portrait ressemblait trait pour trait à maman telle qu'elle était aujourd'hui. J'avalai ma salive. J'avais brusquement une envie terrible de faire pipi. Mais je ne bougeai pas. Il fallait absolument que j'entende ses explications, même si je mourais de peur dans l'attente de ce qu'elles allaient être.

— Mon mari, qui était plus jeune que moi, s'appelait Bartholomew Winslow, Jory, enchaîna-t-elle avec précipitation, comme si elle voulait être sûre que je ne me sauverais pas avant d'avoir tout entendu. Plus tard, quand elle en a eu l'âge, ma fille l'a séduite, elle m'a volé son amour pour que je souffre en voyant l'enfant qu'elle lui donnerait. L'enfant que je ne pouvais pas avoir. Devines-tu qui est cet enfant ?

Je fis un bond en arrière et levai les bras pour interrompre ces confidences que je ne voulais pas entendre.

— Jory, Jory, Jory, poursuivit-elle sur le ton de la mélopée, n'as-tu plus aucun souvenir de moi? Rappelle-toi quand tu habitais dans les montagnes de Virginie. Rappelle-toi la dame en manteau de fourrure dans le petit bureau de poste. Tu devais avoir trois ans. Tu m'as vue, tu m'as souri, tu t'es approché de moi, tu as caressé mon manteau et tu m'as dit que j'étais jolie. Tu te rappelles ?

— Non! répondis-je avec une conviction que j'étais loin de ressentir. Je ne vous ai jamais vue de ma vie avant que vous vous installiez ici. D'ailleurs, les femmes blondes aux yeux bleus se ressemblent toutes plus ou moins!

— Oui, tu as sans doute raison, fit-elle d'une voix

saccadée. Je m'étais seulement dit qu'il serait amusant de voir la tête que tu ferais. Je n'aurais pas dû t'infliger cette plaisanterie de mauvais goût. Je regrette, Jory. Pardonne-moi.

Ces yeux bleus, si bleus, je ne pouvais pas les regarder. Il fallait que je m'en aille.

Je pris le chemin de la maison en traînant les pieds, malheureux comme les pierres. Si seulement j'étais parti plus tôt! Si seulement le portrait avait été livré à un autre moment! Pourquoi avais-je le sentiment que cette femme était plus dangereuse pour ma mère que pour mon beau-père? Qu'avais-je fait? *Est-ce toi, maman, qui lui as volé son second mari?* Était-ce elle? Cela tenait debout puisque Bart s'appelait comme lui. Tout ce que la dame en noir m'avait dit confirmait les soupçons embusqués depuis tant d'années dans mon esprit.

Je grimpai les marches de ce que maman appelait pour rire la « véranda sudiste style Paul ». Il était certain que notre terrasse n'avait rien du traditionnel patio californien.

Aujourd'hui, elle me faisait une curieuse impression. Si je n'avais pas été aussi bouleversé, j'aurais sans doute immédiatement compris pourquoi j'éprouvais le sentiment bizarre qu'il manquait quelque chose mais, les choses étant ce qu'elles étaient, il me fallut plusieurs minutes pour me rendre compte que Clover n'était pas à sa place habituelle. Alarmé, je le cherchai partout en l'appelant. Emma passa la tête à la fenêtre de la cuisine.

— Pour l'amour du ciel, ne crie pas si fort, Jory! Je viens de mettre Cindy au lit pour sa sieste. Tu vas la réveiller. J'ai vu Clover il y a quelques minutes. Il était dans le jardin en train de courir après un papillon.

Évidemment! J'étais rassuré. Un papillon voletant dans la brise, il n'en fallait pas davantage pour réveiller le jeune chiot qui sommeillait dans le cœur de mon vieux caniche! Je rejoignis Emma dans la cuisine.

— Il y a une question que je veux vous poser depuis

longtemps, Emma. En quelle année maman a-t-elle épousé le Dr Paul?

Elle était en train de farfouiller dans le réfrigérateur en grommelant :

— J'aurais pourtant juré qu'il restait du poulet d'hier soir. Comme, aujourd'hui, j'ai prévu du foie aux oignons, j'en avais mis une cuisse de côté pour Bart qui est tellement difficile.

— Vous ne vous rappelez pas l'année?

— Tu n'étais pas plus haut que trois pommes, dit-elle, toujours occupée à soulever les couvercles des casseroles.

Il faut dire qu'Emma n'avait pas la mémoire des dates.

— Racontez-moi encore comment maman a fait la connaissance du frère du Dr Paul... notre beau-père actuel, quoi.

— Oui, je me souviens de Chris. Il était beau comme un dieu — grand, bronzé. Mais personne n'était aussi beau que l'était le Dr Paul dans son genre. C'était un homme admirable. Si bon, si aimable...

— C'est quand même curieux que maman soit tombée amoureuse du plus vieux des deux, vous ne trouvez pas?

Elle se redressa en se tenant les reins — elle se plaignait tout le temps de ses douleurs —, puis s'essuya les mains sur son tablier d'une irréprochable blancheur.

— J'espère que tes parents ne rentreront pas à des heures indues. Sois gentil et essaie de trouver Bart pour qu'il prenne un bain rapidement. Je n'aime pas que ta mère le voie tout sale.

— Emma, vous ne m'avez pas répondu.

Me tournant le dos, elle se mit en devoir de piler du poivre vert.

— Jory, si tu as des questions à poser, c'est à tes parents qu'il faut t'adresser, pas à moi. Tu me considères peut-être comme une parente en titre mais je ne suis rien de plus qu'une amie de la famille. Maintenant, file et laisse-moi préparer le dîner.

— S'il vous plaît, Emma... ce n'est pas seulement pour moi, c'est aussi pour Bart. Je dois absolument faire quelque chose pour lui remettre les idées en place et comment pourrais-je y arriver si je ne dispose pas de tous les éléments ?

Elle m'adressa un grand sourire.

— Sois heureux d'avoir des parents aussi merveilleux que les tiens, Jory. Vous avez de la chance, Bart et toi, beaucoup de chance. J'espère que quand Cindy sera grande, elle se rendra compte que le jour où votre mère a décidé d'avoir une petite fille a été pour elle un jour à marquer d'une pierre blanche.

Dehors, il commençait à faire sombre. J'eus beau chercher partout, impossible de retrouver Clover. Finalement, je m'assis sur les marches de l'escalier de derrière et, lugubre, contemplai le ciel qui rosissait, zébré de longues traînées d'orange et de violet. J'étais déprimé et abattu. Ah ! Si tous ces mystères, si toute cette confusion pouvaient se dissiper ! Clover... où était-il passé ? C'était aujourd'hui que je découvrais soudain combien il comptait pour moi et quelle perte ce serait s'il avait disparu pour de bon. *Oh non, mon Dieu, faites qu'il n'ait pas disparu pour de bon !*

Après avoir fait encore une fois le tour du jardin, je décidai que le mieux était de rentrer et de téléphoner au journal. Je ferais passer une annonce à la rubrique des chiens perdus. Si j'offrais une assez grosse récompense, on me le rapporterait certainement.

— Clover ! C'est l'heure de la soupe !

Ce fut Bart que mon appel fit apparaître. Il émergea de la haie, les vêtements déchirés et souillés de terre. Ses yeux étaient étrangement hagards.

— Pourquoi tu cries comme ça ?

— Je n'arrive pas à retrouver Clover et tu sais qu'il n'a pas l'habitude de traîner. C'est un chien pantouflard. J'ai lu l'autre jour dans le journal qu'il y a des gens qui volent les chiens et les vendent à des laboratoires pour des expériences. Si quelque chose d'aussi affreux arrivait à Clover, je ne m'en consolerais jamais.

Il me regarda avec affolement.

— C'est pas possible... hein?

— Il faut absolument que je le retrouve. S'il ne revient pas bientôt, j'aurai un tel chagrin que j'en mourrai. Suppose qu'il se soit fait écraser... (Il avala sa salive et se mit à trembler.) Que t'arrive-t-il, Bart?

— J'ai abattu un loup. Un gros méchant loup tout noir. Pan! D'une seule balle entre ses deux yeux rouges.

— Oh! ça suffit, Bart! m'écriai-je avec impatience, irrité de ces histoires. Il n'y a pas de loups dans la région, tu le sais aussi bien que moi.

Je cherchai Clover dans tout le quartier jusqu'à minuit. Les larmes me brouillaient les yeux et étranglaient ma voix. J'avais le pressentiment que je ne le reverrais plus jamais.

— Jory, maintenant, on va se coucher et on recommencera à le chercher demain s'il n'est toujours pas rentré, me dit papa qui m'avait accompagné. Et ne te fais pas de bile. Clover n'est peut-être plus de la première jeunesse mais les vieux chiens eux-mêmes peuvent avoir une petite poussée de romantisme une nuit de pleine lune.

Ce n'était pas un argument très convaincant. Il y avait belle lurette que Clover ne courait plus les chiennes. La seule chose qui l'intéressait, maintenant, c'était de dénicher un coin où il pouvait dormir en paix sans craindre que Bart trébuche sur lui ou lui marche sur la queue.

— Va te coucher, toi, papa. Moi, je vais encore essayer. Demain je ne vais à la danse qu'à 10 heures, j'ai moins besoin de sommeil que toi.

Il me serra brièvement contre lui, me souhaita bonne chance et se dirigea vers sa chambre. Au bout d'une heure, je renonçai. Inutile de continuer : Clover était mort. Il ne pouvait pas y avoir d'autre explication à son absence.

Je pris la décision de faire part de mes soupçons à mes parents.

Je restai à les regarder, debout devant leur lit. Le clair de lune qui entrait par la fenêtre les éclairait. Maman s'était à demi retournée pour se blottir contre papa, couché sur le dos. Elle avait posé la tête sur sa poitrine nue. Les draps étaient juste assez remontés pour dissimuler leur nudité et je fis un pas en arrière, soudain très gêné. Je n'aurais pas dû être là. Dans leur sommeil, ils paraissaient vulnérables, plus jeunes, et cela m'émouvait, mais en même temps j'avais honte. Pourquoi ? Il y avait longtemps que papa m'avait mis au courant des réalités de la vie et je savais ce que les hommes et les femmes faisaient ensemble pour avoir des bébés — ou rien que pour s'amuser.

— Tu es là, Chris ? s'enquit ma mère à moitié endormie en changeant de position.

— Oui, chérie, je suis là, murmura-t-il d'une voix endormie. Rendors-toi. Nous n'avons plus à craindre que la grand-mère nous surprenne.

Mon saisissement fut tel que je me figeai sur place. On aurait dit deux enfants. Et cette grand-mère qui revenait sur le tapis...

— J'ai peur, Chris. Si jamais ils apprenaient, que leur dirions-nous ? Comment pourrions-nous leur expliquer ?

— Chut ! Désormais, la vie nous sera clémente. Aie foi en Dieu. Nous avons été suffisamment punis, Il ne nous châtiera pas davantage.

Je me ruai vers ma chambre et me jetai sur mon lit. J'étais tout creux à l'intérieur, il n'y avait plus que le vide autour de moi. La confiance, l'amour s'étaient envolés. Parti, Clover, mon cher petit et inoffensif caniche qui n'avait jamais fait de mal à personne. Et Bart avait tué un loup.

Que ferait-il la prochaine fois ? Savait-il ce que je savais ? Était-ce là la raison de son étrange comportement ? Les larmes me montaient à nouveau aux yeux. Je ne pouvais pas refouler éternellement mes souvenirs. J'avais maintenant la certitude que Bart n'était pas le fils du Dr Paul. Il était le fils du second mari de la vieille dame qui portait le même nom que lui, l'homme grand et mince qui hantait parfois mes rêves tout comme le Dr Paul et mon vrai père que je n'avais vu qu'en photo.

Nos parents nous avaient menti. Pourquoi ne nous avaient-ils pas dit la vérité ? Parce qu'elle était si épouvantable qu'ils ne le pouvaient pas ?

Ô mon Dieu ! Leur secret devait être si atroce que nous ne pourrions jamais leur pardonner !

Et Bart pouvait être dangereux, cela ne faisait aucun doute. Cela se voyait tous les jours un peu plus. Demain, j'en parlerais à maman ou à papa.

Mais, le lendemain matin, je dus me rendre à l'évidence : j'étais dans l'incapacité de m'expliquer. Je comprenais maintenant pourquoi papa tenait tant à ce que nous apprenions chaque jour un mot nouveau. Il fallait des mots particuliers pour exprimer les idées compliquées et je n'étais pas encore assez calé pour formuler les pensées confuses qui les auraient rassurés.

Ô mon Dieu ! Si vous êtes vraiment là-haut à m'observer, entendez ma prière. Donnez à mes parents la paix qui les empêchera de rêver la nuit à la méchante grand-mère. Quoi qu'ils aient fait, que ce soit bien ou mal, je sais que c'était avec les meilleures intentions.

Pourquoi est-ce que je m'exprimais ainsi ?

La paix était un mot qui ne voulait plus rien dire. Comme les morts qui n'étaient plus que des ombres dans mon souvenir, des fantômes immatériels, alors que la haine qui remplissait Bart grandissait de jour en jour.

LEÇONS

Juillet. Mon mois à moi. « Conçu dans les flammes et né dans la fournaise », qu'il avait dit, John Amos, quand je lui avais annoncé que j'aurais bientôt dix ans. J'ai pas compris ce qu'il voulait dire. D'ailleurs, je m'en foutais. Dans quelques jours, à moi Disneyland! Hip, hip, hip, hourra! Et zut pour Jory qui me gâchait mon plaisir en faisant une tête longue comme ça sous prétexte qu'un vieux cabot stupide ne répondait pas quand il l'appelait!

J'étais en train de faire des plans pour que Pomme ait tout ce qu'il lui faudrait en attendant que je puisse revenir en douce m'occuper de lui après Disneyland. John Amos me sauta sur le poil au moment où je me laissais glisser à bas du mur et il m'entraîna dans sa chambre au-dessus du garage.

— Assieds-toi dans ce fauteuil, Bart. Tu vas me lire tout haut quelques pages du journal de Malcolm. Car Dieu te punira si tu prétends que tu le lis et que ce ne soit pas vrai.

J'avais plus autant besoin de lui qu'avant, aussi je le regardai avec mépris. Le mépris qu'aurait montré Malcolm pour un vieux bonhomme voûté et bancal, incapable de parler sans siffler et postillonner. Mais je m'assis et ouvris le livre de cuir rouge.

« J'avais galvaudé ma jeunesse en m'abandonnant aux plaisirs du monde et, aux approches de la trentaine, je pris conscience que ce qui manquait à ma vie était un but autre que l'argent. La religion. C'était de religion que j'avais besoin. Il fallait que je me rachète de mes péchés car, en dépit des serments que j'avais faits dans mon enfance, j'avais succombé aux attraits de la concupiscence, et plus une femme était pervertie, plus elle me semblait désirable. Rien ne m'apportait autant de plaisir que le spectacle d'une femme belle et hautaine qui s'humiliait et acceptait de faire des choses impudiques allant à l'encontre de toutes les règles de l'honnêteté. C'était pour moi une volupté que de les frapper, de marquer leur blanche chair sans défaut de rouges estafilades. La vue du sang m'exaltait. Je compris donc alors que Dieu m'était indispensable. Il fallait que je sauve mon âme éternelle de l'enfer. »

Je levai les yeux du livre, fatigué de faire l'effort de deviner ce que voulaient dire tous ces grands mots.

— Saisis-tu le message de Malcolm, mon garçon ? Il te dit que, si fort qu'on les haïsse, les femmes vous procurent encore du plaisir. *Mais à quel prix !* Un prix élevé, terriblement élevé, mon garçon. En créant les hommes, Dieu les a, hélas ! dotés de sensualité. Quand tu commenceras à devenir adulte, tu devras essayer d'étouffer le désir en toi. Mets-toi bien ceci dans la tête et ne l'oublie jamais : les femmes seront ta perte finale. Je sais de quoi je parle. Elles m'ont détruit et c'est à cause d'elles que je suis resté un domestique alors que j'aurais pu occuper une position bien supérieure.

Je me levai et pris la porte. J'en avais assez de John Amos. J'aimais mieux aller voir ma grand-mère qui m'aimait. Plus que personne ne m'aimerait jamais. Elle m'aimait tellement que, comme moi, elle inventait des mensonges pour me faire croire qu'elle était ma grand-mère pour de vrai. Mais je savais bien que c'était pas possible.

Le samedi, c'était le meilleur jour de la semaine. Mon beau-père restait à la maison et ça faisait plaisir à maman. Elle avait engagé une idiote d'assistante pour la remplacer le samedi à son cours. Elle avait plus le temps d'y aller, elle était trop occupée à pomponner Cindy. Jory, il allait aussi à la danse pour voir sa petite amie, cette gourde. Il était rentré à midi et ça avait flanqué tous mes plans par terre. Parce que j'avais des tas de projets pour occuper mon temps. Prendre soin de Pomme. M'asseoir sur les genoux de ma grand-mère qui me chantait des chansons. Vrai, avec tout ce que j'avais à faire, les journées passaient à la vitesse de l'éclair.

Cet après-midi-là, Cindy était dans une piscine de jardin en plastique toute neuve. Paraît que la vieille était pas assez bonne pour elle. Rien n'était assez beau pour cette môme. Elle avait même un nouveau maillot de bain, un rouge avec des rayures blanches et des cordons qui s'accrochaient dans le dos pour le faire tenir. Même qu'elle essayait tout le temps de défaire le nœud.

Jory fonça à la maison et revint avec son appareil pour la prendre en photo. Puis il le lança à maman qui l'attrapa au vol.

— Tu veux me photographier avec Cindy?

Bien sûr qu'elle demandait pas mieux que de le prendre en photo avec Cindy, *lui*. Il ne leur venait même pas à l'idée de me photographier, moi. Peut-être que j'avais fait une grimace une fois de trop, ou un pied de nez, ou tiré la langue.

Saletés de broussailles! Elles m'égratignaient les jambes et les bras, y en avait partout. Et des petites bêtes qui me couraient dessus. J'avais horreur des petites bêtes! Tout en me flanquant des claques pour les écrabouiller, je plissais les yeux pour mieux voir l'autre morveuse qui pataugeait et faisait des éclaboussures.

À Disneyland, quand ils voudront m'amener dans l'Est, je me sauverai et je rentrerai à la maison en auto-stop pour m'occuper de Pomme. C'est ce que Malcolm aurait fait.

J'ai couru jusqu'à l'arbre, j'ai grimpé, je suis passé de l'autre côté du mur et j'ai été rendre visite à Pomme. Il commençait à être énorme. Je lui ai fourré un biscuit dans la gueule et le biscuit a disparu en une seconde. Et Pomme a manqué me faire tomber en me sautant dessus.

— Maintenant, tu vas manger cette carotte. Ça te nettoiera les dents comme si c'était une brosse.

Il a reniflé la carotte, il a remué la queue et il lui a donné un coup de patte. Rien à faire pour qu'il joue comme un poney.

Je me suis dépêché de l'atteler à ma petite charrette et on a galopé dans tous les sens.

— Hue! je lui criai. Faut qu'on les rattrape, ces voleurs de bétail! Plus vite, maudit canasson!

Quelque chose bougeait dans les collines. J'ai fait

demi-tour et qu'est-ce que j'ai vu ? Des Indiens qui s'amenaient à fond de train. C'était à mon scalp qu'ils en voulaient. Ils nous ont donné la chasse mais on les a semés dans les collines qui se sont bientôt transformées en désert. Ma monture et moi, on était exténués, on crevait de soif. Fallait trouver une oasis. Soudain, j'ai vu un mirage.

Elle était là, la femme du mirage de l'oasis, avec ses frusques noires qui flottaient au vent, ses pieds nus pleins de sable dans ses sandales.

— De l'eau, je haletai. De la bonne eau bien fraîche.

Je m'écroulai dans un fauteuil grand luxe et allongeai mes longues jambes. J'époussetai mes bottes fatiguées et couvertes de sable.

— Ce sera une bière, je dis à la serveuse du saloon.

La bière qu'elle m'apporta était mousseuse, brune et froide, beaucoup trop froide. Ça m'a fait comme un coup à l'estomac, je me suis plié en deux et j'ai lancé une œillade à la barmaid.

— Qu'est-ce qu'une belle fille comme vous fait dans ce trou pourri ?

— Je suis la maîtresse d'école. (Elle baissa les yeux sous son voile et battit des paupières.) Mais quand les temps sont durs, on est bien forcé de faire n'importe quoi pour survivre.

Elle marchait dans mon jeu. Personne ne le faisait jamais. C'était bath d'avoir quelqu'un pour jouer.

Je lui fis un grand sourire.

— Me suis bien occupé de Pomme. Il est si propre qu'il pourra pas mourir.

— Tu te dépenses trop, mon chéri. Et ce n'est pas sain de penser tout le temps à la mort. Viens sur mes genoux, je vais te chanter une chanson.

C'était chic. J'aimais bien qu'elle me traite comme si j'étais un bébé. Ses genoux étaient doux et confortables, son souffle me caressait la figure et sa chanson me caressait les oreilles. Je levai la tête pour essayer de la voir à travers son voile. Est-ce que je commençais à l'aimer plus que maman ? Le voile était maintenu par des sortes de petits peignes glissés dans ses cheveux parce que, aujourd'hui, elle n'avait rien sur la tête. Et ses cheveux, ils étaient de la couleur de l'argent avec des traînées d'or dedans.

Je ne voulais pas que ma maman vieillisse et que ses cheveux deviennent gris. Déjà, elle m'abandonnait pour Cindy, laissant à d'autres le soin de s'occuper de moi.

— Encore, murmurai-je quand elle arrêta de se balancer. Est-ce que vous m'aimez plus que Madame M. aime Jory ?

— Sa grand-mère aime-t-elle Jory très fort ?

N'y avait-il pas comme de la jalousie dans sa voix ? Ça me rendit furieux et méchant. Elle s'en aperçut et elle me couvrit de baisers. C'était rêche à cause de son voile.

— Grand-mère, j'ai quelque chose à vous dire.

— Je t'écoute. Tout le reste de ma vie, je t'écouterai.

Elle essaya de lisser mes cheveux qui me tombaient dans la figure. Rien à faire.

— Deux jours avant mon anniversaire, on va s'en aller pour passer une semaine à Disneyland. Après, on prendra l'avion pour aller voir les tombes. On fera la tournée des cimetières, on achètera des fleurs qui se dessécheront sous le soleil. Je déteste les tombes. Je déteste la grand-mère de Jory qui m'aime pas parce que je suis pas capable de danser.

Elle recommença à m'embrasser.

— Bart..., dis à tes parents qu'il n'y a déjà que trop de tombes dans ta vie. Explique-leur que cela te rend malheureux.

— Ils m'écouteront pas. Ils me demandent pas ce que j'ai envie de faire. Ils ordonnent, c'est tout.

— Mais si, je suis sûre qu'ils t'écouteront si tu leur dis que tu rêves de la mort. Ils comprendront alors que tu as trop visité les cimetières.

— Mais... mais... je veux aller à Disneyland !

— Fais ce que je te dis. Et je m'occuperai de Pomme.

Là, j'ai paniqué. Une fois que j'aurais confié Pomme à quelqu'un d'autre, il ne serait plus jamais à moi tout seul. Et il fallait que mes plans pour me sauver marchent, il le fallait absolument...

Le fauteuil se balançait, se balançait, elle me racontait qu'on était dans un bateau à voiles sur une mer démontée et qu'on mettait le cap sur une île très belle qui s'appelait Paix. Mes jambes avaient perdu l'habitude du plancher des vaches, alors, à l'arrivée, je ne tenais plus debout, je ne pouvais pas garder mon équilibre. Elle, elle avait disparu. J'étais seul, tout à fait seul. Comme sur la planète Mars. Et là-bas, sur la Terre, y avait Pomme qui m'attendait. Le pauvre. Finalement, il faudrait qu'il meure.

Je me réveillai. Où étais-je ? Pourquoi tout le monde il était aussi vieux ? Maman... pourquoi tu te caches la figure sous des voiles noirs ?

— Réveille-toi, mon cœur. Il faut que tu te dépêches de rentrer chez toi avant que tes parents ne s'inquiètent. Tu dois te sentir en bonne forme après cette petite sieste.

Le lendemain matin, j'ai essayé de terminer la niche que je construisais pour Clover. Je suis allé dans l'atelier de papa prendre ce dont j'avais besoin — un marteau, des clous, une scie et des planches — et je me suis mis au travail dans la cour. Cette cochonnerie de scie coupait pas droit. Elle serait de traviole, la maison de Clover. S'il était pas content, il aurait droit à mon pied quelque part. Je posai ma planche sur le toit de la niche. Saleté de clou ! Il voulait pas tenir et, du coup, je me flanquai le marteau sur le pouce. Cet imbécile de marteau qui voyait pas mes doigts ! Je continuai à taper. Encore une chance que je ne sente rien, sans quoi j'aurais pleuré. Et puis, je m'écrasai à nouveau le pouce, pour de bon, cette fois ; ça me fit mal. Mince !

Jory déboula de la maison en criant :

— Qu'est-ce qui te prend de fabriquer une niche pour Clover ? Ça fait quinze jours qu'il a disparu et personne n'a répondu à nos annonces. Il est certainement mort à l'heure qu'il est. Et d'ailleurs, si jamais il revenait, il dormirait au pied de mon lit, tu le sais bien.

J'étais un crétin, c'était ce qu'il voulait dire. Peut-être que Clover reviendrait. Pauvre Clover.

Je jetai un coup d'œil à Jory sans en avoir l'air. Il s'essuyait les yeux.

— Après-demain, on part pour Disneyland, dit Jory d'une voix rauque. Tu devrais être content.

Content ? Mon pouce gonflait et ça me lançait un peu. Pomme mourrait de solitude.

Brusquement, j'eus une idée. John Amos m'avait expliqué que les prières faisaient des miracles et que Dieu veillait du haut du ciel sur les bêtes et sur les gens. Maman et papa m'avaient toujours dit, eux, que je ne devais rien demander dans mes prières. Des choses pour les autres, oui, mais pas pour moi. Aussi, dès que Jory fut reparti, je laissai tomber mon marteau et courus dans un coin où je pourrais me mettre à genoux et prier pour mon petit chien-poney et pour Clover. Après, je suis allé retrouver Pomme. On s'est roulés dans l'herbe. Moi, je riais, lui, il essayait d'aboyer-hennir. Il me donnait des coups de langue pour m'embrasser et j'avais la figure toute mouillée. Moi aussi, je l'embrassais. Quand il leva la patte pour arroser les rosiers, je tombai ma culotte et je l'imitai. On faisait tout ensemble.

Maintenant, je savais ce que je devais lui dire.

— Te fais pas de bile, Pomme. Je ne resterai qu'une semaine à Disneyland. Après, je reviendrai. Je cacherai tes biscuits sous le foin et je laisserai ton écuelle sous le robinet un peu ouvert. Mais je t'interdis de manger ou de boire ce que John Amos ou ma grand-mère te donneront. Pas question de te laisser acheter avec des bonnes choses, tu m'entends ?

Il me promit en remuant la queue qu'il serait gentil et qu'il m'obéirait. Et puis, il fit un gros caca que je ramassai et écrasai entre mes doigts pour qu'il comprenne que lui et moi, on n'était qu'un, qu'il était vraiment à moi. Après, j'essuyai ma main dans l'herbe.

— C'est l'heure de ta leçon, Bart! me cria John Amos.

J'étais couché dans le foin et je voyais son crâne chauve qui brillait au soleil. Il me dominait de toute sa taille et à le voir comme ça au-dessus de moi, ça me fascinait.

— Lis-tu régulièrement le journal de Malcolm, mon garçon?

— Oui, monsieur.

— Te plies-tu aux commandements du Seigneur et dis-tu scrupuleusement tes prières?

— Oui, monsieur.

— Ceux qui suivent Ses voies seront jugés en conséquence et il en ira de même pour ceux qui ne les suivent pas. Je vais te donner un exemple. Il y avait une fois une petite fille très belle et très riche qui avait tout ce que l'argent peut acheter. Mais appréciait-elle sa chance? *Eh bien, non! pas du tout!* Devenue grande, elle s'est mise à se servir de sa beauté pour induire les hommes en tentation. Elle paradait devant eux à demi nue. C'était une grande et puissante dame mais le Seigneur la voyait et Il l'a châtiée. Par l'intermédiaire de Malcolm, le Seigneur l'a humiliée, elle a dû se répandre en larmes et en supplications. Et c'est Malcolm qui a été le plus fort. C'était toujours Malcolm qui finissait par l'emporter. *Tu dois en faire autant!*

Ce qu'elles étaient la barbe, ses histoires! On avait des dames nues dans notre jardin mais c'était pas ça qui me donnait des tentations, moi. Je poussai un soupir. J'aurais préféré qu'il parle d'autre chose que du Seigneur et de Malcolm... et de cette jolie fille à la gomme.

Enfin, il me laissa m'en aller. J'étais content de ne plus avoir à faire semblant d'être Malcolm. La seule chose qui me restait à faire pour me sentir vraiment heureux était de ramper comme un serpent en écoutant les bruits des fauves à l'affût dans les profondeurs de la jungle. Des bêtes féroces prêtes à ne faire de moi qu'une bouchée. Je me relevai d'un seul coup. *Non!* C'était pas possible! Je devais sûrement me tromper. Dieu ne pouvait pas m'envoyer un dinosaure, c'était pas juste! Il était plus grand qu'un gratte-ciel. Plus long qu'un train. Fallait que je fonce prévenir Jory, lui dire ce qui rôdait autour de la maison.

Un bruit dans la jungle! Je m'arrêtai net, la respiration coupée.

Des voix. Des serpents qui parlent, maintenant?

— Je me moque de toutes tes bonnes raisons, Chris. Il n'est pas indispensable que tu ailles la voir cet été. Trop, c'est trop. Tu as fait ce que tu pouvais pour l'aider et ça n'a servi à rien. Alors, oublie-la et pense plutôt à nous, à ta famille.

Je glissai un œil derrière les buissons. Mes parents étaient dans le coin le plus agréable du jardin, là où les arbres étaient les plus grands. Maman, à genoux, mettait de la paille autour des rosiers.

— Resteras-tu donc toujours une enfant, Cathy? s'exclama papa. N'apprendras-tu jamais à pardonner et à oublier? Tu peux peut-être faire comme si elle n'existait pas, moi je n'en suis pas capable. Je continue de penser que nous sommes la seule famille qui lui reste. (Il l'obligea à se lever et lui posa la main sur la bouche quand elle voulut parler.) Soit, persiste dans ta haine si bon te semble mais moi, je suis médecin et j'ai fait le serment de porter assistance à tous ceux qui souffrent. Les maladies de l'esprit font parfois plus de ravages que celles du corps. Je veux qu'elle guérisse. Je veux qu'elle sorte de cette institution. Alors, cesse de jeter des regards noirs et ne me répète pas une fois de plus qu'elle n'a jamais été folle, que ce n'était qu'une comédie. Il fallait bien qu'elle n'ait plus sa raison pour avoir fait ce qu'elle a fait. D'ailleurs, nous ne savons pas si les jumeaux auraient fini par grandir un jour. Regarde Bart. Il n'a pas la taille normale d'un garçon de son âge.

Qui ? Moi ?

— Et puis, Cathy, comment voudrais-tu que je puisse me regarder en face si j'abandonnais ma propre mère ?

— Très bien ! gronda maman. Va donc la voir ! Nous resterons chez Mme Marisha, Jory, Bart, Cindy et moi. Ou nous irons à New York rendre visite à quelques vieux amis en attendant que tu sois prêt à nous rejoindre. Si tu en as toujours envie, bien sûr, ajouta-t-elle avec un drôle de sourire.

— Où pourrais-je aller sinon vers toi ? Qui s'intéresse à moi, en dehors de toi et des enfants ? Écoute-moi bien, Cathy. Le jour où je tournerai le dos à ma mère sera aussi celui où je tournerai le dos à toutes les femmes, toi y comprise.

Elle lui tomba alors dans les bras et elle lui fit toutes ces mamours à la gomme qui me dégoûtaient tellement. Je m'éloignai, toujours à quatre pattes, en me demandant ce qu'elle avait voulu dire et pourquoi elle détestait tant que ça sa mère. J'avais un peu mal au cœur. Et si ma grand-mère d'à côté était réellement la mère de mon beau-père, si elle était vraiment folle et si elle ne m'aimait que parce qu'elle y était forcée ? Et si ce que John Amos disait était la vérité ?

J'entendis papa et maman qui se rapprochaient et je me cachai en vitesse sous la haie la plus proche.

— Je t'aime autant que tu m'aimes, Chris. Parfois, je me dis que nous nous aimons trop. La nuit, je me réveille quand tu n'es pas rentré. Je voudrais que tu ne sois pas médecin, comme ça tu resterais tous les soirs à la maison. Je voudrais que mes fils grandissent mais chaque jour qui passe les rapproche du moment où ils apprendront notre secret, et j'ai horriblement peur qu'ils ne nous haïssent alors, qu'ils ne comprennent pas.

— Mais si, ils comprendront.

Comment qu'il pouvait savoir que je comprendrais ? Même les trucs simples, je les comprenais pas tellement. Alors quelque chose de si affreux que ça empêchait maman de dormir...

— Avons-nous été de mauvais parents, Cathy ? N'avons-nous pas fait de notre mieux ? Ayant vécu avec nous depuis leur plus tendre enfance, comment ne comprendraient-ils pas ? Nous leur dirons ce qui est arrivé, sans rien laisser dans l'ombre, et ils comprendront. Et ils se demanderont même, comme je me le demande souvent, comment nous avons réussi à survivre sans perdre la raison.

John Amos avait raison. Ils avaient péché, c'était certain, autrement ils n'auraient pas si peur que nous ne comprenions pas. Mais quel était leur secret ? Qu'est-ce qu'ils cachaient ?

Je pensai à Malcolm qui était si intelligent et si astucieux. À John Amos qui m'apprenait tout sur Dieu, la Bible et le péché. C'est seulement quand j'ai pensé à Pomme et à ma grand-mère que j'ai commencé à me sentir bien. Pas vraiment. Juste un peu.

Je me suis mis à renifler, à plat ventre, pour essayer de trouver quelque chose que j'avais enterré la semaine ou le mois d'avant. Je regardai dans la petite mare que papa avait creusée pour qu'on puisse voir comment les poissons naissent. Les bébés sortent des œufs et les parents, ils s'amènent aussi sec et ils avalent leurs propres enfants !

— Jory ! Bart ! Venez dîner !

C'était maman qui nous appelait de la cuisine.

Je regardais dans l'eau où il y avait ma figure, toute drôle, avec des cheveux raides, pas bouclés comme ceux de Jory. Y avait une tache rouge foncé sur ma figure. Elle était laide, elle jurait avec le joli jardin où les petits oiseaux venaient se baigner dans la jolie mare. Je me mis à pleurer. Je me passai de l'eau sur le visage et je me rassis pour réfléchir. À ce moment, j'ai remarqué du sang sur ma jambe. Un gros caillot noir au genou. C'était pas bien grave puisque ça me faisait pas très mal.

Qu'est-ce qui m'était arrivé ? Je suivis des yeux le chemin que j'avais parcouru en marchant à quatre pattes. La planche avec le clou rouillé... Est-ce que je m'étais éraflé ? Je refis le trajet en sens inverse. Oui, le bord de la planche était poisseux de sang. Papa disait que quand on se pique avec un clou, il faut que le sang coule librement. C'était important. Le mien, il ne coulait pas. J'enfonçai mon doigt dans la blessure en tournant pour le faire couler. Les garçons comme moi peuvent faire des choses affreuses qui feraient tourner les autres de l'œil. Le sang était chaud et épais ; ça me faisait penser au caca de Pomme que j'avais écrasé dans ma main, pas seulement pour qu'il soit plus à moi mais aussi parce que c'était agréable.

Peut-être que j'étais pas tellement bizarre, au fond, parce que, brusquement, je commençai à avoir mal. Salement mal.

— Bart ! cria papa de la véranda. Si tu ne rentres pas immédiatement, gare à la fessée !

Quand ils étaient dans la salle à manger, ils ne pouvaient pas me voir me faufiler dans le salon. J'allai droit à la salle de bains, me lavai les mains, mis mon pyjama pour cacher mon genou et rejoignis la famille comme un bon petit garçon obéissant.

— Il était temps, fit maman qui était toute belle.

— Bart, me demanda papa, peux-tu m'expliquer pourquoi tu fais des histoires toutes les fois qu'on se met à table ?

Je gardai la tête baissée. Pas parce que j'avais des remords : en fait, ça n'allait pas fort. J'avais des élancements très douloureux dans le genou. Ce que John Amos m'avait dit, que Dieu punissait ceux qui lui désobéissaient, devait être vrai. J'avais été jugé et un trou dans le genou était mon enfer personnel.

Je passai toute la journée du lendemain dans une de mes cachettes du jardin pour savourer ma souffrance. Si j'avais mal, ça voulait dire que j'étais normal, que j'étais pas un monstre. J'étais puni comme tous les autres pécheurs. Je voulais couper au dîner. Fallait que j'aille voir Pomme. Je me rappelais plus si je lui avais déjà rendu visite ou pas. J'ai bu de l'eau dans la mare aux poissons.

Maman avait passé la journée à préparer les bagages. Le matin, elle avait commencé par faire ma valise et il avait beau être très tôt, elle était toute souriante.

— Essaie d'être gentil aujourd'hui, pour une fois, elle m'avait dit. Arrive à l'heure pour les repas, que papa ne soit pas obligé de te fesser. Il n'aime pas te corriger mais il faut bien te mettre un peu de plomb dans la tête. Et tâche de manger un peu plus. Tu ne profiteras pas de Disneyland si tu n'es pas en forme.

Le crépuscule mettait des jolies couleurs dans le ciel et Jory sortit pour les regarder. Il disait que les couleurs, c'était comme la musique. Et qu'il les « sentait ». Elles le rendaient gai ou triste ou « mystique ». Maman aussi, elle les sentait. Maintenant que j'étais capable d'avoir mal, peut-être que j'apprendrais bientôt à les sentir comme eux.

Il commençait à faire sombre. La nuit, ça fait venir des fantômes, des fois. Emma fit sonner sa clochette pour m'appeler à table. J'avais terriblement envie de filer mais je pouvais pas.

Y avait quelque chose qui sentait mauvais dans l'arbre creux, derrière moi. Je sortis de mon trou en rampant pour voir ce que c'était. Des œufs pourris, sûrement, pouah ! Je tâtai avec précaution parce que je pouvais pas voir. C'était raide, c'était froid et ça avait des poils ! Un cadavre avec, autour du cou, un collier plein de pointes qui m'écorchaient la main. Est-ce que c'était pas du fil de fer barbelé ? Est-ce que cette charogne en décomposition était Clover ?

J'éclatai en sanglots. Malade de peur, j'étais.

Ils croiraient que c'était moi.

Ils croyaient toujours que je ne faisais que du mal. Mais je l'aimais, Clover, quand même ! J'aurais tant voulu qu'il m'aime plus que Jory ! Maintenant, le pauvre ne verrait jamais la jolie petite maison que j'avais commencé à fabriquer pour lui.

Jory apparut. Il me cherchait.

— Sors de ton trou, Bart ! Ce n'est pas le moment de faire l'imbécile, la veille du départ.

Je me planquai dans une nouvelle cachette qu'il connaissait pas et il rentra dans la maison. Et puis ça a été le tour de ma mère.

— Bart, si tu ne viens pas... Je t'en prie, Bart. Je regrette de t'avoir giflé, ce matin.

Je ravalai mes larmes. J'avais voulu me rendre utile et j'avais eu le malheur de renverser toute la boîte de savon en poudre dans le lave-vaisselle. Comment que je pouvais savoir qu'une petite boîte de rien du tout ferait un océan de mousse ?

Après maman, ça a été papa.

— Viens dîner, Bart, dit-il sans élever la voix. Ce n'est pas la peine de bouder. Nous savons que tu ne l'as pas fait exprès et que tu voulais seulement aider Emma. Personne ne t'en veut.

Je ne bougeai pas. J'avais du regret de leur faire encore du chagrin. Quand maman m'avait appelé, elle semblait angoissée comme si elle m'aimait vraiment mais comment qu'elle pourrait m'aimer puisque je faisais tout de travers ?

Mon genou me faisait souffrir le martyre. Peut-être que j'avais le tétanos. Les copains, à l'école, m'avaient expliqué. On a les dents tellement serrées qu'on peut plus manger, alors les docteurs ils cassent celles de devant et ils vous enfoncent un tuyau dans la bouche pour vous faire avaler de la soupe. Bientôt, l'ambulance allait arriver, on me mettrait dedans et elle me conduirait à l'hôpital de papa en faisant couiner sa sirène sans arrêt. On me transporterait à la salle des urgences et un chirurgien masqué crierait : « Faut lui couper sa jambe, elle est toute pourrie, ce qu'elle pue ! » Ils me la couperaient en me laissant qu'un petit moignon de rien du tout rempli de poison et je mourrais.

On m'enterrera dans le cimetière de Clairmont, en Caroline du Sud, à côté de tante Carrie, qu'aura enfin quelqu'un d'aussi petit qu'elle pour lui tenir compagnie. Mais ce sera pas Cory. Ce sera moi, la brebis galeuse de la famille — John Amos m'avait appelé comme ça, un jour qu'il était en colère parce que je m'amusais avec son râtelier.

Sur le dos, les bras croisés sur la poitrine, j'étais couché comme Malcolm Neal Foxworth, je regardais le ciel en attendant que l'hiver cède la place à l'été. Alors, maman, papa, Jory, Cindy et Emma viendraient sur ma tombe. Ils m'apporteraient des belles fleurs, à moi aussi. Je ricanerais au fond de ma tombe et ils ne sauraient pas que je préférais la mousse espagnole qui tue aux roses qui sentent bon et qui ont plein d'épines pointues.

La famille s'en irait et je resterais pour toujours prisonnier dans le noir. Quand je serais dans la terre froide, sous la neige, j'aurais plus besoin de faire semblant d'être comme Malcolm Neal Foxworth. J'essayai de me l'imaginer tel qu'il était quand il était vieux. Frêle, le crâne dégarni et boitillant comme John Amos. À peine un tout petit peu moins moche.

En un rien de temps, j'avais réglé tous les problèmes de maman et Cindy pourrait désormais vivre en paix.

Maintenant que j'étais mort.

BLESSURES DE GUERRE

L'heure du dîner était passée depuis longtemps, ce serait bientôt le moment d'aller au lit et Bart ne s'était toujours pas montré. Tout le monde s'était mis à sa recherche mais c'était moi qui avais continué le plus longtemps parce que je le connaissais mieux que quiconque.

— Si tu ne l'as pas retrouvé dans dix minutes, Jory, j'appelle la police, me dit maman.

— Je le retrouverai, lui répondis-je avec une assurance que j'étais loin d'éprouver.

J'en voulais à Bart de se conduire comme ça avec nos parents. Ils ne le méritaient pas. Ils faisaient tout ce qu'ils pouvaient pour nous rendre heureux. Aller pour la quatrième fois à Disneyland ne les enthousiasmait pas. C'était uniquement pour faire plaisir à Bart mais il était trop bête pour le comprendre.

Et il était méchant. Papa et maman devraient le punir sévèrement au lieu de lui passer tous ses caprices. Comme ça, au moins, il saurait qu'ils s'intéressaient vraiment à lui et essayaient de le faire filer droit.

Mais quand je le leur avais suggéré, une ou deux fois, ils m'avaient expliqué qu'ils avaient l'un et l'autre souffert de parents durs et impitoyables. J'avais trouvé bizarre, sur le moment, qu'ils aient eu tous les deux des parents au cœur de pierre mais notre professeur, à l'école, nous disait que c'était plus souvent les semblables que les contraires qui s'attiraient, et il me suffisait de regarder papa et maman pour en être convaincu. Leurs cheveux avaient la même nuance de blond, leurs yeux étaient du même bleu, ils avaient les mêmes sourcils foncés et les mêmes longs cils, encore que maman mît du mascara — et papa se moquait d'elle parce qu'il trouvait qu'elle n'en avait pas besoin.

Non, ils ne punissaient jamais Bart sévèrement, même quand il était insupportable. Ils savaient trop quelles souffrances cela peut provoquer.

Incroyable, le plaisir qu'il éprouvait à parler du vice et du péché ! C'était nouveau, ça. On aurait dit qu'il lisait la Bible et qu'il y trouvait ce genre d'idées dont certains prédicateurs font le thème de leurs sermons. Il en citait même des passages par cœur — des bouts du Cantique des Cantiques où il était question de l'amour qu'un frère porte à sa sœur dont les seins étaient semblables à...

Des trucs pareils, rien que d'y penser, ça me révulsait.

J'inspectai sa tanière sous les buissons et j'y trouvai un lambeau de tissu. Il avait déchiré sa chemise. Mais il n'était plus dans sa cachette. Je ramassai une planche destinée au toit de la niche qu'il construisait. Il en dépassait un clou rouillé sur lequel il y avait du sang.

S'était-il blessé avec ce clou et s'était-il tapi dans un coin pour mourir? Il passait son temps à ramper à quatre pattes en reniflant par terre, et même en pissant, comme s'il était un chien.

— Bart, c'est moi... Jory. Si tu veux passer la nuit dehors, d'accord, je ne le dirai pas aux parents, mais fais au moins du bruit que je sache que tu es vivant.

Rien.

Le jardin était grand, plein de fourrés, d'arbres et de rosiers plantés par papa et maman. Je fis le tour d'un buisson de camélias. Oh! Qu'est-ce que c'était que ce pied nu qui dépassait?

Bart était sous la haie, il n'y avait que ses jambes qui sortaient. J'étais passé plusieurs fois devant lui sans le voir. Il faisait très sombre et le brouillard n'arrangeait rien.

Je le tirai avec précaution hors de son trou, étonné qu'il ne proteste pas. Son visage congestionné était brûlant et son regard brouillé. Il gémit :

— M'touche pas, j'suis presque mort... presque.

Je le pris dans mes bras et m'élançai en courant vers la maison. Il pleurait et se plaignait de sa jambe.

— J'veux pas vraiment mourir, Jory. J'veux pas.

Quand papa l'installa dans la voiture, il avait perdu conscience.

— C'est incroyable! s'exclama mon père. Sa jambe a triplé de volume. Pourvu que ce ne soit pas la gangrène!

La gangrène... je savais qu'on pouvait en mourir.

À l'hôpital, on mit immédiatement Bart au lit et des médecins vinrent examiner sa jambe. Ils essayèrent de convaincre papa de sortir parce que c'était contraire à la déontologie qu'un docteur s'occupe de quelqu'un de sa famille.

— Non! C'est mon fils et je resterai. Je veux voir quel traitement on va lui faire.

Ma mère, en larmes, à genoux au chevet du lit, ne lâchait pas la main inerte de Bart. Moi aussi, j'étais bouleversé et je me reprochais de n'avoir rien fait pour aider mon frère.

— Pomme... Pomme, se mit-il à geindre à l'instant où il rouvrit les yeux. J'veux... Pomme.

— Pour l'amour du ciel, ne peut-on pas lui donner une pomme ? demanda maman.

— Non. Dans son état, il ne doit rien manger.

C'était épouvantable. La sueur perlait à son front et il transpirait tant que ses draps étaient trempés. Maman éclata en sanglots déchirants.

— Fais sortir maman, m'ordonna mon père. Je ne veux pas qu'elle assiste à ça.

Après avoir conduit ma mère effondrée dans le hall, je revins furtivement dans la chambre particulière où l'on avait installé Bart. Papa était en train de lui faire une piqûre.

— Il n'est pas allergique à la pénicilline ? s'enquit l'un de ses confrères.

— Je n'en sais rien, répondit calmement papa. C'est la première fois qu'il a une infection grave. Au point où il en est, nous sommes obligés de prendre un risque. Préparez tout, au cas où il aurait une réaction négative. (À ce moment, il se retourna et me vit accroupi dans un coin de la pièce, essayant de me faire tout petit.) Retourne auprès de ta mère, Jory. Tu ne peux rien pour nous aider.

Mais j'étais incapable de bouger. Il fallait que je reste jusqu'au bout — peut-être parce que je me sentais coupable d'avoir négligé mon frère, je ne sais pas. Son état ne tarda pas à empirer. Papa fronça les sourcils, fit signe à une infirmière et deux autres médecins arrivèrent. L'un d'eux introduisit un tube dans le nez de Bart. Il se passa alors quelque chose de si effrayant que je n'en crus pas mes yeux : d'énormes pustules rouges apparurent sur tout son corps. Et cela devait lui brûler comme du feu car ses mains ne cessaient d'aller d'une plaque à l'autre pour les gratter. Papa le souleva alors et l'allongea sur un brancard que des infirmiers vinrent chercher.

— Papa ! Où l'emmènent-ils ? On ne va pas lui couper la jambe, dis ?

— Non, mon petit. (Sa voix était toujours aussi calme.) Ton frère fait une réaction allergique aiguë. Il faut pratiquer rapidement une trachéotomie avant que l'inflammation de la gorge ne s'aggrave. Il étoufferait.

— Tout va bien, Chris, lui lança l'un des deux médecins penchés sur la civière. Tom a dégagé les voies respiratoires. La trachéo n'est pas nécessaire.

Vingt-quatre heures plus tard, il n'y avait pas d'amélioration. Il me semblait que Bart allait se mettre en sang et mourrait d'une autre forme d'infection. Je voyais, fasciné d'horreur, ses doigts gonflés se nouer et se dénouer spasmodiquement dans ses vains efforts pour neutraliser les démangeaisons qui le torturaient. Il me suffisait de voir la mine sombre de papa, l'attitude des médecins et des infirmières pour comprendre à quel point son état était grave. On lui banda les mains pour l'empêcher de se gratter. Puis ses yeux gonflèrent à leur tour — ils étaient gros comme des œufs d'oie — et ses lèvres se boursouflèrent.

Deux jours s'écoulèrent. Toujours aucun changement. Son anniversaire, Bart le passa à délirer dans un lit d'hôpital.

— Regardez! s'exclama soudain papa en tendant le doigt, une lueur d'espoir dans ses yeux las. L'éruption commence à se résorber.

La torture prit fin. Je pensai qu'il allait maintenant se rétablir vite. Mais il n'en fut rien. Sa jambe enfla encore davantage et l'on dut bientôt constater qu'il était allergique à tous les antibiotiques.

— Mais qu'est-ce que nous allons faire?

Il y avait une telle angoisse dans le cri de maman que je commençai à avoir aussi des craintes pour sa santé à elle.

— Nous faisons tout ce qui est en notre pouvoir, put seulement répondre papa.

— Seigneur, pourquoi m'as-tu abandonné? balbutia Bart dans son délire.

— Non, le Seigneur ne t'a pas abandonné, dit mon père.

À genoux devant le lit, la petite main de mon frère serrée dans la sienne, il priait, tandis que maman dormait sur un lit de camp que l'on avait installé pour elle dans la chambre. Elle ne savait pas que les comprimés que papa lui avait donnés pour, avait-il dit, calmer ses maux de tête, n'étaient pas de l'aspirine mais des tranquillisants.

Papa me caressa le front.

— Rentre à la maison et dors un peu, mon petit. Tu as fait tout ce que tu pouvais faire.

Je me levai lentement, tout engourdi d'être resté aussi longtemps immobile. Avant de sortir, je me retournai pour regarder une dernière fois Bart. Il s'agitait fébrilement.

Le lendemain, maman se contenta de me déposer au cours de danse et fila à l'hôpital.

— La vie continue, Jory. Tâche d'oublier ton frère si tu peux et rejoins-nous plus tard là-bas.

À peine fut-elle partie que j'eus une brusque illumination. Mais bien sûr! Ce n'était pas *une pomme* que Bart voulait... c'était son chien! Son petit chien-poney!

Dix minutes plus tard, après avoir troqué mon collant contre mon pantalon, je m'engouffrai dans une cabine pour appeler mon père.

— Comment va Bart?

— Pas fameux. Je ne sais pas comment le dire à ta mère mais le chirurgien veut l'amputer avant que l'infection ne l'ait trop affaibli. Je ne veux pas qu'on lui coupe la jambe — mais je ne veux pas non plus le perdre.

— Ne les laisse pas faire ça! (J'avais presque crié.) Écoute... il faut que tu dises à Bart — et qu'il t'entende — que je vais m'occuper de Pomme. Je t'en supplie, empêche-les!

— Il est apathique et il refuse de coopérer. Il ne lutte pas. On dirait qu'il veut mourir, Jory. On a été obligés d'arrêter tous les antibiotiques et sa température monte régulièrement. Mais je suis d'accord avec toi. Il doit sûrement y avoir un moyen de faire tomber la fièvre.

Je fis de l'auto-stop pour rentrer — c'était la première fois de ma vie. La gentille dame qui m'avait pris dans sa voiture me déposa au bas de la montée et je fis le reste du chemin en courant. Lorsque Bart saurait que Pomme ne manquait de rien, il irait mieux. C'était une façon de se punir, exactement comme lorsqu'il avait cassé quelque chose et qu'il frappait de ses poings sur un arbre à l'écorce rugueuse. Je me rendis subitement compte que mon petit frère avait beaucoup plus d'importance pour moi que je ne l'avais pensé et j'en eus les larmes aux yeux.

Quand j'entrai dans l'écurie du manoir je n'en crus pas mes yeux. Pomme était attaché par une chaîne à un piquet enfoncé dans le sol de terre battue et une gamelle de pâtée moisie était posée hors de son atteinte. Il suffisait de voir l'état de son poil en broussaille pour comprendre qu'il mourait de faim. Haletant, il levait vers moi de grands yeux implorants. Qui avait bien pu faire ça ? Il avait littéralement labouré le sol à coups de griffes dans ses vains efforts pour se libérer et maintenant, il était couché sur le flanc, pantelant, dans cette écurie dont, suprême raffinement de cruauté, la porte et les fenêtres étaient hermétiquement closes.

— Ça va s'arranger, mon vieux, lui dis-je sur un ton apaisant en allant chercher de l'eau fraîche.

Il la but avec tant d'avidité que je fus forcé de lui retirer son écuelle. J'avais quelques vagues notions de médecine et je savais que, comme les gens, les chiens doivent boire par petites quantités après une longue période de privation. Je le détachai, puis j'allai prendre une boîte d'aliments pour chiens sur l'étagère où elles s'alignaient en rangs serrés. Pomme mourait d'inanition au milieu de l'abondance ! En le caressant, je sentais ses côtes qui saillaient sous sa fourrure. Lorsqu'il eut mangé et bu son content, je l'étrillai, puis m'assis par terre, sa grosse tête posée sur mes genoux.

— Bart va revenir bientôt, Pomme. Et sur ses deux jambes, je te le promets. Je ne sais pas qui t'a martyrisé comme ça ni pourquoi mais tu peux être sûr que je le découvrirai.

Ce qui me tracassait le plus était l'atroce soupçon qui m'étreignait — que la personne qui l'aimait le plus ne faisait peut-être précisément qu'un avec celle qui l'avait torturé et lui avait infligé le supplice de la faim. Bart avait une façon de raisonner tellement tordue ! Peut-être qu'il s'était dit que si Pomme souffrait pendant son absence, il serait dix fois plus heureux de le retrouver. Était-il possible qu'il fît preuve d'une pareille insensibilité, d'une pareille cruauté ?

Dehors, la température était douce pour un mois de juillet. En approchant de la demeure, j'entendis un bruit de voix. C'étaient la dame en noir et le vieux maître d'hôtel rébarbatif. Ils prenaient le frais dans le patio.

— J'ai envie de redescendre voir comment va le chien de Bart, John, disait la vieille dame. Il était fou de joie quand je suis allée lui rendre visite ce matin. Je ne comprends pas pourquoi il était si affamé. Est-il vraiment indispensable de le laisser à l'attache ? Je trouve que c'est cruel par une aussi belle journée.

— Ce n'est pas une belle journée, répondit le patibulaire maître d'hôtel vautré dans un fauteuil de jardin en avalant une lampée de bière. Évidemment, comme vous ne portez que du noir, vous avez plus chaud que le commun des mortels.

— Votre opinion sur ma façon de m'habiller ne m'intéresse pas. Je veux savoir pourquoi vous gardez Pomme enchaîné.

— Parce qu'il pourrait s'échapper pour rejoindre son jeune maître, répondit John sur un ton caustique. Je parie que vous n'y aviez pas pensé.

— Vous n'avez qu'à fermer l'écurie. Il est si maigre et il a l'air si malheureux...

— Si vous tenez à vous faire du souci, que ce soit au moins pour quelque chose qui en vaut la peine, madame. Pour votre petit-fils qui est sur le point de perdre une jambe, par exemple.

Elle se préparait à se lever mais, entendant cela, elle se laissa retomber dans son fauteuil.

— C'est vrai? Son état s'est aggravé? Emma et Marta ont encore parlé toutes les deux, ce matin?

Je poussai un soupir. Je savais bien qu'Emma aimait jacasser, encore que ses bavardages ne tiraient pas à conséquence, j'étais le premier à le reconnaître. Jamais elle trahissait le moindre secret.

— Bien sûr, grommela le maître d'hôtel. Vous connaissez beaucoup de bonnes femmes qui ne colportent pas de ragots, vous? Elles montent chacune sur une échelle pour échanger leurs commérages.

— Qu'a-t-elle dit à Marta à propos de Bart, John? Je veux le savoir.

— Eh bien, il semble que ce gosse a trouvé le moyen de se planter un clou rouillé dans le genou et, maintenant, il a une gangrène gazeuse — le genre de gangrène qui nécessite l'amputation du membre si l'on veut sauver le malade.

Elle était dans tous ses états et l'autre faisait preuve d'un total détachement.

— Vous mentez! s'exclama-t-elle en se relevant précipitamment. Vous me racontez des mensonges uniquement pour me torturer un peu plus. Bart guérira, cela ne fait aucun doute. Il le faut...

Sur quoi, elle éclata en sanglots. Quand elle ôta son voile pour essuyer ses larmes, ce furent moins ses cicatrices que je remarquai que son expression de souffrance. S'intéressait-elle donc vraiment à Bart? Pourquoi? Il n'y avait pas de raison. Se pouvait-il qu'elle soit sa grand-mère? Non, c'était impossible! La grand-mère de Bart était enfermée dans un asile en Virginie.

Je sortis de ma cachette et elle parut surprise de me voir mais, se rappelant que son visage était dénudé, elle rajusta vivement son voile.

— Bonjour, fis-je en m'adressant directement à elle

sans tenir compte du vieux bonhomme pour lequel j'éprouvais une antipathie instinctive. J'ai entendu ce que disait votre maître d'hôtel, madame, et c'est vrai jusqu'à un certain point. Mon frère est très malade mais il n'a pas la gangrène. Et il ne perdra pas sa jambe. Mon père est un trop bon médecin pour que l'on soit obligé d'en arriver là.

— Es-tu sûr qu'il va guérir? me demanda-t-elle d'une voix chargée d'angoisse. Il m'est très cher... je ne saurais dire à quel point.

Elle exhala un sanglot étranglé et baissa la tête tandis que ses mains chargées de bagues se tordaient convulsivement.

— Oui, madame. Si Bart n'était pas allergique aux antibiotiques, l'infection serait d'ores et déjà enrayée mais, à terme, c'est sans importance parce que papa saura ce qu'il faut faire. Il sait toujours ce qu'il faut faire. (Je me tournai vers le maître d'hôtel et m'efforçai d'employer un ton d'adulte:) Quant à Pomme, il n'a pas besoin d'être tenu enchaîné dans une écurie où l'on étouffe, toutes fenêtres fermées, avec sa pâtée et son eau hors d'atteinte. Je ne sais pas ce qui se passe ici ni pourquoi vous faites souffrir un chien si brave et si gentil, mais je vous conseille de le soigner correctement, si vous ne voulez pas que je vous dénonce à la Société protectrice des animaux.

Je pivotai sur mes talons pour rentrer à la maison.

— Jory! cria la dame en noir. Reste! Ne pars pas déjà. Je voudrais que tu me parles encore de Bart.

Je lui fis face.

— Si vous voulez aider mon frère, la seule chose que vous puissiez faire est de le laisser tranquille. Quand il reviendra, trouvez une bonne raison pour le dissuader de vous rendre visite. En évitant toutefois de heurter ses sentiments.

Elle insista encore pour que je reste mais je fus intraitable et repris le chemin de la maison.

Cette nuit-là, sa température monta encore. On l'enveloppa dans une couverture spéciale qui fonctionnait comme un réfrigérateur. J'observais mon père et ma mère. Ils se regardaient, ils se touchaient, chacun communiquant de sa force à l'autre. Une chose curieuse se produisit : à un moment donné et sans s'être donné le mot, tous deux se retournèrent pour prendre des cubes de glace avec lesquels ils entreprirent de frotter les membres, puis le torse de Bart. Comme s'ils n'avaient pas besoin de parler pour se comprendre. J'étais émerveillé par un amour pareil. J'eus envie de leur parler de la dame en noir mais j'avais promis à Bart de ne rien dire. Pour la première fois de sa vie, il avait un ami, un chien qui pouvait le tolérer. Pourtant, plus longtemps je garderais le silence, plus mes parents risqueraient finalement d'en souffrir. Qu'est-ce qui me faisait penser cela ? En quoi la vieille dame pourrait-elle leur faire du mal ?

Quelque chose au fond de moi m'avertissait, pourtant, que c'était ce qui arriverait un jour ou l'autre.

Alors que je commençais à m'assoupir, une phrase que papa répétait souvent me revint en mémoire : « Dieu emploie des voies mystérieuses pour accomplir Ses miracles. »

Brusquement, je me réveillai. C'était mon père qui me secouait.

— Bart va mieux, Jory ! Sa jambe est sauvée. Il va guérir !

Sa jambe dégonflait lentement, un peu plus chaque jour, et elle reprenait progressivement sa couleur normale, mais Bart restait apathique. Indifférent à tout, le regard perdu dans le vide, il n'ouvrait pas la bouche.

Un matin au petit déjeuner, papa frotta ses yeux fatigués et nous annonça une nouvelle inouïe :

— Tu ne vas pas me croire, Cathy, mais ils ont trouvé, au labo, quelque chose d'invraisemblable en analysant le prélèvement de tissus qui a été effectué. On se doutait qu'il y avait eu contact avec un objet rouillé et, effectivement, on a décelé des traces de rouille. Mais ils ont identifié, en outre, un staphylocoque souvent associé aux déjections animales fraîches. C'est vraiment un miracle qu'il ait échappé à l'amputation.

Maman, pâle de fatigue, acquiesça et posa avec lassitude sa tête sur l'épaule de papa.

— Si nous avions toujours Clover, je comprendrais sans peine comment il aurait pu...

— Tu sais comment est notre Bart. Il suffit qu'il y ait une cochonnerie dans un rayon d'un kilomètre pour que l'on soit sûr qu'il marchera dessus, qu'il se roulera dedans ou qu'il la ramassera pour l'examiner sous toutes les coutures. Tu sais, l'autre nuit, quand il ne cessait de parler de pommes dans son délire, eh bien, je lui en ai donné une que j'avais achetée à son intention. Il l'a laissée tomber par terre sans manifester le moindre intérêt. (Maman ferma les yeux et il poursuivit en lui tapotant le dos :) Quand je lui ai dit que nous n'irions pas dans l'Est, il a eu l'air content. (Il se tourna vers moi :) J'espère que tu n'es pas trop déçu, Jory. Il faudra attendre l'été prochain pour aller rendre visite à ta grand-mère. À moins que je ne parvienne à me libérer pour Noël.

Ce que je pensais était inavouable. Je me disais que Bart arrivait toujours à ses fins. Il avait imaginé un truc imparable pour couper aux « vieilles » tombes et aux « vieilles » grand-mères. Il avait été jusqu'à renoncer au voyage à Disneyland. Et pourtant il n'était pas dans sa nature de renoncer à quoi que ce soit.

Ce soir-là, profitant de ce que papa et maman bavardaient dans le couloir de la clinique avec des amis, je parlai à Bart de la conversation que j'avais surprise entre la vieille dame et son maître d'hôtel.

— Ils étaient ensemble sur la terrasse. Elle se fait beaucoup de souci pour toi.

— Elle m'aime, murmura-t-il d'une voix faible mais vibrante de fierté. Elle m'aime plus que n'importe qui d'autre. (Il prit un air songeur.) Sauf Pomme, peut-être.

Bart, il ne faut pas dire ça... Mais j'étais incapable de le rabrouer, de lui gâcher ce plaisir de se sentir aimé. Je scrutai sa physionomie avec appréhension, en proie à des émotions contradictoires. Quel drôle de frère j'avais là, quand même ! Il fallait pourtant qu'il sache que ses parents l'aimaient plus que personne.

— Grand-mère a peur du vieux maître d'hôtel, Jory. Mais je sais le faire marcher au doigt et à l'œil. J'ai des pouvoirs secrets très puissants.

— Pourquoi vas-tu tout le temps là-bas, Bart ?

Il haussa les épaules et se perdit dans la contemplation du mur.

— J'sais pas. J'ai envie, c'est tout.

— Papa te donnerait un chien, celui que tu voudrais. Tu n'as qu'à demander et tu en auras un exactement comme Pomme.

Il me fusilla du regard.

— Y a pas un seul chien comme mon petit chien-poney à moi.

Je changeai de sujet :

— Comment sais-tu qu'elle a peur de son maître d'hôtel ? Elle te l'a dit ?

— Pas besoin. Ça se voit. Il la regarde méchamment et elle, elle le regarde avec effroi.

Comme moi. Parce que, moi aussi, je commençais à tout regarder avec effroi.

LE RETOUR

Maman était aux petits soins pour moi, c'était chouette mais ça durerait pas. Dès que je serais complètement guéri, elle changerait. Deux longues, longues semaines que je suis resté dans cette saleté d'hôpital où ils voulaient me couper la jambe pour la faire brûler dans la chaudière. Je suis drôlement heureux de voir qu'elle est toujours là. Vivement que je retourne à l'école pour raconter aux copains que j'ai failli me faire amputer ! Ils seront soufflés. J'avais un organisme solide qui voulait pas pourrir et mourir. Et j'ai pas pleuré. J'étais brave, en plus.

Je me rappelais comment papa se penchait sur moi, l'air tout triste et embêté. Peut-être qu'il m'aimait vraiment, même si j'étais pas son vrai fils.

— Papa! j'ai crié en le voyant arriver. Je suis sûr que t'as de bonnes nouvelles.

— Ça me fait plaisir de te voir aussi joyeux. (Il s'est assis au bord du lit, il m'a serré dans ses bras et il m'a donné un gros baiser. J'étais gêné.) Oui, Bart, j'ai d'excellentes nouvelles. Ta température est normale et ton genou se cicatrise parfaitement. Et être le fils d'un médecin présente quelques avantages. Je te fais porter sortant aujourd'hui, sinon je crains que tu ne fondes comme neige au soleil. Tu n'as plus que la peau sur les os. Je fais confiance à la bonne cuisine d'Emma pour te retaper.

Il me regardait gentiment, comme si je comptais autant que Jory, et ça me donnait envie de pleurer.

— Où est maman?

— J'ai dû partir très tôt et elle est restée à la maison afin que tout soit en fête pour ton retour. Alors, je pense que tu ne lui en veux pas de ne pas être venue?

Et comment que je lui en voulais! Elle aurait dû être là. Si elle était pas venue, sûr que c'était parce qu'il fallait qu'elle pomponne sa Cindy, qu'elle lui mette des rubans dans les cheveux et tout. Mais je me suis tu et papa m'a porté jusqu'à la voiture. C'était bon de retrouver le soleil. Et de rentrer.

Dans le vestibule, il me posa par terre. J'étais pas très solide sur mes jambes. Maman vint à sa rencontre et l'embrassa. Alors que j'étais là et que je voulais qu'elle m'embrasse en premier. Mais je savais pourquoi elle faisait ça : elle avait peur de moi, maintenant. J'étais tout maigre, j'étais laid. Elle se tourna vers moi en se forçant à sourire et je me recroquevillai quand, enfin, elle vint accueillir, comme c'était son devoir, son fils qu'était pas mort. Elle avait l'air contente mais c'était du bidon. Et Jory était là, lui aussi, le sourire aux lèvres à faire semblant d'être heureux de me revoir à la maison alors que je savais que, tous autant qu'ils étaient, ils auraient mieux aimé que je sois mort. J'étais quelqu'un d'indésirable, d'inutile et de terriblement malheureux.

— Pourquoi as-tu un air aussi triste, mon petit chéri ? me demanda maman. Cela ne te fait pas plaisir d'être de retour ? (Elle me prit dans ses bras pour m'embrasser mais je me dégageai. Sa mine consternée ne me fit ni chaud ni froid. Et ça repartit, les mensonges :) Quelle joie de te voir, mon grand ! Nous avons passé la matinée, Emma et moi, à tout préparer pour bien t'accueillir. Comme tu te plaignais de la nourriture de l'hôpital, tu vas avoir tous tes plats favoris à déjeuner. (Elle me sourit et voulut de nouveau me serrer dans ses bras, mais pas question qu'elle me possède en se servant de ses « armes féminines ». John Amos m'avait mis en garde contre ça.) Tu n'as pas l'air de me croire, Bart, mais c'est pourtant vrai. Nous avons prévu les mets que tu préfères. (Sous mon regard, elle rougit avant de poursuivre avec un effort visible :) Oui, ceux que tu aimes le mieux.

Papa me tendit une petite canne.

— Il faudra que tu t'appuies le plus possible sur cette canne jusqu'à ce que ton genou soit redevenu costaud.

C'était rigolo de marcher clopin-clopant comme un petit vieux — comme Malcolm Foxworth. Et ça me plaisait bien qu'ils s'empressent tous autour de moi, qu'ils se tracassent parce que je ne mangeais pas. Mais tous leurs cadeaux ne valaient pas ceux que ma grand-mère allait me donner.

— Tu pourrais quand même manifester un peu de reconnaissance, me souffla Jory pendant le repas. Tout le monde s'est donné un mal de chien pour te faire plaisir.

— J'aime pas la tarte aux pommes.

— Avant, tu disais que c'était ce que tu préférais.

— Moi ? J'ai jamais dit ça. Et je déteste aussi le poulet. Et la purée de pommes de terre. Et les petits pois. Je déteste tout.

— Ça, je le crois sans peine, fit-il avec écœurement. Eh bien, puisque tu n'en veux pas, ce n'est pas la peine de la laisser perdre.

Et il attrapa ma cuisse de poulet qu'il dévora jusqu'à l'os. Du coup, j'allais pas pouvoir chiper les restes dans la cuisine, la nuit, et me les taper en douce. Comme ça, je maigrirais, je maigrirais tant que je finirais dans une tombe froide et humide. Ils verraient, alors, comme je leur manquerais.

— Essaie de manger un petit quelque chose, Bart, supplia maman. La tarte ne te plaît pas ?

Je la regardai de travers et flanquai un coup sur le poignet de Jory qui tendait le bras pour me faucher aussi ma part de tarte.

— J'peux pas manger de la tarte aux pommes si y a pas de la glace dessus.

Elle m'adressa un sourire radieux et appela Emma :

— Emma ! Apportez la glace, voulez-vous ?

Je repoussai mon assiette.

— J'me sens pas très bien. J'ai besoin d'être tranquille. J'aime pas que tout le monde soit sur mon dos. Ça me coupe l'appétit.

— N'insiste pas, Cathy, laissa tomber papa. Si Bart ne veut rien, il n'a qu'à quitter la table. Il mangera quand il aura faim.

J'avais l'estomac qui gargouillait. Je ne pouvais plus rien manger de ce qu'il y avait devant moi, maintenant que Jory m'avait pris le meilleur. Je crevais de faim. Ils m'avaient oublié, ils causaient entre eux, ils riaient, ils se conduisaient comme si j'étais toujours à l'hôpital. Je me levai et me dirigeai en boitillant vers ma chambre.

— Bart, fit alors papa, je ne veux pas que tu ailles jouer dehors tant que ton genou ne sera pas entièrement guéri. Va dormir, mais avec ta jambe posée sur un coussin. Après ta sieste, tu pourras regarder la télévision.

La télévision ! C'était ça, leur accueil ? Je fis mine d'obéir et avant de refermer la porte, je criai :

— Je veux pas qu'on vienne me déranger pendant que je me repose.

J'avais passé deux semaines à l'hôpital et maintenant que j'étais rentré, ils voulaient encore me garder enfermé. S'ils croyaient que ça allait se passer comme ça ! Personne ne me garderait enfermé une semaine de plus, non alors ! Mais, jour et nuit, il y avait toujours quelqu'un qui me surveillait et ce ne fut qu'au bout de six jours que je pus enfin leur fausser compagnie.

J'eus encore plus de mal que d'habitude à grimper sur le gros arbre devant le mur. Ma jambe commençait à me faire mal. Souffrir était loin d'être aussi bon que j'avais pensé. Être « normal », au fond, c'était pas tellement mirobolant.

Une fois en haut du mur, je me retournai pour voir si quelqu'un m'avait suivi. Non. Il n'y avait personne. Ça leur était bien égal si je m'esquintais. Je reniflai. Qu'est-ce que c'était que cette sale odeur qui venait du chêne creux ? Ah oui ! Y avait un cadavre dedans. Mais un cadavre de quoi ? J'arrivais pas à me rappeler. C'était tout brouillé dans ma tête, elle était pleine de brume.

Pomme... valait mieux penser à Pomme. Oublier cette charogne, oublier mon genou qui me lançait, faire comme s'il appartenait à un vieux bonhomme mal en point — comme Malcolm à la fin. Ma jambe jeune voulait courir mais la vieille était la plus forte, c'était elle la patronne, elle me forçait à m'appuyer de tout mon poids sur ma canne.

Oh ! Ce que ce serait triste de voir Pomme mort dans l'écurie ! Un pitoyable sac de fourrure plein d'os. Je pleurerais, je hurlerais, je maudirais ceux qui avaient voulu m'obliger à partir dans l'Est en abandonnant mon meilleur ami. Il n'y avait que les bêtes qui savaient vraiment aimer.

Cent ans avaient passé depuis la dernière fois que j'étais venu. Et j'eus l'impression qu'il s'écoulait encore plusieurs années avant que j'arrive à la porte de l'écurie en traînant la patte. Du cran, je me dis.

Redresse les épaules comme ferait Malcolm. Prépare-toi à un spectacle macabre parce que Pomme t'aimait trop et il a dû le payer de sa vie. Jamais, jamais je ne retrouverai un ami aussi fidèle que mon pauvre petit chien-poney.

J'oscillais de droite à gauche, d'avant en arrière — j'avais jamais eu un très bon équilibre — et ça me rendait tout chose, j'avais le vertige. Je sentis une présence derrière mon dos et je me retournai; mais non, il n'y avait rien, sauf d'effrayantes silhouettes d'animaux qui n'étaient rien de plus que des buissons.

Prêt au pire, je m'approchai de l'endroit que Pomme aimait tout particulièrement. Allons bon! Je ne voyais plus rien. J'étais aveugle! Je tapotai le sol du bout de ma canne. Pourquoi qu'il faisait si sombre? J'avançai centimètre par centimètre. Les volets étaient fermés. Pauvre Pomme qui était mort de faim dans le noir, seul et abandonné! J'avais une boule dans la gorge et je pleurai intérieurement sur le sort de mon petit chien qui m'avait aimé plus que la vie.

Je devais me forcer pour mettre un pied devant l'autre. La vue de Pomme mort me fendrait l'âme, cette âme éternelle que, m'avait dit John Amos, je devais garder nette et pure pour voir s'ouvrir les portes du paradis que Malcolm avait franchies.

Encore un pas. Je m'immobilisai. Pomme était là — et il n'était pas mort! Il était dans une stalle dont la fenêtre était ouverte en train de jouer avec une balle rouge. Il donnait des coups avec ses grosses pattes. Sa gamelle était pleine. Il y avait de l'eau propre dans son écuelle. Pétrifié, je tremblais comme une feuille. Il ne faisait pas attention à moi, il continuait de s'amuser comme si je n'étais pas là. *Je ne lui avais pas manqué du tout!*

— Sale cabot! Tu as mangé, tu as bu, tu t'es amusé pendant que j'étais entre la vie et la mort! Tu t'en moquais! Et moi qui croyais que tu m'aimais! Que je te manquerais terriblement! Tu n'aboies-hennis même pas pour me dire que tu es content de me revoir ! Je te déteste, Pomme. Je te déteste ! Parce que tu ne t'intéresses pas assez à moi !

Il me vit alors et il se rua sur moi, sauta pour mettre ses pattes sur mes épaules et il commença à me lécher la figure en frétillant de la queue. Mais j'étais pas dupe. Il avait trouvé quelqu'un qui s'était occupé de lui mieux que moi. Jamais il n'avait eu le poil aussi luisant !

— Pourquoi que t'es pas mort de solitude ?

Je lui lançai un regard flamboyant, j'aurai voulu qu'il le foudroie, qu'il le fasse disparaître. Il devina ma colère et retomba sur ses quatre pattes. Et il resta comme ça, la queue entre les jambes, la tête baissée, à rouler les yeux de côté.

— Va-t'en ! Tu vas souffrir comme j'ai souffert, maintenant. Après, tu seras content de me revoir !

Je commençai par flanquer sa pâtée et son eau dans un tonneau. Je pris sa balle rouge et je la lançai si loin qu'il ne la retrouverait jamais plus. Il me regardait faire sans plus remuer la queue.

— Cette fois, tu vas me regretter, sanglotai-je en sortant à tâtons après avoir refermé toutes les fenêtres et mis les volets. Tu resteras à mourir de faim dans le noir.

Jamais je ne reviendrais. Jamais !

Mais à peine dehors, je me rappelai qu'il avait de la paille pour se coucher et, revenant sur mes pas, je pris une fourche et je la dispersai. Il poussait de petits gémissements et essayait de me donner des caresses avec son museau. Je le repoussai.

— Tu te coucheras par terre où c'est dur et froid. Ça te fera mal aux os mais je m'en fous parce que je ne t'aime plus.

J'essuyai rageusement mes larmes et m'écorchai les joues.

Je n'avais eu que trois amis dans ma vie : Pomme, ma grand-mère et John Amos. Pomme avait tué mon amour et l'un des deux autres m'avait trahi en lui donnant à manger pour me prendre son affection. Ça aurait été égal à John Amos. Donc, c'était forcément la grand-mère.

Je rentrai à la maison, engourdi et hébété. Ma jambe me fit tellement souffrir, cette nuit-là, que papa vint me donner un comprimé, puis il s'assit sur mon lit et me serra dans ses bras en me parlant doucement. Je me sentais en sécurité comme ça. Je ferais de beaux rêves, il disait.

Ce furent des cauchemars épouvantables. Des ossements partout. Des torrents de sang charriant des débris humains vers des océans de flammes. Mort. J'étais mort. Sur l'autel s'entassaient des fleurs envoyées par des gens qui ne me connaissaient pas et qui voulaient me faire savoir qu'ils étaient contents que je sois mort.

Le soleil qui entrait par la fenêtre me caressa la figure, me faisant échapper à l'étreinte du diable. J'ouvris les yeux, terrifié d'avance par ce qui m'attendait, mais il n'y avait que Jory, planté devant mon lit, qui me regardait avec compassion. J'avais pas besoin de pitié.

— Tu as crié pendant la nuit, Bart. Je suis navré que ta jambe te fasse encore mal.

— Elle me fait pas mal du tout!

Je me levai et me dirigeai en boitant vers la cuisine où maman donnait à manger à Cindy. Au diable, Cindy! Emma s'apprêtait à faire griller du bacon pour moi.

— J'veux que du café avec un toast, lui dis-je d'une voix grondeuse. Rien d'autre.

Maman tressaillit. Quand elle me regarda, elle était étrangement pâle.

— Ne crie pas, Bart, je t'en supplie. Et pourquoi demandes-tu du café? Tu n'en bois jamais.

— Il est temps que je me conduise comme quelqu'un de mon âge.

Je m'assis dans le fauteuil de papa. Quand il arriva, il fit comme si de rien n'était. Il prit mon tabouret, versa du café dans une tasse, compléta avec du lait et me la tendit.

— J'ai horreur du café au lait !
— Qu'est-ce que tu en sais ? Tu n'en bois jamais.
— Si, je sais.

Je me refusais à tremper mes lèvres dans cette mixture. (Malcolm aimait le café noir. Et moi aussi à partir de maintenant.) J'avais devant moi un toast tout sec et si je voulais ressembler à Malcolm et devenir aussi intelligent que lui, il n'était pas question d'y mettre du beurre et de la confiture de fraises. La dyspepsie. Fallait faire attention à la dyspepsie. Comme Malcolm.

— Papa, c'est quoi, la dyspepsie ?
— Quelque chose dont il vaut mieux se passer.

C'était quand même dur d'essayer de faire tout le temps pareil que Malcolm.

Papa s'accroupit pour examiner mon genou.

— La plaie est moins belle qu'hier. (Il leva la tête et me dévisagea d'un air soupçonneux.) J'espère que tu n'as pas marché à quatre pattes, Bart ?
— Non ! J'suis pas fou ! C'est mes draps qui m'ont écorché. Ils sont rêches. Je déteste les draps en coton. C'est ceux en soie que j'aime le mieux.

Malcolm ne dormait que dans des draps de soie.

— Qu'est-ce que tu en sais ? Tu n'en as jamais eu.

Il me nettoya le genou, le vaporisa avec une espèce de poudre blanche et posa une gaze maintenue par un ruban collant.

— Sérieusement, Bart, il faut que tu prennes des précautions avec ce genou. Promène-toi dans le jardin, installe-toi sur la véranda mais ne te traîne pas dans la saleté.
— C'est pas une véranda, c'est un patio.

Je lui décochai un coup d'œil supérieur pour lui faire comprendre qu'il n'avait pas la science infuse.

— Le patio, si tu veux. Tu es content ?

Non. Jamais j'étais content. Pourtant, en y réfléchissant, il y avait des moments où je me sentais heureux : quand je faisais semblant d'être le tout-puissant, le très riche et très malin Malcolm. C'était facile de tenir ce rôle et plus satisfaisant que d'être n'importe qui d'autre.

La journée n'en finissait pas. Tout le monde me surveillait. Quand il commença à faire sombre, maman se mit à se préparer pour être jolie au retour de papa qui allait rentrer d'une minute à l'autre. Emma préparait le dîner, Jory était à la danse. Personne ne me vit sortir du patio et filer dans le jardin.

Le crépuscule faisait naître de longues ombres malveillantes. Des tas de petites bêtes nocturnes bourdonnaient autour de ma tête. Je les chassai. J'allai retrouver John Amos. Il était dans sa chambre en train de lire un magazine, qu'il se dépêcha de cacher quand j'entrai.

— Tu ne peux pas frapper? fit-il d'une voix mauvaise sans même me sourire ni me dire qu'il était heureux de me voir bien vivant avec mes deux jambes.

Je n'eus aucun mal à prendre la mine renfrognée de Malcolm.

— Est-ce que vous avez donné à manger et à boire à Pomme pendant que j'étais malade?

— Bien sûr que non, répondit-il précipitamment. C'est ta grand-mère qui l'a nourri et soigné. Je t'avais bien dit que les femmes ne tiennent jamais leur parole. Et Corinne Foxworth ne vaut pas mieux que les autres.

— Corinne Foxworth... c'est comme ça qu'elle s'appelle?

— Dame! Ça aussi, je te l'ai déjà dit. Elle est la fille de Malcolm. Il lui a donné le prénom de sa mère pour ne jamais oublier la fausseté des femmes et se souvenir que sa propre fille elle-même pouvait le trahir. Pourtant, il l'aimait. Trop, si tu veux mon avis.

Je commençais à en avoir ma claque de ses éternelles histoires à propos des femmes.

— Pourquoi que vous vous faites pas arranger les dents?

J'aimais pas la façon qu'il avait de siffler en causant.

— Bravo! Tu as dit ça exactement comme Malcolm.

Tu fais des progrès, mon garçon. La maladie a été bénéfique pour ton âme — comme elle l'a été pour lui. Maintenant, Bart, écoute-moi avec attention. Corinne est ta vraie grand-mère. Elle était la femme de ton véritable père. C'était la préférée de Malcolm et elle l'a trahi en commettant un péché si odieux qu'elle doit être punie.

— Elle doit être punie ?

— Oui, et sévèrement. Mais prends garde qu'elle ne se rende pas compte que tes sentiments pour elle ont changé. Il faut que tu fasses comme si tu l'aimais et l'admirais toujours autant. Elle n'en sera que plus vulnérable.

Je savais ce que ça voulait dire, vulnérable. C'était un des mots que j'avais appris. Ça signifiait être faible. Et c'était mal, d'être faible.

John Amos alla chercher sa Bible et me força à poser la main sur la vieille couverture noire et usée.

— C'était la Bible de Malcolm, m'expliqua-t-il. Il me l'a léguée par testament. Il aurait d'ailleurs bien pu me laisser autre chose...

En définitive, John Amos était la seule personne au monde qui ne m'avait pas encore déçu. Il était l'ami sincère dont j'avais besoin.

Je regardai fixement la Bible. J'avais envie de retirer ma main mais j'avais peur de ce qui pourrait arriver si je le faisais.

— Tu vas jurer sur cette Bible que tu agiras comme Malcolm aurait souhaité que son arrière-petit-fils agisse : qu'il tire vengeance de ceux qui lui ont fait le plus de mal.

Mais comment aurais-je pu faire ce serment alors qu'une partie de moi-même aimait encore grand-mère ? Peut-être que John Amos mentait. Peut-être que c'était Jory qui avait apporté à manger à Pomme.

— Pourquoi hésites-tu, Bart ? Serais-tu une poule mouillée ? N'aurais-tu rien dans le ventre ? Rappelle-toi ta mère, la manière dont elle se sert de ses charmes et de son joli minois, la façon qu'elle a d'embrasser et de câliner ton père pour lui faire faire ce qu'elle veut. Songe aux longues heures de travail auxquelles il s'astreint, comme il est fatigué quand il rentre. Et pose-toi la question : pour qui s'échine-t-il comme ça ? Pour lui... ou pour elle afin qu'elle puisse s'acheter des robes, des fourrures, des bijoux et avoir une grande et superbe maison ? Voilà comment les femmes manipulent les hommes. Elles les font travailler et, pendant ce temps-là, elles prennent du bon temps.

J'avalai ma salive. Maman avait un travail. Elle était professeur de danse. Mais c'était peut-être plus un plaisir qu'un travail, non ? Est-ce qu'elle s'achetait des choses avec ses sous à elle ? Je ne savais pas.

— Maintenant, va voir ta grand-mère. Sois comme avant avec elle et tu ne tarderas pas à savoir qui t'a trahi. Ce n'est pas moi. Tu n'auras qu'à faire comme si tu étais Malcolm. Appelle-la Corinne et regarde-la bien. Tu verras alors son expression coupable, sa honte et sa peur — et tu sauras lequel de nous deux mérite ta confiance.

Après avoir juré de punir ceux qui avaient trompé Malcolm, je ne me sentais pas très fier en entrant en clopinant dans la pièce de devant, celle qu'elle préférait. Je m'immobilisai sur le seuil de la porte, le cœur battant. Je n'avais qu'une envie : me jeter dans ses bras et m'asseoir sur ses genoux.

— Corinne ! l'appelai-je de ma voix grincheuse.

Oh ! C'était un jeu tellement chouette que je ne pouvais plus me sentir en sécurité en étant simplement Bart. Lorsque j'étais Malcolm, qu'est-ce que j'étais fort et puissant !

— Bart ! s'exclama-t-elle, toute joyeuse, en se levant et en m'ouvrant les bras. Enfin te revoilà ! Comme je suis heureuse de te voir à nouveau en bonne santé ! (Elle marqua un temps d'hésitation.) Qui t'a révélé mon nom ?

Je lui décochai un regard noir.

— John Amos. Il m'a dit aussi que vous aviez donné à manger et à boire à Pomme pendant que j'étais pas là. C'est vrai ?

— Mais bien sûr, mon chéri, j'ai fait tout ce que je pouvais pour lui. Si tu savais comme tu lui as manqué ! Il faisait peine à voir. Je suis certaine que tu ne m'en veux pas.

Je me mis à pleurer comme un bébé.

— Vous me l'avez volé ! C'était mon meilleur ami, le seul qui m'aimait vraiment, et vous me l'avez volé ! Maintenant, il vous aime plus que moi.

— Mais non, Bart. Il est attaché à moi, c'est vrai, mais c'est toi qu'il aime.

Elle avait perdu son sourire et son air heureux. John Amos avait raison. Elle employait les « armes de son sexe » pour m'avoir. Et maintenant, elle allait encore me raconter d'autres mensonges.

— Ne me parle pas sur ce ton brusque, s'il te plaît. Cela ne convient pas à un garçon de dix ans. Il y a si longtemps que je ne t'ai pas vu, mon amour ! Comme tu m'as manqué ! Ne peux-tu pas être un peu gentil avec moi ?

Oubliant mes promesses, je me jetai dans ses bras et la pris par le cou.

— Oh ! grand-mère ! Je me suis vraiment fait très mal à mon genou ! Je suais tellement que mon lit était tout mouillé. On m'a enveloppé dans une couverture froide et papa et maman, ils me frottaient avec de la glace. Y avait un affreux docteur qui voulait me couper la jambe mais papa l'a pas laissé faire. Il disait qu'il était bien content, l'autre docteur, que je n'étais pas son fils. (Je m'interrompis pour reprendre ma respiration. J'avais complètement oublié Malcolm.) J'ai découvert que, malgré tout, mon papa m'aime, grand-mère... Sinon, il aurait pas demandé mieux qu'ils me coupent la jambe.

Elle parut abasourdie.

— Mais voyons, Bart ! Comment as-tu pu douter un seul instant de son amour ? Bien sûr qu'il t'aime ! Comment pourrait-il faire autrement ! Christopher a toujours été un garçon aimant...

Comment qu'elle savait que mon papa s'appelait

Christopher ? Je fronçai les sourcils. Elle s'était mis les mains devant la bouche comme si elle venait de laisser échapper un secret. Et elle commença à pleurer.

Les larmes. C'était un des trucs des femmes pour faire marcher les hommes.

Je tournai les talons. Je détestais les larmes. Je détestais les faibles. Je portai la main à ma poitrine et touchai la couverture rigide du livre caché sous ma chemise à même la peau. Il me communiquait la force de Malcolm; elle passait directement de ses pages dans mon sang. Qu'est-ce que ça pouvait faire d'avoir un corps d'enfant chétif et malbâti ? Quelle différence, puisqu'elle n'allait pas tarder à savoir qui était le maître ?

Il fallait que je rentre avant qu'on ne s'aperçoive de mon absence.

— Bonne nuit, Corinne.

Je la laissai en larmes. Mais comment connaissait-elle le nom de mon papa ? Ça continuait à me tracasser.

Je jetai un coup d'œil sur mes noyaux de pêche dans mon jardin. Ils avaient toujours pas pris. Mes pois de senteur non plus. J'avais pas de chance avec les fleurs, avec les pêchers, avec rien. Sauf pour faire semblant d'être le tout-puissant Malcolm. Là, je m'y entendais de mieux en mieux. En me mettant au lit, j'avais le sourire et j'étais tout joyeux.

LE DILEMME

Bart aurait dû être dans le jardin mais, bien sûr, il n'y était pas. Quand j'eus escaladé l'arbre et me fus assis sur le mur, je le vis de l'autre côté à quatre pattes en train de renifler le sol comme un chien.

— Bart ! lui criai-je. Clover est parti et tu ne pourras pas le remplacer.

Je lui ordonnai de se relever mais il s'obstina à gambader comme un jeune chiot avant de se métamorphoser d'un seul coup en un vieillard à la jambe raide. Et ce n'était même pas celle qui était amochée ! Vraiment, ça ne tournait pas rond dans sa tête !

— Allez, tiens-toi droit, Bart. Tu as dix ans, pas cent. Si tu continues à te tenir tordu, tu le resteras en grandissant.

— Le Seigneur a dit : Fais aux autres ce qu'ils t'ont fait.

— Tu te trompes. La citation exacte est : « Fais à autrui ce que tu voudrais qu'il te fasse. »

Je tendis le bras pour aider le pseudo-vieillard à grimper. Haletant, la mine revêche, il porta la main à sa poitrine et commença à grogner qu'avec un cœur dans un état pareil, il ne pouvait pas monter aux arbres.

— Bart, tu me casses les pieds. Tout ce que tu sais faire, c'est de te rendre insupportable. Essaie de te mettre un peu à la place de papa et de maman — et à la mienne. Un frère comme toi, ça ne va pas être marrant à traîner quand on reprendra l'école.

Il me suivit en soufflant comme un phoque, en se vantant entre deux soupirs d'être déjà un génie de la finance.

— Personne a jamais eu une cervelle comme la mienne, l'entendis-je murmurer.

Il était complètement azimuté, ma parole ! Mais quand, une fois rentré, il se mit à brosser ses mains noires comme s'il voulait réellement qu'elles soient propres, je fus sidéré. Cela ne lui ressemblait absolument pas. Il était toujours en train de faire semblant d'être quelqu'un d'autre. Après ça, il se lava les dents et alla se coucher. Je me dépêchai alors de me cacher dans un coin où je pourrais entendre ce que disaient mes parents.

Ils étaient dans le salon en train de danser au rythme d'une musique douce. Comme chaque fois, une émotion tendre et romantique s'empara de moi quand je les vis ainsi. Leur façon de se regarder, de se toucher... Je toussotai avant qu'ils ne se laissent aller à des gestes trop intimes. Sans changer d'attitude, ils m'adressèrent tous les deux un regard interrogateur.

— Qu'y a-t-il, Jory ? me demanda maman dont les yeux bleus avaient un regard rêveur.

— Je voudrais vous parler de Bart. Je crois qu'il y a un certain nombre de choses que vous devriez savoir.

Papa eut l'air soulagé. Maman parut se recroqueviller sur elle-même quand elle s'assit en silence sur le canapé à côté de lui.

— Nous espérions bien que tu viendrais nous apprendre son secret.

C'était rudement difficile à sortir.

— Eh bien, commençai-je lentement en espérant que je trouverais les mots justes, d'abord, il faut que vous sachiez que Bart a tout le temps des cauchemars. Il se réveille en criant. Il joue trop à faire semblant — semblant qu'il chasse un gros oiseau, par exemple, et ça c'est normal à son âge, mais quand je l'ai surpris en train de se traîner par terre en reniflant, puis à déterrer un vieil os qu'il a pris entre ses dents pour l'enfouir à un autre endroit, j'ai trouvé que cela allait trop loin.

Je me tus, attendant un commentaire. Maman avait la tête penchée de côté comme si elle écoutait le vent. Papa me regardait fixement.

— Continue, Jory, dit-il. Va jusqu'au bout. Nous ne sommes pas aveugles. Nous nous rendons compte que Bart n'est plus le même.

J'avais peur de poursuivre. Baissant les yeux, je continuai cependant, en parlant très bas :

— J'ai voulu vous en parler à plusieurs reprises mais je n'ai pas osé. Vous étiez déjà tellement inquiets pour lui.

— Ne nous cache rien.

Je dévisageai papa — je ne pouvais pas affronter le regard terrifié de ma mère.

— La voisine lui fait des tas de cadeaux très coûteux. Elle lui a donné un jeune saint-bernard qu'il appelle Pomme, deux trains électriques avec un village miniature et un décor de montagnes, rien n'y manque. Elle a transformé toute une pièce en salle de jeux pour lui.

Ils n'en revenaient ni l'un ni l'autre.

— Quoi encore? fit papa.

Le plus dur restait à dire.

— Hier, j'étais dans le jardin, près du mur. (Ma voix était bizarrement rauque.) Tu sais, là où est l'arbre creux. Je taillais la haie comme tu m'as appris. A un moment donné, j'ai senti une sale odeur. Ça avait l'air de venir du trou dans l'arbre. J'ai fouillé... et j'ai trouvé... (J'avalai encore une fois ma salive avant de pouvoir le dire.) *J'ai trouvé Clover.* Il était mort... en voie de décomposition. J'ai creusé un trou pour l'enterrer. (Je tournai vivement la tête pour essuyer mes larmes. Je n'avais pas fini.) Il avait un fil de fer serré autour du cou. Quelqu'un a assassiné mon chien.

Ils étaient immobiles, visiblement bouleversés. Et épouvantés. Maman battit des paupières pour ne pas pleurer. Elle aussi, elle aimait Clover. Elle se tamponna les yeux d'une main qui tremblait. Ni l'un ni l'autre ne me demandèrent qui avait étranglé Clover. J'étais certain qu'ils pensaient la même chose que moi.

Avant de se coucher, papa vint me voir dans ma chambre et il me posa toutes sortes de questions pendant une heure — à quoi Bart passait-il son temps, où il allait. Il m'interrogea sur la dame d'à côté et sur son maître d'hôtel.

Je me sentais rasséréné, maintenant que je les avais mis au courant. A présent, ils allaient pouvoir réfléchir à ce qu'il fallait faire de Bart. Cette nuit, je pleurai pour la dernière fois sur Clover, le premier et le seul copain chien que j'avais eu. J'aurais bientôt quinze ans, j'étais presque un homme, et pleurer, c'est bon pour les petits garçons — pas pour un type qui ne mesurait pas loin d'un mètre quatre-vingts.

— Toi, fiche-moi la paix! gronda Bart comme je lui demandais de ne pas aller chez la voisine. Et arrête de me cafarder ou sinon tu me le paieras.

Le mois de septembre approchait à grands pas. Et la rentrée des classes aussi. Apparemment, Bart demeurait insensible aux attentions et à la tendresse de mes parents. Je trouvais qu'ils étaient trop indulgents avec lui.

— Écoute-moi, Bart! Cesse de faire semblant d'être un vieil homme malade appelé Malcolm Neal Foxworth — je ne sais d'ailleurs pas qui cela peut être. (Mais il tenait de toutes ses forces à jouer la comédie de la claudication et du cœur qui bat la chamade.) Personne n'attend ta mort pour hériter de ton immense fortune. Ne serait-ce que parce que tu n'as pas la moindre fortune, mon cher petit frère.

— J'ai vingt milliards vingt millions cinq cent cinquante-cinq mille dollars et quarante-deux cents! (Il comptait avec ses doigts.) Mais comme je ne me rappelle pas combien que j'ai en obligations et en actions, tu peux sans doute multiplier au moins par trois. Un homme qui peut dire combien il possède n'est pas un homme riche.

Je ne l'aurais pas cru capable de prononcer un chiffre aussi fabuleux. Au moment où je m'apprêtais à lui envoyer une réplique mordante, il poussa un cri, se plia en deux et s'écroula en haletant.

— Vite... mes pilules! Je vais mourir! Je ne sens plus mon bras gauche! Sauve-moi, appelle mes docteurs!

Là, je suis sorti. J'ai pris un bouquin et je me suis installé dans un fauteuil de jardin. Bart commençait vraiment à m'assommer.

— Ça t'est égal que je meure, Jory?

Il m'avait rejoint dehors.

— Totalement.

— Tu m'as jamais aimé!

— Je t'aimais davantage quand tu te conduisais comme un garçon de ton âge.

- Tu me croiras si je te dis que Malcolm Neal Foxworth est le père de la dame d'à côté et que la dame d'à côté est ma grand-mère? Ma vraie de vraie grand-mère?

— C'est elle qui t'a raconté ça ?
— Non. John Amos m'en a dit un peu et elle a complété. Il me dit des tas de choses, John Amos. Que Papa Chris n'était pas le frère de Papa Paul, que ma maman dit seulement ça pour qu'on reste dans l'ignorance de son péché. Il dit aussi que mon vrai papa s'appelait Bartholomew Winslow et qu'il est mort dans un incendie. Notre mère l'a séduit.
Séduit ? Je lui lançai un regard inquisiteur.
— Sais-tu ce que ce mot signifie ?
— Non, mais je sais que c'est mal. Très, très mal !
— Bart, est-ce que tu aimes notre mère ?
Il y avait une souffrance déchirante dans ses yeux noirs. Il se laissa lourdement choir par terre et se perdit dans la contemplation de ses baskets. Il aurait dû répondre sans hésiter, spontanément.
— Veux-tu me faire un grand plaisir, Bart — et te rendre en même temps un grand service à toi-même ? Parle de tes chagrins à maman et à papa. Ils peuvent tout comprendre. Je sais que tu t'es mis dans la tête que maman m'aime plus que toi mais ce n'est pas vrai. Il y a assez de place pour dix enfants dans son cœur.
Il poussa un hurlement :
— Dix ? Tu veux dire qu'elle va en adopter encore d'autres ?
Il sauta sur ses pieds et se dirigea vers la maison en clopinant comme un vieil homme. A mon avis, ce séjour à l'hôpital ne lui avait pas réussi.
Ce que je fis ensuite n'était peut-être pas très beau mais il fallait que je sache ce que Bart dirait à notre mère en tête à tête. Elle était sur la terrasse de derrière en train de lire, Cindy endormie sur ses genoux. Quand Bart surgit, elle posa son livre, installa la petite sur une chaise tandis qu'il la regardait avec un air de supplication muette.
La question qu'il lui posa me laissa pantois :
— C'est quoi, ton nom ?
— Tu le sais bien.
— Est-ce qu'il commence par un C ?

— Oui, évidemment.

Maman semblait décontenancée.

— Mais... mais, se mit-il à bafouiller, je connais quelqu'un qui pleure parce que tu es partie. Quelqu'un de petit comme moi, que son père enferme dans des cagibis et des endroits effrayants du même genre parce qu'il l'aime plus. Une fois, il l'a mis dans le grenier pour le punir. Un grand grenier tout noir, avec plein de souris, de fantômes et d'araignées.

Maman était pétrifiée.

— Qui t'a raconté tout cela?

— Sa belle-mère avait des cheveux roux et puis il a découvert que ce n'était que la concubine de son père.

Même à la distance où je me trouvais, je me rendais compte que maman respirait plus vite et de façon hachée, comme si le petit garçon qu'elle tenait sur ses genoux était brusquement devenu dangereux.

— Sais-tu seulement ce qu'est une concubine, mon chéri?

Bart, les yeux fixes, regardait dans le vide.

— Il y avait une dame qu'avait la taille fine et le teint clair. Noire, noire était sa chevelure, avec des mèches rouges. Elle n'était même pas mariée avec son père qui ne se souciait pas de ce qu'il faisait, lui, le petit, qui s'en moquait qu'il pleure ou même qu'il meure.

Ses lèvres tremblaient mais elle se força à sourire.

— Mais tu es un poète, Bart. Quelle cadence, quel rythme!

Il grimaça et l'enveloppa d'un regard indigné.

— J'ai horreur des poètes, des artistes, des musiciens et des danseurs!

Maman frissonna. Et je ne peux pas dire que je l'en blâmais: moi aussi, il me faisait peur.

— Il faut que je te pose une question, Bart, et je te demande instamment de me répondre avec franchise. Je te promets que, quelle que soit ta réponse, tu ne seras pas puni. As-tu fait du mal à Clover?

— Il s'est sauvé. Il reviendra plus habiter dans ma niche.

Maman le repoussa, se leva vivement et se prépara à rentrer. Brusquement, elle se souvint de Cindy et revint en hâte sur ses pas pour la prendre dans ses bras et l'emmener. J'observai l'expression de Bart et de la voir agir ainsi n'était pas fait pour calmer mon anxiété.

Comme toujours après une de ses « crises », Bart fut pris d'une grande fatigue. Il dormait littéralement debout et il alla se coucher sans dîner. Ma mère, toute joyeuse et souriante, se fit belle pour accompagner mon père à la réception offerte en son honneur à l'hôpital où il venait d'être nommé chef de clinique. Je les regardai par la fenêtre monter dans la voiture. Il la tenait par le bras, très fier.

Il était plus de 2 heures du matin quand ils rentrèrent. Je ne dormais pas encore et je les entendis parler dans le salon. Je m'approchai en silence.

— Chris, disait maman, je suis complètement dépassée. Je ne comprends plus Bart. Sa manière de parler, sa façon de marcher... même son aspect. Il m'échappe. Mon propre fils me fait peur, c'est affreux.

— Allons, chérie, tu exagères, fit mon père en passant son bras autour de ses épaules. S'il continue dans cette voie, il deviendra un grand acteur, crois-moi.

— Je sais qu'une grosse fièvre peut entraîner des lésions cérébrales chez un enfant. Crois-tu qu'il en soit ainsi pour lui ?

— Le test qu'on lui a fait passer est en tout point excellent, Cathy. Ne te fais pas des idées sous prétexte que l'on a procédé à cet examen. C'est la routine habituelle pour tous les patients qui ont eu de fortes températures, justement.

— Et vous n'avez rien trouvé d'anormal ?

— Non, répondit fermement papa. C'est simplement un petit garçon ordinaire qui a des tas de problèmes affectifs et nous sommes, toi et moi, mieux placés que n'importe qui pour comprendre ses difficultés.

Que voulait-il dire ?

— Mais Bart a tout ce qu'il peut souhaiter! Son enfance est sans comparaison avec la nôtre. Il devrait être heureux. Ne faisons-nous pas l'impossible pour qu'il le soit?

— Je ne dis pas non, mais ce n'est pas toujours suffisant. Chaque enfant est un cas particulier, chacun a des exigences différentes. Et il est évident que nous ne lui apportons pas ce dont il a besoin.

Maman, qui avait pourtant l'habitude de toujours répondre du tac au tac, ne répliqua rien et je restai sur ma faim. Papa avait envie d'aller se coucher sans plus attendre — il n'y avait qu'à voir comment il embrassait maman dans le cou pour s'en rendre compte. Mais elle était plongée dans ses pensées. Les yeux fixés sur le bout de ses sandales en lamé, elle commença à parler de la mort de Clover.

— Bart n'a pas pu faire ça, murmura-t-elle d'une voix lente, comme si elle cherchait autant à s'en convaincre elle-même qu'à en convaincre papa. Le coupable est sûrement un de ces sadiques qui torturent les bêtes... Tu te rappelles cet article où l'on parlait des gens qui estropient les animaux dans les zoos? Je suis sûre qu'un de ces détraqués a repéré Clover...

Elle se tut un instant, songeant sans doute qu'il était très rare qu'un étranger passe sur notre route.

— Bart m'a totalement prise au dépourvu, Chris, reprit-elle avec cette même expression d'épouvante sur le visage. Il m'a parlé d'un petit garçon que l'on enfermait dans des placards et dans le grenier. Plus tard, il m'a dit que ce petit garçon s'appelait Malcolm. Comment peut-il être au courant? Où a-t-il pu entendre ce nom? Chris, tu ne crois pas qu'il a découvert quelque chose à notre sujet?

Je sursautai. Qu'y avait-il à savoir sur eux que je ne savais pas déjà? Ainsi donc ils avaient un secret, un affreux secret. Je battis en retraite, regagnai ma chambre et me jetai sur mon lit. Quelque chose d'effrayant était entré dans notre existence, j'en avais le pressentiment. Et Bart aussi, sûrement.

LE SERPENT

Le soleil jouait à cache-cache avec le brouillard. Tous les deux, ils se tenaient compagnie. J'étais dans le jardin, tout seul, sans rien d'autre à faire pour m'amuser que regarder mon genou qu'était plein de grosses croûtes. Papa m'avait dit de pas les arracher parce que ça laisserait des cicatrices. Je m'en fichais bien d'avoir des cicatrices! Je commençai à soulever avec précaution le bord des croûtes juste pour voir ce qu'y avait en dessous. Ben, y avait rien que de la chair rouge et molle prête à recommencer à saigner.

Le soleil avait finalement gagné la partie. Il brillait dans le ciel et ça me chauffait le crâne. J'entendais presque ma cervelle grésiller. Je voulais pas qu'elle cuise. Alors, je suis allé à l'ombre.

Maintenant, j'avais mal à la tête. Je me mordis la lèvre jusqu'au sang. Ça faisait pas mal mais elle enflerait tellement qu'il faudrait bien que maman soit inquiète. Ça serait bien qu'elle se fasse du souci pour moi.

Avant, j'étais son petit garçon et elle s'occupait tout le temps de moi. Et puis, cette Cindy est arrivée et elle m'a pris ma place. Maman et Jory n'allaient pas tarder à rentrer du cours de danse. C'était tout ce qui les intéressait — la danse et Cindy. Moi, je savais que ce qui comptait vraiment dans la vie, c'était l'argent.

— Bart, je suis bien triste que tu aies été privé de ton voyage à Disneyland pour tes dix ans. (C'était Emma qui était arrivée derrière moi sans que je m'en sois rendu compte.) En guise de compensation, je t'ai fait un petit gâteau d'anniversaire pour toi tout seul.

Elle me tendait un minuscule gâteau au chocolat avec une bougie au milieu. Comme si j'avais seulement un an! Je le lui arrachai des mains et il tomba par terre. Elle poussa un petit cri et recula avec une sorte de grimace comme si qu'elle allait pleurer :

— Ce n'est vraiment pas très aimable ni très gentil,

Bart. Pourquoi es-tu si méchant ? Tout le monde essaie pourtant de te faire plaisir.

Je lui tirai la langue. Elle soupira et s'en alla.

Elle revint un peu plus tard avec Cindy dans ses bras. C'était pas ma sœur. Je voulais pas avoir de sœur. Je me cachai derrière un arbre pour les épier. Elle mit la petite fille dans la piscine en plastique et Cindy commença à remuer les jambes et à éclabousser partout. Elle était bête, bête ! Même pas capable de nager ! Emma, ça la faisait rire de la voir faire ses trucs de bébé alors que moi, je savais faire le poirier et me tenir debout sur la tête. Si je m'asseyais dans la piscine et que je fasse des éclaboussures en remuant les pieds et les mains, elle ne trouverait pas ça mignon.

Au lieu de partir comme je l'espérais, Emma alla chercher une chaise et s'assit pour écosser des petits pois. Ploc, ploc, ploc, qu'ils faisaient en tombant dans le saladier bleu. Elle encourageait Cindy :

— C'est ça, mon bijou ! Barbote, remue bien tes jolies petites gambettes et tes jolis petits bras. Ça te fera du muscle et, comme ça, tu nageras bientôt.

Je les regardais sans bouger. Chaque petit pois qui faisait floc me rapprochait du moment où Emma se lèverait et retournerait à la cuisine, laissant Cindy seule. Toute seule. Cindy qui savait pas nager. J'étais embusqué comme un chat qui guette un oiseau.

Le dernier petit pois tomba dans le saladier. Emma se leva. Au même instant, la voiture rouge de maman apparut. Elle stoppa devant le garage. Jory fut le premier à en descendre.

— Salut, Emma ! Qu'est-ce qu'il y a à manger ?

— N'importe comment, tu te régaleras avec mon dîner, lui répondit Emma, tout sourire pour son grand chéri. Bart, lui, je sais d'avance qu'il *détestera* les petits pois, les côtelettes d'agneau et le dessert. Pour le contenter, celui-là...

Maman s'arrêta pour discuter avec elle comme si elle n'était pas une bonne, puis se précipita pour embrasser et câliner Cindy, à croire qu'il y avait dix ans qu'elle l'avait pas vue, cette affreuse.

— Eh! maman! lui cria Jory. Si on se mettait en maillot pour jouer avec Cindy?

— D'accord! Hop! Lequel de nous deux arrivera le premier à la maison?

Ils s'élancèrent en courant comme deux gosses.

— Continue à faire joujou avec ton petit canard et ton petit bateau, Cindy, dit Emma. Je reviens tout de suite.

Je levai la tête et commençai à ramper. La môme se mit debout dans la piscine et enleva son maillot de bain qu'elle me lança à la figure, puis se mit à faire des mines en riant, toute nue. Finalement, déroutée par mon manque de réaction, elle se rassit et s'examina avec un petit sourire comme pour elle-même. Quelle honte! Quelle impudeur de me montrer ses parties intimes!

Les mères devraient apprendre à leurs filles la pudeur et la modestie. La mienne ne valait pas mieux que Corinne qui, m'avait dit John Amos, n'avait jamais su punir ses enfants.

Eh bien, ça allait être moi qui apprendrais la modestie à Cindy! J'avançai, toujours en rampant. Ses grands yeux bleus s'écarquillèrent. Ses lèvres roses et charnues s'entrouvrirent. D'abord, elle eut l'air d'être contente que je me décide enfin à jouer avec elle mais quelque chose dut l'alerter et il y eut une lueur de crainte dans son regard. Elle ne bougeait plus. Elle me faisait soudain penser à un petit lapin effrayé et fasciné par un méchant serpent. Un serpent! C'était vachement mieux d'être un serpent qu'un chat. Le serpent dans le jardin d'Éden qui allait faire à Ève ce qu'on aurait dû faire dès le début. *Va-t'en de l'Éden, dit le Seigneur en voyant Ève dans sa nudité, et le peuple te jettera des pierres.*

Je me rapprochai en sifflant avec ma langue que je sortais et que je rentrais. Le Seigneur avait parlé et j'obéissais. La mère scandaleuse qui ne punissait pas m'avait fait ce que j'étais, un serpent pervers qui voulait accomplir les commandements du Seigneur.

De toute ma volonté, je m'efforçai d'aplatir ma tête, d'en faire une petite gueule pointue de reptile. Les larmes montèrent aux yeux remplis d'effroi de Cindy et elle essaya de sortir de la piscine. Y avait pas assez d'eau pour qu'elle se noie. Sinon Emma l'aurait pas laissée seule.

Mais... quelles chances pouvait avoir une petite fille de deux ans face à un boa constrictor du Brésil ?

Je passai par-dessus le rebord et plongeai dans la piscine. Cindy se mit à crier :

— Barr-tie ! Va-t'en, Barrt-ie !
— Ssss... ssss.

Mes S étaient plus longs que ceux de John Amos. Je m'enroulai autour du petit corps nu de Cindy et, nouant mes jambes à son cou, je l'enfonçai dans l'eau. Elle pouvait pas se noyer vraiment mais le Seigneur devait avertir ceux qui péchaient. J'avais vu à la télé les serpents de la jungle se décrocher la mâchoire. J'allais essayer d'en faire autant. Alors, j'avalerais Cindy tout entière.

Brusquement, un autre serpent me dégringola dessus ! Je poussai un cri et lâchai Cindy pour ne pas me noyer... ou me faire manger vivant ! *Seigneur, pourquoi m'as-tu abandonné ?*

— Qu'est-ce que tu fabriques ? vociféra Jory, rouge de fureur, en me secouant très fort. Je t'ai observé en train de ramper en me demandant ce que tu voulais faire. Bart... est-ce que tu cherchais à noyer Cindy ?

— Non ! Je voulais juste la punir un peu — pas beaucoup.

— Je vois ! gronda-t-il. Un peu... comme pour Clover, hein ?

— J'ai rien fait à Clover ! Je soigne bien Pomme. Je ne suis pas méchant... Non ! Non, je suis pas...

— Pourquoi cries-tu si fort si tu es innocent ? Tu as tué Clover ! Je le lis dans tes yeux !

Ivre de colère, je lui lançai un regard meurtrier.

— Tu me hais ! Je le sais !

Et je me ruai sur lui, mais il esquiva. Alors, baissant la tête, je reculai, pris mon élan et lui flanquai un coup de boule dans l'estomac. Il se plia en deux et s'écroula, poussant un cri de douleur. Avant qu'il ne me tue, je lui balançai mon pied dans le ventre sans trop savoir où il atterrirait. J'ai jamais très bien su viser. Pourtant, qu'est-ce que ça a dû lui faire mal !

— C'est déloyal de frapper au-dessous de la ceinture, gémit-il, si pâle qu'on aurait dit qu'il allait tourner de l'œil. Ce sont les voyous qui se battent comme ça.

Pendant ce temps, Cindy, qui s'était remise de ses émotions, sortit de la piscine et se précipita vers la maison en trébuchant, toute nue, et en braillant de toute la force de ses poumons.

— Sale petite vicieuse ! je criai à mon tour. Tout ça, c'est de sa faute ! C'est de sa faute à elle !

Emma jaillit de la cuisine, les mains couvertes de farine, son tablier volant dans tous les sens, suivie de près par maman dans son minuscule bikini bleu.

— Bart, qu'as-tu encore fait ?

Elle attrapa Cindy au vol et ramassa la serviette qu'Emma avait laissée tomber.

Cindy sanglotait.

— Maman ! L'avait un gros serpent... gros, gros serpent !

Incroyable ! Elle avait deviné ce que j'étais. Elle était pas si bête que ça, après tout. Maman l'enveloppa dans la serviette et la posa par terre, puis se tourna vers moi, l'air furieux, au moment où je levais la jambe dans l'intention d'achever ce que j'avais commencé.

— Bart, si tu as le malheur de donner encore un coup de pied à Jory, je te jure que tu le regretteras !

Emma me contemplait avec horreur. Mon regard allait de l'une à l'autre. Tout le monde me haïssait, ils seraient tous contents de me voir mort.

Jory se releva avec effort. Il n'était pas bien gracieux. Aussi empoté que moi. Et il était laid, maintenant. Il réussit quand même à me crier :

— Tu es fou, Bart ! Fou à lier !

— Bart, lâche ça, m'ordonna maman en me voyant ramasser une pierre.

— Tu ne vas pas la lancer sur ton frère, vilain garnement ! s'exclama Emma.

Je fis volte-face et me jetai sur elle en lui tapant dessus à coups de poing.

— Arrêtez de m'appeler comme ça ! Je ne suis pas un vilain garnement ! Je ne suis pas mauvais !

Maman me prit à bras-le-corps et elle me fit tomber à la renverse.

— Que je ne te voie plus jamais lancer de pierres ni lever la main sur une femme ! gronda-t-elle en me clouant les bras au sol.

Dans ma rage, je la voyais maintenant telle qu'étaient toutes les autres femmes, pleine de courbes enjôleuses. Malcolm ne se laissait pas embobiner, lui qui disait qu'il aurait voulu leur aplatir les seins avec ses poings. Je mis toute ma colère vengeresse dans mon regard — et ça réussit : maman commença à trembler.

— Mais que t'arrive-t-il, Bart ? dit-elle, sans cesser de me maintenir immobile. Tu ne sais plus ce que tu dis ni ce que tu fais. Tu ne te ressembles plus.

Je retroussai mes lèvres, découvrant mes dents comme pour la mordre — et j'essayai de le faire. Elle me gifla sèchement à plusieurs reprises, jusqu'à ce que je pleure.

— Monte dans le grenier, Bart Sheffield. Tu y resteras jusqu'à ce que j'aie réfléchi à ce qu'il convient de faire pour te remettre sur le droit chemin.

C'était épouvantable d'être dans le grenier. Je m'assis sur un des petits lits pour attendre qu'elle monte. Elle ne m'avait encore jamais fouetté. De temps en temps quelques claques, comme tout à l'heure, mais cela n'était jamais allé plus loin. Et maintenant, elle allait me faire subir ce que Malcolm avait subi. J'étais comme lui.

Son pas retentit dans l'escalier étroit et raide. Elle se planta devant moi, les lèvres serrées. On aurait dit qu'elle se forçait à me regarder.

— Baisse ton pantalon, Bart.
— Non !
— Obéis, ou ta punition sera beaucoup plus sévère.
— Non ! Tu peux rien me faire. Si tu me bats, je me vengerai sur Cindy quand tu seras à ta danse. Emma ne sera pas capable de m'en empêcher ! Et la police ne me mettra pas en prison parce que je suis mineur.
— Ô mon Dieu ! murmura-t-elle dans un soupir rauque en portant ses mains à sa gorge. J'aurais dû me douter qu'un enfant conçu dans ces circonstances tournerait mal. Tu es un monstre, Bart, et cela me fend le cœur.

Un monstre ? Moi, un monstre ?

Non ! C'était elle, le monstre ! Elle me faisait exactement ce que sa mère avait fait à Malcolm, c'était pour ça qu'on l'enfermait dans le grenier et qu'on le battait. Maintenant, je la haïssais autant que je l'avais aimée avant.

— Je te déteste, maman ! Je voudrais que tu tombes raide morte !

Elle recula, les yeux remplis de larmes, fit demi-tour et sortit en courant. Mais avant de redescendre, elle referma la porte à clé pour que je reste dans cet horrible grenier plein de poussière et qui me faisait peur. Elle allait faire de moi quelqu'un d'aussi fort que Malcolm. Et d'aussi méchant. Elle me le paierait, un jour.

Ce fut papa qui me donna une correction quand il rentra après qu'elle lui eut tout raconté. Il n'écouta ni mes supplications ni mes excuses.

— As-tu senti quelque chose ? me demanda-t-il lorsqu'il eut fini.

Je souris.

— Non. Pour me faire mal, il faudrait que tu me casses les os, et alors la police t'arrêterait parce que tu serais un bourreau d'enfants.

Ses yeux bleus fixés sur moi étaient glacés.

— Tu crois que tu peux n'en faire qu'à ta tête, n'est-ce pas? dit-il de sa voix calme, sans un mot plus haut que l'autre. Tu crois que tu échappes à la loi sous prétexte que tu es mineur. Mais tu te trompes, Bart. Nous vivons dans une société civilisée et tout le monde doit se conformer à ses règles. Personne n'est au-dessus des lois, même pas le Président. Et le pire châtiment pour un enfant est d'être enfermé et de ne pas pouvoir aller et venir à son gré. (Brusquement, son expression devint triste.) Et cela peut être une expérience terrible.

Je ne dis rien et il reprit :

— Ta mère et moi sommes arrivés à la conclusion que nous ne pouvons plus tolérer tes incartades. En conséquence, dès que j'aurai pris des dispositions en ce sens, tu iras une fois par jour voir un psychiatre. Et si tu nous y obliges, si tu persistes dans cette attitude de défi, nous te confierons à des médecins qui sauront comment t'apprendre à te conduire de manière normale.

— Jamais! m'écriai-je d'une voix étranglée, terrifié à l'idée qu'un psy pourrait me faire mettre pour toujours derrière les barreaux. Si tu essaies de faire ça, je me tuerai.

Son regard était dur.

— Non, Bart, tu ne te tueras pas. Tu aurais tort de t'imaginer que tu seras plus malin que ta mère ou moi. Nous avons tous les deux fait face à un adversaire autrement redoutable qu'un garçon de dix ans, tiens-le-toi pour dit.

Le soir, quand j'étais dans mon lit, j'entendis papa et maman s'engueuler comme ils ne l'avaient encore jamais fait.

— Pourquoi as-tu envoyé Bart dans le grenier, Catherine? Tu n'avais qu'à lui ordonner de rester dans sa chambre jusqu'à mon retour.

— Non! Il aime être dans sa chambre où il y a tout ce qu'il aime. Et tu sais parfaitement que le grenier n'est pas un lieu agréable. J'ai fait ce que je devais faire.

— Ce que tu devais faire ? Cathy... Est-ce que tu te rends compte que tu parles comme...

Elle l'interrompit pour laisser tomber sur un ton glacial :

— Ne t'ai-je pas dit depuis longtemps ce que je suis ? Une garce qui ne pense qu'à elle.

Ils m'ont conduit chez le psy pas plus tard que le lendemain. Ils m'ont dit de m'asseoir dans un fauteuil et de ne pas en bouger. Finalement, une porte s'est ouverte et on nous a fait entrer. Il y avait une femme docteur derrière un grand bureau. Ils auraient au moins pu choisir un homme ! Je la détestai aussitôt parce qu'elle avait les mêmes cheveux noirs et lisses que Madame Marisha quand elle était jeune et qu'elle posait pour les photos. Je tournai la tête parce que sa blouse blanche était gonflée par-devant.

— Si vous voulez bien attendre dehors avec votre femme, docteur Sheffield, dit-elle. Nous parlerons plus tard.

Mes parents sortirent. Jamais je ne m'étais senti aussi seul qu'au moment où elle me regarda avec ses yeux pleins de bonté qui cachaient des pensées mauvaises.

— Tu ne voulais pas venir, n'est-ce pas ?

Pas question que je lui donne la satisfaction de savoir que j'avais entendu sa question.

— Je suis le Dr Mary Oberman.

Qu'est-ce que ça pouvait me faire ?

— Il y a des jouets sur cette table. Ils sont à ta disposition.

Des jouets ? Et puis quoi encore ? J'étais pas un bébé. Je lui décochai un regard furieux et elle tourna la tête. Je devinai qu'elle n'était pas à son aise, même si elle essayait de ne pas le montrer.

— Tes parents m'ont dit que tu aimes t'amuser à faire semblant. Pourquoi ? Parce que tu n'as pas assez de petits camarades ?

Des camarades, j'en avais pas un seul, mais cette idiote de bonne femme pouvait se brosser si elle comptait que j'allais le lui dire. J'aurais été un imbécile de lui raconter que John Amos était mon meilleur ami.

— Tu peux rester muet, Bart, mais cela aura pour seul résultat de faire de la peine à ceux qui t'aiment le plus et c'est à toi que cela fera le plus de mal. Tes parents veulent t'aider. C'est pour cela qu'ils t'ont amené. Il faut que tu essaies d'être coopératif. Dis-moi si tu es heureux. Si tu te sens frustré. Si ta vie te plaît.

Je lui dirais ni oui ni non. Je ne dirais rien, elle n'arriverait pas à me tirer un mot. Alors, elle se mit à parler des gens qui s'enferment en eux-mêmes et ça finit par les démolir. Je m'étais transformé en vitre, ses paroles faisaient que me couler dessus.

— Détestes-tu ta mère et ton père ?

Je ne répondis pas.

— Et ton frère, Jory ? As-tu de l'affection pour lui ?

Jory était O.K. Ça aurait été encore mieux s'il avait été plus maladroit que moi. Et laid.

— Et Cindy, ta sœur adoptive ? Que penses-tu d'elle ?

Probable qu'elle lut quelque chose dans mes yeux parce qu'elle se mit à griffonner sur son bloc. Puis elle reposa son stylo.

— Si tu t'obstines à refuser de coopérer, Bart, dit-elle en essayant de prendre un air gentil et maternel, il n'y aura pas d'autre solution que de t'envoyer dans un hôpital où une équipe de médecins tâchera de t'aider à retrouver le contrôle de tes émotions. Tu ne seras pas maltraité mais ce sera moins agréable que d'être chez toi. Alors, tu ne crois pas qu'il vaudrait mieux que tu t'aides toi-même avant qu'on en soit réduit à cette solution ? Qu'est-il arrivé pour que tu aies tellement changé depuis l'été dernier ?

J'voulais pas être enfermé dans un asile avec des tas de cinglés qui seraient peut-être plus grands et plus méchants que moi et où j'pourrais plus aller visiter

John Amos et Pomme. Qu'est-ce que je pouvais faire ? Brusquement, je me rappelai ce que Malcolm avait dit dans son petit livre, comment qu'il faisait croire aux gens qu'il « capitulait » mais que, tout le temps, il n'en faisait qu'à sa tête.

Je me suis mis à pleurer, j'ai dit que j'avais honte.

— C'est maman... elle aime Jory plus que moi. Et Cindy aussi. Moi, je n'ai personne. Je déteste que je n'ai personne.

Et je continuai comme ça. Après que je lui ai eu vidé mon sac, elle expliqua à mes parents qu'il faudrait qu'elle me suive régulièrement pendant au moins un an.

— C'est un petit garçon très noué. (Elle sourit et tapota l'épaule de ma mère.) Mais vous n'avez aucun reproche à vous faire. Bart est en guerre contre lui-même. Même s'il donne l'impression de vous haïr parce que vous ne l'aimez pas assez, c'est lui-même qu'il hait, en réalité. Donc, il croit que, pour l'aimer, il faut être complètement stupide. C'est une vraie maladie, aussi réelle qu'une maladie physique, plus grave même, sous bien des aspects : il est incapable de trouver son identité.

J'étais planqué dans un coin où j'entendais tout et j'étais surpris de l'entendre parler comme ça.

— Il vous aime, madame Sheffield. Il vous aime d'un amour presque religieux. Aussi attend-il de vous que vous soyez parfaite tout en sachant en même temps qu'il est indigne de votre affection. Et pourtant, il voudrait paradoxalement que vous le considériez comme le meilleur de vos fils.

— Je ne comprends pas, fit maman en posant sa tête sur l'épaule de papa. Comment peut-il à la fois m'aimer et vouloir me faire du mal ?

— La nature humaine n'est pas simple et la personnalité de votre fils est particulièrement complexe. Le bien et le mal s'affrontent en lui. Au niveau subconscient, il se rend compte de ce combat et il a trouvé un stratagème très curieux. Il identifie la partie mauvaise de son moi à un vieil homme qu'il appelle Malcolm et qui n'est rien d'autre qu'un des multiples personnages auxquels il s'identifie et qui lui permettent de mieux être en accord avec lui-même.

Mes parents écoutaient, immobiles, le regard fixe. Ils avaient l'air perdu.

Ce soir-là, avant de dire ma prière, je suis sorti sans bruit de ma chambre et j'ai collé l'oreille à la porte de celle de mes parents pour écouter ce qu'ils disaient.

— C'est comme si nous étions toujours prisonniers dans le grenier sans aucun espoir d'en sortir un jour, disait maman.

Qu'est-ce que le grenier avait à voir avec Malcolm et moi ? Je rentrai dans ma chambre à quatre pattes et me mis au lit. Je ne bougeai pas. J'avais peur de moi et de mon « subconscient ».

Sous mon oreiller était caché le journal de Malcolm dont je m'imprégnais jour après jour, nuit après nuit. Je devenais de plus en plus fort et de plus en plus malin.

L'OBSCURITÉ S'ÉPAISSIT

Le lendemain, maman et papa s'installèrent dans le salon devant le feu que j'avais allumé. J'étais si silencieux qu'ils m'avaient oublié et je m'accroupis par terre à côté de la porte en espérant qu'ils ne me verraient pas et qu'ils penseraient que j'étais parti comme j'aurais dû le faire.

D'abord, maman ne dit pas grand-chose. Et puis, elle se mit à parler de leur visite au Dr Oberman.

— Bart me hait, Chris. Il te hait aussi, de même que Jory et Cindy. Je suppose qu'Emma est également en bonne place sur sa liste, mais c'est surtout moi qu'il déteste. Il ne me pardonne pas de ne pas l'aimer de façon exclusive.

Elle posa sa tête contre la poitrine de papa et ils

continuèrent de causer. Quand ils parlèrent d'aller jeter un coup d'œil dans la chambre de Bart pour voir s'il y était, je me dépêchai de me réfugier dans un placard pour qu'ils ne m'aperçoivent pas au passage.

— A-t-il mangé ?
— Non.

Maman avait répondu sur un drôle de ton, comme si elle voulait que Bart continue de dormir afin d'échapper au problème qu'il constituait quand il était réveillé. Mais le seul fait qu'ils étaient là à le regarder le tira de son sommeil. Sans un mot, sourd à leur gentillesse, il les suivit dans la salle à manger. Il fallait bien dîner, même avec en face de soi un gamin de dix ans muet et hargneux, qui fuyait le regard des autres.

Ce fut une terrible corvée, ce dîner. Personne n'était à l'aise, personne n'avait d'appétit. Même Cindy était grincheuse. Emma, elle non plus, n'ouvrait pas la bouche, se contentant de servir. Le vent lui-même qui n'avait pas cessé de souffler se taisait, maintenant, et les arbres étaient immobiles. Leurs branches semblaient pétrifiées. Brusquement, il fit si froid que je pensai à ces tombes dont Bart parlait tout le temps.

Je me demandais comment mes parents obligeraient Bart à aller chez le Dr Oberman. Qui le forcerait à parler alors qu'il pouvait se montrer si cabochard ? Et papa avait déjà tellement à faire avec ses malades qui lui prenaient tout son temps. Le seul fait qu'il en consacrât un peu à mon frère aurait dû lui prouver qu'il s'intéressait à lui.

— Je vais me coucher.

Et, sans demander la permission de quitter la table, Bart se leva. Nous ne fîmes pas un geste. Comme s'il nous avait jeté un sort. Ce fut papa qui finit par rompre le silence :

— Bart n'est plus lui-même. Il est évident que quelque chose le tourmente à tel point qu'il ne peut même pas manger. Il faut absolument que nous sachions ce qui le ronge.

Je me tournai vers ma mère.

— Tu sais, maman, si tu allais lui dire bonsoir en premier et si tu restais un moment à parler avec lui, cela pourrait lui faire beaucoup de bien.

Elle me regarda longuement d'un air bizarre, comme si elle ne croyait pas que ça pût être aussi simple. Papa était de mon avis. De toute façon, dit-il, cela ne pouvait pas faire de mal.

Bart faisait semblant de dormir, cela se voyait immédiatement. Je reculai et me tapis à côté de papa dans l'ombre du couloir, là où il ne pourrait pas nous voir, prêt à bondir si jamais il s'en prenait à maman. Papa posa la main sur mon épaule pour me rappeler à l'ordre et chuchota :

— Ce n'est qu'un enfant, Jory, un enfant qui a de graves difficultés. Il est un peu plus petit et plus chétif que les autres garçons de son âge, ce qui entre peut-être en compte également. Sa croissance n'est pas tout à fait normale.

Maman, immobile, contemplait Bart qui faisait une moue maussade dans son sommeil — à supposer qu'il dormît vraiment. Et puis, elle sortit en courant de la chambre.

— Il me fait peur, Chris ! dit-elle à papa. (Il y avait de la détresse dans ses yeux.) S'il se réveille et m'injurie encore, je le giflerai. Je ne pourrai pas faire autrement que de l'enfermer dans le placard ou dans le grenier. (Elle se plaqua les deux mains sur la bouche et balbutia d'une voix blanche :) Ce n'est pas ce que je voulais dire.

— Bien sûr. J'espère qu'il ne t'a pas entendue. Le mieux, Cathy, est que tu ailles te mettre au lit avec deux aspirines. Je me chargerai de border les garçons.

Il m'adressa un sourire de complicité que je lui rendis. En fait de me border, il me racontait des tas de choses, il me donnait des conseils pour maîtriser les situations difficiles. C'étaient de vraies conversations d'hommes.

Il s'assit tranquillement sur le bord du lit. Bart avait toujours eu le sommeil léger et quand le matelas s'affaissa sous le poids de papa, il roula sur le côté.

Je m'approchai à pas de loup, désireux de voir par moi-même s'il simulait ou non.

— Bart... réveille-toi.

Ce fut comme si papa avait tiré le canon : Bart se dressa d'un seul coup sur son lit, les yeux écarquillés, hagard.

— Il n'est pas encore 8 heures, mon grand. Emma a fait une tarte au citron pour le dessert. Elle l'a laissée dans le frigo. Ne me dis pas que tu n'en veux pas un morceau. La soirée est splendide. Quand j'avais ton âge, je trouvais que le crépuscule était le meilleur moment pour jouer dehors. À cache-cache, par exemple...

Bart le regardait comme s'il parlait une langue inintelligible.

— Allez, Bart, ne fais pas ta mauvaise tête. Je t'aime, et ta mère aussi. Qu'est-ce que cela peut faire si tu es parfois aussi empoté qu'un ours ? Il y a des choses qui comptent davantage, comme l'honneur ou le respect. Cesse de vouloir être ce que tu n'es pas.

Bart ne réagissait pas. Assis sur son lit, il se contentait de le dévisager avec hostilité. Comment un homme aussi intelligent que papa pouvait-il ainsi brusquement manquer de lucidité ? Bart avait-il ouvert les yeux quand maman était dans sa chambre et y avait-elle lu la haine ? Il avait beau être docteur, elle était plus perspicace que lui.

— L'été touche à sa fin, Bart. Ce seront les autres qui se régaleront avec les tartes au citron. Il ne faut pas remettre au lendemain ce que l'on peut faire le jour même.

Pourquoi était-il aussi gentil avec ce garçon qui l'aurait tué si ses yeux avaient pu se transformer en poignards ?

Quand papa sortit de la chambre, Bart le suivit et je lui emboîtai le pas. Soudain, en arrivant sur la véranda de derrière, il s'élança au pas de course pour passer devant lui et il faillit dégringoler l'escalier quand il s'arrêta et se retourna.

— T'es pas mon père, gronda-t-il. T'as beau me raconter des histoires, avec moi ça ne prend pas. Tu me hais, tu voudrais que je sois mort.

Papa se laissa lourdement tomber dans un fauteuil et maman s'assit, Cindy sur les genoux, tandis que Bart allait se percher sur la balançoire où il demeura sans bouger, se cramponnant de toutes ses forces aux cordes comme s'il avait peur de glisser.

Nous mangeâmes tous une part de la tarte d'Emma — qui était délicieuse — sauf lui, qui refusa obstinément de quitter sa balançoire. Finalement, papa se leva. Il fallait qu'il passe à l'hôpital voir un malade. Il lança un coup d'œil soucieux à Bart et dit à mi-voix à maman :

— Ne t'inquiète pas, chérie. Cesse de te tourmenter. Je rentrerai vite. Peut-être Mary Oberman n'est-elle pas le psychiatre qui lui convient. Il semble avoir une violente hostilité à l'égard des femmes. J'en chercherai un autre — un homme.

Il se pencha pour l'embrasser. Leurs lèvres firent un léger chuintement quand elles se rencontrèrent. Longtemps, ils restèrent à se regarder les yeux dans les yeux. Je me demandais ce qu'ils y voyaient.

— Je t'aime, Cathy. Cesse de te torturer, je t'en supplie. Tout finira par s'arranger. Nous survivrons, les uns et les autres.

— C'est sans doute vrai, répondit maman sur un ton morne en enveloppant Bart d'un regard indécis, mais je ne peux pas m'empêcher de me faire du souci. Il a l'air si désorienté...

Ce fut au tour de papa de poser sur Bart un long regard pénétrant.

— Bart appartient lui aussi à la race des survivants, dit-il avec assurance. Regarde comme il s'accroche aux cordes alors qu'il n'est pas à plus de cinquante centimètres du sol. Il n'a aucune espèce de confiance en lui. Je crois qu'il cherche à se sentir plus fort en feignant d'être plus vieux et plus malin qu'il n'est. Il trouve sa sécurité ailleurs qu'en lui-même. Quand il n'est qu'un petit garçon de dix ans, il est perdu. C'est par conséquent à nous de trouver la personne qui pourra l'aider, même s'il nous semble que c'est impossible.

— Sois prudent en conduisant, lui dit maman comme chaque fois, le suivant tendrement des yeux tandis qu'il s'éloignait.

J'avais beau être décidé à rester pour les protéger, elle et Cindy, je tombais de sommeil. Toutes les fois que je tournais la tête vers Bart, je le voyais assis sur la balançoire, les yeux perdus dans le vide, oscillant imperceptiblement sous la seule poussée du vent.

— Je vais mettre Cindy au lit, fit maman. Bart, il faut aller te coucher. Je passerai te voir dans quelques minutes. Fais ta toilette et brosse-toi les dents. Mais, avant, mange ta part de tarte.

Du côté de la balançoire, pas de réponse. Néanmoins, mon frère en descendit gauchement, abaissa les yeux sur ses pieds nus, s'arrêta pour examiner ses mains, pour tirailler sur son pyjama, pour contempler le ciel, les collines lointaines.

Quand il fut rentré, il se mit à déambuler sans but dans la pièce, allant d'un bibelot à l'autre, en prenant un au hasard et le retournant avant de le reposer. Un petit voilier en verre filé retint un moment son attention, puis il parut se pétrifier à la vue d'une ravissante ballerine en porcelaine. C'était un cadeau que maman avait fait au Dr Paul après son mariage avec mon père. Elle avait dû beaucoup ressembler à la petite danseuse quand elle était toute jeune.

Bart saisit maladroitement la fragile figurine au tutu mousseux, aux jambes et aux bras délicats. Il la retourna pour lire ce qu'il y avait d'écrit sur le socle. Je savais ce qui y était marqué : *Limoges*. Moi aussi, j'avais regardé. Il caressa les cheveux dorés de la figurine qui retombaient doucement en vagues.

Et il ouvrit délibérément les doigts.

La statuette vola en éclats quand elle heurta le sol. Je me précipitai. Si je pouvais recoller les morceaux, maman ne s'apercevrait peut-être de rien. Mais Bart posa son pied nu sur la tête de la ballerine et la broya férocement.

— Bart! C'est dégoûtant ce que tu as fait! Tu sais que cette statuette a plus de prix pour maman que n'importe quoi d'autre. Tu n'aurais pas dû.

— C'est pas à toi de me dire ce que je dois faire ou pas faire! Laisse-moi tranquille et boucle-la. C'était un accident, juste un accident.

Il avait dit ça avec une drôle de voix. Une voix qui n'était pas la sienne. Il recommençait à faire semblant d'être le vieil homme.

J'allai en vitesse chercher un balai et une pelle pour faire disparaître les débris, espérant que maman ne remarquerait pas que la statuette n'était plus sur l'étagère.

J'avais oublié Bart. Quand je repensai à lui, je me précipitai à sa recherche. Il était en train d'observer d'un air sournois maman qui brossait les cheveux de Cindy, assise sur ses genoux.

Lorsqu'elle leva la tête, elle le surprit aux aguets. Elle pâlit, essaya de sourire, mais son sourire s'effaça avant même de s'épanouir.

Bart, qui s'était rué en avant à la vitesse de l'éclair, bouscula Cindy qui glissa par terre en poussant un cri perçant. Elle se releva en hurlant et maman, la prenant dans ses bras, se mit debout.

— Bart, pourquoi as-tu fait cela?

Il se campa sur ses jambes, la toisa avec mépris et sortit sans se retourner.

— Maman, dis-je alors à ma mère qui calmait Cindy et la couchait, maman, ça ne tourne pas rond du tout dans sa tête. Laisse papa l'emmener chez le psychiatre qu'il voudra, mais il faut qu'il y reste jusqu'à ce qu'il soit guéri.

Maman était secouée de sanglots mais ce ne fut qu'un peu plus tard qu'elle craqua et fondit vraiment en larmes.

Cette fois, ce fut à mon tour de la serrer dans mes bras pour la réconforter. Je me sentais adulte et responsable.

— Jory, Jory, pourquoi Bart me hait-il ? gémissait-elle en s'accrochant à moi. Qu'est-ce que j'ai fait ?

Que pouvais-je répondre ?

— Tu devrais peut-être essayer de comprendre pourquoi il est si différent de moi parce que, moi, j'aimerais mieux mourir que de te faire de la peine.

Elle m'étreignit. Son regard se fit lointain.

— Ma vie a été une longue course d'obstacles, Jory. J'ai l'impression que si quelque chose d'horrible devait encore arriver, je lâcherais... et ce n'est pas possible. Les êtres sont tellement compliqués, tu sais, surtout les grandes personnes. Quand j'avais dix ans, je pensais que c'était facile pour les adultes, qu'ils avaient le pouvoir et le droit de faire tout ce qu'ils voulaient. Je n'imaginais pas combien il est difficile d'être une mère, un père. Mais je ne parle pas pour toi, mon chéri...

Je savais bien que son existence avait été une succession de malheurs. Elle avait tour à tour perdu son père et sa mère, Cory, Carrie, mon père, puis son second mari.

— L'enfant de la vengeance, murmura-t-elle comme pour elle-même. Pendant tout le temps où j'étais enceinte de Bart, j'étais torturée par un sentiment de culpabilité. J'aimais tellement son père... et s'il est mort, c'est un peu ma faute en un sens.

J'eus alors un éclair d'intuition :

— Maman, peut-être que Bart devine que tu te sens coupable quand tu le regardes... tu ne crois pas ?

TROISIÈME PARTIE

LA FUREUR DE MALCOLM

Le soleil me réveilla en me tapant sur la figure. Une fois habillé, brusquement, je ne me sentis plus vieux comme Malcolm et, en un sens, j'en étais content. Mais, quand même, j'étais triste parce que Malcolm, c'était la sécurité.

Pourquoi que je n'avais pas des copains de mon âge comme les autres garçons? Pourquoi que c'étaient que les vieux qui étaient gentils avec moi? Je m'en fichais que ma grand-mère me dise qu'elle m'aimait, maintenant qu'elle m'avait volé Pomme. Il fallait regarder les choses en face : mon seul vrai ami était John Amos.

Pendant le petit déjeuner, les autres m'observaient comme s'ils s'attendaient que je fasse quelque chose de terrible. Je notai que papa me demanda seulement à moi comment j'allais, pas à Jory. Je contemplai d'un regard morne mon assiette de céréales. Les raisins secs, j'avais horreur. On aurait dit des mouches mortes.

— Je t'ai posé une question, Bart.

Comme si je ne le savais pas!

— Ça va très bien, répondis-je sans regarder papa qui était toujours de bonne humeur au réveil, pas comme moi — ni maman. J'aimerais seulement que vous ayez une vraie cuisinière. Ou, ce serait encore mieux, que maman reste à la maison et qu'elle fasse la cuisine comme les autres mères. Les trucs d'Emma, c'est pas mangeable. Même une bête en voudrait pas.

Jory me lança un regard noir et me flanqua un coup de pied sous la table pour me dire de la boucler.

— Ce n'est pas Emma qui a fait tes céréales, Bart, répliqua papa. Elles sont en boîte, toutes prêtes. Et, jusqu'à ce matin, tu as toujours adoré les raisins secs. Mais si, je ne sais pourquoi, tu as aujourd'hui quelque chose contre, c'est bien simple : laisse-les de côté. Et pourquoi ta lèvre saigne-t-elle ?

Quoi ? Les docteurs voient toujours du sang partout parce qu'ils passent leur temps à charcuter les gens.

Jory prit sur lui de répondre à ma place :

— Tout à l'heure, il a joué à être le loup, papa, c'est tout. Je parie qu'il s'est mordu quand il a sauté sur le lapin pour essayer de lui arracher la tête.

Il m'adressa un sourire, apparemment tout réjoui que je sois aussi stupide.

Ils étaient en train de mijoter quelque chose. La preuve, personne ne me demanda pourquoi je jouais à être un loup. Ils m'observaient. Ils me guettaient pour me surprendre à me conduire comme un cinglé.

Maman et papa tinrent un conciliabule à voix basse dans l'office mais j'entendais tout ce qu'ils disaient. C'était de moi qu'ils causaient. Ils parlaient de docteurs, d'autres psychiatres. J'irais pas ! Ils pourraient pas me forcer !

Enfin, maman revint dans la cuisine et elle dit quelque chose à Jory pendant que papa sortait la voiture du garage.

— Alors, on va vraiment se produire ce soir, maman ? demanda Jory.

Elle me décocha un coup d'œil embarrassé et se força à sourire.

— Bien sûr. Je ne peux pas faire faux bond à mes élèves, à leurs parents et à tous les gens qui ont déjà pris leurs billets.

Et l'argent de ces fous fut vite dilapidé !

— Eh bien, je vais téléphoner à Melodie, reprit Jory. Je lui ai dit hier que la représentation serait peut-être annulée.

— Qu'est-ce qui t'a pris de lui raconter cela, Jory ?

Il me regarda comme si tout était toujours de ma faute, même les représentations qu'on n'annulait pas. D'ailleurs, j'irais pas. Même s'ils se rappelaient de me proposer d'y assister. Leurs ballets à la gomme où tout le monde se trémousse et dit jamais rien, ça m'intéressait pas. Et puis ce ne serait même pas *Le Lac des cygnes* mais *Coppélia*, le plus idiot et le plus barbant de tous.

Au même moment, papa se ramena — comme d'habitude, il avait oublié quelque chose.

— Je parie que tu tiendras le rôle du prince, dit-il à Jory qui le toisa d'un air compatissant.

— Je crois que tu mourras idiot, papa ! Il n'y a pas de prince dans *Coppélia*. Je danse la plupart du temps dans le corps de ballet mais maman sera sensationnelle. Elle a composé elle-même la chorégraphie.

— Qu'est-ce que c'est que cette histoire ? s'exclama papa en foudroyant maman du regard. Tu sais très bien que tu ne dois pas danser, avec ton mauvais genou, Cathy ! Tu m'avais promis de ne plus jamais remonter sur les planches. Ce satané genou peut te lâcher à chaque instant. Encore une chute et tu risques de rester infirme jusqu'à la fin de tes jours.

— Rien qu'une dernière fois, fit-elle d'une voix suppliante, comme si c'était pour elle une question de vie ou de mort. Je tiens le rôle de la poupée mécanique et je reste assise dans un fauteuil. Il n'y a vraiment pas de quoi monter sur tes grands chevaux !

— Non ! rugit de nouveau papa. Si tu danses ce soir et que tu ne tombes pas, tu vas t'imaginer que ton genou est guéri, tu voudras recommencer et, un beau jour, tu seras définitivement estropiée. Une seule chute grave peut suffire pour que tu te casses la jambe, que tu te fractures le bassin ou la colonne vertébrale.

— Tu peux me réciter la liste de tous les os de mon corps, tu ne m'empêcheras pas ! vociféra-t-elle.

Moi, je réfléchissais à plein régime. Si elle se cassait quelque chose et qu'elle ne puisse plus jamais danser, elle serait forcée de rester à la maison. Avec moi.

— Franchement, Chris, tu te comportes parfois comme si j'étais ton esclave ! Regarde-moi ! J'ai trente-sept ans, et bientôt je ne pourrai plus danser du tout. Je veux me sentir utile à quelque chose, tout comme toi. Il faut que je danse — *rien qu'une fois encore!*

— Non! répéta-t-il, mais avec moins de fermeté. Si je cède, tu voudras recommencer...

— Ne compte pas sur moi pour t'implorer à genoux, Chris. Aucune de mes élèves n'est capable de danser ce rôle et je le tiendrai, que cela te plaise ou non.

Elle me regarda comme si elle se préoccupait plus de ce que je pensais que de ce qu'il pensait, lui. J'étais heureux. Vachement heureux. Parce qu'elle tomberait, y avait pas de problème! Je savais tout au fond de moi-même que je n'avais qu'à souhaiter qu'elle dégringole, et elle dégringolerait. Je serais dans la salle et je lui lancerais le mauvais œil. Alors, après, on jouerait ensemble. Je lui apprendrais à ramper et à flairer par terre comme un chien ou un Peau-Rouge.

— Je ne parle pas d'une petite entorse de quatre sous, Cathy, insista l'affreux mari. Toute ta vie, tu as martyrisé tes articulations, sans souci de la douleur. Il est temps que tu te rendes compte que le bien-être des tiens repose sur ta santé.

J'étais furieux qu'il ait encore oublié quelque chose. S'il n'était pas revenu, il n'aurait rien su. Maman n'avait même pas l'air étonnée. Pourtant, un docteur doit avoir une bonne mémoire, en principe! Elle lui tendit avec un sourire en coin son portefeuille qu'il avait laissé sur la table à côté de son assiette.

— C'est tous les jours pareil. Tu vas au garage, tu mets ton moteur en marche et tu t'aperçois brusquement que tu n'as pas ton portefeuille.

Le sourire qu'il lui rendit était tout aussi tordu.

— Mais bien sûr! Cela me donne un prétexte pour revenir et apprendre tout ce que tu te gardes bien de me dire.

Il glissa le portefeuille dans sa poche revolver.

— Je n'aime pas particulièrement te contrarier, Chris, mais il ne saurait être question que cette représentation soit médiocre. De plus, ce sera une occasion unique pour Jory de se produire en solo...

— Fais-moi pour une fois le plaisir de m'écouter, Cathy. On a radiographié ton genou. Tu sais que le cartilage est abîmé et tu souffres de douleurs chroniques. Cela fait des années que tu n'as pas dansé sur scène. Une douleur chronique est une chose, une douleur aiguë en est une autre. Est-ce cela que tu veux ?

— Tous les mêmes, les médecins ! railla-t-elle. À vous en croire, le corps humain est affreusement fragile. Mon genou me fait mal ? Bon, et alors ? Tous mes élèves se plaignent d'avoir des douleurs. Quand j'étais en Caroline du Sud, les danseurs se plaignaient pareillement. À New York et à Londres aussi. Mais qu'est-ce que la douleur pour une danseuse ? Rien, docteur. Absolument rien dont on ne puisse s'accommoder.

— *Cathy !*

— Cela fait plus de deux ans que mon genou me laisse à peu près tranquille. M'as-tu une seule fois entendue m'en plaindre ?

Papa, à ces mots, sortit à grands pas de la cuisine et se dirigea vers le garage. Elle se précipita en trombe derrière lui et je me mis à courir sur ses talons pour entendre la suite de la discussion avec le secret espoir qu'elle en sortirait victorieuse. Alors, je l'aurais pour moi tout seul.

Elle ouvrit la portière, monta dans l'auto et se jeta au cou de papa.

— Chris, ne sois pas en colère. Je t'aime, je te respecte et je te donne ma parole d'honneur que ce sera la dernière fois que je monterai sur scène. Je te jure que je ne danserai jamais plus.

Ils s'embrassèrent. J'avais jamais vu des gens qui s'embrassaient autant que ces deux-là. Puis elle s'écarta de lui et le regarda d'un air tendre en lui caressant la joue.

— C'est pour moi une chance unique de danser professionnellement avec le fils de Julian, chéri. Regarde comme Jory lui ressemble. J'ai spécialement écrit la chorégraphie d'un pas de deux. Je suis la poupée mécanique et Jory le soldat mécanique. C'est la meilleure chose que j'aie jamais faite. Je veux que tu sois dans la salle. Tu seras fier de ta femme et de ton fils. Et ne te fais pas de bile pour mon genou.

Elle l'embrassa encore. Il l'aimait plus que personne d'autre, c'était visible, plus que nous, et même plus que lui. L'imbécile ! Ce qu'il fallait être idiot pour aimer une femme autant que ça !

— Bon, d'accord, mais ce sera la dernière fois, dit papa. Ton genou ne pourra pas supporter de travailler ainsi pendant je ne sais combien d'années encore. Déjà, tu le mets trop à contribution pour tes leçons et cela risque de léser les autres articulations.

Elle tourna la tête et descendit de la voiture.

— Il y a longtemps, fit-elle sur un ton de tristesse profonde, Madame Marisha m'a dit que, sans la danse, ma vie perdrait tout son sens. Je lui ai répondu que ce n'était pas vrai. Je ne tarderai plus à savoir à quoi m'en tenir, maintenant.

Exactement ce qu'il fallait qu'elle dise pour donner une nouvelle idée à papa !

— Et ce livre que tu veux écrire, Cathy ? Tu en parles tout le temps. C'est le moment ou jamais de t'y mettre... (Son regard s'attarda longuement sur moi et c'était comme si j'étais aussi transparent qu'une vitre.) Bart, rappelle-toi que nous t'aimons tous beaucoup. Si jamais tu as de la colère contre quelqu'un ou quelque chose, tu n'as qu'à me le dire ou le dire à ta mère. Nous ne demandons qu'à t'écouter et à faire tout notre possible pour que tu sois heureux.

Heureux ? Je ne serais heureux que quand il serait sorti de la vie de maman. Que lorsqu'elle serait pour moi, rien que pour moi. Brusquement, je me rappelai le vieux... les deux vieux, plutôt. Ni l'un ni l'autre ne voulait qu'elle reste en vie... ni l'un ni l'autre. Et je désirais être comme eux, comme Malcolm, surtout. Alors, je fis semblant qu'il était dans le garage, attendant que papa s'en aille. Il aimait bien quand j'étais seul, quand j'étais triste, solitaire, méchant, en colère. D'ailleurs, il était justement en train de sourire.

Maman et Jory partirent peu après papa. Aussitôt, Emma me tomba sur le dos et commença à m'asticoter :

— Essuie donc ta lèvre, Bart, elle est pleine de sang. Pourquoi te mords-tu comme ça ? En général, les gens ne cherchent pas à se faire exprès du mal.

Elle me connaissait pas. Quand je me mordais la lèvre, je ne sentais rien. Et puis, j'aimais le goût du sang.

— Je vais te dire une bonne chose, Bartholomew Scott Winslow Sheffield : si tu étais mon fils, tu aurais le derrière qui te cuirait. Je crois que tu prends plaisir à tourmenter les gens et à faire toutes les méchancetés possibles uniquement pour te rendre intéressant. Pas besoin d'un psychiatre diplômé pour s'en apercevoir.

— Taisez-vous !

— Je t'interdis de crier comme ça. M'ordonner de me taire ! Je vous demande un peu ! Tu as dépassé les bornes. Tout ce qui arrive de mal dans cette maison, c'est ta faute. Tu as cassé la petite statuette à laquelle ta mère tenait tant. J'ai retrouvé les morceaux dans la poubelle, enveloppés dans un journal. Tu peux bien me regarder d'un air mauvais, tu ne me fais pas peur. C'est toi qui as étranglé le petit chien de ton frère avec un fil de fer. Tu devrais avoir honte. Tu es un méchant garçon, Bart, un détestable garnement. Pas étonnant que tu n'aies pas d'amis. Et je vais faire faire de sérieuses économies à tes parents en te flanquant une bonne fessée jusqu'à ce que tu en aies le derrière qui pèle. Tu ne pourras plus t'asseoir de quinze jours !

Quand elle s'avança, menaçante, je me sentis tout petit et impuissant. J'aurais voulu être n'importe qui de fort — n'importe qui sauf moi.

— Si vous me touchez, je vous tuerai ! laissai-je tomber d'une voix glacée.

Écartant les jambes, je m'appuyai des deux mains sur la table pour être bien en équilibre. Je bouillonnais de fureur. Maintenant, j'avais pris le coup pour me transformer en Malcolm et être assez féroce pour obtenir ce que je voulais, quand je voulais.

À présent, elle n'était plus aussi fière. Elle roulait de gros yeux et il y avait de l'effroi dans son regard. Je retroussai les lèvres.

— *Disparais avant que je ne perde mon sang-froid, femme!*

Elle recula sans dire un mot, puis se rua sur la porte pour aller prendre Cindy sous son aile protectrice.

J'attendis toute la journée. Pensant que j'étais dans ma cachette au milieu des broussailles, Emma laissa Cindy dans son bac à sable à l'ombre du gros chêne. Avec, en plus, un petit parasol.

Elle se mit à glousser quand elle me vit m'approcher en boitant, comme si elle trouvait ça rigolo et qu'elle pensait que je voulais seulement jouer. Ce sourire... elle essayait de m'enjôler! Elle était là, à moitié nue, sans rien d'autre qu'une petite jupette à rayures vertes et blanches. En grandissant, elle deviendrait belle et elle serait comme toutes les femmes perverses qui cherchent à séduire les hommes pour les conduire à leur perte. Et elle trahirait celui qui l'aimerait. Elle trahirait ses propres enfants. Mais... mais si elle était laide, quel homme voudrait d'elle? Alors, elle ferait pas de bébés. Voilà! Il fallait que je sauve ses enfants du mal qu'elle leur ferait plus tard. Sauver les enfants, c'était ça qui comptait!

— Barr-tee! chantonna-t-elle en s'asseyant avec les jambes croisées pour que je voie sa petite culotte en dentelle sous sa jupe. Tu fais joujou avec Cindy?

Elle me tendit ses menottes potelées. C'était les grandes manœuvres de la séduction! À deux ans et quelques mois, elle connaissait déjà toutes les ficelles!

— Cindy! (C'était Emma qui l'appelait de la cuisine mais j'étais accroupi et elle ne pouvait pas me voir derrière les buissons.) Ça va, Cindy?

— Cindy, elle fait un château de sable, répondit la petite comme pour me sauver la mise.

Et elle me tendit son seau et sa pelle.

Je serrai avec plus de force mon canif dans ma

poche et, avec un sourire qui la fit rire aux éclats, je m'approchai davantage, toujours en rampant.

— Tu veux qu'on joue au coiffeur?
Elle battit des mains.
— Oh, voui! Zoli, le coiffeur...
Ses cheveux blonds étaient doux et soyeux dans ma main. Elle pouffa quand je dénouai le ruban qui maintenait sa queue-de-cheval.

— Je te ferai pas mal, dis-je en lui montrant mon couteau à manche de nacre. Alors, crie pas. Reste tranquille jusqu'à ce que le coiffeur ait fini.

Ma liste de mots nouveaux était dans ma chambre. Fallait apprendre à les prononcer, à les épeler et les utiliser au moins cinq fois dans la journée. Et m'y mettre tout de suite.

Comminatoire. Pas de problème. Ça voulait dire : les faire filer doux.

Résipiscence. Là non plus, pas de difficulté. Ça signifiait que, tôt ou tard, ils s'écraseraient et que j'aurais le dessus.

Voluptueux. Un mot dégoûtant, celui-là. C'était lié à ce qu'on ressentait en tripotant les filles. Tourner le dos à tout ce qui était voluptueux.

J'en eus rapidement assez de ces grands mots que je devais emmagasiner pour me faire respecter. Assez de jouer à être Malcolm. L'ennui, c'était que je perdais ma réalité. J'étais plus tout le temps Bart. Et maintenant que Bart s'éloignait, il ne me paraissait soudain plus aussi lamentable ni aussi stupide qu'avant.

Je relus un passage du livre où Malcolm parlait d'un truc qui s'était produit quand il avait exactement mon âge. Il détestait les jolis cheveux blonds comme ceux de sa mère et de sa fille, mais sa petite « Corinne » n'existait pas encore quand il avait écrit ceci :

« Elle s'appelait Violette Blue et sa chevelure me rappelait celle de ma mère. J'avais ses cheveux en horreur. Nous allions à l'école du dimanche ensemble. J'étais installé derrière elle et j'avais sous les yeux ses cheveux qui, plus tard, feraient perdre la tête à un homme et la lui feraient désirer comme son amant avait désiré ma mère.

« Un jour, elle m'a souri, s'attendant à des compliments. Mais elle en a été pour ses frais. Je lui ai dit que ses cheveux étaient moches. À ma grande surprise, elle a alors éclaté de rire et m'a répondu : "Mais ils sont de la même couleur que les tiens." Le soir, je me suis rasé le crâne. Et, le lendemain, j'ai coincé Violette dans un coin. Quand elle est rentrée en larmes chez elle, elle était aussi chauve que moi. »

Les jolis cheveux blonds de Cindy volaient au vent. Elle pleurait dans la cuisine. Pas parce que je lui avais fait peur ni que je lui avais fait mal. C'était le cri qu'avait poussé Emma qui lui avait fait comprendre qu'il y avait quelque chose de pas naturel. Maintenant, ses cheveux étaient comme les miens. Courts, hérissés et moches comme tout.

LE BALLET D'ADIEUX

— Ah! Enfin, te voilà! s'exclama maman avec soulagement en me voyant entrer. C'était bon ce qu'il y avait pour le déjeuner?

Je lui répondis : « Excellent » mais elle était trop occupée par les détails de dernière minute pour prêter attention à mon laconisme. C'était toujours comme cela les jours de spectacle : classe le matin, répétition l'après-midi et, le soir, le grand jeu. Pas une minute à soi, on était intimement persuadé que la terre s'arrêterait de tourner si l'on ne dansait pas son rôle à la perfection.

— Le ballet a toujours été la passion de ma vie, tu sais, Jory, poursuivit-elle avec animation. (Nous partagions la même loge mais elle était derrière un paravent et nous ne nous voyions pas.) Mais ce soir, cela va être l'apogée parce que j'aurai mon propre fils pour partenaire. Je te connais, j'ai déjà souvent dansé avec toi. Mais ce ne sera pas un ballet comme les autres. Tu es maintenant assez bon danseur pour t'exhiber en solo. Aussi, je t'en conjure, Jory, fais de ton mieux pour que, au ciel, Julian soit fier de toi, son unique rejeton.

Bien sûr, je ferais de mon mieux. Je faisais toujours de mon mieux.

La rampe qui s'allume. L'ouverture qui s'achève. Le rideau qui se lève. Un temps de silence avant le prélude du premier acte. Notre musique à nous, qui nous emportait, maman et moi, dans le pays enchanté où tout pouvait arriver et où tout finissait toujours bien.

— Tu es formidable, maman! Tu es plus belle que toutes les autres danseuses!

Elle éclata d'un rire joyeux et me dit que je connaissais l'art de parler aux femmes.

— Maintenant, Jory, fais bien attention à la musique. Ne t'absorbe pas en comptant au point de l'oublier. La sentir est le meilleur moyen de capter sa magie.

J'étais tellement crispé, tellement tendu, que j'avais l'impression que j'allais exploser d'une seconde à l'autre.

— J'espère que mon père préféré est dans la salle.

Elle courut vers l'endroit d'où on pouvait voir sans être aveuglé par les projecteurs.

— Non, fit-elle, décontenancée, il n'est pas là. Et Bart non plus...

Je n'eus pas le temps de répondre car j'entendis la phrase musicale qui annonçait mon entrée en scène et je sortis des coulisses avec le reste du corps de ballet. Tout se passa à merveille. Sur son balcon, maman jouait le rôle de Coppélia, la ravissante poupée qui inspirait l'amour au premier regard tant elle paraissait vivante.

Mais à la fin de l'acte, elle était à bout de souffle. Elle avait caché à papa qu'elle incarnait aussi Swanhilda, la petite villageoise amoureuse de ce Franz qui était assez stupide pour s'éprendre d'une poupée mécanique. Deux rôles difficiles dont elle avait elle-même réglé la chorégraphie.

— Comment va ton genou ? lui demandai-je à l'entracte, car je l'avais vue grimacer une ou deux fois et j'étais inquiet.

— Très bien, répondit-elle sèchement tout en essayant de repérer papa et Bart au milieu du public. Pourquoi ne sont-ils pas là ? Si Chris n'assiste pas à ma représentation d'adieux, je ne le lui pardonnerai jamais !

Je les aperçus juste avant que commence le deuxième acte. Ils étaient au deuxième rang, et il était visible que Bart n'était pas là de son plein gré. La lippe boudeuse, il contemplait d'un air maussade le rideau qui se lèverait sur une vision de beauté et de grâce — et il ferait encore plus la tête.

Au troisième acte, nous dansions ensemble, maman et moi. Nous figurions des poupées mécaniques que faisait marcher la grosse clé fixée dans notre dos. Nous commençâmes à évoluer avec des mouvements saccadés, les articulations grinçantes. L'immense salle où le Dr Coppélius entreposait ses inventions était plongée dans une pénombre mystérieuse que l'éclat bleuté des projecteurs dramatisait encore. Maman avait des ennuis, c'était manifeste, mais elle ne fit pas un seul faux pas tandis que, collant au rythme de la musique, nous remontions les uns après les autres les jouets mécaniques qui, s'éveillant à la vie, venaient danser avec nous.

— Ça va, maman ? chuchotai-je à un moment où nous nous frôlions presque.

— Mais oui, fit-elle sans cesser de sourire.

Elle ne pouvait d'ailleurs pas faire autrement puisque son sourire était censé être peint sur son visage.

J'avais peur pour elle tout en admirant son courage. Je savais que Bart, dans la salle, nous regardait, qu'il nous trouvait idiots et qu'il était jaloux de notre aisance.

Brusquement, je devinai au sourire crispé de maman qu'elle avait terriblement mal. J'essayai de me rapprocher d'elle mais l'une des poupées-clowns était toujours dans mes pieds. L'inévitable allait se produire, j'en étais sûr.

Elle devait maintenant effectuer une série de pirouettes qui lui feraient faire le tour de la scène. Pour y arriver, il fallait qu'elle sache à quelle place exacte chacun se trouverait. Quand elle passa devant moi, je tendis les bras vers elle pour l'aider à garder son assiette avant qu'elle ne s'éloigne en tournoyant. Mon Dieu! je ne pouvais pas voir ça! Et puis, je compris que c'était gagné. Douleur ou pas, elle danserait sans tomber. Je bondis alors joyeusement dans les airs et me reçus un genou en terre pour proposer avec espièglerie le mariage à la poupée de mes rêves. Mon cœur cessa de battre : le ruban d'un des chaussons de maman s'était dénoué!

— Ton ruban, maman! lui criai-je pour dominer la musique. Attention au ruban de ton chausson gauche!

Mais elle ne m'entendit pas. Un des danseurs posa le pied sur le ruban défait. Arrêtée dans son élan, elle écarta les bras pour recouvrer son équilibre. Peut-être y serait-elle parvenue mais je vis son sourire en trompe-l'œil se muer en une muette grimace de douleur lorsque son genou céda. Et elle s'effondra. Au beau milieu de la scène.

Dans la salle, ce fut la panique. Les gens se levèrent pour mieux voir. Nous, les danseurs, nous continuions de danser tandis que le directeur prenait maman dans ses bras et la portait dans les coulisses. Le spectacle se poursuivit.

Enfin, le rideau descendit. Je me précipitai sans saluer, le cœur broyé d'angoisse, vers papa qui la maintenait pendant que des infirmiers l'auscultaient pour savoir si elle s'était cassé une jambe — ou les deux.

— J'ai été bonne, n'est-ce pas, Chris? lui demandait-elle en dépit de la souffrance qui la rendait livide.

Je n'ai pas gâché la représentation, hein ? Tu nous as vus, Jory et moi, dans notre pas de deux ?

— Oui, répondit papa en l'embrassant pendant qu'on l'allongeait sur un brancard. Vous avez été admirables tous les deux. Jamais tu n'avais aussi bien dansé — et Jory a fait une brillante prestation.

— Et, cette fois, je n'ai pas eu besoin de m'inonder les pieds de sang, murmura-t-elle en fermant les yeux avec lassitude. Il a seulement fallu que je me casse une jambe.

Ces derniers propos ne me paraissaient pas avoir beaucoup de sens et c'était maintenant l'expression de Bart qui retenait mon attention. Il dévorait maman des yeux et il avait l'air satisfait, presque exultant.

Retenant mes larmes, j'assistai au départ de l'ambulance dans laquelle papa avait pris place. Le père de Melodie me promit de me déposer à l'hôpital avant de reconduire Bart à la maison.

On l'avait bourrée de calmants et elle n'émergea que beaucoup plus tard de la torpeur où ils l'avaient plongée.

— On se croirait dans un jardin, murmura-t-elle à la vue des fleurs qui remplissaient sa chambre. (Elle adressa un pâle sourire à papa et nous tendit les bras.) Je sais que tu vas me dire que tu m'avais prévenue, Chris. Mais avant ma chute, j'ai bien dansé, n'est-ce pas ?

— C'est le ruban de ton chausson, intervins-je, prenant sa défense pour détourner la colère de papa. S'il ne s'était pas défait, tu ne serais pas tombée.

— Je ne me suis pas cassé la jambe, n'est-ce pas ?

— Non, ma chérie, répondit papa. Tu as juste quelques ligaments déchirés et des cartilages abîmés, mais le chirurgien a réparé ça.

Il s'assit sur le bord du lit et lui décrivit avec gravité les dégâts, qui étaient moins anodins qu'elle ne voulait le croire.

— Je ne comprends vraiment pas comment ce ruban a pu se dénouer, dit-elle pensivement.

Elle se tut, le regard perdu dans le vide.

— As-tu mal ailleurs ?

— Mais non, nulle part, répliqua-t-elle avec agacement. Où est Bart ? Pourquoi n'est-il pas venu avec vous ?

— Tu sais comment il est. Il déteste les hôpitaux et les gens malades autant qu'il déteste tout le reste ! Emma s'occupe de lui et de Cindy. Mais nous tenons à ce que tu rentres vite et, pour cela, il faut que tu fasses ce que ton chirurgien et les infirmières te diront de faire. Je te prie de ne pas faire ta tête de mule, de les écouter et de leur obéir.

— Mais qu'est-ce que j'ai ? s'enquit-elle, soudain alarmée.

Je l'étais, moi aussi, et je me raidis, pressentant une mauvaise nouvelle.

— Ton genou est sérieusement endommagé, Cathy. Je ne vais pas entrer dans les détails techniques mais tu vas être obligée de te déplacer dans un fauteuil roulant tant que ces ligaments déchirés ne se seront pas ressoudés.

— Un fauteuil roulant ! répéta-t-elle, atterrée. Mais qu'est-ce que j'ai au juste ? Tu ne me dis pas tout. Tu me caches quelque chose.

— Tu l'apprendras quand les médecins eux-mêmes sauront exactement où ils en sont mais une chose est sûre : tu ne pourras plus jamais danser. Ni faire des démonstrations devant tes élèves, ils sont formels. Plus question de danser, Cathy, pas même la valse.

Il avait parlé sur un ton ferme mais ses yeux disaient sa compassion et sa tristesse.

Maman était effarée. Elle n'arrivait pas à croire qu'une petite chute de rien du tout pût être si lourde de conséquences.

— Ne plus danser... plus du tout ?

— Plus du tout, répéta papa. Je suis navré, Cathy, mais je t'avais avertie. Réfléchis et fais le compte de toutes les fois où tu es tombée et où tu as forcé ce genou. Il n'est pas en béton, tu sais. Un jour ou l'autre, cela devait arriver. Tu auras même de la peine à marcher, désormais. Allez, vas-y... pleure un bon coup, ça fait du bien.

Elle pleura dans ses bras et moi, dans mon fauteuil, je pleurais aussi intérieurement, aussi consterné que si c'était moi qui avais perdu l'usage de mes jambes, moi à qui il serait dorénavant interdit de danser.

— Ne te tracasse pas, Jory, me dit maman avec un sourire qui manquait de conviction. Si je ne peux plus danser, je trouverai quelque chose de mieux à faire — encore que je me demande bien quoi !

UNE AUTRE GRAND-MÈRE

Au bout de quelques jours, maman allait beaucoup mieux et papa lui apporta une machine à écrire, une rame de papier crème et quelques autres accessoires. Il posa le tout sur la table à roulettes qu'il approcha du lit et lui adressa un de ses grands sourires aussi rayonnants qu'irrésistibles.

— C'est le moment ou jamais de terminer ce livre que tu as commencé il y a si longtemps, lui dit-il. Plonge-toi dans ton vieux journal intime et défoule-toi. Laisse-toi aller ! Et tant pis si cela fait mal à certains ! Bien fait pour eux ! Qu'ils souffrent comme tu as souffert, comme j'ai souffert. Envoie-leur aussi quelques estocades au nom de Cory et de Carrie. Et, pendant que tu y seras, en mon nom également, et au nom de Jory et de Bart, car eux aussi sont des victimes.

Je ne comprenais rien à ce discours.

Ils restèrent un long moment à se regarder en silence, puis maman prit avec réticence le vieux cahier que papa lui tendait. Quand elle l'ouvrit, je vis que les pages étaient remplies d'une grosse écriture de fillette.

— Je ne sais pas si c'est une très bonne idée, murmura-t-elle avec un regard bizarre. J'aurais l'impression de revivre tout cela une seconde fois. Toutes ces souffrances recommenceraient.

Papa secoua la tête.

— Il faut que tu fasses ce que tu crois devoir faire, Cathy. Ce n'était pas sans bonnes raisons que tu as commencé à tenir ton journal. Qui sait ? Peut-être es-tu bien partie pour te lancer dans une nouvelle carrière qui t'apportera plus de satisfactions que la première ?

Il me semblait impossible que l'écriture puisse remplacer la danse mais le lendemain, quand je vins lui rendre visite à l'hôpital, maman grattait furieusement le papier. Son expression était singulièrement intense et, en un sens, je l'enviais presque.

— Encore combien de temps ? demanda-t-elle à papa qui m'avait accompagné en voiture.

Nous étions tous réunis pour l'attendre, Emma avec Cindy dans les bras et moi qui tenais fermement Bart par la main. Papa souleva maman pour la faire sortir de la voiture et l'installa dans le fauteuil qu'il avait loué. Bart considéra celui-ci avec répulsion mais Cindy, pour qui la seule chose qui comptait était le retour de maman, hurlait des « Maman ! Maman ! » à s'écorcher le gosier. Bart, lui, se tenait à l'écart et la toisait comme si c'était une étrangère qui lui inspirait de l'aversion. Brusquement, il fit demi-tour sans même lui avoir dit bonjour.

Une expression de peine se peignit sur les traits de maman.

— Bart ! le rappela-t-elle. Ne t'en va pas sans me laisser le temps de te dire bonjour. N'es-tu pas heureux de me voir ? Tu ne peux pas savoir combien tu m'as manqué. Il est bien connu que tu as les hôpitaux en horreur mais j'aurais quand même aimé que tu passes me voir. Je sais aussi que la vue de ce fauteuil t'est désagréable mais ce n'est que provisoire. Et ma rééducatrice m'a montré que l'on peut faire des tas de choses quand on est assis...

Elle se tut car le regard mauvais dont Bart l'enveloppait lui faisait l'effet d'une douche froide.

— T'es drôle là-dedans, répliqua-t-il, les sourcils froncés. Je n'aime pas que t'es dans ce fauteuil !

Maman eut un rire qui sonnait faux.

— Franchement, je t'avouerai que ce n'est pas, pour moi non plus, le siège de mes rêves, mais je le quitterai dès que mon genou ira mieux. Ce n'est qu'un mauvais moment à passer. Allez, Bart, sois aimable avec ta maman. Je te pardonne de ne pas être venu me voir à l'hôpital mais je ne te pardonnerai pas de ne pas me montrer un peu d'affection.

Elle fit avancer son fauteuil mais Bart, le visage de bois, recula et cria :

— Non ! M'touche pas ! Si t'avais pas dansé, tu serais pas tombée. T'es tombée parce que tu ne voulais pas rentrer à la maison, tu ne voulais plus me voir. Tu m'en veux que j'aie coupé les cheveux de Cindy. Et c'est pour me punir si tu es dans ce fauteuil, t'en as pas besoin !

Et, pivotant sur ses talons, il se lança à l'assaut de l'escalier de la cour. À la troisième marche, il trébucha, s'étala, se releva et reprit sa course — pour entrer finalement en collision avec un arbre. Il poussa un cri. De là où j'étais, je voyais son nez en sang. Être empoté à ce point-là, c'était incroyable !

Papa poussa le fauteuil à l'intérieur.

— Ne t'en fais pas pour Bart, dit-il à maman sur les genoux de laquelle Cindy, ravie de se faire véhiculer, s'était juchée. Il reviendra plein de remords. Tu lui as beaucoup manqué, tu sais. Et le Dr Hermes, le nouveau psychiatre, trouve qu'il s'améliore et que son hostilité s'atténue.

Elle continua de caresser le casque de cheveux courts de Cindy qui, avec sa salopette, ressemblait plus à un petit garçon qu'à une petite fille malgré le ruban qu'Emma lui avait noué autour d'une maigre mèche. Papa avait sûrement dit à maman ce qu'avait fait mon frère car elle ne posa pas de questions.

Après le dîner, quand Bart fut couché, j'allai chercher un livre que j'avais oublié dans le salon mais j'entendis la voix de maman en passant devant « sa » chambre.

— Je ne sais vraiment pas quelle attitude adopter avec Bart, Chris, disait-elle. J'ai essayé d'être tendre et affectueuse — j'en ai été pour mes frais. Regarde ce qu'il a fait à Cindy, cette pauvre petite qui est incapable d'imaginer qu'on puisse lui faire du mal! L'as-tu fouetté? As-tu fait quelque chose pour le punir? Il ne manifeste aucun respect pour nous. Quelques semaines dans le grenier lui apprendraient peut-être l'obéissance?

Cela me porta un coup d'entendre maman tenir ce langage. J'étais si triste que je me dépêchai de regagner ma chambre et je me laissai tomber sur mon lit. Je promenai mes regards sur les affiches de Julian Marquet dansant avec Catherine Dahl en me demandant, et ce n'était pas la première fois, quel homme avait été mon véritable père. Avait-il aimé maman d'un amour ardent? Et elle? L'avait-elle aimé?

Et il y avait Papa Paul qui était arrivé après l'homme aux cheveux et aux yeux noirs? Bart était-il vraiment le fils du Dr Paul? Ou était-il... Je ne formulai pas la question jusqu'au bout : ce doute me faisait l'effet d'une trahison.

Je fermai les yeux. J'étouffais. Il y avait dans l'air une terrible tension — comme si une épée invisible était suspendue au-dessus de nos têtes.

Le lendemain, au début de la soirée, je fis irruption dans le bureau de papa pour vider mon cœur.

— Il faut absolument que tu fasses quelque chose au sujet de Bart, papa. Il me fait peur. On ne peut pas continuer à vivre avec lui dans cette maison, il est bien en train de devenir fou — s'il ne l'est pas déjà!

Il enfouit sa tête dans ses mains.

— Je ne sais pas quoi faire, Jory. Si nous devions le faire hospitaliser quelque part, ta mère en mourrait. Tu ne peux pas savoir par quoi elle est passée et je ne crois pas qu'elle serait capable d'en supporter davantage. Si elle était séparée de lui, ce serait le coup de grâce pour elle. Elle n'y survivrait pas.

— Nous la sauverons! répondis-je avec passion. Mais il faut empêcher Bart d'aller chez les gens d'à côté qui lui remplissent la tête de mensonges. Il y est tout le temps fourré, papa. La vieille dame le prend sur ses genoux et elle lui raconte des histoires qui le font se conduire étrangement quand il rentre. Tout ça, c'est sa faute à elle, la vieille dame en noir.

Il me dévisagea d'un air vraiment bizarre, c'était à croire que quelque chose que j'avais dit lui trottait dans la cervelle. Il avait comme toujours ses malades à aller voir mais, pour une fois, il appela l'hôpital et dit qu'il avait une urgence à la maison. Et ce n'était pas de la blague, ça non!

Un peu après le dîner, maman se retira dans sa chambre pour travailler à son livre. Cindy était au lit, Bart dans le jardin. Après avoir mis de gros chandails, nous sortîmes sans bruit, papa et moi, et nous nous dirigeâmes à travers le brouillard humide vers la gigantesque demeure dont la masse obscure avait quelque chose de spectral.

— Je suis le Dr Christopher Sheffield, dit papa dans la petite boîte noire. Je voudrais voir la propriétaire.

Au moment où les massives grilles de fer s'ouvraient silencieusement, il me demanda comment il se faisait que j'ignore comment s'appelait la vieille dame. Je haussai les épaules, manière de dire que, en ce qui me concernait, elle n'avait pas de nom et n'avait pas besoin d'en avoir un.

Arrivé devant la porte, papa actionna le marteau de cuivre. Au bout de quelques instants, un bruit de pas traînants nous parvint et John Amos Jackson nous fit entrer dans le vestibule.

— Madame se fatigue vite, dit-il. Veillez à ne rien lui dire qui puisse l'agiter.

Papa, plissant le front, examina d'un air perplexe l'homme chauve et dégingandé aux yeux creux et aux mains tremblantes qui, nous précédant, alla ouvrir une porte.

La dame en noir était assise dans son fauteuil à bascule.

— Pardonnez-moi de vous déranger, commença papa en entrant dans la pièce et en la scrutant d'un regard aigu. Je suis le Dr Christopher Sheffield, votre voisin. Vous connaissez déjà mon fils aîné, Jory.

Elle paraissait en proie à une vive tension. D'un geste embarrassé, elle nous invita à nous installer et nous nous assîmes avec hésitation car nous n'avions pas l'intention de nous attarder. Quelques secondes s'écoulèrent, qui me parurent durer des heures. Enfin, papa se pencha en avant et reprit la parole :

— Vous avez une demeure splendide. (Il balaya du regard les meubles luxueux et élégants, les tableaux qui ornaient les murs et murmura, presque comme s'il pensait tout haut :) J'ai une curieuse impression de déjà-vu.

La vieille dame inclina sa tête que dissimulait le voile noir et écarta les bras. On aurait dit qu'elle s'excusait de ne pouvoir répondre. Or, je savais qu'elle parlait l'anglais à la perfection. Pourquoi jouait-elle cette comédie ?

Elle gardait une immobilité de pierre. Seules ses mains aristocratiques, scintillantes de bagues, voletaient, frémissantes, étreignant le sautoir de perles caché, je le savais, sous sa robe noire. Elle se hâta de les serrer entre ses cuisses quand le regard de papa revint à elle.

— Vous ne parlez pas anglais ? lui demanda-t-il d'une voix étranglée.

Elle hocha vigoureusement la tête pour lui expliquer qu'elle le comprenait et il plissa le front, l'air à nouveau intrigué.

— Eh bien, pour en arriver à la raison de notre visite, Jory m'a dit que vous êtes très intime avec mon plus jeune fils, Bart. Il paraît que vous lui offrez des cadeaux de prix, que vous lui faites manger des sucreries entre les repas. Je suis au regret, madame... Madame?... (Il s'interrompit, attendant qu'elle lui donne son nom, mais comme rien ne venait, il enchaîna :) Quand il reviendra vous voir, je vous serais obligé de le renvoyer chez nous sans lui faire de gâteries. Il s'est très mal conduit et mérite d'être puni. Sa mère et moi ne pouvons admettre qu'une personne étrangère batte notre autorité en brèche.

Il s'efforçait tout en parlant d'apercevoir ses mains — qu'elle faisait de son mieux pour dissimuler.

Qu'est-ce que cela voulait dire? Pourquoi papa tenait-il à les voir? Étaient-ce ces pierres fabuleuses qui le fascinaient?

Et puis, comme il paraissait s'intéresser à une des toiles, les mains de la dame en noir réapparurent, toujours aussi agitées, pour monter à sa gorge, comme attirées par les perles invisibles. Papa tourna vivement la tête et, sautant du coq à l'âne, il nous prit de court, moi comme elle, en s'écriant :

— Ces bagues... ces bagues que vous avez aux doigts... je les connais!

Elle s'empressa de faire disparaître ses mains à l'intérieur de ses manches tandis que papa se levait d'un bond, vrillant ses yeux sur elle. Il embrassa une fois encore le somptueux salon du regard et quand il la dévisagea à nouveau, elle se recroquevilla sur elle-même.

— Le... summum... de ce que... l'argent... permet... d'acheter, dit-il d'une voix lente en détachant les mots avec une âpreté qui me médusa. Je dois être complètement bouché depuis quelque temps! Rien de trop beau pour l'élégante, pour la prestigieuse Mme Bartholomew Winslow! continua-t-il. Quelle légèreté de faire parade de ces bagues, madame Winslow! Sans elles, votre déguisement aurait peut-être eu quelque chance de me tromper, encore que j'en doute. Je ne connais que trop bien votre voix et vos tics. Vous avez beau vous affubler de ces sombres oripeaux, vos doigts affichent les symboles de votre condition. Avez-vous oublié ce que ces symboles ont fait de nous ? Pensez-vous que j'aie perdu le souvenir de ces jours interminables, tantôt étouffants et tantôt glaciaux, où nous crevions de solitude et où un collier de perles et ces mêmes bagues symbolisaient notre martyre ?

J'étais confondu, stupéfait. Jamais je n'avais vu papa aussi bouleversé. Il n'était pas d'une nature à perdre facilement contenance. Et qui était cette femme qu'il connaissait et que je ne connaissais pas ? Pourquoi l'avait-il appelée Mme Bartholomew Winslow — le nom de mon demi-frère ? Se pouvait-il vraiment qu'elle soit la grand-mère de Bart... et que Bart ne soit pas le fils du Dr Paul ?

— *Pourquoi ?* madame Winslow, *pourquoi ?* grondat-il. Vous vous imaginiez donc que vous pourriez vous cacher ici même et passer inaperçue ? Comment espériez-vous nous berner alors que tout — votre façon de vous asseoir, votre port de tête —, tout vous trahit ? Ne nous avez-vous pas fait suffisamment de mal comme cela, à Cathy et à moi ? J'aurais dû deviner que c'était vous qui étiez responsable du trouble qui s'est emparé de Bart, de son comportement bizarre. Qu'avez-vous fait à notre fils ?

— Notre fils ? Vous voulez dire *son* fils à elle, je suppose.

— Mère ! vociféra-t-il.

Et il me regarda aussitôt d'un air embarrassé.

Comme c'est prodigieux ! me dis-je en les regardant l'un après l'autre. Comme c'est étrange ! Sa mère était donc enfin sortie de l'asile et, en définitive, elle était bien la grand-mère de Bart. Mais pourquoi l'appelait-il Mme Winslow et la vouvoyait-il ?

— Ces bagues n'ont rien de tellement exceptionnel, monsieur, répliqua-t-elle enfin. Bart m'a dit que vous n'êtes pas son vrai père. Aussi, je vous prierais de quitter cette maison. Je vous promets que je ne le recevrai plus. Je ne suis pas venue ici pour lui nuire — ni à lui ni à personne.

J'eus l'impression qu'elle lançait à mon père un

regard d'avertissement et j'en déduisis qu'elle lui tendait une perche parce que j'étais là.

— Le petit jeu est fini, ma chère mère.

À ces mots, elle éclata en sanglots et cacha son visage dans ses mains mais papa demeura insensible à ses larmes :

— Quand vous a-t-on relâchée ?

— Cet été, murmura-t-elle en relevant la tête pour mieux plaider sa cause. Avant même de m'installer ici, j'avais chargé mes hommes d'affaires de tout faire pour vous aider, Cathy et vous, à acheter la propriété que vous choisiriez. Ils avaient pour consigne de préserver mon anonymat car je savais que vous refuseriez mon concours.

Papa se laissa tomber dans un fauteuil, les coudes sur les genoux, les épaules affaissées.

Pourquoi n'était-il pas heureux que sa mère soit sortie de son institution ? Elle habitait maintenant la porte à côté et il avait toujours voulu lui rendre visite. N'aimait-il pas sa propre mère ? À moins qu'il n'eût peur qu'elle ne redevienne folle d'un instant à l'autre ? Croyait-il que Bart avait peut-être hérité de sa démence ? Ou que c'était contagieux et qu'elle le contaminerait comme par une maladie physique ?

Papa releva la tête. Il était décomposé. Je ne lui avais jamais vu ces profonds sillons qui creusaient ses joues, des ailes du nez à la commissure des lèvres.

— En conscience, je ne peux pas vous appeler à nouveau mère, dit-il d'une voix dépourvue d'inflexion. Si vous nous avez aidés à acquérir le terrain sur lequel nous avons fait construire, je vous remercie. Dès demain, je mettrai la maison en vente et nous partirons, nous disparaîtrons, si vous refusez de déménager la première. Je ne vous laisserai pas détourner nos fils de leurs parents.

— Le pluriel est de trop.

— Les seuls parents qu'ils ont, riposta-t-il. J'aurais dû me douter que vous viendriez. J'ai téléphoné à votre médecin. Il m'a dit que vous aviez été libérée, mais sans me préciser quand ni où vous étiez allée.

— Mais où donc aurais-je pu aller, si ce n'est ici ? s'exclama-t-elle dans un gémissement pathétique en tordant ses mains flamboyantes de pierres. Je n'ai pas d'amis, Christopher, pas de famille, pas de foyer. (Chaque mot qu'elle prononçait, chacun des regards dont elle couvait papa était chargé d'amour — même moi, cela me sautait aux yeux.) Il ne me reste que toi, Cathy et les fils qu'elle a mis au monde — mes petits-enfants. Me les prendrez-vous aussi ? Chaque nuit, je demande à genoux à Dieu que vous me pardonniez, Cathy et toi, que vous m'accueilliez et que vous m'aimiez comme autrefois.

On aurait dit que papa était coulé dans le bronze, rien de ce qu'elle disait ne l'atteignait. Moi, j'étais au bord des larmes.

— Mon fils, mon fils chéri, prends-moi sous ton toit, dis-moi que tu m'aimes encore. Et si cela ne t'est pas possible, laisse-moi au moins vivre ici que je puisse voir mes petits-fils de temps en temps. (Elle ménagea une pause mais comme il demeurait silencieux, elle poursuivit :) J'espérais que tu pourrais être généreux si je faisais en sorte qu'elle ne sache jamais qui j'étais. Mais je l'ai vue, j'ai entendu sa voix. Et la tienne aussi. J'écoute, cachée derrière le mur, le cœur battant, déchirée de tristesse. Les larmes me brouillent les yeux sous l'effort que je fais pour me retenir de vous crier ma peine, de vous dire combien, ô combien je regrette !

Papa, muet et imperturbable, arborait son masque professionnel, impassible et détaché.

— Je donnerais avec joie dix ans de ma vie pour défaire le mal que j'ai fait, Christopher ! Et dix ans de plus, rien que pour m'asseoir à votre table et être fêtée par mes petits-fils !

Moi aussi, mes yeux étaient brouillés par les larmes et je souffrais pour la mère de mon père tout en me demandant pourquoi maman et lui la haïssaient.

— Christopher, Christopher, ne comprends-tu donc pas pourquoi je m'affuble de ces nippes ? Si je dissimule mon visage, mes cheveux, ma silhouette, c'est pour qu'elle ne se doute de rien. Mais je ne cesse de prier, d'espérer que, tôt ou tard, vous me pardonnerez. Je t'en supplie, accepte-moi à nouveau comme ta mère! Si tu le fais, peut-être en ira-t-il de même pour elle!

Comment pouvait-il ne pas avoir pitié d'elle? Pourquoi ne pleurait-il pas comme je pleurais?

— Cathy ne vous pardonnera jamais, laissa-t-il tomber d'une voix sans timbre.

— Alors, toi, tu me pardonneras? s'écria-t-elle avec une étrange allégresse. S'il te plaît, dis-le... dis-moi que tu me pardonnes!

J'attendis en tremblant qu'il réponde.

— Comment le pourrais-je, mère? Ce serait trahir Catherine, et je ne la trahirai jamais. Ensemble, nous faisons face, ensemble nous tomberons, sans cesser un seul instant de croire que nous avons fait ce que nous devions. Rien de ce que vous pouvez dire ou faire ne ressuscitera les morts. Et chaque jour, votre présence perturbe un peu plus Bart. Vous rendez-vous compte qu'il représente un danger pour Cindy, notre fille adoptive?

— Non! (Elle secoua si violemment la tête que ses voiles en frémirent.) Jamais Bart ne ferait de mal à sa sœur.

— Croyez-vous? Il lui a coupé les cheveux avec un couteau, madame Winslow. Et il est aussi une menace pour sa mère.

— Non! s'exclama-t-elle sur un ton encore plus véhément. Bart l'aime! Je le gâte un peu parce que tu es trop absorbé par ton travail pour t'occuper de lui autant qu'il le faudrait. Tout comme sa mère est trop prise par ses activités pour se soucier de savoir s'il reçoit suffisamment d'amour. Mais moi, je suis attentive à ses besoins. J'essaie de remplacer les amis de son âge qu'il n'a pas. Et si quelques confiseries, quelques petits cadeaux lui font plaisir, où est le mal?

Papa se leva et me fit signe d'en faire autant. J'obéis

et m'approchai de lui. Il contempla sa mère avec compassion.

— Il est vraiment dommage que vous soyez venue trop tard pour essayer de racheter tout le mal que vous avez fait. À une époque, le moindre mot gentil m'aurait touché. Aujourd'hui, votre seule présence montre à quel point il vous est indifférent de nous faire à nouveau souffrir, ce qui ne manquera pas de se produire si vous restez.

— Je t'en prie, Christopher, l'implora-t-elle, vous êtes ma seule famille, personne d'autre ne se soucie que je vive ou que je meure. Ne me refuse pas ton amour, cela détruirait la meilleure part de toi-même, celle qui te fait tel que tu es. Tu as toujours été différent de Cathy. Tu as toujours su me conserver un peu de ton amour. Continue, Christopher, car en t'y accrochant farouchement, tu aideras peut-être Cathy à en trouver un peu pour moi aussi. Ou, tout au moins, corrigea-t-elle d'une voix sourde, hachée de sanglots, à trouver la force de me pardonner, car je reconnais que j'aurais pu être une meilleure mère pour mes enfants.

Cette fois, ses paroles parurent toucher papa, mais il se reprit instantanément :

— C'est d'abord et avant tout à Bart que je dois songer. Il n'a jamais eu beaucoup confiance en lui et tout ce que vous lui racontez le trouble au point de lui donner des cauchemars. Laissez-le tranquille. Laissez-nous en paix ! Nous vous avons jadis donné à de nombreuses reprises l'occasion de prouver que vous nous aimiez. Même après notre évasion, vous auriez pu, en répondant à la convocation du juge, nous épargner la souffrance d'avoir à constater que vous ne nous aimiez pas suffisamment pour vous manifester et vous intéresser si peu que ce fût à notre sort. Disparaissez donc ! Et laissez-nous, Cathy et moi, vivre la vie que nous avons eu tant de peine à édifier.

Elle se mit debout à son tour et, rigide, souleva avec une lenteur calculée le voile qui cachait ses traits. Je sursautai. Papa aussi. Je n'avais jamais vu une femme à la fois aussi horrible et aussi belle. Son visage était couturé de cicatrices. Ses cheveux blonds étaient striés de gris. Avant, je brûlais de curiosité, j'étais avide de voir ce que dissimulait son voile. Maintenant, je regrettais qu'elle l'ait ôté.

Papa baissa la tête.

— Était-il vraiment nécessaire de faire cela ?

— Il le fallait, répondit-elle. Je voulais que tu saches ce que j'ai fait pour ne plus ressembler à Cathy. (Elle désigna du doigt son fauteuil à bascule.) Tu vois ce fauteuil ? J'ai le même dans chaque pièce de cette maison. (Elle désigna de la main les sièges garnis de coussins moelleux.) Je n'utilise que ces inconfortables et durs fauteuils de bois pour me punir. Je ne porte que ces oripeaux noirs. Les murs sont garnis de miroirs pour que je puisse me voir telle que je suis, laide et vieille. Je veux souffrir pour expier le mal que j'ai fait à mes enfants. Ce voile, je le hais, mais je ne m'en défais pas. Il m'empêche de bien voir mais cela aussi, je le mérite. Je fais de mon mieux pour créer à mon propre usage un enfer semblable à celui auquel j'ai condamné la chair de ma chair, le sang de mon sang, et je persiste à croire qu'un jour viendra où Cathy et toi vous vous rendrez compte des efforts auxquels je m'astreins pour racheter mes fautes. Alors, vous me pardonnerez, vous me reviendrez, et nous serons à nouveau une famille unie. Dès lors, je pourrai mourir en paix.

— Oh ! m'exclamai-je impulsivement, je vous pardonne tout ce que vous avez fait ! Ça me fait du chagrin que vous soyez forcée de vous habiller tout le temps en noir avec un voile sur la tête ! (Me tournant vers papa, je le tirai par la manche :) Dis-lui que tu lui pardonnes, papa. Elle a assez souffert comme ça, ne la fais pas souffrir davantage. C'est ta mère, après tout ! Moi, je pardonnerais toujours à maman, quoi qu'elle puisse faire !

Il n'eut pas l'air de m'avoir entendu.

— Vous avez toujours eu l'art de nous convaincre d'en passer par vos volontés. (Jamais il n'avait parlé avec autant de dureté.) Mais je ne suis plus un petit garçon. Je suis maintenant capable de résister à votre rouerie parce que j'ai une femme qui ne m'a jamais abandonné dans des circonstances graves. Elle m'a appris à ne plus être aussi crédule que je l'étais. Vous voulez mettre la main sur Bart parce que vous estimez qu'il aurait dû être à vous. Mais inutile d'y songer : il est à nous. Je pensais que Cathy avait eu tort de vouloir vous voler Bart Winslow pour se venger mais elle a eu raison. Elle a fait ce qu'elle devait faire. Et nous avons ainsi deux fils au lieu d'un.

— Je suis sûre, Christopher, que tu ne tiens pas à ce que l'on sache que tu vis dans l'opprobre, n'est-ce pas ?

Elle paraissait aux abois.

— À opprobre, opprobre et demi, répliqua-t-il sèchement. En nous dénonçant, vous vous dénonceriez vous-même. Et n'oubliez pas que nous n'étions que des enfants à l'époque. À qui irait l'indulgence d'un juge ou d'un jury, selon vous ? À vous ou à nous ?

— Dans ton propre intérêt, Christopher, rends-moi ton amour ! l'adjura-t-elle tandis que nous nous dirigions vers la sortie, papa et moi. (Il devait me pousser, car je résistais tant la détresse de sa mère me bouleversait.) Permets-moi de me racheter, je t'en supplie !

Il se retourna, rouge d'indignation.

— Je ne peux pas vous pardonner ! Vous ne pensez qu'à vous, comme vous l'avez toujours fait. Je ne vous connais pas, madame Winslow. Et je regrette de vous avoir connue !

— Christopher, insista-t-elle d'une voix cassée, à peine audible, quand vous m'aimerez à nouveau, Cathy et toi vous aurez une existence plus agréable, et vos enfants aussi. Je pourrais tellement vous aider si vous m'ouvriez les bras.

— De l'argent ? fit-il, méprisant. Alors, maintenant, c'est au chantage que vous avez recours ? Nous en avons suffisamment et nous sommes heureux comme nous sommes. Nous avons réussi à survivre et à aimer sans avoir besoin d'assassiner personne pour cela.

Quoi ? Elle avait assassiné quelqu'un ?

Papa me prit par la main et m'entraîna.

— J'ai eu l'impression de sentir l'odeur de Bart dans la pièce, lui dis-je, une fois dehors. Peut-être qu'il était caché et qu'il écoutait. Il était là, j'en suis sûr.

— Bon, fit-il avec lassitude. Retournes-y et ramène-le.

— Pourquoi est-ce que tu ne lui pardonnes pas, papa ? Je crois qu'elle regrette trop sincèrement ce qu'elle a fait pour que tu lui en veuilles tant — et puis c'est ta mère. (Je le tirai par la manche et le regardai en souriant. Je voulais qu'il vienne avec moi et qu'il lui dise qu'il l'aimait.) Qu'est-ce que ce serait chouette d'avoir mes deux grand-mères pour Noël, tu ne trouves pas ?

Il secoua la tête et s'éloigna, me laissant rebrousser chemin tout seul, mais il se retourna après avoir fait quelques pas.

— Jory, il faut que tu me promettes de ne pas parler à ta mère de ce qui s'est passé.

Je le lui promis à contrecœur. Tout cela ne me disait rien qui vaille. Je ne savais pas si ce que j'avais entendu était toute la vérité ou seulement une partie d'une vieille histoire, d'un secret entre papa et maman sur lequel ils avaient toujours gardé le silence. J'aurais voulu le rattraper pour lui demander pourquoi il haïssait tellement sa mère mais son expression m'incitait à ne pas insister. Et, en un sens, je préférais ne pas en savoir davantage.

— Si Bart est là, ramène-le à la maison, et qu'il regagne discrètement sa chambre. Et, pour l'amour du ciel, Jory, pas un mot à ta mère à propos de cette femme. Fais-moi confiance. Elle partira et tout sera à nouveau comme avant.

Je le croyais parce que j'étais comme ça et pourtant j'avais de la peine pour sa mère. C'était à lui que devait aller ma loyauté, pas à elle. Mais je ne pus m'empêcher de lui poser la question qui me brûlait les lèvres :

— Papa, qu'est-ce que ta mère a fait pour que tu la détestes à ce point-là ? Et, si tu la détestes, pourquoi as-tu toujours tenu à lui faire des visites alors que maman ne le voulait pas ?

Ses yeux se perdirent dans le vague et quand il répondit, ce fut d'une voix qui paraissait venir de très loin :

— Je crains fort que tu ne saches bientôt toute la vérité, Jory. Laisse-moi le temps de trouver les mots qui conviennent. Tu auras toutes les explications. Ta mère et moi avons toujours eu l'intention de te les donner, crois-moi. Nous voulions seulement attendre que Bart soit assez grand. Quand tu connaîtras notre histoire, je pense que tu comprendras comment je peux à la fois aimer et haïr ma mère. C'est triste à dire mais il y a beaucoup d'enfants qui éprouvent des sentiments contradictoires envers leurs parents.

Ce n'était peut-être pas agir en homme, mais je me jetai dans ses bras et le serrai très fort. Je l'aimais et si ce n'était pas viril, ça non plus, au diable la virilité !

— Ne t'inquiète pas pour Bart, papa. Je le ramènerai, pas de problème.

Je me faufilai entre les grilles juste avant qu'elles se referment avec un déclic feutré.

Maintenant, c'était le silence. Je n'avais encore jamais vu un endroit aussi vaste et où régnait un si profond silence. Je tressaillis et courus me cacher derrière un arbre : John Amos sortait de la maison en tenant Bart par la main.

— À présent, tu sais ce que tu dois faire, n'est-ce pas ?

— Oui, monsieur, répondit Bart d'une voix monocorde comme s'il était en transe.

— Tu sais ce qui arrivera si tu ne fais pas ce que je te dis de faire, hein ?

— Oui, monsieur. Des choses mauvaises pour tout le monde, même pour moi.

— Oui, des choses mauvaises que tu regretteras.

Il faisait siffler les *s* en parlant.

— Des choses mauvaises que je regretterai.
— « Par la faute de la femme, l'homme est né dans le péché... »
— « Par la faute de la femme, l'homme est né dans le péché... »
— « Et ceux qui sont cause de scandale... »
— Souffriront.
— Et comment souffriront-ils ?
— De toutes les manières, par tous les moyens, c'est par la mort qu'ils seront rachetés.

À plat ventre par terre, je n'en croyais pas mes oreilles. Qu'est-ce que cet homme faisait à Bart ?

Ils étaient maintenant trop loin pour que j'entende. J'eus juste le temps d'apercevoir mon frère en train de disparaître de l'autre côté du mur. J'attendis que John Amos eût réintégré la demeure et allumé dans les pièces.

Brusquement, je me rendis compte que Pomme n'avait pas aboyé. Pourtant, un chien de son âge aurait dû donner de la voix pour prévenir qu'il y avait un étranger qui rôdait dans les environs. J'entrai furtivement dans l'écurie mais quand je l'appelai, il ne vint pas me lécher la figure en remuant la queue. Je l'appelai une seconde fois, plus fort, sans plus de succès. Il y avait une lampe à pétrole accrochée à côté de la porte. Je l'allumai et la dirigeai vers la stalle où dormait Pomme.

Je poussai un cri étranglé. Oh non ! non !

Qui pouvait avoir eu la cruauté de faire crever de faim un chien pareil ? Qui avait pu planter une fourche dans ce pitoyable sac d'os ? Sa somptueuse fourrure était couverte de sang qui, en séchant, avait pris la couleur de la rouille. Je me précipitai dehors pour vomir.

Une heure plus tard, papa et moi creusâmes une fosse et enterrâmes un chien mort avant d'être devenu adulte. Nous savions tous les deux qu'« ils » enfermeraient Bart si jamais cela se savait.

— Ce n'est peut-être pas lui, dit papa quand ce fut terminé. Je n'arrive pas à croire qu'il ait pu faire cela.

Moi, j'étais prêt à croire n'importe quoi, maintenant.

Il y avait une vieille femme dans la maison d'à côté.
Elle portait toujours des haillons noirs et un voile noir sur la tête.

Elle était deux fois la belle-mère de maman, deux fois haïe, et bien davantage.

Et j'en étais réduit aux conjectures. Qu'avait-elle fait à mes parents ? Papa m'avait promis qu'il m'expliquerait tout mais il ne l'avait pas encore fait. Pourtant, j'avais entrevu l'ébauche d'une solution. Me laissant emporter par mes émotions, un court instant je m'étais dit qu'elle était aussi ma grand-mère à moi puisque, dans le fond de mon cœur, je considérais Chris presque comme mon vrai père.

Mais, en réalité, c'était Bart qui était le fils de Paul et je savais pourquoi sa grand-mère tenait si fort à lui, et pas à moi. J'étais le petit-fils de Madame Marisha exactement comme il était son petit-fils à elle. Ils étaient liés par le sang : voilà pourquoi ils s'aimaient tellement, tous les deux. Et je regrettais de n'être que le petit-fils par raccroc de cette femme si mystérieuse et si touchante qui s'imposait volontairement des souffrances pour expier ses fautes. Il fallait que je veille davantage sur Bart — que je le protège, que je le guide, que je le maintienne sur le droit chemin.

Pris d'une soudaine et irrésistible impulsion, je me levai pour aller voir ce qu'il faisait. Il dormait, couché en chien de fusil, le pouce dans la bouche. On aurait dit un bébé — un petit garçon qui restait éternellement dans mon ombre, qui s'efforçait de faire ce que je faisais à son âge sans jamais y parvenir. Il n'avait pas marché plus tôt, pas parlé plus tôt et il avait déjà presque un an quand il avait eu son premier sourire. Comme s'il avait su en naissant qu'il était voué à être le numéro deux. Il avait maintenant trouvé la seule personne au monde prête à lui donner la première place. Et j'étais content qu'il eût sa vraie grand-mère à lui.

Pourtant... pourtant, il manquait des morceaux au puzzle.

John Amos Jackson... Que venait-il faire dans tout ça ? Pourquoi une grand-mère aimante, une mère dont le plus cher désir était de retrouver son fils, la femme de son fils et son petit-fils avait-elle près d'elle ce vieux et affreux bonhomme ?

ET TA MÈRE HONORERAS

Il prenait même pas la peine de se retourner. Il croyait que je dormais bien sagement dans mon petit lit où que c'est qu'ils voulaient que je reste tout le temps. Mais je l'avais vu quitter la maison, papa. Est-ce qu'il allait voir ma grand-mère ? J'aimerais qu'ils la laissent tous tranquille, comme ça elle serait à moi tout seul comme avant.

Pomme était parti. Parti là où s'en vont les petits chiens et les poneys. « Il y a un grand pâturage dans le ciel », il m'avait dit, John Amos, en me regardant pensivement de ses yeux pâles et luisants comme si c'était moi qui avais planté la fourche dans le corps de Pomme.

— Vous avez vu Pomme mort ? Vraiment mort ?
— Raide mort.

Je me glissai le long des sentiers tortueux de la jungle qui me menaient droit à l'enfer. Plus bas, toujours plus bas. Des cavernes et des ravins et des fossés profonds. Et, tôt ou tard, on arrive à la porte. La porte rouge. La porte de l'enfer est sûrement rouge. À moins qu'elle soit noire.

Les grilles noires, les grilles magiques, s'ouvrirent toutes grandes devant papa. Elle le voulait. Un fils qui mettait sa mère chez les fous ! Bravo ! Et après, ce serait moi qu'il enfermerait dans un de ces drôles d'endroits où on attache les gens dans des camisoles de force. Je savais pas trop ce que c'était, des camisoles de force, sauf que ça devait être terrible.

Les grilles se refermèrent avec un claquement métallique. Maman était dans sa chambre à taper sur sa machine à écrire comme si c'était aussi important pour elle que de danser. Cela n'avait pas l'air de la tracasser d'être dans un fauteuil roulant, elle paraissait s'en moquer complètement, excepté quand Jory faisait jouer sa musique de ballet. Alors, elle levait la tête, elle se mettait à regarder dans le vide et elle battait la mesure avec ses pieds.

— Qu'est-ce que ça veut dire « complexe », maman ? je lui avais demandé, un jour qu'elle disait que Jory avait la concentration nécessaire pour apprendre rapidement des pas *complexes*.

— Compliqué, elle avait répondu.

Exactement comme un dictionnaire.

Des dicos, y en avait plein partout. Des petits, des moyens, et même un gros ventru qu'était posé sur une espèce de pupitre qui tournait.

Fallait que je fasse faire des choses *complexes* à mes pieds. J'essayai tout en pistant papa qui regardait jamais derrière lui. Moi je me retournais tout le temps, je regardais à gauche, je regardais à droite, j'étais toujours sur le qui-vive. Saloperie de lacet ! Ouille ! Encore un coup, je me suis cassé la figure. S'il m'a entendu faire « ouille », il a pas tourné la tête. Bien... je devais agir en secret comme un espion. Ou comme un voleur. Un voleur de bijoux. Les dames riches ont des bijoux en pagaille. Faudrait que je profite pour m'entraîner qu'elle tienne la jambe à son fils ; elle arrêterait pas de chialer et de lui demander pardon, aie pitié de moi, reprends-moi et aime-moi comme avant. Ce que ça pouvait être la barbe ! Je l'aimais plus tellement, papa, maintenant. J'en étais revenu au point où j'étais avant qu'il les ait empêchés de m'amputer de la jambe. Il essayait de chasser ma seule et unique grand-mère, le salaud.

— Où vas-tu, Bart ?

C'était John Amos qui avait brusquement surgi du néant. Ses yeux brillaient dans le noir.

— Ça ne vous regarde pas !

J'avais dit ça sur le ton sec que Malcolm aurait employé. J'avais son journal serré contre ma poitrine, sous ma chemise. Sa reliure rouge me collait à la peau.

— Ton père est là. Il parle avec ta grand-mère. Entre et fais ton travail. Tu me répéteras mot pour mot tout ce qu'ils se seront dit. Tu m'entends ?

Si je l'entendais ? C'était lui qui avait besoin d'un appareil, pas moi. Autrement, il aurait lui-même collé son oreille au trou de la serrure. Mais il ne pouvait que regarder ; il était dur de la feuille.

— Bart ! M'as-tu entendu, oui ou non ? Qu'est-ce que tu fais sur cet escalier ?

Je me retournai. Sur la cinquième marche, j'étais plus grand.

— Vous avez quel âge, John Amos ?

Il haussa les épaules, l'air hargneux.

— Pourquoi veux-tu le savoir ?

— J'ai jamais vu personne d'aussi vieux que vous, c'est tout.

— Le Seigneur punit ceux qui manquent de respect à leurs aînés.

Quand il grinçait des dents, ça faisait comme des assiettes qui s'entrechoquent.

— Comme ça, je suis plus grand que vous.

— Je mesure — ou, plutôt, je mesurais — un mètre quatre-vingts. Une taille que tu n'atteindras jamais, mon garçon, sauf à rester éternellement planté en haut des marches.

Je plissai les paupières et fis mes yeux mauvais à la Malcolm.

— Un jour, John Amos, j'aurai une tête de plus que vous. Et vous m'implorerez à genoux. Monsieur, monsieur, s'il vous plaît, laissez-moi débarrasser le grenier des souris qui y grouillent, vous direz. Et moi je vous répondrai : Comment que je saurai si vous méritez ma confiance ? Alors, vous direz : Je marcherai dans vos pas et je vous suivrai même jusqu'à la tombe.

Il eut un sourire en dessous.

— Tu es en train de devenir aussi malin que ton arrière-grand-père Malcolm, Bart. Cela dit, si tu as des projets, remets-les à plus tard et va voir ce que fait ton père. Il est déjà en grande conversation avec ta grand-mère. Et rappelle-toi chacun des mots qu'ils prononceront pour me les répéter.

Comme un espion, je rampai derrière un joli paravent chinois. De là, il était facile de rejoindre en douce ma cachette à l'abri des palmiers en pots.

Ils étaient là tous les deux et c'était comme d'habitude : grand-mère suppliait papa et papa l'envoyait sur les roses. Je m'installai confortablement avant de sortir mon tabac pour m'en rouler une. Fumer facilitait la vie quand elle était assommante comme maintenant. J'avais rien d'autre à faire que d'écouter.

Papa avait un costume gris clair qui lui allait drôlement bien. J'aimerais être pareil que lui quand je serai grand mais je ne lui ressemblerai pas. J'étais pas beau comme lui. Je soupirai. Ce que j'aurais voulu être son vrai fils !

— Madame Winslow, disait-il, vous m'avez promis de partir mais vous n'avez pas encore préparé une seule malle. Dans l'intérêt de Bart, dans l'intérêt de Jory pour qui vous prétendez avoir aussi de l'affection et, surtout, dans l'intérêt de Cathy, allez-vous-en. Installez-vous à San Francisco. Ce n'est pas bien loin. Je vous jure que j'irai vous voir chaque fois que je le pourrai. Je m'arrangerai et Cathy ne se doutera jamais de rien.

Quelle barbe ! Si seulement il changeait de disque de temps en temps ! Pourquoi est-ce qu'il attachait tant d'importance à ce que ma maman pouvait dire de sa mère ?

— Oh ! Christopher ! sanglota la grand-mère en se tamponnant les yeux avec un de ses mouchoirs en dentelle. Je voudrais tant que Cathy me pardonne et que vous me fassiez une petite place dans votre vie ! Si je reste, c'est parce que j'espère qu'elle finira par se rendre compte que je ne suis pas venue dans l'intention de vous nuire mais uniquement pour vous donner ce que je puis vous donner.

Papa eut un sourire amer.

— Je suppose que c'est encore à des choses matérielles que vous faites allusion. Ce n'est pas ce dont un enfant a besoin. Cathy et moi avons fait l'impossible pour que Bart se sente entouré, aimé et désiré. Mais il ne semble pas comprendre sa relation à moi. Il ne s'appréhende pas. Il ne sait ni ce qu'il est, ni qui il est, ni où il va. Il n'a pas, comme Jory qui veut devenir danseur, un projet pour l'avenir. Pour le moment, il essaie de se trouver en tâtonnant et vous ne l'aidez en rien. C'est un enfant introverti, secret, il est fermé à clé. Il a une adoration pour sa mère et, en même temps, il se méfie d'elle. Il la soupçonne d'aimer plus Jory que lui. Il sait que Jory est beau, qu'il a du talent et, surtout, qu'il est doué. S'il se confiait à nous ou à son psychiatre, il serait possible de l'aider. Mais non, il ne se livre pas.

Je dus essuyer une larme qui me coulait sur la joue. C'était dur de l'entendre expliquer ce que j'étais, et encore plus ce que j'étais pas.

— Entendez-vous ce que je vous dis, madame Winslow? continua-t-il en faisant la grosse voix. Bart n'aime pas son image qui est seulement le reflet de ses lacunes — pas de talent, pas de grâce, pas d'autorité. Alors, il s'identifie à ce qu'il lit dans les livres, à ce qu'il voit à la télévision quand ce n'est pas aux animaux. Parfois il est un loup, un chien, un chat.

— Mais pourquoi? lui demanda-t-elle plaintivement.

— Vous ne devinez pas? Jory a toute une collection de photos de son père. Bart n'en a pas une seule du sien.

Elle se raidit et s'écria avec emportement :

— Et pourquoi en aurait-il? Est-ce ma faute si mon second mari n'a pas jugé bon de donner de photo de lui à sa maîtresse?

J'étais abasourdi. *Qu'est-ce que ça signifiait?* Oui, bien sûr, John Amos m'avait raconté des histoires invraisemblables, mais j'avais cru qu'ils les avait inventées comme j'en inventais, moi aussi, pour chasser les idées noires. Est-ce que c'était vraiment vrai que ma propre mère avait été assez méchante pour séduire le second mari de ma grand-mère? Est-ce que j'étais réellement le fils de cet avocat qui s'appelait Bartholomew Winslow?

Papa avait à nouveau son drôle de sourire.

— Peut-être votre bien-aimé Bartholomew a-t-il pensé qu'elle n'avait pas besoin de son portrait puisqu'elle avait déjà l'original en chair et en os dans sa maison et dans son lit. Elle lui avait annoncé avant sa mort qu'elle attendait un enfant de lui et je ne doute pas un seul instant qu'il aurait demandé le divorce pour en être le père et conserver Cathy.

J'étais atterré par ce que j'entendais. Mon pauvre papa qui était mort dans l'incendie de Foxworth Hall! Oui, John Amos était un vrai ami, le seul qui me traitait comme une grande personne et qui me disait la vérité. Et Papa Paul dont la photo était posée sur ma table de nuit, c'était jamais qu'un autre beau-père comme Christopher. Je pleurais à l'intérieur d'avoir perdu un autre papa. Mes regards allaient de l'un à l'autre et j'essayais très fort de savoir ce que je sentais pour eux — et pour maman. Des parents, ça a pas le droit de démolir la vie des petits bébés qui ne sont même pas encore nés. Ils avaient tellement démoli la mienne que je ne saurais jamais qui j'étais vraiment.

Je regardai avec espoir ma grand-mère qui avait l'air d'être très secouée par ce que son fils avait dit. Ses mains blanches voletèrent jusqu'à son front qui brillait de sueur pour le masser comme si elle avait mal à la tête.

— Très bien, Christopher, finit-elle par dire alors que je pensais qu'elle n'arriverait jamais à trouver ses mots. Tu as lâché ce que tu avais sur le cœur. À mon tour de parler. Quand il aurait été placé devant l'ultimatum — Cathy et l'enfant dont elle était enceinte, ou moi et ma fortune —, Bart serait resté avec moi, sa femme légitime. Peut-être l'aurait-il gardée comme maîtresse jusqu'à ce qu'il soit fatigué d'elle mais il aurait trouvé un moyen légal de conserver l'enfant. Et alors, mon mari aurait effacé Cathy de sa vie et il se serait accroché à son fils. Je sais qu'il ne m'aurait pas laissée, quitte à se précipiter de temps à autre sur une jolie fille passant à sa portée.

Mon papa, mon papa pour de vrai aurait donc fini par jeter ma maman ? J'avais les cils pleins de larmes et une boule dans la gorge qui me faisait mal, preuve que j'étais humain, après tout, que j'étais pas le monstre que je croyais être, puisque j'éprouvais une autre sorte de souffrance. Mais je ne pouvais toujours pas me sentir heureux. Pourquoi que je pouvais pas me sentir heureux et réel ? Brusquement, je repensai à quelque chose que grand-mère venait de dire. Que mon papa pour de vrai aurait trouvé un « moyen légal » de me conserver. Est-ce que ça signifiait qu'il m'aurait volé à ma mère ? Cette idée-là non plus ne me rendait pas heureux.

Grand-mère s'était tue. Elle était immobile. J'essayai de me faire encore plus petit tellement j'avais peur de ce que j'allais peut-être encore entendre. *Papa, ne révèle plus d'autres vilains secrets, ça me forcerait à passer à l'action!*

— Figurez-vous, reprit papa qui était à cran, maintenant, que le psychiatre de Bart s'intéresse extraordinairement à vous, alors qu'il croit que vous n'êtes rien de plus que ma mère. Je me demande pourquoi il ramène sans cesse la conversation sur vous. Il semble penser que vous êtes la clé de la vie secrète de Bart. Et que vous avez, vous aussi, une vie secrète. Est-ce vrai, mère ? Quand votre père vous a broyée, avilie au point que vous aviez l'impression d'être moins que rien, avez-vous tiré des plans pour vous venger et le faire souffrir ?

Qu'est-ce qu'il voulait dire ?

— Tais-toi, je t'en prie! Aie pitié de moi, Christopher. J'ai agi de mon mieux compte tenu des circonstances. De mon mieux, je te le jure!

— De son mieux! (Il éclata d'un rire semblable à celui de maman quand elle se moquait méchamment de quelqu'un.) Lorsque le demi-frère de votre père est arrivé à Foxworth, à l'âge de dix-sept ans, avez-vous été prise d'une soudaine inspiration? N'était-ce pas un moyen sublime de punir ce père qui vous dépouillait de votre propre estime? Avez-vous décidé de faire en sorte que celui qui allait devenir votre époux tombe amoureux de vous? Oui ou non? Peut-être le détestiez-vous aussi, en un sens, parce qu'il ressemblait trop à Malcolm? Je le crois. Je crois que vous avez cherché la vengeance qui serait la plus cruelle pour briser votre père et qu'il ne s'en remette pas. Et je crois que vous avez pleinement réussi. Vous vous êtes sauvée de la maison et vous avez épousé son jeune demi-frère qu'il méprisait. Et vous vous êtes dit que vous aviez gagné sur les deux tableaux. Vous l'aviez frappé là où cela lui faisait le plus mal et vous pouviez désormais vous approprier sa fabuleuse fortune grâce à notre père! Seulement, cela n'a pas marché comme prévu, n'est-ce pas? Je n'ai pas oublié l'époque où nous vivions à Gladstone. Je vous ai entendue supplier mon père d'intenter une action en justice pour récupérer ce qui était légitimement son dû. Mais il ne voulait rien savoir. Il vous aimait et il ne vous avait pas épousée pour l'argent auquel vous ne cessiez de rêver.

J'étais à nouveau assommé. Grand-mère pleurait. Son corps frêle était secoué de sanglots.

— C'est faux, Christopher, totalement faux! balbutia-t-elle d'une voix hachée. J'aimais ton père! Tu le sais bien. Je lui ai donné quatre enfants et les plus belles années de ma vie — le meilleur que je pouvais donner.

— Votre meilleur est bien misérable, madame Winslow. Bien misérable!

— Christopher!

Elle se mit péniblement debout et, écartant les bras dans un geste d'impuissance, elle fit un pas vers lui et leva la tête pour le regarder en face. Elle tremblait si fort que son voile faisait comme des vagues.

— Assez parlé du passé, dit-elle en baissant le ton. Continue de vivre avec Cathy mais reconnaissez-moi une place dans votre existence. Accepte que Bart soit mon fils. Tu as Jory et la petite fille que vous avez adoptée. Donnez-moi Bart et je partirai si loin que vous n'entendrez plus jamais parler de moi. Je te jure de tout faire pour protéger votre secret, à toi et à Cathy. Mais laisse-moi avoir Bart, je t'en supplie !

Elle tomba à genoux et agrippa les mains de papa. Il se hâta de se dégager. Alors, elle s'accrocha à sa veste.

— Ne m'embarrassez pas davantage, mère, dit-il, visiblement mal à l'aise, ému aussi. Cathy et moi n'abandonnerons jamais nos enfants. Bart ne fait pour l'heure ni notre orgueil ni notre joie mais nous l'aimons, il nous est nécessaire et nous ferons tout ce qu'il faudra pour qu'il recouvre son équilibre.

— Dis-moi ce que tu veux que je fasse et je le ferai, l'implora-t-elle. (Elle réussit à s'emparer des mains de papa et les serra à les broyer sur sa poitrine.) Tout ce que tu voudras — sauf m'en aller. J'ai besoin de le voir, de l'observer, de l'admirer quand il se livre à ses affabulations. Il est prodigieusement doué.

Elle se mit à lui embrasser les mains. Papa essaya de l'en empêcher mais sans y mettre beaucoup d'énergie.

— Mère, je vous en prie...

Il se détourna et se laissa tomber dans un fauteuil, la tête basse.

— Il a besoin de moi, Christopher, plus qu'aucun de mes autres enfants, autrefois. Je le sais. Lorsque je le prends sur mes genoux et que je le berce, sa physionomie s'éclaire. Il est si jeune, si vulnérable, et il y a tant de choses qu'il ne comprend pas et qui le désorientent ! Je peux l'aider. J'en ai la conviction. Quelque chose me dit que je ne serai plus là très longtemps. (Elle parlait si bas que je devais tendre l'oreille.)

Laisse-moi l'avoir à moi pendant le temps qu'il me reste à vivre, s'il te plaît. Ce sera la dernière joie que tu feras à la mère que tu aimais si fort, la mère de ton enfance, Christopher... Tu t'en souviens ? Moi, je m'en souviens. Si je n'avais pas eu ces souvenirs des jours heureux, je n'aurais jamais pu survivre à toutes ces horreurs.

Il était touché. Il la regardait avec douceur.

— Tu as dit tout à l'heure que j'ai voulu séduire ton père et que j'ai délibérément cherché à faire souffrir le mien en l'épousant. Tu te trompes. J'ai aimé ton père dès le premier regard. Je n'ai pu m'empêcher de l'aimer, comme tu n'as pu t'empêcher d'aimer Cathy. De mon passé, il ne demeure plus rien, Chris. J'ai tout perdu. Tout sauf John, ajouta-t-elle dans un murmure, comme si elle était terrifiée. Il n'y a que lui qui reste.

— En ce cas, il doit savoir qui je suis ! Et qui est Bart !

— J'ignore ce qu'il sait au juste. Il pense que mes enfants se sont tous sauvés et qu'ils ont disparu. Je ne crois pas qu'il sache que le second prénom de Bart est Winslow... mais il est si retors qu'il n'est pas impossible qu'il soit au courant de tout. Tous ces terrains alentour appartenaient à mon père. Aussi n'a-t-il rien trouvé d'anormal à ce que je vienne habiter un domaine qui est depuis de longues années dans la famille.

Papa secoua la tête.

— Et comment vous êtes-vous débrouillée pour que je puisse acheter ma propriété à un prix défiant toute concurrence ?

— Toutes ces terres étaient à mon père, je te dis, Christopher. Maintenant, elles sont à moi. Mais j'y renoncerais avec joie pour que nous soyons tous réunis. Nul ne sait en dehors de moi quels sont les véritables liens qui existent entre Cathy et toi, et je ne les révélerai jamais à personne. Je te promets que je ne ferai rien pour vous discréditer ou pour vous nuire. Mais laisse-moi rester ! Laisse-moi redevenir ta mère !

— Mettez John à la porte!

Elle soupira.

— Si seulement je le pouvais!

— Que voulez-vous dire?

— Tu ne comprends pas? demanda-t-elle en plongeant son regard dans celui de papa.

— Il vous fait chanter?

— Oui. Il n'a pas de famille, lui non plus. Il feint de ne pas savoir pour Cathy et toi mais j'ai des doutes. Il s'est engagé à ne pas révéler le lieu de mon domicile car je serais assaillie par les journalistes s'ils savaient où me trouver. En échange, je lui assure une demeure confortable et un salaire généreux. De cette façon, je suis à l'abri.

— Pas Bart. Jory l'a surpris en grande conversation avec John Amos. Je le soupçonne de savoir très bien qui nous sommes.

— Mais il ne fera rien! s'exclama-t-elle. Je lui parlerai, je lui ferai comprendre. Il ne parlera pas. J'achèterai son silence.

Papa se leva pour partir. Sa main s'attarda un instant sur la tête de sa mère. Il la retira brusquement, l'air gêné.

— Entendu. Parlez-lui et dites-lui de laisser Bart en paix. Mon fils ne doit pas savoir que vous êtes sa grand-mère naturelle. Continuez de lui faire croire que vous n'êtes qu'une femme au grand cœur qui a besoin de son amitié. Ce n'est pas grand-chose. Pouvez-vous faire cela pour moi?

— Bien sûr, répondit-elle sur un ton mal assuré.

— Et, s'il vous plaît, gardez votre voile. Jory sait que vous êtes ma mère mais... enfin, vous me comprenez. Et supposez que l'idée vienne à Cathy de vous rendre une visite de bon voisinage? Avant, elle était prise par son cours de danse mais, maintenant que c'est fini, elle aura envie de voir des gens. C'était une des choses qui la faisaient le plus souffrir dans sa jeunesse : rester enfermée pendant des éternités sans voir personne en dehors de sa mère et de sa grand-mère. Ça n'a fait que rendre plus vif son désir de nouer des contacts.

Grand-mère baissa à nouveau la tête.

— Je sais. J'ai mal agi et je le regrette. Il faut que je te pose une question, Christopher, reprit-elle dans un souffle. Aimes-tu Cathy comme un homme aime... sa femme ?

Il lui tourna le dos.

— Ce n'est pas votre affaire.

— Je l'admettrais. J'ai interrogé Bart mais il n'a pas compris ce que je lui demandais. Cependant, il m'a dit que vous partagiez la même chambre.

— Et le même lit, répliqua-t-il, le regard flamboyant de colère. Vous êtes satisfaite, maintenant ?

Il pivota sur ses talons et, cette fois, il sortit pour de bon.

J'étais complètement paumé. Pourquoi maman haïssait-elle sa mère ? Et pourquoi ma grand-mère s'intéressait-elle tellement à ces histoires de chambre et de lit ?

Je suis entré à toute vitesse à la maison sans m'arrêter pour répéter à John Amos ce que j'avais entendu. Maman essayait de se lever de l'affreux fauteuil en s'accrochant à sa barre à danser. Je me cachai pour la regarder faire. C'était drôle qu'elle soit si maladroite — aussi gauche que moi, aussi empotée. N'empêche qu'elle réussit à se mettre debout. Elle en tremblait. Je voyais sa figure dans la glace. Pâle, avec ses cheveux qui faisaient comme un cadre d'or. De l'or fondu brûlant comme l'enfer, comme une coulée de lave.

— C'est toi, Bart ? Pourquoi me regardes-tu de cet air bizarre ? N'aie pas peur, je ne tomberai pas, si c'est cela qui t'inquiète. Chaque jour, ça va un peu mieux, je suis plus vigoureuse. Viens t'asseoir près de moi, que nous bavardions. Dis-moi ce que tu fais quand tu disparais comme ça. Où vas-tu ? Il faut que tu m'apprennes à jouer à faire semblant. Quand j'avais ton âge, moi aussi je m'inventais des histoires. Je rêvais que j'étais la danseuse étoile la plus célèbre du monde ; c'était la chose qui comptait le plus dans ma vie. Je sais maintenant que cela n'a pas une telle importance. Que ce qui compte le plus, c'est de rendre heureux ceux qu'on aime. Je voudrais te rendre heureux, Bart...

Je la détestais parce qu'elle avait « séduit » mon vrai père, qu'elle l'avait volé à ma pauvre grand-mère qui était sa belle-mère et qui était toute seule, à présent. Et il avait fallu qu'elle se marie après avec le Dr Paul Sheffield qui était le frère de Chris mais qui était pas mon vrai père. Mais regardez-la donc qui me faisait des avances pour que je lui en veuille pas de me négliger ! C'était trop tard ! J'avais envie de me jeter sur elle et de lui taper dessus, de la faire tomber, d'entendre ses os se casser ! Elle avait été infidèle à tous ses maris ! Mais je ne pouvais pas lui lancer ça à la figure. J'avais les jambes en coton et je m'écroulai par terre avec des cris silencieux qui hurlaient dans ma tête. Mauvaise femme corrompue ! Tôt ou tard, elle s'enfuirait avec un amant comme la mère de Malcolm. Comme toutes les mères.

Et puis, pourquoi que ma grand-mère m'avait pas dit franchement qui elle était ? Pourquoi qu'elle en faisait un secret ? Elle savait donc pas que j'avais besoin d'une vraie grand-mère ?

— Bart, qu'est-ce qui ne va pas ?

Elle paraissait alarmée. Y avait de quoi. Elle me disait jamais rien que des mensonges. Je pouvais avoir confiance en personne, sauf en John Amos.

— Mais qu'y a-t-il, Bart ? Tu peux bien le dire à ta mère, non ?

Je la regardai. Regardai cette masse de cheveux, ce piège doré pour détruire les hommes... Elle les prenait tous, les uns après les autres, et elle les faisait souffrir. C'était de sa faute. Tout était de sa faute.

— Cesse de te rouler par terre. Relève-toi et sers-toi de tes jambes. Tu n'es pas un animal.

Je rejetai ma tête en arrière et je hurlai, hurlai ma rage et ma haine. Ma haine contre elle. C'était pas juste que Dieu me l'ait donnée pour mère. C'était pas juste qu'il ait fait mourir mon vrai papa dans le feu. Je devais faire quelque chose. Remettre de l'ordre.

— Bart, veux-tu me dire ce qui ne va pas, à la fin ?

C'était à peine si j'arrivais à la distinguer. Lâchant la barre, elle essaya de faire quelques pas hésitants et ouvrit les bras comme si elle voulait me serrer contre elle.

Jamais plus je la laisserais me toucher. Jamais plus, jamais plus, jamais plus !

— Je te déteste ! (Je bondis sur mes pieds et reculai.) J'espère que tu ne marcheras plus jamais. Que tu tomberas et que tu mourras. Que ta maison brûlera, et toi et Cindy avec !

Je sortis à toute vitesse et je courus, je courus tellement que j'avais un point de côté et que ma tête était vide. Dans la stalle de Pomme, je me laissai choir par terre pour me reposer. Le journal de Malcolm était là, caché sous le foin, et je me mis à le relire.

Comment qu'il les détestait, les femmes ! Surtout quand elles étaient belles. Les moches, il semblait pas les remarquer. Je levai les yeux et je réfléchis, le regard perdu dans le vague. Alicia. C'était joli comme nom. Pourquoi qu'il aimait plus Alicia qu'Olivia ? Juste parce qu'elle n'avait que seize ans quand elle s'était mariée avec son vieux père qui en avait cinquante-cinq ?

Alicia l'avait giflé quand il avait essayé de l'embrasser. Peut-être que Malcolm savait pas aussi bien embrasser que son père.

Plus j'avançais dans ma lecture et mieux je comprenais comment il avait réussi dans tout, sauf à ce que les femmes l'aiment. La preuve que j'avais intérêt à les laisser tranquilles, moi qui lui ressemblais tellement.

Des noms qui commençaient par un C. Pourquoi que les femmes elles aimaient tant les noms qui commençaient par C ? Catherine, Corinne, Carrie, Cindy... Le monde était plein de noms commençant par C. J'aurais voulu aimer ma grand-mère comme avant. Maintenant que je savais qu'elle l'était pour de vrai, ce n'était plus aussi bon. Elle aurait dû me le dire. Elle était comme les autres, rien qu'une femme rusée, hypocrite et menteuse.

Je respirais un peu de l'odeur de Pomme. Mes oreilles l'entendaient mâchouiller sa pâtée. Je sentais sa truffe fraîche me renifler la main. Alors, je me mis à pleurer. J'aurais voulu mourir pour le retrouver. Mais il aurait dû davantage me regretter. Il m'avait forcé à faire ce que j'avais fait. Normalement, il était entendu qu'il souffrirait quand je souffrirais. Et il n'avait pas souffert. Il était à moi. Pourtant, il avait accepté que grand-mère lui donne à manger et à boire. Aussi, c'était de sa faute. Et puis, il y avait Clover qu'était mort. Étranglé et caché dans le chêne creux.

Oh là là! Ce que j'étais méchant!

De penser à ma méchanceté, ça m'a endormi. J'ai rêvé de Pomme, qui m'aimait. Quand je me suis réveillé, il faisait presque nuit. John Amos me regardait en souriant, la bouche en cul-de-poule.

— Bonjour, Bart. Est-ce que tu ne te sens pas un peu solitaire dans la stalle de Pomme?

Planté au-dessus de moi, il ne s'apercevait pas qu'un brin de paille qui était tombé du grenier s'était pris dans sa moustache. Ça lui donnait un air macabre.

— Comment que Malcolm a fait pour gagner tant d'argent, John Amos?

Je lui avais demandé ça rien que pour voir si la paille se détacherait quand il parlerait.

— En étant plus malin que ceux qui voulaient l'en empêcher.

— L'empêcher de quoi faire?

Le brin de paille ne s'était pas détaché.

— D'obtenir ce qu'il voulait.

— Qu'est-ce qu'il voulait?

— Tout. Tout ce qu'il ne possédait pas. Et pour prendre ce qui appartient aux autres, il faut être inexorable et déterminé.

— C'est quoi, inexorable?

— Faire ce qu'il faut pour obtenir ce qu'on veut.

— N'importe quoi?

— N'importe quoi. (Il se pencha avec raideur pour me regarder droit dans les yeux.) Et tu ne dois pas hésiter à marcher sur tous ceux qui se mettront en travers de ton chemin, même si ce sont des membres de ta famille. Parce que c'est ce qu'ils feraient, eux, si tu leur mettais des bâtons dans les roues. (Un imperceptible sourire passa sur ses lèvres minces.) Naturellement, tu sais que le docteur qui est en train de disséquer ta personnalité finira tôt ou tard par te faire enfermer dans une institution. C'est ça, l'objectif de tes parents : se débarrasser d'un petit garçon qui leur complique trop la vie.

Des larmes de bébé me vinrent aux yeux et John Amos me lança un regard menaçant.

— Les larmes, c'est bon pour les femmes. Pas de faiblesse ! Sois dur. Dur comme l'était ton arrière-grand-père Malcolm. (Il s'interrompit pour m'examiner de haut en bas.) Oui, tu as hérité de beaucoup de ses gènes. Si tu continues comme ça, tu seras aussi puissant que lui, un jour.

— Mais où t'es-tu fourré, Bart ? grommela Emma qui passait son temps à m'inspecter d'un air dégoûté, même quand j'étais propre. Je n'ai jamais vu un garçon se salir aussi vite que toi. Regarde-toi... ta chemise, ton pantalon, ta figure, tes mains ! Tu es répugnant, il n'y a pas d'autre mot. Comment fais-tu pour t'arranger comme ça ? Tu te roules exprès dans la boue ou quoi ?

Je me dirigeai vers la salle de bains sans lui répondre. Maman, assise à son bureau, leva la tête quand je passai devant sa chambre.

— Je me demandais où tu étais passé, Bart. Tu as été parti des heures.

C'étaient mes affaires, pas les siennes.

— Réponds-moi, Bart. Où étais-tu ?
— Dehors.
— Je m'en doute. Mais où ça, dehors ?
— Près du mur.
— Que faisais-tu ?
— Je creusais.
— Tu creusais pour quoi faire ?

— Pour chercher des asticots.
— Pourquoi as-tu besoin d'asticots ?
— Pour aller à la pêche.
Elle soupira.
— Il est trop tard. Et tu sais que je n'aime pas que tu y ailles seul. Demande à ton père de t'y emmener samedi.
— Il voudra pas.
— Qu'est-ce qui te fait dire ça ?
— Il n'a jamais le temps.
— Il le prendra.
— Non, il m'y emmènera pas. Jamais, il m'y emmènera.
Elle soupira de nouveau.
— Essaie de comprendre, Bart. Il a beaucoup de malades très graves. Tu ne voudrais pas qu'il ne les soigne pas, n'est-ce pas ?
Ah là là ! Qu'est-ce que je m'en fichais qu'il les soigne pas ! J'aimerais mieux aller à la pêche. N'importe comment, y avait déjà trop de gens sur la terre... surtout des femmes. Je me précipitai vers maman et cachai ma tête dans ses genoux.
— Maman, guéris vite, je t'en prie. Alors, c'est toi qui m'emmèneras à la pêche ! Maintenant que tu danseras plus, tu pourras faire toutes les choses que papa a jamais le temps de faire. Tu pourras me consacrer toutes les heures que tu consacrais à danser avec Jory. (Je me mis à sangloter.) Je te demande pardon pour ce que je t'ai dit. Je te déteste pas vraiment, maman, tu sais. Je veux pas que tu tombes et que tu meures. C'est seulement que, des fois, je suis méchant et que je peux pas m'en empêcher.
Elle me caressa les cheveux pour me consoler en essayant de les aplatir. Ses mains étaient douces et c'était bon, mais les brosses et la laque n'y arrivaient pas, alors, elles, qu'est-ce qu'elles pouvaient faire ? J'enfonçai encore davantage ma figure entre ses cuisses. John Amos me gronderait s'il le savait. Pourtant, je lui avais déjà répété ce que j'avais dit à

maman. Il avait souri, tout content que j'aie parlé comme Malcolm. Mais il m'avait laissé perplexe : « Tu n'aurais pas dû faire ça, Bart, qu'il m'avait dit. Il faut être astucieux, il faut que tu lui fasses croire qu'elle est la plus forte. Si elle devine ce que tu penses, elle trouvera un moyen de faire échouer notre entreprise. Et n'est-ce pas à nous à la sauver des griffes du démon ? »

Je levai la tête et, en voyant le joli visage de maman, mes yeux se remplirent de larmes parce qu'elle était un vivant mensonge. Trois fois, elle avait été mariée, c'était John Amos qui me l'avait dit. Au fond, qu'elle soit bonne ou mauvaise, ça m'était égal du moment que je l'avais pour moi tout seul. Je la rendrais bonne. Je lui apprendrais à laisser les hommes tranquilles — tous sauf moi.

Mais pour gagner, fallait que je joue bien mes cartes, que je sorte mes atouts les uns après les autres comme John Amos m'avait expliqué. Lui donner le change et à papa aussi, leur faire croire que j'étais pas fou. Mais qu'est-ce que je racontais ? Bien sûr que je l'étais pas, je faisais seulement semblant d'être Malcolm.

— À quoi penses-tu, Bart ? me demanda-t-elle sans cesser de me caresser les cheveux.

— J'ai pas de copains, rien que ceux que je m'invente. J'ai rien que des mauvais gènes à cause de la... de la *rédité*. Et mon *renvironnement*, ben, il est pas fameux non plus. Toi et papa, vous êtes pas dignes d'avoir des enfants. Vous méritez rien d'autre que l'enfer que vous vous êtes déjà fabriqué !

Elle était abasourdie. Et moi, j'étais content de lui faire du chagrin comme elle m'en faisait. Mais pourquoi que ça ne me rendait pas joyeux et que ça ne me donnait pas envie de rire ? Pourquoi est-ce que je me précipitai dans ma chambre et que je me jetai sur mon lit en pleurant ?

Et puis, je me rappelai d'un seul coup qu'y avait quelqu'un qui n'avait besoin de personne — Malcolm. Il connaissait sa force. Jamais il n'hésitait à prendre des décisions, même si elles étaient mauvaises, parce qu'il savait comment les redresser pour les rendre bonnes. Je fronçai les sourcils, arrondis les épaules, me relevai et traversai le hall en traînant la jambe. Je voulais ce que Malcolm voulait. J'aperçus Jory qui dansait avec Melodie et j'allai le raconter à maman.

— Arrête de taper, je lui criai. Jory et Melodie sont en train de pécher. Ils s'embrassent. Ils vont faire un bébé.

Ses doigts s'immobilisèrent sur le clavier et elle sourit.

— Il ne suffit pas de s'embrasser pour faire un bébé, Bart. Jory est un gentleman et il n'abusera pas d'une innocente jeune fille qui a d'ailleurs assez de pudeur et est assez avertie pour savoir quand il faut dire halte.

Elle s'en moquait ! Tout ce qui l'intéressait, c'était ce sacré bouquin qu'elle écrivait. Je n'avais pas plus à espérer d'elle que quand elle faisait de la danse. Elle trouvait toujours quelque chose de mieux à faire que de s'occuper de moi.

Je me mis à flanquer des coups de poing sur l'encadrement de la porte. Un jour, c'est moi qui serais le patron et, alors, elle m'écouterait. Elle était encore une meilleure mère lorsqu'elle était prof de danse. Au moins, elle avait de temps en temps un moment de liberté. Maintenant, elle ne faisait rien d'autre qu'écrire.

Cessant de nouveau de me prêter attention, elle rechargea sa machine comme si c'était un fusil pour tirer sur tout le monde. Elle ne remarqua même pas quand je fauchais une boîte qu'elle avait mise de côté après l'avoir remplie de feuillets déjà noircis. Ça passionnerait John Amos de savoir ce qu'elle avait écrit mais je le lirais avant lui. Même si je devais plonger à chaque minute dans le dictionnaire pour comprendre les mots compliqués.

— Bonne nuit, maman.

Elle ne m'entendit pas. Elle continuait de taper comme si j'étais pas là.

Personne ne traitait Malcolm comme ça. Quand il parlait, tout le monde se précipitait pour obéir.

Un jour, la semaine suivante, j'épiais maman et Jory. Ils étaient devant la grande glace de l'« atelier » et il l'aidait à faire travailler sa mauvaise jambe.

— Ne pense pas que tu peux tomber, maman. Je suis derrière toi et je te rattraperai si ton genou te lâche. Ne t'en fais pas. Bientôt tu marcheras à nouveau parfaitement.

Elle était encore loin de marcher parfaitement, en tout cas. Chaque pas qu'elle faisait semblait être une torture. Jory la tenait par la taille pour l'empêcher de chanceler. Finalement, elle réussit à arriver au bout de la barre. Elle attendit, pas fière, que Jory approche son fauteuil. Il l'installa comme il fallait.

— Tu es plus forte de jour en jour, maman.
— Mais c'est si long !
— Tu restes trop longtemps assise à écrire, aussi. Rappelle-toi que le docteur a dit qu'il fallait que tu te lèves plus souvent...

Elle secoua la tête. Elle avait l'air d'être à bout de forces.

— Qui a téléphoné et est resté si longtemps au bout du fil sans demander à me parler ?

Jory eut un large sourire.

— C'était grand-mère Marisha. Je lui ai écrit pour lui dire que tu avais fait une chute. Elle prend l'avion afin de te remplacer à ton cours. C'est formidable, hein ?

Ça n'avait pas du tout l'air d'enchanter maman. Moi, je la détestais, cette vieille sorcière !

— Tu aurais quand même pu m'en parler avant, Jory.
— Elle voulait te faire la surprise, maman. Je ne devais pas t'en souffler mot mais je trouve que ce n'est pas très poli de surgir chez les gens à l'improviste. Je savais que tu préférerais te préparer, te faire belle, ranger la maison...

Elle lui lança un drôle de regard.

— Autrement dit, je ne suis pas particulièrement en beauté et la maison est un capharnaüm ?

Jory lui décocha un de ses sourires charmeurs qui m'exaspéraient.

— Tu es toujours aussi ravissante, tu le sais très bien, mais tu es maigre comme un clou et tu as mauvaise mine. Tu devrais manger davantage et sortir un peu tous les jours.

Un peu plus tard, je les suivis dans le jardin et je me planquai dans ma cachette afin de les surveiller tandis qu'ils se relayaient pour pousser la balançoire de Cindy. Moi, on me permettait pas de la pousser. Personne avait confiance en moi. Mon psy arrivait à rien.

— Tu sais, Jory, il y a des moments où c'est dur d'entendre ta musique sans pouvoir exprimer en dansant les émotions que je ressens. Dès les premières mesures de l'ouverture, je commence à me crisper et à me recroqueviller intérieurement. Je brûle d'envie de danser et plus j'en ai envie, plus il m'est difficile d'écrire. Écrire est ma bouée de sauvetage mais Bart a l'air de m'en vouloir comme il m'en voulait de danser. Il semble bien que je ne serai jamais capable de satisfaire mon fils cadet.

— C'est qu'il ne sait pas ce qu'il veut, répondit Jory d'un air à la fois triste et soucieux. Ça ne tourne pas rond dans sa tête. Il est bizarre.

Non, j'étais pas bizarre. C'étaient eux qui l'étaient, à croire que ces histoires de danse et tous ces contes de fées imbéciles avaient de l'importance alors que les gens de bon sens savaient que la seule chose qui comptait, c'était l'argent, roi et dieu tout-puissant.

— Franchement, Jory, je fais tout ce que je peux pour Bart mais chaque fois que j'essaie de lui manifester de la tendresse, il me repousse. Il se sauve ou alors il enfouit son visage dans mes genoux et il fond en larmes. Son psychiatre prétend qu'il est déchiré entre l'amour et la haine. Et je te le dis entre nous, mais ne le répète pas : son attitude ne m'aide pas à me remettre de mon accident.

J'en avais assez entendu et je suis parti. C'était le moment ou jamais d'aller en douce dans la chambre de maman pour piquer quelques pages de son livre. Je les remplaçai par celles que John Amos avait déjà lues et que je cachais dans le tiroir de ma commode, après quoi je m'installai dans ma planque sous la haie pour lire les nouveaux feuillets. L'autre gourde de Cindy riait aux éclats et poussait des petits cris de ravissement pendant que ses deux esclaves en adoration poussaient sa balançoire. Qu'est-ce que j'aurais donné pour pouvoir la pousser, moi aussi ! Je la pousserais si fort qu'elle passerait par-dessus le mur en vol plané et qu'elle se retrouverait de l'autre côté, au beau milieu de la piscine. La piscine où il n'y avait pas d'eau dedans.

Ça manquait pas d'intérêt, le bouquin de maman. Y avait un chapitre qui s'appelait *Le chemin de la richesse*. Est-ce que la petite fille était vraiment ma mère ? Est-ce qu'elle allait réellement être enfermée dans la même chambre avec ses deux frère et sœur ?

Je n'abandonnai ma lecture que quand il commença à faire sombre et que le brouillard tomba. Alors je rentrai en réfléchissant à un autre chapitre de son livre dont le titre était *Le grenier*. Formidable pour cacher des trucs, un grenier ! Elle était en train d'embrasser papa sur la bouche et elle se moquait de lui à propos de jolies petites infirmières. Elle lui demandait s'il avait trouvé à la remplacer.

— Une ravissante blondinette de vingt ans ?
Papa eut l'air blessé.
— J'aimerais que tu t'abstiennes de ces remarques stupides, Cathy. Je te donne tout ce que je peux te donner parce que je t'aime avec une passion absurde, je le reconnais.
— Absurde ?
— Oui, absurde quand tu n'y réponds pas avec une ferveur égale ! J'ai besoin de toi, Cathy. Je ne veux pas que ce livre que tu écris s'interpose entre nous.
— Je ne comprends pas.
— Mais si, tu comprends très bien ! C'est notre

passé qui ressuscite. Tu le revis en l'écrivant. Quand je te regarde, je vois tes larmes. Parfois, je t'entends rire, je t'entends répéter un mot de Cory ou de Carrie. Tu ne te contentes pas d'écrire, Cathy... tu revis tout cela.

Elle baissa la tête et ses cheveux lui cachèrent le visage.

— Oui, c'est vrai. Je revis le passé à mesure que je l'évoque. Je revois l'immense grenier ténébreux, plein de poussière. J'entends le silence — un silence plus effrayant que le tonnerre. La vieille et familière solitude reprend corps, écrasante. Alors, je lève les yeux, étonnée d'être là, surprise que les fenêtres ne soient pas dissimulées par d'épais rideaux, et je me demande quand la grand-mère va surgir et nous prendre sur le fait, le front collé aux carreaux. Parfois, Bart est sur le seuil de la porte à m'observer. Sur le moment, j'ai l'impression que c'est Cory, jusqu'à ce que je me rende compte que ses cheveux et ses yeux noirs ne correspondent pas. Je regarde Cindy et je me dis qu'elle devrait être plus grande puisqu'elle a le même âge que ce Cory aux cheveux sombres. Je ne sais plus où j'en suis, je suis désorientée, le passé et le présent se confondent.

— Il faut que tu arrêtes, Cathy.

Il y avait de l'inquiétude dans sa voix.

Oh oui, papa! Oui... oblige-la à arrêter!

Elle se jeta dans ses bras en sanglotant et il la serra très fort contre lui en lui murmurant doucement à l'oreille des mots d'amour que j'entendais pas. Ils se balançaient d'avant en arrière, on aurait dit un couple d'amants vicieux comme ceux que j'épiais, des fois, à se faire des choses dans le « chemin des amoureux », pas bien loin de la maison de ma grand-mère.

— Alors, c'est d'accord? Tu laisses tomber ton livre jusqu'à ce que les enfants soient grands et mariés?

— Ce n'est pas possible! s'écria-t-elle sur un ton désespéré, à croire qu'elle aurait pas demandé mieux si elle avait pu. J'ai cette histoire dans la tête et elle exige que je la raconte afin que d'autres sachent ce qu'une mère est parfois capable de faire. Mon intuition me dit que c'est seulement lorsque tout cela aura été mis noir sur blanc, acheté par un éditeur qui en fera un livre que tout le monde pourra lire que je serai délivrée de ma haine pour maman!

Papa continuait à la serrer en silence contre sa poitrine, les yeux vides, le regard torturé.

Je me suis tiré pour jouer tout seul dans le jardin. Voilà que cette vieille taupe de grand-mère de Jory allait s'amener, maintenant! Je ne voulais plus la revoir. Maman non plus ne la portait pas dans son cœur. Y avait qu'à voir comment, en sa présence, elle était crispée et gênée.

— Bart, mon chéri, je t'ai attendu toute la journée. (C'était ma grand-mère à moi de l'autre côté du gros mur.) Quand tu ne viens pas, je m'inquiète et je suis malheureuse. Allez! Ne reste pas là tout seul dans ton coin à faire la tête, mon petit chou. Rappelle-toi que je suis là, prête à tout faire pour te rendre heureux.

Je courus aussi vite que mes jambes pouvaient me porter et je grimpai sur l'arbre. Elle avait mis une échelle pour que je puisse descendre facilement. Celle qu'elle employait pour nous espionner.

— Je laisserai cette échelle en permanence à ton intention, me chuchota-t-elle en m'étreignant et en me couvrant de baisers. (Heureusement qu'elle avait enlevé son voile rêche!) Je ne voudrais pas que tu te fasses du mal si tu tombais. Je t'aime tant, Bart! Laisse-moi te regarder. Oh! Comme ton père serait fier de son fils s'il pouvait le voir! Un fils si beau, si intelligent!

Beau? Intelligent? Mince alors! J'ignorais que j'étais tout ça. C'était bon d'entendre quelqu'un me dire que j'étais super. Du coup, j'avais l'impression d'être aussi beau gosse que Jory et d'avoir autant de talent. Ça, c'était une grand-mère! Le genre de grand-mère que j'avais toujours désirée. Une qui m'aimerait, moi, et personne d'autre.

Comme d'habitude, je m'installai sur ses genoux et

la laissai me faire manger de la glace à la petite cuiller. Elle me donna aussi un biscuit et une tranche de gâteau au chocolat et, après, un verre de lait. Le ventre plein, je me roulai confortablement en boule, la tête sur sa poitrine douce qui sentait la lavande.

— Corinne se parfumait toujours à la lavande, murmurai-je dans un demi-assoupissement en suçant mon pouce. Chantez-moi une berceuse. Personne m'a jamais rien chanté pour m'endormir comme maman fait pour endormir Cindy...

Dodo, l'enfant do... C'était drôle. Quand elle chantait doucement comme ça, j'avais l'impression d'avoir deux ans. Il y avait longtemps, très longtemps, maman me prenait sur ses genoux et elle me chantait exactement la même chanson.

— Réveille-toi, mon chéri, dit grand-mère en me chatouillant la joue avec le bord de sa manche. Il est l'heure de rentrer. Tes parents vont s'inquiéter — et ils ont déjà suffisamment souffert pour ne pas avoir encore à se faire du souci pour toi.

Oh! Là-bas, dans son coin, John Amos avait tout entendu. Il aimait pas ma grand-mère ni mes parents ni Jory ni Cindy. Il aimait personne, sauf moi et Malcolm Foxworth.

— Grand-mère, dis-je tout bas en tournant la tête pour qu'il voie pas bouger mes lèvres, faut pas que John Amos sache que vous avez de la peine pour mes parents. Hier, il m'a dit qu'ils méritaient pas la sympathie. Ça veut dire quoi exactement, sympathie ?

Elle me serra plus fort et poussa un soupir.

— C'est le sentiment que l'on éprouve à comprendre les chagrins des autres. Quand on veut les aider mais qu'on ne peut rien faire.

— Alors, qu'est-ce que ça a de bon, la sympathie ?

— Pas grand-chose, fit-elle avec tristesse. Sauf que l'on sait que l'on est encore assez humain pour compatir. Sous sa forme la plus haute, la sympathie vous pousse à intervenir pour résoudre les problèmes des gens.

— Le Seigneur aide ceux qui commencent par s'aider eux-mêmes, me dit John Amos à mi-voix au moment où je ressortais dans le crépuscule. Ne l'oublie pas, Bart. (L'air grave, il me rendit les feuillets du manuscrit de ma mère que je lui avais prêtés.) Remets ces pages où tu les as trouvées et ne les salis pas. Quand elle en aura écrit d'autres, apporte-les-moi — et tu pourras résoudre tes problèmes. Son livre t'expliquera comment. Ne comprends-tu pas que c'est pour cela qu'elle l'écrit ?

À L'EXEMPLE D'ÈVE

Elle n'allait pas tarder à arriver de Greenglenna, en Caroline du Sud, où que les tombes poussent comme du chiendent. D'un jour à l'autre, j'étais sûr de la voir se pointer, avec son horrible sale tête.

Ma grand-mère à moi était mille fois mieux. Depuis quelque temps, il lui arrivait parfois de montrer sa figure sans voile. Elle se maquillait un peu pour me faire plaisir — et ça me faisait plaisir. Des fois aussi, elle mettait même une jolie robe. Mais jamais, jamais elle ne se montrait à John Amos autrement qu'avec sa robe noire et son voile. C'était seulement pour moi qu'elle se faisait belle, rien que pour moi.

— Je t'en supplie, Bart, ne passe pas ton temps avec John.

Il m'avait prévenu, et pas qu'une fois, qu'elle serait pas d'accord.

— Non, non, on s'entend pas trop, tous les deux.
— Tant mieux. C'est un homme méchant, Bart — froid, cruel et impitoyable.
— Oui. Il n'aime pas beaucoup les femmes.
— Il te l'a dit ?
— Oui. Il dit qu'il se sent seul. Il dit que vous le méprisez, que vous lui adressez pas la parole pendant des journées entières.

— Évite-le autant que tu pourras. Mais continue à venir me voir. Je n'ai plus que toi, maintenant.

Elle tapota du plat de la main le coussin du divan pour que je m'installe à côté d'elle. Je savais maintenant qu'elle s'asseyait sur des sièges confortables chaque fois que John Amos se rendait en ville.

— Qu'est-ce qu'il fait à San Francisco ?

Il y allait souvent.

Plissant le front, elle me serra fort contre elle. Elle avait une robe en soie rose. C'était tout doux.

— John est vieux mais il a encore des appétits qui exigent d'être satisfaits.

— Qu'est-ce qu'il aime manger ?

J'étais intrigué. Il avait des fausses dents et qu'est-ce qu'il avait comme difficulté à mâcher même du blanc de poulet ! Alors ?

Grand-mère sourit et m'embrassa sur les cheveux.

— Comment va ta mère ? Recommence-t-elle à marcher ?

Elle détournait la conversation. Elle voulait pas me dire ce qu'il mangeait, John Amos. Je n'insistai pas.

— Ça s'arrange petit à petit. Enfin, c'est ce qu'elle raconte à mon papa, mais elle n'est pas tellement en forme. Des fois, quand il est pas là, elle marche avec une canne, mais elle ne veut pas qu'il le sache.

— Pourquoi ?

— J'en sais rien. Y a plus que deux choses qui l'intéressent, maintenant : jouer avec Cindy et écrire. Elle fait rien d'autre, ma parole d'honneur.

— Oh ! murmura-t-elle faiblement. J'espérais qu'elle renoncerait.

Moi aussi. Mais ça ne paraissait pas probable.

— La grand-mère de Jory va venir bientôt, très bientôt. Peut-être bien que je me sauverai si elle décide de rester chez nous.

Elle fit encore « oh ! » comme si la surprise la rendait muette.

— Vous inquiétez pas. Je l'aime pas comme je vous aime, vous.

Je rentrai vers l'heure du déjeuner, bourré de gâteaux et de glace. (Franchement, je commençais à être écœuré des sucreries.) Maman faisait des exercices à la barre devant la grande glace et je dus faire attention pour qu'elle ne me voie pas me cacher derrière un fauteuil. J'aurais parié n'importe quoi qu'on était les seuls à avoir une salle de séjour avec une barre et un miroir de trois mètres de long.

— C'est toi, Bart, qui es caché derrière ce fauteuil ?
— Non, m'dame, c'est Henry Lee Jones...
— Vraiment ? Cela fait un bon moment que je cherche Henry Lee, justement. Je suis contente que tu aies enfin réussi à le trouver dans les environs.

Du coup, je me suis mis à pouffer. C'était un jeu auquel on jouait quand j'étais tout petit, tout petit.

— Tu peux m'emmener à la pêche aujourd'hui, maman ?
— Je suis désolée mais j'ai un programme très chargé pour la journée. Demain, peut-être.

Demain... toujours demain !

Je me planquai dans un coin sombre pour que personne ne me remarque. Des fois, quand je suivais sur la pointe des pieds maman dans son fauteuil à roulettes, je faisais le dos rond pour ressembler à Malcolm quand il était vieux et tout-puissant.

— Mais qu'est-ce que tu fabriques, maintenant, Bart ? (C'était Jory. J'avais beau bien me cacher, il finissait toujours par me trouver.) Avant, on s'amusait ensemble, tu me parlais. À présent, tu ne parles plus à personne.

Pas vrai ! Je parlais à ma grand-mère, je parlais à John Amos. Je souris d'un sourire goguenard en plissant les lèvres de travers comme lui et je me retournai pour observer maman qui marchait avec autant de gaucherie que moi.

Jory partit pour me laisser m'amuser tout seul, moi qui ne savais plus rien faire d'autre que de jouer à Malcolm. Est-ce que maman était réellement une si grande pécheresse ? Comment est-ce que j'aurais pu parler avec Jory comme avant, puisqu'il refuserait d'admettre qu'elle mentait à propos de mon véritable père ? Il croyait toujours que c'était le Dr Paul mais c'était pas vrai, c'était pas vrai.

À table, pendant que maman et papa échangeaient des regards et disaient des choses idiotes qui les faisaient rire — et Jory aussi —, je contemplais la nappe jaune avec colère. Pourquoi que papa tenait à ce que maman mette une nappe jaune au moins une fois par semaine ? Pourquoi qu'il lui répétait tout le temps qu'il fallait qu'elle apprenne à pardonner et à oublier ?

— Maman, fit soudain Jory, j'ai rendez-vous avec Melodie, ce soir. On ira au cinéma et, après, dans un super-club où on ne sert pas d'alcool. Tu crois que je pourrai l'embrasser en la raccompagnant ?

— Voilà une grave question, dit maman en riant. Oui, tu peux l'embrasser et lui dire que tu as passé une merveilleuse soirée. Mais c'est tout.

— Ben voyons ! fit Jory avec un sourire moqueur. Je connais ton sermon par cœur. Melodie est une charmante, ravissante et innocente jeune fille à qui je ferais outrage si j'abusais de la situation, en conséquence de quoi je lui ferais outrage en n'en abusant pas !

Elle lui fit une grimace à laquelle il répondit par un autre sourire.

— Comment va ton livre ? lui lança-t-il avant de disparaître dans sa chambre pour rêvasser en regardant la photo de Melodie qui occupait la place d'honneur sur sa table de nuit.

Il était stupide de lui demander ça. Elle lui avait déjà dit que son bouquin l'absorbait chaque minute de la journée, que des idées nouvelles la réveillaient la nuit, même que papa râlait parce que la lumière l'empêchait de dormir. Moi, je brûlais d'impatience de savoir ce qui allait se passer ensuite. Y avait des moments où je me disais qu'elle inventait, qu'il ne lui était jamais rien arrivé de pareil.

— Jory, as-tu touché à mon manuscrit ? Il y a des chapitres que je n'arrive pas à retrouver.

— Voyons, maman, tu sais bien que je n'en lirais pas une ligne sans ta permission ! Est-ce que tu me la donnes ?

Elle s'esclaffa.

— Un jour, quand tu seras un homme, j'exigerai que tu lises mon livre — mes livres, peut-être. Ce bouquin commence à prendre des proportions gigantesques et il se pourrait bien qu'il y ait finalement matière à deux volumes.

— Où trouves-tu toutes tes idées ?

Maman se baissa pour ramasser un vieux cahier à spirale qu'elle se mit à feuilleter.

— Là-dedans et dans ma mémoire. Regarde comme j'écrivais gros quand j'avais douze ans. Par la suite mon écriture est devenue plus précise et beaucoup plus fine.

D'un geste vif, Jory lui arracha le cahier des mains et se précipita vers la fenêtre. Il ne le lui rendit qu'après avoir lu quelques lignes.

— Tu faisais aussi des fautes d'orthographe, dit-il, moqueur.

Leurs rapports m'exaspéraient. On aurait dit deux amis, plutôt qu'une mère et son fils. Ça m'exaspérait de la voir écrire à la main sur du papier réglé avant de recopier au propre à la machine. Ça m'exaspérait, tout son attirail — ses crayons, ses stylos, ses gommes, les cahiers qu'elle achetait. C'est bien simple : j'avais plus de mère. Et j'avais pas de père. J'avais jamais eu un vrai père. J'avais personne, pas même un petit chien.

L'été commençait à se faire vieux. Comme moi. J'avais les os fragiles et cassants, une cervelle savante et cynique. Et je trouvais, comme Malcolm l'avait écrit dans son journal, que les choses n'étaient plus ce qu'elles avaient été.

Je me laissai tomber sur le tas de foin dans la stalle de Pomme pour essayer de lire dix pages du journal de Malcolm, la ration quotidienne fixée par John Amos. C'était mon endroit favori pour ça. Je commençai à lire en mâchouillant un brin de paille :

« Avec quelle précision je me rappelle le jour — j'avais vingt-huit ans — où j'appris en rentrant à la maison que mon père s'était finalement remarié. Je regardai fixement son épouse qui, ainsi que je le sus plus tard, n'avait que seize ans et je compris sur-le-champ qu'une fille aussi belle et aussi jeune ne pouvait l'avoir épousé que pour son argent.

« Ma femme, Olivia, n'a jamais été ce que l'on appelle une beauté mais elle avait des côtés séduisants quand nous nous étions mariés et son père était très riche. Brusquement, je pris conscience, après qu'elle m'eut donné deux fils, que je n'éprouvais plus la moindre attirance pour elle. Qu'elle me semblait rébarbative à côté d'Alicia, ma jeune belle-mère de seize ans... »

J'avais déjà lu ces bêtises. Zut ! J'avais perdu le fil. Faut dire que je ne lisais pas vraiment, je survolais en sautant des passages, surtout quand ça devenait la barbe avec des histoires d'embrassades. C'était quand même drôle que Malcolm qui haïssait tant les femmes voulait tout le temps les embrasser ! Ah ! Voilà ! C'était là que je m'étais arrêté...

« Alicia mit au monde son premier enfant. J'espérais tellement que ce serait une fille ! Mais non, il a fallu que ce soit un garçon, un second fils pour me disputer la fortune de mon père. Je me rappelle encore la scène : elle dans le grand lit en forme de cygne, le bébé dans ses bras, et moi, debout devant elle, en train de les regarder tous les deux avec la même rage.

« — Ma chère belle-mère, lui ai-je dit quand elle a levé la tête et m'a souri avec innocence, toute fière de son fils et convaincue que je l'accueillais avec autant de joie que mon père, ma chère belle-mère, votre rejeton ne vivra pas assez vieux pour hériter la fortune de votre époux, comptez sur moi pour ça.

« Sa réponse m'irrita tellement que j'aurais eu plaisir à gifler son joli visage sournois :

« — Je ne veux pas de l'argent de votre père, Malcolm, et mon fils n'en voudra pas davantage. Il gagnera sa vie sans se soucier d'hériter de l'argent gagné par quelqu'un d'autre. Je lui apprendrai ce que sont les vraies valeurs de l'existence et dont vous ne savez rien, vous. »

Qu'est-ce qu'elle avait voulu dire ? Et qu'est-ce que c'étaient que ces valeurs ? Des prix de vente ? Je me replongeai dans le journal de Malcolm. Il avait sauté quinze ans d'une ligne à l'autre.

« En grandissant, Corinne, ma fille, ressemblait de plus en plus à ma mère qui m'avait abandonné quand j'avais cinq ans. Je la voyais changer, devenir femme, et je me surprenais parfois à contempler avec fascination ses jeunes seins qui ne tarderaient pas à tourner la tête aux garçons. Un jour, elle surprit mon regard et elle rougit. J'en fus satisfait : au moins, elle avait de la pudeur.

« — Corinne, lui dis-je, promets-moi que tu ne te marieras jamais et que tu n'abandonneras pas ton père quand il sera vieux et malade. Jure-moi que tu ne me quitteras jamais.

« Elle blêmit comme si elle avait peur que je l'enferme dans le grenier si elle refusait cette si simple requête.

« — Si tu ne m'abandonnes pas, Corinne, je te laisserai toute ma fortune. Tu m'entends ? Toute ma fortune, jusqu'au dernier sou.

« Elle baissa la tête et murmura d'une voix atterrée :

« — Mais je veux me marier et avoir des bébés, père.

« Aussitôt, elle me jura qu'elle m'aimait, mais je lisais dans ses yeux qu'elle m'abandonnerait à la première occasion.

« Il fallait que je veille à ce qu'aucun garçon, aucun homme n'entre dans sa vie. Je décidai qu'elle irait dans une école pour jeunes filles, une institution religieuse stricte où il ne serait pas question de rendez-vous galants. »

Je refermai le livre rouge et rentrai à la maison. À mon avis, Malcolm n'aurait jamais dû se marier avec Olivia et avoir des enfants. Seulement, si l'on y réfléchissait, dans ce cas, je n'aurais pas connu ma grand-mère. Et même si elle m'avait menti et trahi, je voulais encore l'aimer et avoir confiance en elle.

Je repris ma lecture un autre jour, dans l'écurie. Malcolm avait maintenant cinquante ans et il ne tenait plus son journal aussi régulièrement.

« Il y a quelque chose de malsain entre mon jeune demi-frère et ma fille. Je fais tout ce que je peux pour les surprendre en train de se frôler ou de s'adresser des regards suggestifs mais ils se tiennent sur leurs gardes, tous les deux. Olivia prétend que mes craintes sont sans fondement, que Corinne ne pourrait jamais éprouver de tendres sentiments pour son demi-oncle, mais elle aussi elle est femme, et artificieuse comme le sont toutes les filles d'Ève. Maudit soit le jour où, cédant à ses instances, j'ai introduit ce garçon sous notre toit ! Cela a été une erreur, la plus grave erreur de ma vie, peut-être. »

Donc, même Malcolm était capable de se tromper de temps en temps. Mais seulement quand il s'agissait des membres de sa propre famille. Pourquoi ne voulait-il rien savoir pour que ses fils deviennent des musiciens ? Et pour que sa fille se marie ? Moi, à sa place, j'aurais été content d'être débarrassé d'elle, comme j'aurais été content que Cindy disparaisse.

Je laissai tomber le livre rouge par terre, je le recouvris de foin à coups de pied et me dirigeai à grands pas vers la demeure. J'étais furieux. Je voulais que Malcolm parle de la *puissance* et comment il faut faire pour l'obtenir, et de l'*argent* et comment il faut faire pour le gagner, et de l'*autorité* et comment il faut faire pour l'imposer. Or, tout ce qu'il faisait, c'était de dire combien ses deux fils, sa femme et sa fille le rendaient malheureux, sans compter son demi-frère qui avait un faible pour Corinne.

— Ah! mon chéri! s'écria ma grand-mère quand j'entrai en clopinant dans le couloir. Où étais-tu? Et comment va le genou de ta mère?

— Mal, je lui répondis. Les docteurs disent qu'elle ne pourra plus jamais danser.

— Oh! soupira-t-elle. C'est épouvantable. Je suis réellement désolée.

— Moi, je suis content. Ils valseront plus, elle et papa, et qu'est-ce qu'ils valsaient dans le salon!

Pourquoi avait-elle l'air aussi triste?

— Maman vous aime pas, grand-mère.

— Il faut parler mieux que cela, Bart. (Elle essuya une larme.) On doit dire : « Elle *ne* vous aime pas. » Mais qu'est-ce que tu racontes? Elle ne sait même pas que je suis ici.

— Y a des fois que vous parlez comme elle.

— Penser que je ne la reverrai jamais plus sur scène! Quel crève-cœur! Elle était si merveilleusement légère et gracieuse qu'elle semblait faire corps avec la musique. Ta mère était née pour danser, Bart. Comme elle doit se sentir vide et perdue, maintenant!

— Pas du tout! Elle a sa machine à écrire et elle tape à longueur de journée et presque toute la nuit. Elle a besoin de rien d'autre. Elle et papa restent des heures et des heures au lit, surtout quand il pleut, à parler d'une vieille maison au milieu des montagnes et d'une vieille grand-mère qui s'habillait toujours en gris. Moi, je me cache dans le placard et je me dis que tout ça, c'est comme un conte de fées sans queue ni tête.

— Comment? s'écria-t-elle, choquée. Tu espionnes tes parents? C'est très vilain, Bart. Les grandes personnes ont besoin d'intimité — tout le monde a besoin d'intimité.

Je lui dis alors en ricanant que c'était vrai que j'espionnais les gens, même elle, des fois. Quel plaisir de lui envoyer ça dans la figure!

Ses yeux bleus s'écarquillèrent et elle me dévisagea un long moment, puis elle sourit.

— Tu es en train de me taquiner, n'est-ce pas? Je

suis sûre que ton père t'a mieux élevé que cela. Si tu veux être aimé et respecté, Bart, il faut traiter les autres comme tu souhaiterais qu'ils te traitent. Serais-tu content que je t'espionne?

Je rugis :

— Ah! non, alors!

Nouvelle séance chez le vieux docteur aux cheveux gris qui me faisait m'allonger et me disait de fermer les yeux pour pouvoir s'asseoir derrière moi et me poser des questions idiotes.

— Qui es-tu aujourd'hui? Bart Sheffield ou Malcolm?

Je ne dirais rien.

— Quel est le nom de famille de Malcolm?

Ça ne le regardait pas.

— Qu'est-ce que tu éprouves comme sentiment maintenant que ta mère ne dansera plus jamais?

— Je suis content.

Il s'était pas attendu à ça. J'ouvris un œil. Il gribouillait des notes à toute vitesse, si excité qu'il en était tout rouge. Eh bien, j'allais lui donner de quoi s'exciter encore plus!

— Je voudrais que Jory tombe et qu'il se casse ses deux genoux. Alors, je marcherais plus vite que lui, je courrais plus vite, je ferais tout mieux que lui. Et quand j'entrerais dans une pièce, ce serait moi qu'on regarderait, pas lui.

Il attendit la suite mais comme rien ne venait, il murmura d'une voix douce :

— Je comprends, Bart. Tu as peur que ta mère et ton père ne t'aiment pas autant que Jory.

Là, la colère me prit :

— Si, elle m'aime! Elle m'aime mieux que lui! Mais je ne sais pas danser. C'est la danse qui la fait rire avec Jory et me regarder sévèrement, moi. Je voulais être docteur, mais plus maintenant. Parce que mon vrai papa, il n'était pas un docteur comme ils m'ont dit. Il était avocat.

— Comment le sais-tu?

Je lui dirais pas. Ça le regardait pas. John Amos m'avait mis au courant. Et j'avais entendu ma grand-mère dire la même chose à papa. Les avocats, ils sont malins, vraiment malins. Comme ça, moi aussi, ça me rendrait malin. Les danseurs ont pas de cervelle, ils ont rien que leurs jambes.

— Désires-tu me dire autre chose, Bart ?

— Oui ! (Je bondis du divan et j'empoignai son ouvre-lettres.) Cette nuit, c'était la pleine lune. J'ai regardé par la fenêtre et j'ai entendu qu'elle m'appelait. J'avais envie de hurler. Et puis, j'ai eu soif de sang. Alors, j'ai couru comme un fou dans la forêt et les collines. À un moment, il y a une femme qui a surgi de la nuit. Elle était belle avec des longs cheveux comme de l'or.

Je me tus.

— Et qu'as-tu fait ?

— Je l'ai tuée, et puis je l'ai dévorée.

Pendant qu'il griffonnait, je fis une razzia dans la réserve de sucettes destinées à ses jeunes malades. Après réflexion, j'en piquai une demi-douzaine de plus parce que ma grand-mère en voudrait peut-être au moins une.

Aussitôt rentré, je me précipitai dans la stalle de Pomme et feuilletai le journal de Malcolm. Fallait que je trouve quelque chose — et j'avais sauté plusieurs passages à l'eau de rose. Je voulais savoir ce qui le poussait vers les femmes qu'il détestait.

« L'automne était revenu et les arbres étaient parés de couleurs somptueuses. Je suivais Alicia qui s'enfonçait dans les bois. C'était une cavalière accomplie et je dus éperonner ma monture pour qu'elle prenne le galop. Alicia était tellement captivée par la beauté du paysage qu'elle n'entendait pas les sabots de mon cheval marteler le sol. Je la perdis de vue l'espace d'une seconde lorsqu'elle s'enfonça dans les profondeurs d'un hallier. Je devinai alors quel était le but de sa promenade : le lac où j'allais nager quand j'étais enfant. Le dernier bain avant l'hiver. »

C'étaient celles à la cerise que je préférais. J'avais si bien léché ma sucette que quand je tirais la langue, elle était rouge comme du sang. C'était chouette de la savourer en lisant ces assommantes histoires de galopades dans les bois qui n'en finissaient pas. Y en avait des pages et des pages. Malcolm était sûrement beaucoup plus vieux quand il avait commencé à devenir riche et puissant.

« Je ne m'étais pas trompé. Elle se baignait et son corps était aussi parfait que je l'avais supposé. Dire que c'était mon père qui en jouissait alors que moi, force m'était de me contenter d'une femme frigide qui ne savait que se soumettre !

« Ruisselante, elle sortit de l'eau et remonta sur la berge où elle avait laissé ses vêtements. J'eus le souffle coupé à la vue de cette chair nimbée de soleil. Sa lourde chevelure de cuivre avait des reflets d'ambre et, entre ses cuisses, jouaient les boucles sombres de sa toison humide.

« Elle me vit et émit une exclamation étranglée. Je ne m'étais pas rendu compte que j'avais émergé de la pénombre du sous-bois. ».

Dieu soit loué ! Elle lui avait donné une gifle et lui avait ordonné de partir. Maintenant, enfin, il allait devenir le vrai Malcolm : méchant, dur, impitoyable et riche.

« Tu le regretteras, Alicia. Vous me le paierez tous les deux, toi et ton fils. Il ne sera pas dit que quelqu'un m'aura repoussé après m'avoir provoqué et laissé croire... »

Je bâillai et refermai le livre.

MADAME M.

Ma grand-mère Marisha nous avait écrit pour nous annoncer qu'elle allait arriver pour remplacer maman à son cours de danse. « Ainsi, ajoutait-elle, je verrai plus souvent mon petit-fils et j'aurai l'occasion de le faire profiter de mon expérience. »

Maman n'était pas enthousiaste. Les relations entre elle et Madame M. n'étaient ni étroites ni chaleureuses, ce qui m'avait toujours chagriné. Je les aimais l'une et l'autre, et j'aurais voulu qu'elles s'aiment.

Tout le monde attendait l'arrivée de Madame Marisha et nous mourions de faim : elle avait déjà une heure de retard. Elle avait téléphoné pour nous dire de ne pas aller la chercher à l'aéroport. C'était une femme au caractère indépendant qui n'avait pas l'habitude que l'on soit aux petits soins pour elle. Maman avait néanmoins aidé Emma à préparer des plats raffinés et, maintenant, le dîner était en train de refroidir.

— C'est vraiment une personne que les égards n'étouffent pas ! grommela papa en regardant sa montre pour la dixième fois. Si elle m'avait autorisé à aller la chercher, elle serait là depuis longtemps.

— N'est-il pas extraordinaire qu'elle ait été si à cheval sur la ponctualité avec ses élèves ? fit maman avec un sourire moqueur.

Finalement, papa mangea tout seul et partit en hâte faire sa dernière visite à l'hôpital tandis que maman s'enfermait dans sa chambre pour travailler en attendant l'arrivée de ma grand-mère.

— Viens, Bart, on va jouer à quelque chose. Une partie de dames, ça te tenterait ?

— Non, beugla-t-il sans bouger du coin où il s'était réfugié, le regard sombre. Je voudrais qu'elle tombe du haut du ciel, la vieille.

— C'est méchant de penser ça, Bart. Pourquoi n'arrêtes-tu pas de dire des choses affreuses ?

Il garda le silence, ses yeux fixés sur moi.

On sonna. Je me ruai pour ouvrir la porte. Ma

grand-mère se tenait sur le seuil, souriante et tout échevelée.

Elle avait au moins soixante-quatorze ans, je le savais. Elle était vieille, ridée, la peau grise. Quelquefois, ses cheveux étaient d'un noir de jais, à d'autres moments ils étaient blancs aux racines. Bart disait que cela la faisait ressembler à un putois ou à un vieux phoque. Mais je la trouvai merveilleuse quand, des larmes coulant sur ses joues fardées, elle me serra de toutes ses forces dans ses bras. Elle ne jeta même pas un coup d'œil à Bart.

— Ah! Jory... Jory, ce que tu es beau!

Son chignon était si énorme que je me demandais toujours s'il n'était pas postiche.

— Est-ce que je pourrai vous appeler « grand-mère » en dehors du cours ?

— Bien sûr, me répondit-elle en secouant la tête comme un oiseau. Mais seulement quand il n'y aura personne aux alentours, c'est bien compris ?

— Bart est là, lui dis-je pour la rappeler à la politesse.

Elle n'aimait pas Bart et c'était réciproque. Elle lui adressa un petit signe du menton et l'oublia aussitôt.

— Comme je suis contente de pouvoir rester un moment en tête à tête avec toi. (Elle m'entraîna vers le canapé sur lequel nous nous assîmes tandis que Bart demeurait dans son coin.) Quand j'ai reçu ta lettre m'annonçant que tu ne viendrais pas cet été, j'en ai été malade. Et j'ai décidé que j'en avais assez de ce petit-fils à éclipses que je ne voyais qu'une fois par an, que j'allais vendre mon studio de danse et venir aider ta mère. Bien sûr, je savais que cela la contrarierait mais tant pis ! Je ne pouvais pas supporter de rester deux longues années sans voir mon unique petit-fils. Le voyage a été épouvantable, enchaîna-t-elle en sautant du coq à l'âne. Des turbulences pendant tout le vol. On m'a fouillée comme si j'étais une criminelle. Et l'avion a tourné je ne sais combien de temps au-dessus de l'aéroport en attendant l'autorisation d'atterrir. Enfin, nous nous sommes posés juste avant la panne sèche.

Un atterrissage d'une brutalité incroyable! J'ai bien cru que j'allais me rompre le cou. Dieu du ciel, si tu savais à quel prix ce bonhomme prétendait me louer une voiture! Il devait s'imaginer que je roulais sur l'or. Du coup, comme je compte rester, j'ai préféré en acheter une. Pas une neuve, non, une de ces jolies vieilles autos que Julian aurait adorée. T'ai-je déjà dit qu'il n'aimait rien tant que de bricoler les vieux tacots et les remettre en état?

Si elle ne me l'avait pas dit vingt fois, elle ne me l'avait pas dit une seule!

— Finalement, j'ai donné à ces bandits la somme exorbitante de huit cents dollars, je suis montée dans ma belle auto rouge qui soufflait et ahanait et j'ai pris la route en naviguant à la carte. Tu ne peux pas savoir combien j'étais heureuse à l'idée de te retrouver, mon petit-fils bien-aimé, toi, l'unique héritier de George! C'était comme dans le temps, quand ton père était encore un adolescent et qu'il rentrait en trombe à la maison pour me faire faire un tour dans sa toute dernière auto rapetassée de pièces et de morceaux récupérés à la casse.

Quelle jeunesse dans ses yeux noirs qui étincelaient! De nouveau, son affection et ses louanges me faisaient fondre.

— Il faut que tu te fasses une raison : je suis comme toutes les vieilles dames. Dès que je commence à parler du passé, des foules de souvenirs me reviennent à la mémoire. Que ton grand-père était heureux le jour où Julian est né! Je le tenais dans mes bras, je regardais mon mari qui était si beau — comme Julian, comme toi — et j'étais tellement fière d'avoir, à mon âge, mis un enfant au monde avec si peu de difficulté que, pour un peu, j'aurais explosé d'orgueil. Et quel superbe bébé! C'est bien simple : dès sa naissance, ton père était merveilleux!

Malgré l'envie que j'en avais, je n'osai pas lui demander quand mon père était né mais elle sembla deviner ma pensée car elle s'écria :

— Ma date de naissance ne te regarde pas! (Elle se

pencha et m'embrassa une fois de plus.) **Mon Dieu!** Mais tu es encore plus gracieux que ton père quand il avait ton âge! Je n'aurais pas cru que ce soit possible. Je disais toujours à Julian qu'il aurait été mieux avec un teint bronzé mais il faisait tout pour me contrarier, n'importe quoi — au point de cultiver une pâleur artificielle.

Son regard s'assombrit. À mon grand étonnement, elle jeta un coup d'œil à Bart qui écoutait de toutes ses oreilles et qui, une surprise ne venant jamais seule, semblait intéressé par ce qu'elle disait.

Elle portait son éternelle robe noire qu'on aurait dite raidie par l'âge et un boléro en léopard qui devait avoir connu des jours meilleurs.

— Personne n'a réellement connu ton père, Jory, et personne ne l'a jamais possédé. C'est-à-dire personne en dehors de ta mère. (Elle exhala un soupir et poursuivit précipitamment comme si elle avait hâte de vider son cœur avant que maman arrive :) C'est pourquoi j'ai décidé de connaître mieux le fils que je n'avais connu le père. Et j'ai également décidé que tu devais m'aimer car je n'ai jamais été certaine que Julian m'aimait. Je ne cesse de me répéter que l'enfant né de l'union de mon fils et de ta mère devrait être le plus merveilleux danseur qui soit, affranchi des handicaps qui entravaient Julian. Ta mère est très chère à mon cœur, Jory, très chère, même si elle se refuse à l'admettre. Je reconnais que j'ai parfois été désagréable avec elle. Elle s'est mis dans la tête que j'avais de l'antipathie pour elle mais je lui en voulais seulement parce qu'elle ne semblait pas apprécier mon fils à sa juste valeur.

Je m'écartai un peu, embarrassé par ces confidences. C'était à maman, pas à ma grand-mère, qu'allait d'abord ma loyauté. Elle remarqua ma réaction mais n'en continua pas moins :

— Je suis toute seule, Jory. J'ai besoin d'être auprès de toi. Et auprès d'elle aussi. (Le remords assombrit son regard, et elle accusa d'un seul coup quelques années de plus.) C'est ce qu'il y a de plus terrible quand on vieillit — se sentir seule, si seule, si inutile... plus bonne à rien.

Je me jetai à son cou.

— Oh! Grand-mère, vous ne vous sentirez plus jamais seule et inutile. Vous nous avez. (Je l'embrassai très fort.) N'est-elle pas sensationnelle, notre maison? Vous pouvez y vivre avec nous. Est-ce que je vous ai dit que c'est ma mère qui l'a dessinée?

Madame M. balaya la pièce d'un regard curieux.

— Oui, c'est une jolie maison. Elle ressemble à Catherine. À propos, où est-elle?

— Dans sa chambre, en train d'écrire.

— Elle fait son courrier?

Elle avait l'air scandalisé que maman ne fût pas une maîtresse de maison plus attentive.

— Non, c'est un livre qu'elle écrit, grand-mère.

— Un livre? Allons donc! Comme si une danseuse était capable d'écrire un livre!

Un grand sourire aux lèvres, je bondis sur mes pieds et, par habitude, fis quelques entrechats.

— Madame ma grand-mère, sachez que les danseurs sont capables de réussir tout ce qu'ils décident d'entreprendre. Après tout, si nous sommes capables de supporter les souffrances que nous impose la danse, je ne vois pas ce que nous pourrions craindre de plus.

— Les refus, laissa-t-elle sèchement tomber. Les danseurs sont des paranoïaques. Quand son manuscrit aura été refusé pour la énième fois, ta mère s'effondrera comme une loque.

Elle me faisait rire. Elle était bien bonne, celle-là! Jamais ma mère ne s'effondrerait!

— Où est ton père?

— Il fait sa visite du soir à l'hôpital. Il vous demande de l'excuser. Il aurait voulu être à la maison pour vous accueillir mais vous êtes arrivée plus tard que prévu.

Elle poussa un vague grognement, comme si c'était quand même la faute de papa, puis se leva et examina à nouveau la pièce mais d'un air moins approbateur, cette fois.

— Bon. Je crois qu'il est grand temps que j'aille saluer Catherine — encore qu'elle ait sûrement déjà entendu ma voix.

Pour ça, elle aurait dû parce que pour être stridente, c'était une voix stridente!

— C'est qu'elle est très absorbée, grand-mère. Parfois, quand on l'appelle à cinquante centimètres, elle n'entend même pas.

Elle émit un nouveau grognement et m'emboîta le pas. Je frappai doucement à la porte de la chambre et l'ouvris avec précaution quand maman me cria d'entrer.

— Qu'est-ce qu'il y a?
— Tu as de la visite, maman.

L'espace d'une seconde, je crus déceler une lueur d'effroi dans ses yeux avant que ma grand-mère entrât d'un pas assuré. Elle se laissa tomber sur l'ottomane recouverte de velours rouge sans y avoir été invitée.

— Madame M.! Quelle joie de vous revoir! Enfin, vous vous êtes décidée à venir!

Pourquoi était-elle aussi nerveuse? Pourquoi ne cessait-elle de jeter des coups d'œil aux photos posées sur la table de chevet? C'étaient de vieux portraits de papa et de Papa Paul. Il y avait même celui de mon père, mais pas dans un grand cadre d'argent, juste dans un petit cadre ovale.

Madame Marisha tourna à son tour son regard vers la table de chevet et fronça les sourcils.

— J'ai des tas de portraits encadrés de Julian, expliqua précipitamment maman, mais Jory a mis la main dessus. Il les garde dans sa chambre.

Nouveau grognement.

— Tu m'as l'air en excellente forme, Cathy.
— Oui, ça va bien, je vous remercie. Vous aussi, vous avez bonne mine.

Elle nouait et dénouait fébrilement ses mains et faisait tourner son fauteuil pivotant sans discontinuer.

— Et ton mari?
— Il se porte comme un charme. Il est allé faire sa

visite à l'hôpital. Il vous a attendue mais comme vous n'arriviez pas...

— Je comprends. Je suis navrée d'être en retard mais cet État est peuplé de voleurs et d'escrocs. J'ai dû payer huit cents dollars un tas de ferraille qui n'a pas arrêté de perdre de l'huile tout au long de la route.

Maman détourna la tête pour dissimuler son envie de rire.

— Que peut-on espérer d'autre pour huit cents dollars ? réussit-elle finalement à dire.

— Tu sais très bien que Julian n'a jamais payé une somme aussi exorbitante pour une voiture. Il est vrai qu'il savait remettre ses vieilles guimbardes en état et pas moi, ajouta-t-elle d'une voix moins stridente. J'aurais dû mettre mille dollars pour avoir quelque chose de mieux. Ce que c'est que d'être pingre !

Puis elle s'informa du genou de maman. Était-il en bonne voie de guérison ?

— Il va très bien. (Cela l'agaçait qu'on lui parle de son genou.) Il me fait juste un peu mal quand le temps est à la pluie.

— Et que devient Paul ? Cela fait une éternité que je ne l'ai pas vu. Je me rappelle que ton mariage m'avait rendue tellement furieuse que je m'étais juré de ne plus jamais te revoir et que j'ai cessé de donner mes cours de danse pendant quelques années. (Elle regarda de nouveau le portrait de papa.) Ton frère vit toujours avec vous ?

Dans le pesant silence qui suivit la question, ma mère contempla Chris, mon beau-père, qui souriait dans son cadre. À quel frère faisait allusion Madame Marisha ? Maman n'avait plus de frère.

— Oui, oui, bien sûr, répondit enfin ma mère, à ma grande stupéfaction. Mais racontez-moi ce qui se passe à Greenglenna et à Clairmont. Que deviennent les amis d'autrefois ? Lorraine Duval va-t-elle bien ? Qui a-t-elle épousé ? Est-elle allée à New York ?

— Il n'est toujours pas marié, n'est-ce pas ? s'enquit grand-mère en plissant les yeux.

— Qui ?
— Ton frère.
— Non, pas encore, fit maman sur un ton acide. J'ai une surprise à vous annoncer, Madame Marisha, enchaîna-t-elle, en souriant, cette fois. Nous avons une petite fille. Elle s'appelle Cindy.
— Oui, je suis au courant, grommela Madame M., une lueur étrange dans les yeux. J'aimerais d'ailleurs en savoir un peu plus long sur ce parangon de petite fille modèle. D'après ce que m'a écrit Jory, elle serait douée pour la danse ?
— Absolument ! Si vous la voyiez avec son petit maillot rose essayer d'imiter Jory ! Je vous garantis qu'elle a la danse dans le sang.
— Votre époux doit commencer à sentir le poids des années, poursuivit Madame M. sans faire mine de s'intéresser aux photos de Cindy que maman lui tendait.
— Jory vous a-t-il dit que j'écris un livre ? C'est captivant. Je ne pensais pas que ce le serait autant quand j'ai commencé. Écrire est plus amusant que de travailler. Et aussi satisfaisant que de danser. (Souriante, elle faisait voltiger ses mains dans tous les sens, effaçait un faux pli nuisant à la belle ordonnance de son pantalon bleu, tirait sur son chandail, tripotait ses cheveux, rassemblait les feuillets qui encombraient son bureau.) Ma chambre est un vrai capharnaüm, je vous prie de m'excuser. Il me faudrait un cabinet de travail mais nous n'avons pas suffisamment de pièces...
— Ton frère est-il aussi à l'hôpital ?
Mais qu'est-ce que c'était que ce frère qu'elle avait tout le temps à la bouche ? Cory était mort depuis longtemps, même si sa tombe était vide. Juste une stèle à côté de celle de tante Carrie mais il n'y avait personne en dessous...
— Vous devez avoir faim. Nous allons passer à la salle à manger et Emma réchauffera les spaghettis. C'est toujours meilleur réchauffé...

— Des spaghettis ! s'insurgea Madame M. Veux-tu dire que tu es adepte de ce genre de boustifaille ? Que tu nourris mon petit-fils de féculents ? Je t'avais pourtant avertie dans le temps de ne pas toucher aux pâtes. Tu n'apprendras donc jamais rien, Cathy ?

Les spaghettis étaient mon plat favori mais il y avait un gigot d'agneau au dîner, préparé en l'honneur de Madame M. Qu'est-ce que c'était que cette histoire de spaghettis ? J'adressai à maman un coup d'œil sévère et m'aperçus qu'elle était dans tous ses états. Elle avait du mal à respirer, on aurait dit qu'elle avait peur qu'une catastrophe se produise. Quelle catastrophe ?

Mais Madame M. ne voulait pas dîner et elle ne dormirait pas non plus à la maison pour ne pas nous « déranger ». Elle avait déjà trouvé une chambre en ville, tout près du studio.

— Et bien que tu ne me l'aies pas demandé, Cathy, je serais ravie de rester et de te remplacer. J'ai vendu mon cours de danse dès que Jory m'a mise au courant de ton accident.

Maman ne put qu'acquiescer. Son visage était curieusement sans expression.

— Quel ordre ! s'exclama Madame Marisha en entrant dans l'ancien bureau de maman, quelques jours plus tard. Elle ne laisse rien traîner, ce n'est pas comme moi. Mais il ne va pas tarder à ressembler au mien.

Je l'aimais d'une curieuse manière, ma grand-mère Marisha. Comme on aime l'hiver quand on crève de chaud en été. Mais lorsque l'hiver est là, et qu'on est glacé jusqu'aux os, on souhaite qu'il s'en aille. C'était fou ce qu'elle avait l'air jeune dans sa façon de se mouvoir et ce qu'elle paraissait vieille en même temps ! Quand elle dansait, on lui aurait presque donné dix-huit ans. Ses cheveux n'étaient pas les mêmes tous les jours. Je savais maintenant qu'elle se les teignait. C'était quand ils étaient blancs et avaient des reflets d'argent à la lumière que je les aimais le mieux.

— Tu es le portrait vivant de mon Julian ! s'écria-t-elle en me serrant contre elle à m'étouffer. (Elle avait déjà remercié la jeune prof de danse que maman avait engagée.) Mais qu'est-ce qui te rend si arrogant, hein ? C'est parce que ta mère s'extasie sur toi ? Elle a toujours été persuadée que c'est la musique qui compte le plus dans la danse. Mais pas du tout ! Le spectacle d'un corps gracieux, voilà l'essence du ballet. Je suis venue pour te sauver, Jory. Pour t'apprendre à tout faire à la perfection. Quand j'en aurai terminé avec toi, tu posséderas une technique sans défaut. (Sa voix perçante dégringola d'une ou deux octaves.) Je suis aussi venue parce que je suis vieille, que je n'ai peut-être plus très longtemps à vivre et que je ne connais pas vraiment mon petit-fils. Je suis venue pour accomplir mon devoir qui n'est pas seulement d'être ta grand-mère mais aussi ton grand-père et ton père. Catherine a commis une énorme stupidité en dansant alors qu'elle savait que son genou pouvait la lâcher à chaque instant. Mais ce n'est pas une nouveauté, elle a toujours été idiote.

Cela me mit en fureur.

— Ne parlez pas comme ça de ma mère. Ce n'est pas une idiote. Elle ne l'a jamais été. Elle fait ce qu'elle estime devoir faire. Tenez... je vais vous dire la vérité et, après, vous la laisserez tranquille. Si elle a fait ça, c'est parce que je l'ai suppliée de danser au moins une fois professionnellement avec moi. C'était pour moi, grand-mère, pour *moi*, pas pour elle !

Elle me décocha un regard entendu.

— Je vais te donner la première leçon de mon cours de philosophie, Jory : personne ne fait jamais rien pour personne, sauf quand il peut en tirer un avantage.

Sur ce, elle balaya d'un geste large tous les précieux petits bibelots de maman pour les expédier dans la corbeille comme si ce n'était que de la camelote, puis elle s'empara d'une énorme sacoche râpée et, en un clin d'œil, le bureau disparut sous sa camelote à elle. Je me précipitai sur la corbeille et, à genoux, récupérai les objets auxquels maman était sentimentalement attachée.

— Tu ne m'aimes pas autant qu'elle, soupira Madame Marisha.

Surpris par la souffrance que laissait deviner sa voix chevrotante et cassée, je levai la tête et je la vis soudain comme je ne l'avais jamais encore vue : une vieille femme solitaire et pathétique qui s'accrochait désespérément à la seule chose qui comptait dans sa vie — moi. J'eus pitié d'elle.

— Je suis content que vous soyez là, grand-mère. Et bien sûr que je vous aime ! Mais ne me demandez pas si je vous aime plus que personne d'autre. Soyez heureuse que j'aie de l'affection pour vous comme je suis heureux, moi, que vous m'aimiez. (J'embrassai sa joue ridée.) Nous allons faire connaissance, tous les deux. Et je serai le fils que vous vouliez que mon père soit... en un sens. Alors, ne pleurez pas. Vous n'êtes plus seule. Ma famille est votre famille.

Néanmoins, les larmes embuaient ses yeux et ses lèvres tremblaient tandis qu'elle me serrait de toutes ses forces sur son cœur.

— Jamais Julian n'a eu un élan pareil, dit-elle en hoquetant. Il avait horreur qu'on le touche, horreur des contacts physiques. Merci de m'aimer un peu, Jory.

Jusque-là, elle n'avait constitué qu'un moment de l'été dans mon existence. Ses compliments exagérés me flattaient et me donnaient l'impression d'être quelqu'un d'exceptionnel. Maintenant, cela me mettait mal à l'aise de savoir qu'elle allait sans doute projeter son ombre sur notre vie...

Tout allait de travers. Je pouvais dire, évidemment, que c'était la faute de notre voisine. Pourtant, nous avions hérité, à présent, d'une autre vieille dame en noir dix fois plus pénible que la grand-mère de Bart. Et plus dominatrice, aussi. Bart était un gamin à qui un peu d'autorité ne ferait aucun mal mais moi, j'étais déjà presque un homme et je n'avais nul besoin d'être materné. Agacé, je me dégageai de son étreinte possessive.

— Grand-mère, pourquoi toutes les grand-mères ont-elles une prédilection pour le noir ?

— Pas toutes ! C'est ridicule.

Ses yeux étincelaient comme des morceaux de jais.

— Pourtant, je ne vous ai jamais vue autrement qu'en noir.

— Et tu ne me verras jamais autrement.

— Je ne comprends pas. Ma mère m'a dit que vous vous habilliez déjà en noir avant la mort de mon grand-père, avant la mort de mon père. Portez-vous perpétuellement le deuil ?

— Je vois, laissa-t-elle tomber sur un ton cassant. Les vêtements noirs te mettent mal à l'aise, c'est ça ? Ils te rendent triste, hein ? Moi, ils me rendent joyeuse. Ils me font me sentir différente. N'importe qui peut porter des couleurs seyantes. Ce n'est pas le premier venu qui n'aime que les vêtements sombres. Et puis, c'est plus économique.

J'éclatai de rire et reculai. J'étais sûr et certain que c'était surtout l'économie qui comptait.

— Quelle est cette autre grand-mère en noir dont tu parles ? reprit-elle, les paupières plissées, sur un ton soupçonneux.

Je souris et fis encore un pas en arrière. Elle fronça les sourcils et s'avança vers moi au moment où j'atteignais presque la porte.

— C'est chic que vous soyez là, grand-mère. Je vous demanderais d'être particulièrement gentille avec Melodie Richarme. C'est avec elle que je me marierai plus tard.

— Jory ! Veux-tu venir ici ! T'imagines-tu que ce soit uniquement pour remplacer ta mère que j'ai fait tout ce voyage ? Si je suis venue, c'est pour une seule raison : je veux voir mon petit-fils se produire à New York, dans toutes les grandes capitales du monde et connaître la célébrité et la gloire qui étaient dues à son père. La célébrité et la gloire que Catherine lui a volées !

J'étais indigné et je voulais lui faire mal, la blesser autant qu'elle m'avait blessé alors que, un instant plus tôt, je fondais de tendresse.

J'explosai :

— En quoi ma célébrité et ma gloire aideraient-elles un père qui gît six pieds sous terre !

Je n'étais pas un morceau d'argile qu'elle pétrirait à son gré. J'étais déjà un danseur de talent — grâce à ma mère — et je n'avais pas besoin d'elle pour m'en apprendre davantage en matière de chorégraphie.

— Je sais déjà danser, Madame Marisha. Ma mère m'a appris. Et bien.

Le mépris dont était chargé le regard qu'elle me lança me fit blêmir mais, à ma grande surprise, elle se laissa tomber à genoux, les mains jointes sous le menton, comme pour prier. Quand elle leva la tête, on aurait dit qu'elle regardait Dieu dans le blanc des yeux.

— Julian ! fit-elle alors dans un cri passionné, si tu es là-haut et si tu nous vois, écoute avec quelle arrogance parle ce gamin de quatorze ans. Je conclus en ce jour un pacte avec toi. Avant que je meure, ton fils sera le danseur le plus acclamé qui soit au monde. Je ferai de lui celui que tu aurais pu être si tu ne t'étais pas autant intéressé aux autos et aux femmes, et je préfère passer sur tes autres vices. Tu vivras et tu danseras à nouveau à travers ton fils, Julian !

Épuisée, elle s'effondra dans son fauteuil.

— Quelle lubie a pris Catherine d'épouser un médecin qui avait je ne sais combien d'années de plus qu'elle ? reprit-elle. Quel manque de bon sens de la part de l'un comme de l'autre ! Je ne nie pas qu'il était bel homme et qu'il avait un charme certain à l'époque, mais elle aurait dû être assez avisée pour se rendre compte que ce serait un vieillard alors qu'elle n'aurait même pas encore atteint la maturité, elle ! C'était un mari plus proche de son âge qu'il lui aurait fallu.

Je la contemplais en tremblant, abasourdi. Dans mon esprit, des portes secrètes commençaient à s'entrouvrir en grinçant. Non, non, taisez-vous, Madame Marisha! suppliait mon esprit en silence. Elle se redressa brusquement et son regard acéré me cloua sur place. J'étais incapable de bouger alors que je n'avais plus qu'une idée en tête : prendre mes jambes à mon cou.

— Pourquoi trembles-tu comme ça ? me demanda-t-elle. Pourquoi as-tu cet air bizarre ?

— Moi ? J'ai l'air bizarre ?

— Ne réponds pas à mes questions par d'autres questions. Parle-moi plutôt de Paul, ton beau-père. Comment se porte-t-il ? Que fait-il ? Il avait vingt-cinq ans de plus que ta mère qui en a aujourd'hui trente-sept. Cela doit donc lui faire soixante-deux ans, si je ne me trompe.

Je déglutis avec effort. Une boule me bloquait douloureusement la gorge.

— Soixante-deux ans, ce n'est pas tellement vieux, balbutiai-je.

— Pour un homme, c'est vieux. Pour une femme, c'est seulement l'âge où elle commence à s'épanouir.

— C'est cruel de dire ça.

Je recommençais à la détester.

— La vie est cruelle, Jory. Très cruelle. Il faut en profiter jusqu'à la moindre bribe autant qu'on le peut quand on est jeune, parce que si l'on attend des jours meilleurs, on attend en vain. Combien de fois n'ai-je pas répété à Julian de vivre sa vie et d'oublier Catherine qui aimait cet homme ! Mais il ne concevait pas qu'une jeune fille puisse préférer un homme mûr à un garçon aussi beau, aussi fougueux que lui. Maintenant, il est six pieds sous terre comme tu viens de le dire et le Dr Paul jouit de cet amour qui appartenait légitimement à mon fils, à ton père.

Elle ne pouvait pas voir les larmes que je versais intérieurement, des larmes d'incrédulité, des larmes brûlantes. Ma mère lui avait-elle laissé croire que Papa Paul était toujours vivant ? Pourquoi ? En quoi avait-elle fait mal en épousant Christopher, le jeune frère du Dr Sheffield ?

— Tu es malade, Jory ?
— Non, pas du tout.
— Ne me raconte pas d'histoires. Je flaire un mensonge à dix kilomètres. Pourquoi le Dr Paul n'accompagne-t-il jamais sa famille quand elle vient dans sa ville natale ? Pourquoi ta mère n'y vient-elle jamais qu'avec ses enfants et ce frère, Christopher ?

Mon cœur battait à grands coups et ma chemise poisseuse de sueur me collait à la peau.

— Est-ce que vous connaissez le jeune frère de Papa Paul ?
— Quel jeune frère ? Qu'est-ce que tu veux dire ? (Elle se pencha en avant et vrilla ses yeux dans les miens.) Je n'ai jamais entendu parler du moindre frère, même à l'époque de la tragédie — quand la première femme de Paul a noyé leur petit garçon. L'affaire a fait couler beaucoup d'encre mais les journaux n'ont jamais mentionné un frère cadet. Paul Sheffield n'avait qu'une sœur.

Oui, j'étais malade. J'avais envie de vomir. Envie de hurler, de me sauver et de faire je ne sais quoi de dément, de me faire du mal à moi-même, comme Bart lorsqu'il souffrait et que ça ne tournait pas rond. Bart... Pour la première fois, je le comprenais, j'avais l'impression d'être dans sa peau. J'étais sur un terrain miné qui risquait de s'effondrer au moindre mouvement.

Des années... des années de différence. Papa n'était pas beaucoup plus vieux que maman. Deux ans et quelques mois, pas plus. Et ils se ressemblaient comme deux gouttes d'eau, la même couleur de cheveux, un passé identique, ils n'avaient pas besoin de parler pour se comprendre, un regard suffisait.

Madame M., tassée sur elle-même, paraissait prête à se jeter sur moi — ou sur maman. De profondes rides se creusaient au coin de ses yeux plissés, sa bouche mince faisait comme une balafre. Pinçant les lèvres, elle pêcha un paquet de cigarettes dans les profondeurs de sa sacoche.

— Quel était donc le prétexte que Catherine m'a donné la dernière fois pour expliquer l'absence de Paul ? murmura-t-elle comme si elle se parlait à elle-même et avait oublié ma présence. Voyons... Elle m'a téléphoné pour me dire qu'il était trop mal en point pour faire le voyage — son cœur — et qu'il resterait à la maison avec une infirmière pour s'occuper de lui. Sur le moment, j'ai trouvé bizarre qu'elle vienne avec Chris en le laissant aux bons soins d'une garde-malade. (Elle se mordilla machinalement la lèvre.) Et l'année dernière, vous n'êtes pas venus parce que Bart déteste les vieilles tombes et les vieilles dames — je suppose que c'est moi qui suis directement visée. Trop gâté, cet enfant. Cet été, vous n'êtes pas venus non plus parce qu'il s'était blessé avec un clou rouillé et avait un empoisonnement du sang ou quelque chose du même genre. Ce satané gamin vous cause plus de soucis qu'il ne le mérite. Bien fait pour elle ! Elle n'avait qu'à ne pas faire de fredaines si peu de temps après la mort de Julian. Quant à Paul, son cœur ne cesse pas de lui jouer des tours, il a des crises à répétition mais l'attaque fatale ne se produit jamais. Tous les ans, elle me sort la même excuse usée jusqu'à la corde. Paul ne peut pas se déplacer à cause de son cœur... Mais, cœur ou pas cœur, Chris, lui, est toujours du voyage.

Elle s'interrompit brusquement car je me dirigeais vers la porte en essayant de garder un visage impassible et de refouler les soupçons qui me travaillaient et dont je ne voulais pas qu'elle se doute. Derrière ses yeux inquisiteurs, ses pensées tournaient à plein régime, je savais quelles hypothèses elle échafaudait — et je n'avais jamais été aussi terrifié de ma vie.

Au même moment, elle sauta sur ses pieds avec une agilité qui me laissa pantois.

— Mets ton manteau, je te raccompagne. Je tiens à avoir une petite conversation avec ta mère.

L'ATROCE VÉRITÉ

— Dis-moi, Jory, commença Madame M. quand sa vieille guimbarde eut démarré, vos parents ne sont pas très bavards avec vous à propos de leur passé, n'est-ce pas ?

— Ils nous en parlent suffisamment, répondis-je sur un ton guindé. Ils sont très attentifs et tout le monde sait que ce sont les gens qui ont une bonne qualité d'écoute qui sont les meilleurs interlocuteurs.

Elle laissa échapper un petit ricanement.

— Écouter est le moyen idéal pour ne pas avoir à répondre aux questions dérangeantes.

— Je vais vous dire une bonne chose, grand-mère. Mes parents tiennent à ce qu'on respecte leur vie privée. Ils nous ont demandé, à Bart et à moi, de ne pas parler de notre façon de vivre à nos camarades. Après tout, il est normal qu'une famille se tienne les coudes.

— Vraiment...

— Et moi aussi, je veux qu'on me laisse tranquille ! la coupai-je avec irritation.

— C'est de ton âge. Ce n'est pas de celui de tes parents.

— Écoutez, grand-mère, papa est médecin, maman a été quelqu'un de célèbre à son heure et elle a été mariée trois fois. Je ne pense pas qu'elle ait envie que son ex-belle-sœur sache où nous demeurons.

— Pourquoi ?

— Ma tante Amanda n'est pas une personne très fréquentable, c'est tout.

— Jory, as-tu confiance en moi ?

— Oui.

C'était faux.

— Alors, tu vas tout me dire sur Paul. S'il est aussi malade que ta mère le prétend — ou, tout simplement, s'il est encore en vie. Et pourquoi Christopher habite avec vous et se comporte comme s'il était votre père.

Je ne savais vraiment que faire, j'essayais de mon

mieux de l'écouter avec intérêt pour qu'elle continue de parler et que je puisse mettre les pièces du puzzle en place. Je ne voulais surtout pas qu'elle le complète avant moi.

Le silence s'étira interminablement. Enfin, elle reprit la parole :

— Tu sais, après la mort de Julian, ta mère a habité chez Paul avec toi, puis vous vous êtes installés en Virginie avec Carrie, sa jeune sœur. Sa propre mère vivait dans une belle maison au milieu des montagnes et Catherine était apparemment résolue à briser le ménage de sa mère. Le second mari de ta grand-mère maternelle s'appelait Bartholomew Winslow.

J'avais à nouveau cette boule douloureuse dans la gorge. Non, je n'allais pas lui dire que Bart n'avait pas d'autre père que Papa Paul ! Non !

— Grand-mère, si vous voulez que je continue à vous aimer, je vous en prie, ne me dites pas de mal de ma mère.

Sa main osseuse étreignit la mienne.

— J'admire ta loyauté. Je veux seulement que tu connaisses les faits.

Presque au même moment, la voiture faillit verser dans le fossé.

— Je sais conduire, grand-mère. Si vous êtes fatiguée et si vous voyez mal les panneaux, je peux prendre le volant.

— Me faire piloter par un gamin de quatorze ans, moi ? Est-ce que tu es fou ? Ne te sentirais-tu pas en sécurité, par hasard ? Toute ma vie, je me suis fait trimballer. D'abord, dans des charrettes à foin, puis dans des fiacres, ensuite, ç'a été des taxis ou des limousines. Mais trois semaines avant de prendre l'avion pour venir vous rejoindre, dès que j'ai reçu ta lettre où tu m'annonçais l'accident de ta mère, j'ai pris des leçons de conduite. À soixante-quatorze ans. Et, comme tu peux le voir, j'ai été une bonne élève.

Finalement, après quatre essais, fort peu concluants, nous parvînmes à négocier le tournant et à enfiler l'allée intérieure de la propriété. Comme de juste, Bart, brandissant son couteau de poche, était à l'affût de Dieu sait quel invisible fauve qu'il s'apprêtait à égorger. Madame M. s'arrêta en l'ignorant superbement. Je descendis en hâte pour lui tenir la portière mais elle avait déjà mis pied à terre quand j'arrivai tandis que, derrière son dos, Bart chargeait dans le vide à l'arme blanche en s'égosillant :

— Mort à l'ennemi ! À mort les vieilles dames loqueteuses tout en noir ! À mort, à mort, à mort !

Ma grand-mère s'avança à grands pas vers la porte comme si elle ne voyait ni n'entendait rien. Je repoussai Bart d'une bourrade.

— Continue comme ça, lui soufflai-je à voix basse, et tu peux être certain de passer la journée enfermé à double tour.

— J'ai horreur du noir... Je déteste le noir... J'effacerai tout ce qui est noir et mauvais.

Il remit néanmoins son canif dans sa poche après l'avoir fermé et en avoir caressé le manche de nacre.

Sans attendre que l'on réponde à son coup de sonnette impatient, Madame Marisha poussa la porte, entra d'une allure majestueuse et lança sa gibecière sur la chauffeuse du vestibule. Le cliquetis assourdi de la machine à écrire me parvenait.

— Elle a l'air d'être aussi passionnée pour écrire qu'elle l'était pour danser, dit Madame Marisha.

Je gardai le silence. Mon intention était de foncer devant pour prévenir ma mère mais elle ne m'en laissa pas le temps et quand elle surgit en coup de vent dans sa chambre, maman parut déconcertée par cette irruption.

— Catherine ! Pourquoi ne m'as-tu pas avertie que le Dr Paul Sheffield était mort ?

Les joues de maman devinrent rouges, puis livides, et elle cacha son visage dans ses mains. Mais, recouvrant presque aussitôt son sang-froid, elle releva la tête, fusilla Madame M. du regard et se mit à ranger les feuillets épars sur son bureau.

— Je suis ravie de vous voir, Madame Marisha, mais j'aurais préféré être prévenue de votre visite. Enfin, je suis sûre qu'Emma se débrouillera pour vous trouver deux côtelettes en rognant sur les parts...

— N'éludez pas ma question en parlant sottement cuisine. Vous ne vous imaginez quand même pas que je vais intoxiquer mon organisme avec vos stupides côtelettes de mouton ? Je ne consomme que des aliments diététiques.

— Jory, au cas où Emma aurait vu Madame Marisha, cours lui dire qu'il est inutile qu'elle mette un couvert supplémentaire.

— Ce n'est pas pour avoir une discussion oiseuse à propos de côtelettes que je suis venue mais pour te poser une question importante. Et tu vas y répondre, Catherine. Paul Sheffield est-il mort, oui ou non ?

Maman me fit signe de sortir mais je ne bougeai pas. Elle pâlit encore davantage, atterrée de voir que son fils bien-aimé la bravait et refusait de lui obéir. Enfin, elle parut s'y résigner et murmura d'une voix indistincte :

— Comme vous ne m'avez jamais rien demandé en ce qui me concernait ni en ce qui concernait mon mari, j'en ai conclu que la seule personne qui vous intéressait était Jory.

— Catherine !

— Jory, je te prie de quitter immédiatement cette pièce si tu ne veux pas que je me lève pour te mettre dehors.

Je sortis à reculons juste avant qu'elle n'arrive à la porte qu'elle referma violemment.

Je collai mon oreille au panneau, car j'entendais à peine ce qui se disait de l'autre côté.

— Vous ne pouvez pas savoir à quel point j'avais pourtant besoin de me confier à quelqu'un, Madame Marisha. Mais vous étiez toujours si froide et si distante... je ne pensais pas que vous comprendriez.

Silence. Un silence que rompit seulement un grognement dédaigneux.

— Oui, cela fait des années que Paul n'est plus. Je m'efforce de faire comme s'il n'était pas mort, comme s'il était toujours vivant, présent et invisible. Nous avons fait venir ses statues et ses bancs de marbre pour essayer de reconstituer quelque chose qui ressemblerait à son parc mais cela a été en vain. Pourtant, quand la nuit tombe sur le jardin, je le sens tout près de moi qui continue à m'aimer. Nous avons été mariés si peu de temps ! Et il n'a jamais été vraiment bien portant. Aussi, quand il est mort, je me suis sentie frustrée de toutes les années de bonheur que je lui devais.

— Catherine, qui est cet homme que tes enfants appellent leur père ?

— Mon existence ne vous regarde pas, madame. (La voix de maman trahissait son énervement.) Le monde d'aujourd'hui n'est pas celui de votre jeunesse. Vous n'avez pas vécu ma vie et vous n'avez pas pénétré dans mon esprit. Vous ne savez pas de quoi j'ai été privée dans mon enfance quand j'avais le plus besoin d'amour. Alors, ne me regardez pas avec ces yeux réprobateurs et accusateurs, vous seriez incapable de comprendre.

— Tu sous-estimes ma perspicacité, Catherine. Crois-tu que je suis idiote et aveugle ? Je sais très bien qui est l'homme que mon petit-fils appelle papa. Pas étonnant que tu n'aies pas aimé mon Julian comme tu l'aurais dû. Contrairement à ce que je me figurais alors, ce n'était pas à Paul qu'allait ton amour. À Bartholomew Winslow non plus, d'ailleurs. C'était Christopher, ton frère, que tu aimais vraiment. Ce que vous faites ensemble m'est parfaitement indifférent. Si tu couches dans son lit et si tu trouves ainsi le bonheur dont tu as été jadis spoliée, grand bien te fasse. Je peux l'admettre et reconnaître qu'il se passe tous les jours des choses beaucoup plus graves qu'un frère et une sœur qui vivent comme s'ils étaient mari et femme. Mais mon devoir est de protéger mon petit-fils. C'est lui qui compte avant tout, et tu n'as pas le droit de faire payer à tes enfants le prix d'une relation que la morale réprouve.

Hein ? Qu'est-ce qu'elle disait ?

Maman, fais quelque chose ! Dis quelque chose ! Que je me sente de nouveau en sécurité, que je me sente de nouveau réel et bien dans ma peau ! Fais disparaître ce frère dont tu ne m'avais jamais parlé !

Je me tassai encore davantage sur moi-même, le visage enfoui dans mes mains. Je ne voulais pas entendre et je n'osais pas m'en aller.

La voix de maman s'éleva, tendue et très rauque, comme si elle avait du mal à retenir ses larmes :

— Je ne sais pas comment vous avez deviné. Je vous en supplie, essayez de comprendre...

— Je te répète que je m'en moque — et je crois que je comprends. Tu ne pouvais aimer ni mon fils ni un autre homme plus que tu n'aimais ton frère. Et cette pensée me ronge. Je pleure pour Julian qui voyait en toi un ange de perfection, tu étais *sa* Catherine, *sa* Clara, *sa* princesse endormie qu'il était incapable d'éveiller. Voilà ce que tu étais pour lui, Catherine. Et, finalement, tu ne vaux pas mieux que les autres.

— J'ai essayé de fuir Chris ! s'exclama maman. D'aimer davantage Julian. Oh oui, j'ai essayé... réellement.

— Non. Si tu avais vraiment essayé, tu aurais réussi.

— Vous ne pouvez pas savoir !

C'était un cri d'angoisse.

— Catherine, toi et moi, nous avons fait un bout de chemin ensemble pendant pas mal de temps et tu as laissé échapper par-ci par-là des bribes d'informations qui ne sont pas tombées dans les oreilles d'une sourde. Et puis, il y a Jory qui fait de son mieux pour te servir de rempart...

— Il ne sait rien ? Je vous en conjure, dites-moi qu'il ne sait rien !

— Non, il ne sait rien. (Madame M. avait dit cela sur un ton qui pouvait passer pour apaisant.) Mais il parle et il lâche à son insu plus de choses qu'il ne le croit. Les jeunes sont ainsi. Ils se figurent que leurs aînés sont trop séniles pour additionner deux et deux, qu'on peut arriver à l'âge de soixante-dix ans en étant aussi ingénu que quand on en avait quatorze. Ils sont persuadés qu'ils ont le monopole de l'expérience parce qu'ils nous voient vivre au ralenti alors qu'ils débordent de vitalité. Ils oublient que nous avons été jeunes, nous aussi.

— Ne parlez pas si fort, je vous en prie. Bart a pour spécialité de se cacher dans les coins pour écouter tout ce que l'on dit.

— Bien. Maintenant, je vais te dire ce que j'ai à te dire et je m'en irai après. (Je dus tendre l'oreille car elle avait baissé le ton.) J'estime que le climat de cette maison ne convient pas à un garçon de la sensibilité de Jory. Il y règne une atmosphère tendue comme si une bombe était près d'exploser d'une minute à l'autre. Ton plus jeune fils a manifestement besoin d'un traitement psychologique. Si je te disais qu'il a essayé de me donner un coup de couteau quand je suis arrivée ?

— Bart passe son temps à fabuler, protesta faiblement maman.

— Vraiment ! Curieuse façon de fabuler ! Il s'en est fallu de peu qu'il n'entaille mon manteau. Un manteau presque neuf. Et c'est mon dernier, je le porterai jusqu'à ma mort.

— Je vous en supplie, je ne suis pas d'humeur à avoir une conversation sur la mort.

— Ai-je imploré ta pitié ? Si tu le prends comme ça, je changerai de formulation : je porterai ce manteau aussi longtemps que je serai en vie. Et avant de mourir, j'aurai vu Jory conquérir la gloire qui était promise à Julian.

— Je fais ce que je peux.

Comme la voix de maman était faible, comme elle paraissait lasse !

— Ce que tu peux ! Comment as-tu l'audace de dire

une chose pareille alors que tu vis maritalement avec ton frère, au risque d'un scandale public! Et, tôt ou tard, ta bulle fragile volera en éclats. Ce sera l'humiliation et l'opprobre. Jory en sera la victime. Ses camarades le brocarderont. Les journalistes vous pourchasseront — toi, lui, tous ceux qui vivent dans cette maison.

— Cessez de tourner comme un ours en cage, s'il vous plaît. Asseyez-vous.

— Tu m'écoutes, oui ou non, Catherine? Il y a longtemps que j'avais pressenti que tu finirais par succomber à l'adoration que te vouait ton frère. Même quand tu as épousé ton Dr Paul, j'étais sûre que lui et toi... mais peu importe. Toujours est-il que tu t'es mariée avec un homme qui était déjà presque aux portes de la mort. Pourquoi? Parce que tu avais mauvaise conscience?

— Je ne sais pas. Je me disais que c'était parce que je l'aimais et que j'avais une dette envers lui. J'avais mille raisons de l'épouser, la plus importante étant qu'il voulait que je sois sa femme. Et c'était une raison suffisante.

— Tu avais d'excellentes raisons, soit. Je n'en doute pas. Mais tu as fait tort à mon fils. Tu ne lui as pas donné ce dont il avait besoin. Il en pleurait, il disait que tu ne l'aimais pas assez. Il répétait tout le temps qu'il y avait dans ta vie un homme mystérieux que tu aimais plus que lui. Je n'en croyais rien à l'époque. Comme j'étais niaise, n'est-ce pas? Comme il était niais, n'est-ce pas? Mais le fait est là : quand il s'agissait de toi, Catherine, nous étions tous niais. Tu étais si belle, si jeune, tu paraissais si innocente! Es-tu née vieille et rouée? Comment connaissais-tu à un âge aussi tendre toutes les ruses qui poussaient les hommes à t'aimer au-delà de toute raison?

— L'amour ne suffit pas toujours, répondit ma mère d'une voix atone.

J'étais paralysé par l'affreuse révélation. De seconde en seconde, d'un battement de cœur à l'autre, j'étais en train de perdre la mère que j'aimais. Et le seul père que j'avais connu assez longtemps pour l'aimer.

— Comment avez-vous su... pour Chris et moi ?

La question de maman me fit frissonner encore un peu plus.

— Quelle importance ? répliqua Madame M. de sa voix suraiguë. (Oh ! Pourvu qu'elle ne me trahisse pas, elle aussi !) Je te l'ai déjà dit, Catherine, je ne suis pas complètement idiote. J'ai posé quelques questions à Jory et j'ai tiré de ses réponses les conclusions qui s'imposaient. Je n'avais pas vu Paul depuis des années — mais Chris, lui, était toujours là. Bart est sur le point de perdre la raison, d'après ce que Jory m'a appris en toute innocence. Pas intentionnellement, non, par étourderie, parce qu'il t'aime. Crois-tu donc que je vais aussi vous laisser passivement détruire, ton frère et toi, mon petit-fils ? Non, vous ne briserez pas sa carrière, vous ne minerez pas son équilibre, vous pouvez compter sur moi pour vous en empêcher. Tu vas me le confier et je repartirai avec lui. Là-bas, il sera à l'abri, loin de la bombe qui ne saurait manquer d'exploser un jour ou l'autre quand votre vie privée s'étalera à la première page de tous les journaux de la région.

Malade, j'étais. J'avais imperceptiblement entrebâillé la porte. Ma mère était d'une pâleur cadavérique. Elle tremblait comme je tremblais moi-même mais ses yeux étaient secs — pas comme moi ! Maman, comment as-tu pu vivre conjugalement avec ton frère alors que tout le monde sait que ça ne se fait pas ? Comment as-tu pu nous tromper ainsi, Bart et moi ? Comment Chris a-t-il pu nous mettre dans une pareille situation ? Lui que je trouvais parfait. Vivre dans le péché ! Il n'était pas surprenant que Bart soit obsédé par l'enfer et les flammes éternelles promis aux pécheurs ! D'une manière ou d'une autre, il avait découvert la vérité avant moi.

Je tombai à genoux et, fermant les yeux, la tête appuyée contre la porte, je m'efforçai de respirer à fond pour calmer les haut-le-cœur qui me secouaient.

Quand maman reprit la parole, il était clair qu'elle faisait de violents efforts pour dominer sa colère.

— L'idée de mettre Bart dans un établissement spécialisé où il restera plusieurs mois me rend presque folle. Mais perdre aussi Jory... là, je le deviendrais entièrement. J'aime mes fils, madame. Tous les deux. Bien que vous n'ayez jamais voulu admettre que j'avais pitié de Julian, j'ai fait de mon mieux pour lui. Il n'était pas facile à vivre. C'est vous et votre mari qui avez fait de lui l'homme qu'il était, pas moi. Je ne l'ai pas obligé à danser alors que, s'il avait eu le choix, il aurait préféré jouer au football. Ce n'est pas moi qui l'ai obligé à passer ses week-ends à faire des exercices à la barre au lieu de s'amuser. C'est vous et George. Mais qui a payé l'addition ? Moi. Il voulait me dévorer vivante, il m'interdisait d'avoir des amis, il n'y avait que lui. Il était jaloux de tous les hommes qui me regardaient, de tous les hommes que je regardais. Savez-vous ce que c'est que de vivre avec quelqu'un qui vous soupçonne de le tromper dès qu'il a le dos tourné ? Et celui des deux qui trompait l'autre, ce n'était pas moi. J'étais fidèle à Julian, je n'ai jamais permis à un autre homme de me toucher, alors que lui, il désirait toutes les jolies filles qu'il rencontrait. Après s'être servi d'elles, il les rejetait, il revenait auprès de moi et je devais le prendre dans mes bras et lui dire qu'il était merveilleux. Mais comment aurais-je pu le lui dire quand il sentait à plein nez le parfum d'une autre ? Alors, il me battait. Le saviez-vous ? Il fallait qu'il se prouve quelque chose à lui-même. J'ignorais quoi, à l'époque, mais maintenant, je le sais. Il était à la recherche de l'amour que vous lui aviez refusé.

J'eus encore plus mal au cœur en voyant ma grand-mère devenir pâle comme un linge. À présent, c'était mon vrai père que j'avais adoré à l'égal d'un saint que j'étais en train de perdre.

— Bravo, Catherine, tu as marqué un point et cela fait mal. À mon tour. George et moi, nous avons commis des erreurs avec Julian, j'en conviens, et c'est retombé sur toi et sur ton fils. Vas-tu punir Jory de la même manière ? Laisse-moi repartir avec lui. Quand nous serons à Greenglenna, je m'arrangerai pour qu'il passe une audition à New York. J'ai des relations. J'ai réussi à fabriquer deux admirables danseurs, l'un s'appelait Julian, l'autre Catherine. Je n'étais pas entièrement mauvaise et George non plus. Peut-être notre rêve nous rendait-il aveugles aux désirs des autres et avons-nous trop cherché à vivre à travers Julian. C'était uniquement cela que nous cherchions, Catherine — vivre à travers lui. Maintenant, Julian est mort et il n'a laissé qu'un seul enfant, ton fils. Sans Jory, je n'ai pas de raison de vivre. Avec Jory, au contraire, j'ai toutes les raisons de continuer. Pour une fois dans ton existence, *donne* — donne, au lieu de prendre.

Non, non ! Je ne voulais pas partir avec Madame M.

Maman baissa la tête et ses cheveux retombèrent, semblables à deux voiles d'or pâle. Elle porta une main tremblante à son front comme si elle était encore prise d'une de ces terribles migraines dont elle était coutumière. Qu'elle fût coupable ou pas, je ne voulais pas la quitter.

Il sembla enfin que maman avait trouvé une solution et l'espoir fit battre mon cœur.

— J'implore votre miséricorde en priant Dieu que vous en ayez, madame. Il est possible que vous ayez raison sur toute la ligne, mais je ne peux pas renoncer à mon fils aîné. Jory est la seule justification de mon mariage avec Julian, son unique résultat positif. Si vous le prenez, c'est une part de moi-même que vous m'arrachez, une part d'une importance extrême, et si je le perdais, j'en mourrais. Jory m'aime. Il aime Chris comme il aurait aimé son propre père. Même au risque de compromettre sa carrière, je ne peux pas perdre son amour en le laissant partir avec vous. Ne me demandez pas l'impossible. Jory restera.

Madame Marisha la dévisagea un long moment. Son

regard était dur et mon cœur cognait si fort dans ma poitrine que j'étais sûr qu'elles l'entendaient toutes les deux. Enfin, elle se leva pour prendre congé.

— Je vais te parler franchement, Catherine, et, peut-être pour la première fois, je vais te dire toute la vérité. Depuis le jour où j'ai fait ta connaissance, j'ai été jalouse de ta jeunesse, de ta beauté et, surtout, de ton génie de la danse. Je sais que tu as transmis ton prodigieux talent à Jory. Tu as été un admirable professeur. J'ai constaté qu'il y a beaucoup de toi en lui. Et beaucoup de ton frère, aussi. Sa patience, son optimisme joyeux, son dynamisme et sa diligence, c'est de votre famille qu'il les tient, pas de Julian. Mais il possède aussi quelque chose de mon fils ; il lui ressemble. Il a sa flamme, ses appétits charnels et son goût des femmes. Mais si je dois te blesser pour le sauver, je n'hésiterai pas. Je n'épargnerai personne, ni ton frère ni même ton plus jeune fils. Si tu ne me confies pas Jory, je ferai tout ce qui sera en mon pouvoir pour détruire ton foyer. La justice me désignera pour être sa tutrice et tu ne pourras rien faire pour m'arrêter, une fois que je l'aurai mise au courant des faits. Et si tu m'obliges à employer ce moyen, ce que je ne souhaite pas, j'emmènerai Jory dans l'Est et il ne te reverra plus jamais.

Maman se leva. Debout, elle dominait ma grand-mère. Je ne l'avais jamais vue aussi grande, aussi altière, aussi forte.

— Eh bien, faites ce que vous avez à faire. Je ne reculerai pas d'un pouce, je ne vous laisserai pas me voler ce qui m'appartient. Jamais je ne renoncerai à aucun de mes enfants. Jory est à moi. Aucune force au monde — ni vous ni la justice, rien — ne pourra me contraindre à abandonner mes enfants.

Madame Marisha se tourna vers la porte. Avant de sortir, elle balaya la chambre du regard. Ses yeux s'attardèrent sur l'épaisse liasse de feuillets noircis empilés sur le petit secrétaire.

— Tu finiras par voir les choses sous le même angle

que moi. Je te plains, Catherine, comme je plains ton frère. Je plains aussi ce petit monstre de Bart. Je vous plains tous, car vous souffrirez tous. Mais j'ai beau vous prendre en pitié et comprendre ce qui t'a fait devenir celle que tu es, ma compassion ne m'arrêtera pas. Jory sera en sécurité avec moi quand il portera mon nom, et non pas le tien.

— Sortez! s'écria maman d'une voix tonnante. (Perdant tout contrôle, elle s'empara d'un vase de fleurs qu'elle lança à la tête de Madame M.) Après avoir démoli votre fils, vous voulez détruire Jory, maintenant! Vous voulez lui faire croire qu'il n'existe pas d'autre vie que le ballet et la danse... mais je vis! J'étais une danseuse et je suis toujours en vie!

Ma grand-mère jeta à nouveau un coup d'œil autour d'elle comme si elle voulait, elle aussi, lancer quelque chose à la tête de maman, puis, se baissant lentement, elle ramassa les morceaux du vase brisé à ses pieds.

— C'était un cadeau de moi. Quelle ironie que tu me l'aies lancé! (Elle regarda maman avec douceur et ce fut comme si quelque chose de dur se cassait soudain en elle.) Quand Julian était petit, poursuivit-elle sur un ton d'une surprenante humilité, j'ai essayé de faire de mon mieux pour lui, exactement comme toi pour Jory. Et si je me suis trompée, c'était avec les meilleures intentions.

— Bien sûr! fit maman avec amertume. Les intentions sont toujours excellentes et parfaitement raisonnables. Et, à la fin, les excuses elles-mêmes sont entraînées par les vagues de l'indignation comme le légendaire fétu de paille auquel tout le monde s'accroche pour ne pas se noyer. Je crois que, toute ma vie, je me suis cramponnée à des fétus de paille qui n'existaient pas. Tous les soirs avant de me coucher avec mon frère, je me dis que c'est pour cela que je suis née et chaque fois que j'ai fait quelque chose de mal, je me suis consolée en me répétant que la décision qui a fait pencher la balance était juste. Au bout du compte, j'ai donné à mon frère la seule femme qu'il pouvait aimer, l'épouse dont il avait désespérément besoin. Je l'ai rendu heureux. Et si j'ai eu tort à vos yeux et aux yeux du monde, je m'en moque éperdument. Je me moque éperdument de ce que les autres peuvent penser.

Les émotions qui la déchiraient faisaient grimacer le masque usé de ma grand-mère. Elle souffrait le martyre, elle aussi, c'était visible.

— Je te le redis, Catherine, je te plains, laissa-t-elle tomber d'une voix posée, le regard inexpressif. Je vous plains tous, mais je plains surtout Jory car c'est lui qui a le plus à perdre.

Je battis précipitamment en retraite quand elle sortit en trombe de la chambre de maman. Dans le vestibule, Bart la menaça de son couteau lorsqu'elle passa devant lui.

— Sorcière ! Vieille sorcière noire ! gronda-t-il en retroussant ses lèvres dans une mimique effrayante. J'espère que vous ne reviendrez plus jamais, plus jamais, plus jamais !

J'étais si malheureux que j'aurais voulu me glisser dans un trou pour y mourir. *Ma mère vivait avec son frère !* Cette femme que j'avais aimée et respectée depuis ma plus tendre enfance était la plus ignoble de toutes les mères ignobles dont j'avais jamais entendu parler. Aucun de mes amis ne le croirait mais quand ils sauraient la vérité, je serais si honteux, si ridicule, que je ne pourrais plus les regarder en face. Et brusquement, ce fut pour moi comme une révélation : papa était réellement mon oncle. Pas seulement celui de Bart — le mien aussi. Il ne s'agissait pas de relations platoniques entre frère et sœur, d'un pseudo-mariage pour sauver les apparences. C'était un inceste. Ils étaient amants. Je le savais ! je les avais vus !

Tout cela était trop sordide, trop moche, trop scandaleux. Pourquoi avaient-ils laissé naître cet amour ? Pourquoi ne se l'étaient-ils pas interdit ?

Je voulais aller de ce pas le leur demander mais je

me sentais incapable de les affronter. Je m'enfermai à clé dans ma chambre et me laissai choir sur mon lit. Quand on m'appela pour le dîner, je répondis que je n'avais pas faim — moi qui avais un appétit d'ogre ! Maman vint jusqu'à ma porte.

— Jory, as-tu entendu ce que ta grand-mère m'a dit ?

— Non, maman, fis-je avec raideur. Je crois que j'ai attrapé un bon rhume, c'est tout. Il n'y paraîtra plus demain matin.

Il fallait bien trouver une explication à ma voix enrouée.

Les flots de larmes que je versai noyèrent définitivement l'enfant que j'étais encore quelques heures auparavant. Il fallait maintenant que je sois un homme. Je me sentais vieux et desséché, comme si plus rien n'avait d'importance désormais. Pour la première fois, je comprenais pourquoi Bart était si perturbé et se comportait aussi bizarrement : il savait certainement, lui aussi.

Je surveillais discrètement maman qui noircissait les pages de son journal, un élégant cahier de cuir bleu, et quand la voie fut libre, je me glissai dans sa chambre pour lire ce qu'elle avait écrit. Tant pis si c'était indélicat. Je me conduisais exactement comme Bart. Mais il était indispensable que je sache.

« Madame Marisha est venue me voir et elle a apporté avec elle tous les cauchemars qui hantent mes jours. Quand je dors, c'en sont d'autres qui peuplent mes nuits. Après son départ, j'étais si paniquée que les battements de mon cœur résonnaient comme le tambour de jungle qui accompagne la dernière bataille. J'avais envie de me cacher dans un coin comme nous nous cachions jadis lorsque nous étions séquestrés à Foxworth Hall. Quand Chris est rentré, j'ai couru à sa rencontre et l'ai serré de toutes mes forces contre moi, incapable de prononcer un mot. Il n'a pas remarqué mon désarroi. Il avait eu une journée exténuante et n'en pouvait plus.

« Et puis il m'a embrassée et il est reparti faire sa tournée à l'hôpital. Je me suis réfugiée dans la solitude de ma chambre. Mes deux fils étaient silencieux derrière leurs portes fermées à clé. Savaient-ils que notre univers douillet était sur le point d'éclater ?

« Soudain j'ai eu l'impression de me retrouver à Charlottesville avec Chris et Carrie. Nous étions à nouveau en route pour Sarasota. C'était comme un film qui se déroulait dans ma mémoire. Une grosse négresse est montée dans le car en se battant avec une multitude de paquets... Henriette Beech. Chère, chère Henny ! Il y avait si longtemps que je n'avais plus pensé à elle. Rien que de me rappeler son grand sourire radieux, la bonté qui brillait dans ses yeux, la douceur de ses mains, je me suis sentie envahie par une sorte de paix, c'était comme si, une fois encore, elle me conduisait auprès de Paul, notre sauveur à tous.

« Mais qui nous sauvera, à présent ? »

J'avais les yeux humides en reposant le journal de maman.

Je suis passé chez Bart. Il était assis par terre dans le noir, ratatiné comme un vieillard. Je lui ai dit de se coucher. Mais il n'a pas bougé. Il semblait ne rien entendre.

LES PORTES DE L'ENFER

Ça, je l'aurais parié ! Fallait que Jory vienne m'espionner pour savoir si je méditais pas un coup, évidemment. J'ai fait semblant que je me rendais compte de rien. Dès qu'il a eu éteint dans sa chambre, j'ai sorti les dernières pages de l'histoire de maman. C'était la fin, forcément, puisqu'elle avait marqué ses initiales et son adresse en bas.

Je savais pas pourquoi que je chialais. Malcolm aurait pas eu pitié d'elle, et de mon papa non plus. Fallait que je sois dur et vachard, que je fasse comme si rien pouvait me faire mal comme aux autres.

Le lendemain matin, je suis allé dans la cuisine. Maman aidait Emma à faire de la pâte à biscuits. Elle causait de pâtisserie. Cette femme, elle croyait que le mal pouvait toujours passer inaperçu. Qu'elle ne serait jamais punie. Elle aurait pourtant dû savoir.

Je m'assis dans mon coin, les genoux sous mon menton, les mollets serrés dans les bras. Je regardais fixement maman et papa avec l'espoir de lire dans leur esprit pour savoir ce qu'ils pensaient vraiment de moi, d'eux et de ce qu'ils faisaient ensemble. Je fermai les yeux. Derrière mes paupières, je voyais maman danser comme elle faisait avant de s'être esquinté le genou. Cet été, c'était peu de temps après que j'étais rentré de l'hôpital, un soir que je n'arrivais pas à m'endormir, j'étais allé dans la cuisine faire une descente dans le frigo en douce. Je voulais les embêter en leur faisant croire que je me laissais crever de faim. Mais avant que j'aie pu me taper les restes de poulet qu'il y avait, maman s'est amenée dans le séjour avec juste un petit tutu qu'avait pour ainsi dire pas de corsage et papa a rappliqué derrière elle. Il m'a même pas vu. Y avait qu'elle qu'il voyait.

Elle était jolie dans ce costume, à pirouetter en souriant et en faisant sa coquette pour l'homme qui, dans un coin d'ombre, la dévorait des yeux. Elle a commencé par l'aguicher en lui dénouant sa cravate, et puis elle l'a entraîné jusqu'au milieu de la pièce et elle l'a obligé à tournicoter pour essayer qu'il danse le ballet avec elle. Mais il l'a prise dans ses bras et il a écrasé ses lèvres sur les siennes. Ça a fait un bruit de mouillé, j'ai entendu. Alors, elle s'est pendue à son cou. Il s'est mis à détacher les petits machins noirs qui tenaient son tutu et le tutu a glissé par terre. Elle portait rien en dessous sauf un collant et il n'a pas fallu longtemps pour qu'il le lui enlève. Nue... il l'a déshabillée toute nue! Alors, il l'a soulevée et, sa bouche toujours collée à la sienne, il l'a portée dans leur chambre.

Et c'était son frère !

J'avais lu son histoire d'un bout à l'autre et je sais maintenant combien certaines mères peuvent être dégueulasses. Cacher ses quatre enfants, les enfermer dans une pièce, les forcer à jouer dans un affreux grenier qui était une fournaise en été et où ils gelaient l'hiver. Je détestais Malcolm qui avait fait tellement de méchancetés à ses propres petits-enfants. Je détestais la vieille d'à côté qui avait mis de l'arsenic dans les beignets. Elle était dingue ou quoi ? Pourquoi que la police l'avait pas mise en prison et l'avait pas fait passer sur la chaise électrique ?

Mais non, me disait une petite voix moqueuse dans ma tête, on n'envoie pas à la chaise électrique les gentilles vieilles dames qu'ont des avocats malins qui disent que les assassins sont des fous. On les enferme dans des palaces quatre étoiles nichés au milieu de collines verdoyantes. C'était à cette folle que mon papa rendait visite tous les étés. Et qui était aussi la mère de ma maman. Oh ! Les péchés de maman et de papa montaient jusqu'au ciel ! Sûr et certain que Dieu allait les punir, maintenant. Et s'il ne les punissait pas, Malcolm ferait en sorte que ce soit moi qui m'en charge.

Cette nuit-là, je n'arrivai pas à trouver le sommeil. Mes pensées m'empêchaient de dormir. Papa était en réalité le frère de maman. Donc, il était notre oncle, à Jory et à moi. Oh ! Maman ! tu n'es ni la sainte ni l'ange qu'il s'imagine ! Tu lui dis qu'il faut pas qu'il fasse ci et ça avec Melodie mais ça t'empêche pas de t'enfermer dans la chambre à coucher avec ton frère, même qu'on n'a pas le droit d'entrer quand la porte est fermée sans frapper d'abord. Quelle honte ! De l'inceste, ça s'appelle !

Jory savait, lui aussi. Je savais qu'il savait — il allait devenir dingue comme maman croyait que j'étais. Mais j'avais du bon sens. Pareil que Malcolm. Les enfants de parents incestueux méritaient de souffrir comme je souffrais, comme Jory souffrait.

Mais pourquoi est-ce que je demandai au bon Dieu qu'il n'y ait pas de demain? Demain... qu'est-ce que je ferais demain? Pourquoi est-ce que je voulais mourir cette nuit pour ne pas commettre quelque chose de plus terrible encore que l'« inceste »?

Le petit déjeuner, encore. Je détestais le sale goût de la bouffe. Je gardais les yeux fixés sur la nappe qui n'allait pas tarder à être tachée quand je renverserais accidentellement quelque chose. Jory avait l'air aussi paumé que moi.

Des jours, d'autres jours. Et tout le monde qui était malheureux. Papa tournait en rond. Il paraissait démoralisé. J'étais persuadé qu'il savait qu'on savait. Et maman aussi. Ni l'un ni l'autre ne nous regardait en face, ils ne répondaient pas aux questions de Jory. Moi, j'en posais pas. Une fois, j'ai entendu maman frapper à sa porte qu'il avait fermée à clé.

— S'il te plaît, laisse-moi entrer, Jory, elle lui a dit. Je sais que tu as surpris la conversation que j'ai eue l'autre jour avec Madame M. Il faut que je t'explique. Quand tu comprendras, tu ne nous en voudras plus.

Le jour de Thanksgiving, l'horrible vieille Madame M. a eu le culot d'accepter l'invitation que maman aurait jamais dû lui faire. Elle couvait papa du regard quand il a découpé la dinde, le visage fermé, et puis elle s'est tournée vers maman qui avait les yeux rouges et tout gonflés. Elle avait pleuré. Bien fait pour elle! Il n'y avait qu'Emma et Cindy — cette affreuse Cindy — qui étaient contentes.

— Allez, allez, c'est la fête, elle disait avec un grand sourire joyeux qui ne déridait personne. C'est le moment de dire merci au bon Dieu pour tous les bienfaits qu'il nous a accordés, y compris qu'il y ait une petite fille toute neuve à cette table.

Entendre ça, c'était à pleurer!

Sans dire un mot, sans un sourire, papa reprit la fourchette et le couteau à découper et tout le monde le dévisagea, même moi, parce qu'il avait oublié de me donner la cuisse. Maman n'avait pas l'air dans son assiette, même si elle faisait semblant que tout allait bien. Elle avala une ou deux bouchées, puis se leva brusquement et sortit de la salle à manger en courant. La porte de sa chambre a claqué bruyamment. Papa s'est levé à son tour en s'excusant — fallait qu'il aille voir ce qu'elle avait.

— Seigneur! Mais qu'est-ce qu'il leur arrive à tous? soupira Emma tandis que la vieille Madame Marisha, muette, affichait une mine lugubre, elle aussi.

Jory s'efforçait de sourire, il taquinait Cindy pour la faire rire et qu'elle mange. Mais je savais que son cœur saignait comme le mien, moi qui pleurais sur mon vrai papa qu'était mort dans cet incendie. Peut-être qu'il pleurait pareil pour le sien que maman n'avait pas aimé assez fort à cause qu'elle avait un frère qu'elle aimait trop.

En larmes, je quittai la table. Cindy, sur les genoux de Jory, jouait en poussant des petits cris de joie avec un jouet qu'il lui avait donné. Personne ne me donnait jamais rien, à moi. Personne, sauf une vieille sorcière de grand-mère en noir qui n'avait que des mensonges à la bouche et qui comptait pas...

Le dimanche, maman avait l'air moins abattu, peut-être parce qu'elle pensait que Madame M. allait nous laisser tranquilles, et même qu'elle retournerait dans l'Est, chez elle. Je la connaissais, maman. Elle aussi, elle savait jouer à faire semblant. A faire semblant, par exemple, qu'ils étaient mariés, elle et papa.

Caché dans l'ombre, je l'ai vue par la porte ouverte se mettre à genoux et prier. Tout bas. Je me suis demandé si ça arrivait à Dieu d'écouter les prières.

Et puis je me suis installé dans mon coin du séjour et je me suis mis à craquer des allumettes les unes après les autres. J'approchais la flamme de ma figure pour sentir sa chaleur. Qu'est-ce que ça devait être terrible d'être purifié et racheté par le feu! Qu'est-ce que ça avait dû être terrible quand l'âme de mon vrai papa s'était transformée en fumée noire!

Je recommençais à avoir mal à la tête. Ça me faisait

trembler la main au point que je lâchai mon allumette. Je me dépêchai de souffler dessus avant que quelqu'un sente l'odeur de roussi du tapis. Ils diraient encore que c'était de ma faute !

Qu'est-ce que John Amos répétait tout le temps ? « Tout le mal qui est arrivé, c'est à cause de ta mère. C'est toujours comme ça avec les femmes, surtout quand elles sont belles. C'est par les femmes belles et retorses que le scandale arrive. Elles sont la perdition des hommes. »

Oui, toutes les femmes belles et retorses... ma maman, ma grand-mère. Des pécheresses. Elle me dit des mensonges, elle me cache qui elle est réellement, elle me montre son portrait quand elle était jeune et belle et qu'elle a séduit mon vrai père qui était trop jeune pour elle, n'importe comment. Ma tête me faisait de plus en plus mal.

Je soupirai. Valait mieux que je poursuive ma tâche d'ange du Seigneur chargé d'agir au nom de Malcolm. J'avais horreur des femmes. De toutes les femmes. Fallait que je leur règle leur compte. À toutes autant qu'elles étaient. Maman se figurait que je savais pas, que Jory était le seul à savoir. Mais j'étais là, moi aussi, quand la vieille Madame Marisha avait lâché le morceau. Avec sa voix qui vous cassait les oreilles, on ne pouvait pas ne pas l'entendre. Et j'avais lu le livre de maman.

Oh ! Ma tête ! Ça allait de mal en pis. Je savais plus qui j'étais. Malcolm ? Bart ? Oui, c'était Malcolm, maintenant, avec son cœur qui battait la breloque, ses jambes qui avaient la tremblote, mais qui était si intelligent et si malin.

Mon imbécile de fille qui cachait ses quatre enfants au premier étage en s'imaginant que je ne finirais pas par le savoir un jour ou l'autre ! Elle aurait dû se douter que John me raconterait tout. Elle aurait dû savoir des tas de choses qu'elle ignorait ou qu'elle avait oubliées. Par exemple, elle s'imagine que je vais bientôt mourir et que je ne prendrai jamais la peine de monter l'escalier. Pourquoi est-ce que je le ferais alors que John s'en charge à ma place ? Surveille-la, je lui ai dit, espionne ma fille, guette ce qu'elle fait quand je ne la vois pas. Elle croit que je ne vais pas tarder à mourir, John, que je vais refaire mon testament à son avantage mais rira bien qui rira le dernier.

Je me suis approché en traînant les pieds de leur chambre qui sentait l'odeur affreuse de l'acte d'amour. Je me suis posté derrière la porte fermée. Je me sentais intérieurement comme un petit garçon qui pleure en silence mais il fallait que je sois Malcolm — la moitié la plus forte, la plus vieille, la plus astucieuse de moi-même. Où étaient les montagnes que voilait une brume bleue ? Où était-elle, la vaste demeure perchée à flanc de coteau ? Et la domesticité ? Et la grandiose salle de bal ? Et l'escalier à double volée ?

Tout se brouillait, je ne savais plus où j'en étais. Ma migraine gagnait en intensité. Mon genou commençait à me lancer.

— Redresse-toi, Bart, dit l'homme qui était en réalité mon oncle.

J'ai eu si peur que j'ai sursauté et que j'ai été encore plus désorienté.

— Tu es trop jeune pour claudiquer comme un vieillard, Bart. Et ton genou se porte comme un charme.

Il m'a amicalement tapoté la tête et il a ouvert la porte de la chambre où ma mère l'attendait, couchée dans le lit, les yeux grands ouverts, en contemplant fixement le plafond.

— Je te hais ! chuchotai-je sur un ton farouche en le poignardant du regard. Tu crois que tu es à l'abri, hein ? Qu'un docteur ne peut pas être puni ? Mais Dieu a dépêché l'ange noir de la colère pour tirer vengeance de tout le mal que vous avez fait, toi et ta sœur !

Il se figea sur place et me regarda comme si c'était la première fois qu'il me voyait. Je baissai pas les yeux. Alors, il referma la porte et m'entraîna un peu plus loin dans le hall pour qu'elle entende pas, *elle*.

— Bart, tu vas voir ta grand-mère tous les jours, n'est-ce pas? (Il avait l'air agité mais son ton était calme.) Il faut que tu apprennes à ne pas croire tout ce qu'on te dit. Parfois, les gens racontent des mensonges.

— Progéniture du diable! fis-je d'une voix sifflante. Graine semée en mauvaise terre pour procréer une engeance maudite!

Cette fois, il me serra le bras si fort que ça me fit mal et se mit à me secouer.

— Que je ne t'entende jamais plus proférer ces mots-là. Et si tu as le malheur de répéter ces paroles en présence de ta mère, tu ne pourras plus t'asseoir tant tes fesses te cuiront après la correction que je t'aurai administrée. Encore une chose : la prochaine fois que tu rendras visite à la dame d'à côté, rappelle-lui que c'est elle qui a semé la graine et commencé à faire pousser les fleurs. Observe son visage quand tu lui diras cela — et demande-toi qui sont les bons et qui sont les méchants.

Je ne voulais pas en entendre davantage et je me suis enfui en courant.

Une fois dans ma chambre, je me suis laissé tomber sur mon lit. Je tremblais comme une feuille, j'arrivais pas à respirer.

J'avais l'impression d'être de la pâte dentifrice qui sort du tube quand on presse dessus et, l'instant d'après, j'étais pareil à un ressort bandé. Je me retournai péniblement sur le dos et je me mis à pleurer de grosses larmes qui me coulaient sur les joues et mouillaient mon oreiller.

Quel âge que je voulais avoir? Dix ans ou quatre-vingts? Qui c'était qui me rendait tellement vieux? Dieu, ou ces enfants enfermés dans un grenier et qui riaient, qui riaient, qui tiraient le meilleur parti du pire et qui me poussaient à prouver que c'était Malcolm le plus malin; ces enfants qui n'en sont jamais sortis, de leur grenier, même après que Malcolm a été mort et enterré?

Je me suis endormi. Je me tournais et me retournais dans mon sommeil. Le petit garçon continuait de pleurer, le vieil homme le balançait dans la poubelle pour que je sois jeté à la décharge pour y être brûlé, c'était tout ce que je méritais.

Car, pécheurs entre les pécheurs, les enfants de l'inceste doivent être punis, même moi, même moi qui mourais dans la poubelle.

LA COLÈRE DES JUSTES

Il pleuvait. Les gouttes étaient la mitraille de Dieu. Je regardais par la fenêtre la pluie gifler les statues de marbre pour les punir d'être nues et pécheresses. J'attendais que Jory rentre et vienne me chercher.

Maman rentra de sa tournée des magasins, les joues toutes roses le sourire aux lèvres, en secouant ses cheveux mouillés. Elle dit bonjour à Emma comme si de rien n'était, posa ses paquets sur une chaise et enleva son manteau en se plaignant d'avoir attrapé froid.

— J'ai horreur de la pluie, Emma. Oh! Bonjour, Bart. Je ne t'avais pas vu. Tu vas bien? Tu t'ennuyais de moi?

Je répondrais pas. J'avais plus rien à lui dire. J'avais pas à être poli, ni aimable, ni même propre. Je pouvais faire tout ce que je voulais. Eux, ils faisaient ce qu'ils voulaient. Les commandements de Dieu, ça voulait rien dire pour eux. Pour moi non plus, maintenant.

— Cela va être un merveilleux Noël, tu sais, Bart, elle fit, mais c'était pas moi qu'elle regardait, c'était Cindy. Ce sera notre premier Noël avec Cindy. (Elle la serra contre elle.) Tu ne connais pas ta chance, Cindy, d'avoir deux gentils grands frères qui t'adoreront quand tu seras grande et que tu seras devenue une vraie beauté — s'ils ne t'adorent pas déjà!

Ah! Si elle savait! Mais comme Malcolm disait, les femmes qui sont belles sont idiotes. Je jetai un coup d'œil à Emma dans la cuisine. Elle était pas belle et elle l'avait sûrement jamais été. Est-ce qu'elle était plus maligne? Est-ce qu'elle lisait en moi?

Elle leva la tête et nos regards se croisèrent. J'eus un frisson. Oui, les femmes moches n'étaient pas aussi bêtes.

— Bart, tu ne m'as pas dit ce que tu veux que le Père Noël t'apporte.

Je la regardai. Elle savait de quoi j'avais le plus envie.

— Un poney.

Je sortis de ma poche le canif que Jory m'avait donné et je commençai à me rogner les ongles. Du coup, maman me regarda à son tour. Puis ses yeux se posèrent sur les cheveux de Cindy qui commençaient tout juste à redevenir jolis.

— Range ce couteau, Bart, ça me rend nerveuse. Tu pourrais te blesser.

Elle éternua. Et éternua. Et éternua. Elle éternuait toujours trois fois de suite. Elle prit son mouchoir dans son sac et se moucha, empoisonnant mon bon air pur avec ses saletés de microbes.

Il faisait déjà nuit quand Jory rentra, trempé jusqu'aux os et tout minable, et ça me fit rigoler de voir la tête de maman. Son chouchou l'aimait plus, lui non plus. Voilà ce que c'était de se conduire mal.

Il pleuvait toujours. Elle me regardait en ouvrant de grands yeux, elle était pâle, ses cheveux étaient tout emmêlés et je savais qu'il y avait des hommes qui l'avaient trouvée belle. Je m'arrachai un cheveu que je tendis en en tenant un bout entre mes dents. Je le coupai en deux comme un rien.

— C'est un bon couteau. Effilé comme un rasoir. Il peut couper n'importe quoi. Des jambes, des bras, des cheveux...

Je me marrais : elle était terrifiée. Puissant... ce que je me sentais puissant!

Ça dégringolait de plus en plus fort. Le vent rabattait la pluie sur la façade de la maison en mugissant. Il faisait froid dehors, noir et froid.

Ça a duré comme ça toute la nuit et, le lendemain matin, il tombait encore des cordes. Emma partit quand même dans son auto parce que c'était jeudi et qu'elle avait une amie à voir qu'elle voulait pas y manquer.

— Ne vous fatiguez pas, dit-elle à maman dans le garage. Vous avez une petite mine. Ce n'est pas parce que vous n'avez pas de fièvre que vous n'êtes pas en train de couver quelque chose. Tâche d'être sage, Bart, et de ne pas ennuyer ta mère.

Je rentrai dans la cuisine. Manque de chance, mon bras qui était une aile d'avion heurta les assiettes du petit déjeuner qui tombèrent par terre.

— Tu l'as fait exprès, Bart !

— Oui, maman. Tu dis tout le temps que je fais les choses exprès. Cette fois, c'était pour te montrer que tu as raison.

Je pris mon verre de lait à peine entamé et je le lui lançai en pleine figure, mais je la ratai de quelques centimètres.

— Tu n'as pas honte, Bart ? Quand ton père rentrera, je lui dirai ce que tu as fait et tu seras sévèrement puni.

Je savais d'avance comment ça se passerait. J'aurais droit à une raclée et à un sermon sur l'obéissance et le respect que je devais avoir pour ma mère. Mais la raclée je la sentirais pas et j'entendrais pas son sermon.

— Pourquoi tu me donnes pas la fessée, maman ? Vas-y, qu'on voie si toi, tu arriveras à me faire mal.

J'avais mon couteau en position, prêt à la piquer si elle osait faire un pas. Est-ce qu'elle allait s'évanouir ?

— Comment peux-tu être si méchant alors que tu sais que je ne me sens pas bien ce matin ? Tu as promis à ton père que tu serais sage. Qu'ai-je donc fait pour que tu m'en veuilles tellement ?

J'eus un sourire entendu.

— D'abord, d'où vient ce couteau ? Ce n'est pas celui que Jory t'a donné.

— C'est la vieille dame d'à côté qui m'en a fait cadeau. Elle me donne tout ce que je lui demande. Si je lui disais que je veux un fusil ou une épée, elle me les donnerait parce qu'elle est comme toi — faible et prête à tout pour me plaire, alors qu'il n'y a pas au monde une seule femme qui me plaira jamais.

Cette fois, il y avait vraiment de la terreur dans ses yeux. Elle se rapprocha de Cindy qui, assise sur sa chaise de bébé, faisait des cochonneries en essayant de se fourrer dans la bouche le biscuit qu'elle avait fait barboter dans son lait.

— Tu vas immédiatement aller dans ta chambre, Bart. Tu mettras le verrou et je t'enfermerai de l'extérieur. Je ne veux pas te voir avant le retour de ton père. Et puisque tes céréales n'ont pas l'heur de te plaire, tu seras privé de déjeuner à midi.

— J'ai pas d'ordres à recevoir de toi. Si tu oses mettre ta menace à exécution, eh bien, je dirai à tout le monde ce que tu fais avec ton soi-disant mari. Un frère et une sœur qui vivent dans le péché et la fornication !

Fornication... c'était un chouette mot, style Malcolm.

Elle chancela, se prit la figure entre les mains, essuya son nez qui recommençait à couler, remit son mouchoir dans sa poche et prit Cindy dans ses bras.

— Qu'est-ce que tu veux faire ? Te servir de Cindy comme d'un bouclier ? Ça marchera pas, ça marchera pas, je vous tuerai toutes les deux. Et la police pourra rien contre moi. J'ai que dix ans, dix ans, dix ans, dix ans...

Je m'arrêtais plus, j'étais comme une aiguille coincée dans le même sillon.

Dans ma tête, John Amos me soufflait ce qu'il fallait faire.

— Il y avait une fois à Londres un homme qui s'appelait Jack l'Eventreur, continuai-je comme dans un rêve, et il tuait les prostituées. Moi aussi, je tue les putains et les mauvaises sœurs qui savent pas où est le bien et où est le mal. Je te montrerai comment Dieu veut que soient châtiés ceux qui commettent l'inceste.

Elle tremblait, toute molle, comme un lapin trop terrorisé pour se sauver, Cindy dans ses bras, sans bouger tandis que j'avançais, avançais, avançais en faisant des moulinets avec mon couteau.

— Bart, finit-elle par dire d'une voix plus assurée, je ne sais pas qui t'a raconté ces histoires mais si tu nous fais du mal, à Cindy ou à moi, Dieu te punira — même si la police ne te met pas en prison ou ne te fait pas condamner à la chaise électrique.

Des menaces. Des menaces creuses !

— Est-ce que l'homme avec qui tu vis est ton frère ? je criai. Est-ce qu'il est ton frère ? Si tu mens, vous mourrez toutes les deux.

— Calme-toi, Bart. C'est bientôt Noël, tu le sais. Tu ne veux sûrement pas être enfermé et privé de tous les jouets que le Père Noël mettra dans tes souliers.

— Le Père Noël existe pas !

Qu'elle pense que je croyais encore à une bêtise pareille me mettait hors de moi.

— Tu m'aimais, avant. Tu t'es toujours retenu de le dire mais je le voyais dans tes yeux. Qu'est-ce qui a changé en toi, Bart ? Qu'ai-je fait pour que tu me détestes ? Explique-le-moi afin que je puisse me corriger ?

Regardez-la ! Elle essayait de retarder l'instant de sa mort — et de sa rédemption.

Plissant les yeux, je levai le couteau tranchant comme un rasoir. Ce n'était pas ma grand-mère qui me l'avait donné. C'était un cadeau que John Amos m'avait fait quelque temps après l'arrivée de l'autre vieille sorcière de Marisha. Je pris ma voix tremblotante de vieillard :

— Je suis l'ange de la mort envoyé par le Seigneur pour faire œuvre de justice parce que les humains n'ont pas encore découvert tes péchés.

D'un mouvement prompt, elle se tourna à moitié pour protéger Cindy de ma lame quand je frappai. Et puis, comme je surveillais ce qu'elle faisait, elle lança sa jambe droite en avant. Sous le choc, je lâchai mon couteau. Je me précipitai pour le ramasser mais elle fut plus rapide que moi : d'un coup de pied, elle l'expédia sous le buffet. Je me jetai à plat ventre pour le récupérer mais, cette fois, elle avait dû poser Cindy par terre car, soudain, elle me tomba dessus et me retourna le bras dans le dos. M'empoignant par les cheveux de sa main libre, elle me força à me relever.

— Maintenant, on va voir qui donne des ordres ici et qui sera puni.

Sans me lâcher ni le bras ni les cheveux, elle me poussa jusqu'à ma chambre, me projeta à l'intérieur et, avant que j'aie eu le temps de reprendre mon équilibre, elle referma violemment la porte. La clé tourna dans la serrure. J'étais prisonnier.

— Laisse-moi sortir, courtisane ! Si tu me laisses pas sortir, je mettrai le feu à la maison et on brûlera tous ! Tous !

Elle était appuyée à la porte, de l'autre côté, j'entendais sa respiration hachée et rauque. Je me mis à la recherche de ma provision d'allumettes et de bougies mais elles n'étaient plus là. Tout avait disparu, même le briquet que j'avais fauché à John Amos.

— Voleuse ! Ici, y a rien que des voleurs, des hypocrites, des putains et des menteurs ! Et vous en voulez tous à mon argent ! Vous pensez que je vais mourir aujourd'hui, demain, la semaine ou le mois prochains. Mais je vous enterrerai tous ! Je vivrai jusqu'à ce que la dernière souris du grenier soit morte !

J'entendis le bruit précipité de ses mules dans le hall. J'étais épouvanté. Je ne savais plus quoi faire, maintenant. John Amos m'avait pourtant bien dit d'attendre le soir de Noël pour que ça coïncide sur toute la ligne avec l'autre incendie, l'incendie de Foxworth Hall.

Je me laissai tomber à genoux et, en larmes, murmurai :

— Maman, je pensais pas vraiment toutes les choses méchantes que je t'ai dites. Maman, s'il te plaît, t'en va pas, me laisse pas tout seul. J'aime pas être seul. J'aime pas ce qui se passe en dedans de moi, maman.

J'étais secoué par les sanglots. J'avais peur de moi, de ce que j'étais capable de devenir quand la méchanceté me prenait.

Elle avait pas besoin de fermer la porte à clé quand elle avait Cindy avec elle, quand même! Non? Elle était toujours persuadée que je me conduirais mal. Mais ça devait être parce qu'elle était pareille que moi — incapable de faire autrement. Elle était née belle et corrompue et ce ne serait que par la mort que Dieu sauverait son âme noire. Je poussai un soupir et me relevai : il fallait que je fasse ce que je pouvais pour réparer le gâchis qu'elle avait fait de sa vie et de la nôtre.

— Maman, ouvre-moi! Sinon, je me tuerai. Je sais tout. Je sais ce que vous faites ensemble, toi et ton frère. Les gens d'à côté m'ont tout raconté sur ton enfance. Et ton livre m'a appris le reste. Ouvre-moi si tu veux pas me retrouver mort.

Elle ouvrit la porte et elle me regarda en s'essuyant le nez et en se passant la main dans les cheveux.

— Les gens d'à côté t'ont tout raconté? Que veux-tu dire? Qui sont-ils?

— Tu comprendras quand tu la verras, je lui répondis en crânant.

J'étais brusquement redevenu mauvais. Pourquoi qu'elle prenait tout le temps cette Cindy dans ses bras? C'était moi qu'elle avait mis au monde, pas elle.

— Y a aussi un vieux monsieur qui te connaît. Il est au courant du grenier. Vas-y, va leur parler. Après, tu seras plus aussi heureuse d'avoir une fille.

Elle ouvrit la bouche toute grande, tellement frappée d'horreur que ses yeux bleus virèrent au noir.

— Ne me dis pas de mensonges, s'il te plaît, Bart.
— Je mens jamais, moi, c'est pas comme toi.

Elle se mit à trembler si fort qu'elle faillit lâcher Cindy. Mais elle ne la lâcha pas. Dommage.

— Attends-moi ici, dit-elle alors en se dirigeant vers la penderie. Pour une fois dans ta vie, tu vas faire ce que je te dis de faire. Reste là, regarde la télé, mange tous les bonbons que tu voudras, mais je t'interdis de baguenauder dehors sous la pluie.

Elle allait se rendre à côté. La panique s'empara de moi ; j'avais peur qu'elle ne revienne pas. Peur qu'elle ne fasse pas son salut. Peur que, après tout, ce ne soit pas à un jeu que jouait John Amos — pas à un jeu du tout. Mais je ne pouvais rien dire. Pour la bonne raison que Dieu était de son côté à lui. Forcément, puisque c'était un juste.

Après avoir enfilé son gros manteau blanc et mis ses bottes blanches, maman prit dans ses bras Cindy qu'elle avait aussi chaudement habillée.

— Sois sage, Bart, et n'oublie pas que je t'aime. Je serai de retour dans moins de dix minutes, bien que seul le Ciel puisse savoir ce que la dame en noir connaît de mon existence !

Mal à l'aise, je lui lançai un bref regard. Elle était pâle et elle avait l'air anxieux. J'aurais dû être content que Dieu la punisse déjà et que commence l'œuvre de rédemption. Mais j'étais pas content. Pourquoi ?

T'en va pas, maman, me laisse pas seul ! J'aime pas être seul. Y a que toi qui m'aimes, personne d'autre... personne. Je t'en prie, va pas là-bas. Faut pas que John Amos te voie. J'aurais rien dû dire. J'aurais dû savoir que tu resterais pas ici où t'étais en sécurité. Je mis mon manteau et je me précipitai à la fenêtre. Maman, Cindy dans ses bras, s'éloignait dans le vent et sous la pluie froide. Comme si elle était capable, elle, une simple femme, d'affronter la colère de Dieu !

Dès qu'elle fut hors de vue, je sortis à mon tour pour la suivre. Le vent me jetait la pluie sur la figure. Maman avait une dizaine de mètres d'avance. Elle avait toutes les peines du monde à retenir Cindy qui essayait de lui échapper pour retourner à la maison. « J'aime pas la pluie, elle hurlait. Je veux rentrer ! je veux pas me promener ! »

Maman tentait en même temps de la consoler, de ne pas trébucher et de maintenir son capuchon sur sa tête mais elle finit par y renoncer, préférant protéger Cindy. En un clin d'œil, elle eut les cheveux complètement collés sur le crâne, comme moi, parce que moi, pas question que je mette une capuche, ça non, alors ! J'aurais eu peur de me regarder dans la glace.

Elle glissa dans la boue, faillit tomber mais se rattrapa d'extrême justesse. Cindy lui martelait le visage de ses petits poings en braillant : « Je veux rentrer à la maison ! »

Elle se mit à courir sans regarder derrière elle. Son attention était entièrement concentrée sur le chemin sinueux.

— Tiens-toi tranquille, Cindy !

De grands murs. Des barreaux de fer. Les grilles massives. La boîte magique où on parle dedans. La voix de maman me parvint. Elle s'égosillait pour dominer la plainte du vent.

— Je suis Catherine Sheffield. J'habite la maison voisine et je suis la mère de Bart. Je désire parler à la propriétaire.

Silence. Rien que le mugissement du vent.

— Je veux la voir, reprit maman, et s'il faut pour cela que je passe par-dessus cette grille, qu'à cela ne tienne, je le ferai.

J'attendais, haletant, comme si mon cœur allait cesser de battre. Lentement, très lentement, les grilles s'ouvrirent.

J'eus envie de crier : *Non ! N'y va pas, maman, tu vas tomber dans un piège !* Mais je ne savais pas si c'en était réellement un. Simplement, j'avais peur qu'entre John Amos et le Malcolm qui était dans ma tête, il ne sorte rien de bon de cette expédition chez ma grand-mère. Je me hâtai de me faufiler entre les battants de la grille avant qu'ils se referment.

Quand elle arriva à la maison en tirant Cindy qui continuait de hurler, elle était aussi trempée que moi. Elle secoua le heurtoir.

John Amos l'attendait car il la fit immédiatement entrer en s'inclinant très bas comme devant une reine.

Comme je ne voulais rien rater, je courus jusqu'à l'entrée de service et j'enfilai le couloir direction le monte-plats, en espérant que ma grand-mère serait bien dans la pièce que je croyais. C'est que les palmiers en pots n'étaient plus une bonne cachette : Jory m'y avait déjà déniché une fois. Alors, je me méfiais.

Je me glissai à l'intérieur après avoir ôté mon manteau et je laissai la porte un peu entrebâillée. Maman devait encore être dans le vestibule en train de se débarrasser de ses affaires mouillées et de ses bottes couvertes de boue. Je me trompais pas : elle les avait plus aux pieds quand elle entra. J'avais même pas eu le temps de m'assurer que ma grand-mère était bien là dans son fauteuil à bascule. Oui, elle y était. Elle se leva avec raideur à l'arrivée de maman en planquant ses mains derrière son dos. Son voile lui masquait presque entièrement le visage.

Quand maman apparut sur le pas de la porte avec Cindy qu'avait plus ses vêtements de dessus, il y a eu un petit morceau de moi, tout jeune et tout faible, qui a eu envie de pleurer. Cindy était pas mouillée mais des mèches étaient collées sur les joues de maman et elle avait la figure si rouge, si fiévreuse, que j'eus un coup au cœur. Dieu allait-il la foudroyer sur place ? Voulait-Il vraiment la précipiter sans plus attendre dans les flammes de l'enfer ?

— Pardonnez-moi cette intrusion, commença-t-elle mais j'ai quelques questions à vous poser. Qui êtes-vous ? Et qu'est-ce que c'est que ces histoires que vous racontez à mon fils cadet ? Je ne vous connais pas et vous ne me connaissez pas. Cela ne peut donc être que des mensonges !

Ma grand-mère n'avait pas encore ouvert la bouche. Elle les regardait fixement, elle et Cindy. D'un geste, elle désigna un siège et baissa la tête comme pour s'excuser. Pourquoi qu'elle ne disait rien ?

— C'est charmant, chez vous, fit maman en jetant un coup d'œil à la ronde.

Il y avait de l'étonnement dans ses yeux, et même

son sourire paraissait forcé. Elle posa Cindy par terre en essayant de la tenir par la main mais la mioche paraissait bien décidée à explorer les lieux.

— Rassurez-vous, je ne resterai pas plus longtemps que nécessaire, poursuivit ma mère sans quitter des yeux Cindy. Je tiens une mauvaise grippe et je devrais être au lit mais il fallait absolument que je sache ce que vous avez raconté à mon fils. Il m'a dit des choses épouvantables, il n'a plus aucun respect pour sa mère. Quand vous m'aurez fourni des explications, nous repartirons, la petite et moi.

Grand-mère hocha la tête en gardant les yeux baissés. Je devinais à la façon bizarre dont elle la regardait que maman pensait qu'elle était étrangère et parlait pas anglais. Elle s'assit à côté de la cheminée et Cindy s'installa à ses pieds sur la pierre d'âtre surélevée.

— Il y a peu de maisons aux alentours et quand Bart m'a dit que « la dame d'à côté » lui avait raconté ceci et cela, j'ai tout de suite compris qu'il ne pouvait s'agir que de vous. Qui êtes-vous? Pourquoi essayez-vous de dresser mon fils contre moi? Qu'ai-je bien pu vous faire?

Comme ses questions restaient sans réponse, maman se pencha en avant pour examiner grand-mère avec plus d'attention. Avait-elle déjà des soupçons?

— Je me suis présentée. Ayez au moins la courtoisie de me dire votre nom.

Toujours pas de réponse. Juste une vague inclinaison du voile.

— Ah! je crois que je comprends, fit ma mère avec un froncement de sourcils qui trahissait sa perplexité. Vous ne parlez pas anglais?

La vieille dame secoua à nouveau le menton. Le froncement de sourcils de maman s'accentua.

— Il y a quelque chose qui m'échappe. Vous avez l'air de comprendre ce que je dis mais vous ne répondez pas. Pourtant, vous n'êtes pas muette. Si vous l'étiez, vous n'auriez pu débiter tous ces mensonges à mon fils.

Le tic-tac de la pendule de la cheminée n'avait jamais été aussi bruyant. Ma grand-mère se balançait dans son fauteuil et maman commençait à perdre contenance. Soudain, Cindy bondit sur ses pieds et se précipita vers un petit chat de porcelaine.

— Cindy, veux-tu reposer cela où tu l'as pris!

Obéissant à contrecœur, Cindy remit le chat sur la tablette de marbre. Mais, maintenant, il fallait bien qu'elle trouve autre chose pour s'occuper. Quand elle s'élança en courant vers le salon qui faisait suite au boudoir, maman bondit pour la retenir.

— N'entrez pas! s'écria ma grand-mère en se mettant debout.

Abasourdie, ma mère se retourna lentement sans plus penser à Cindy. Ses yeux bleus s'écarquillèrent et elle pâlit en voyant la femme en noir qui, c'était plus fort qu'elle, tiraillait l'encolure effrangée de son corsage. Elle finit par en extraire son collier et se mit à jouer nerveusement avec les perles.

Maman semblait hallucinée.

— Votre voix... ce n'est pas la première fois que je l'entends.

Grand-mère ne réagit pas.

— Et ces bagues... je les connais. Où les avez-vous trouvées?

Grand-mère haussa les épaules dans un geste d'impuissance et fit disparaître les perles dans son corsage.

— Chez un prêteur, fit-elle avec un étrange accent râpeux. Une occasion...

Maman plissa les paupières sans cesser d'examiner cette femme qui n'était pas une étrangère pour elle. Je n'osais pas respirer.

Comme si ses jambes, brusquement, ne pouvaient plus la porter, elle se laissa tomber sur la chaise la plus proche. Elle avait complètement oublié Cindy, qui furetait dans l'autre pièce.

— Vous comprenez un peu l'anglais, à ce que je vois, dit-elle d'une voix lente et calme. Dès que je suis entrée dans ce salon, cela a été comme si j'étais projetée dans le passé, comme si j'étais de nouveau enfant. Ma mère aimait le même genre de meubles, les mêmes couleurs. Ces fauteuils de brocart, cet écran de velours, la pendule sur la cheminée... ce décor lui aurait plu. Jusqu'à vos bagues qui ressemblent à celles qu'elle portait. Ainsi, vous les avez trouvées chez un prêteur ?

— Beaucoup de femmes aiment ce style d'ameublement... et de bijoux.

— Vous avez une voix singulière, madame... Madame ?

La vieille dame en noir haussa encore les épaules.

Maman se releva pour aller chercher Cindy à côté. Je retins mon souffle. Le portrait... c'était là qu'il était. Elle ne pourrait pas manquer de le remarquer. Mais elle n'avait pas dû regarder autour d'elle car elle revint presque aussitôt avec Cindy dont elle ne lâcha pas la main.

— Quelle maison extraordinaire ! fit-elle, le dos tourné à la cheminée. Si je fermais les yeux, je pourrais jurer que c'est Foxworth Hall.

Que les yeux de ma grand-mère étaient sombres !

— Ne portez-vous pas un collier ? J'ai cru apercevoir des perles entre vos doigts, tout à l'heure. Pourquoi ne les montrez-vous pas ; vous montrez bien vos bagues ?

Nouveau haussement d'épaules.

Tenant toujours Cindy par la main, maman s'approcha de la vieille dame en qui je ne voulais plus voir ma grand-mère.

— Une foule de souvenirs me reviennent. Je me rappelle une nuit de Noël, la nuit où le feu a dévoré Foxworth Hall. Une nuit froide mais illuminée comme si c'était un 4 Juillet. J'ai retiré toutes mes bagues, mes diamants, mes émeraudes et je les ai jetées. Je pensais que personne ne les trouverait jamais. Et vous avez au doigt l'émeraude que j'avais enfouie dans la neige en les piétinant ! Chris a, plus tard, recueilli toutes ces pierres parce qu'elles appartenaient à sa mère ! À sa chère mère !

— Je suis malade, moi aussi, allez-vous-en, murmura la morne silhouette noire plantée au milieu de la pièce.

La vieille dame restait debout, à distance du fauteuil à bascule où elle aurait risqué d'être prise comme dans un piège. Mais le piège s'était déjà refermé.

— C'est vous ! fit ma mère dans un cri. J'aurais dû le deviner ! Il n'existe pas au monde un autre sautoir de perles ayant pour fermoir un papillon en diamants, il n'y a que le vôtre. Mais bien sûr que vous êtes malade ! Comment pourrait-il en être autrement ? Tout s'explique, maintenant. Comment avez-vous osé vous réintroduire dans ma vie ? Ne nous avez-vous pas suffisamment fait de mal comme ça ? Il faut que vous recommenciez ? Je vous hais mais je n'avais jamais eu encore l'occasion de vous rendre la monnaie de votre pièce. Vous prendre Bartholomew n'était pas suffisant. Je peux enfin assouvir ma vengeance !

Lâchant la main de Cindy, elle se rua sur ma grand-mère. La vieille dame essaya de faire front mais elle était trop faible. J'étais captivé par le spectacle de ces deux femmes qui se battaient. Surprise par la violence de l'attaque, la grand-mère semblait ne pas trop savoir quoi faire. À ce moment, Cindy poussa un cri d'effroi et fondit en larmes.

— Maman... je veux rentrer à la maison !

La porte s'ouvrit et John Amos entra. Comme ma mère se préparait à repartir à l'attaque, il tendit le bras et posa sa grande main osseuse sur l'épaule de ma grand-mère.

— Madame Sheffield, commença-t-il de sa voix geignarde et sifflante, vous avez été civilement accueillie dans cette maison et vous vous permettez de vous livrer à des voies de fait sur mon épouse dont la santé est chancelante depuis de nombreuses années. Je m'appelle John Amos Jackson et cette dame est Mme Jackson, ma femme.

Maman en demeura muette de stupéfaction. Enfin, elle retrouva l'usage de la parole :

— John Amos Jackson, répéta-t-elle en faisant un sort à chaque syllabe. J'ai déjà entendu ce nom. Pas plus tard qu'hier, en relisant mon manuscrit, je me suis dit qu'il faudrait que je le modifie légèrement. Vous êtes le John Amos Jackson qui était autrefois le maître d'hôtel de Foxworth Hall !

Elle pivota sur elle-même dans l'intention de prendre Cindy par la main — c'était du moins ce que je pensais. Mais non : elle arracha d'un geste vif le voile qui cachait le visage de ma grand-mère.

— Mère ! J'aurais dû savoir depuis des mois que c'était vous. Dès l'instant où je suis entrée, je l'ai senti — votre présence, votre parfum, le choix du mobilier et de la décoration... ce ne pouvait être que vous. Est-ce la démence ou la bêtise qui vous a conduite à penser que j'aurais pu oublier votre parfum, vos bijoux ?

Elle éclata d'un rire nerveux et farouche tout en tournant autour de John Amos qui essayait maladroitement de la saisir à bras-le-corps avant qu'elle ne se jette à nouveau sur ma grand-mère.

Elle dansait ! Elle pirouettait et ses mains voltigeaient.

— J'aurais dû savoir que c'était vous, répéta-t-elle sur un ton vibrant sans cesser de faire des ciseaux et des jetés battus. Bart n'est plus le même depuis que vous êtes là. Vous ne pouviez pas nous laisser en paix, n'est-ce pas ? Il a fallu que vous veniez pour tenter de détruire ce que nous avions construit, Chris et moi ? Pour la première fois de notre vie, nous étions heureux. Et maintenant, vous avez anéanti notre bonheur. Vous avez réussi à faire perdre la raison à Bart et il va falloir l'enfermer comme vous l'avez été. Oh ! Comme je vous hais ! Pour cela et pour bien d'autres raisons ! Cory, Carrie... et Bart, à présent. Vous ne cesserez donc jamais de nous faire du mal ?

Lançant sa jambe en avant, elle glissa le pied derrière le genou de ma grand-mère qui, déséquilibrée, s'écroula. Alors, elle fondit sur elle pour lui arracher son collier. Elle tira dessus à deux mains ; le fil cassa et les perles s'éparpillèrent sur le tapis chinois.

John Amos la remit brutalement sur ses pieds et la secoua avec force.

— Ramassez ces perles, madame Sheffield, lui ordonna-t-il d'une voix dure, soudain étrangement sonore.

J'étais étonné de sa violence. À ma place, Jory aurait bondi sur lui pour sortir maman de ses griffes. Mais que fallait-il que je fasse, moi ? Dieu voulait qu'elle paye ses péchés et si j'intervenais, que me ferait-Il ?

Mais maman n'avait pas besoin de mon aide, après tout. Elle rejeta la tête en arrière et lança un coup de boule en plein dans la mâchoire de John Amos. J'entendis distinctement claquer ses fausses dents au moment où elle se dégageait. Mais il se rua sur elle avec encore plus de détermination. Il allait la tuer, ce serait lui qui serait l'instrument de la colère de Dieu !

Il poussa un hurlement quand le genou de maman s'écrasa sur ses parties et, plié en deux, il s'effondra sur le sol.

— Le diable vous emporte ! hoqueta-t-il.

Il se roulait par terre en gémissant.

— Qu'il vous emporte vous, John Amos Jackson ! gronda ma mère. Si vous avez le malheur de lever encore la main sur moi, je vous arrache les yeux.

Ma grand-mère s'était relevée. Debout au milieu de la pièce, mal assurée sur ses jambes, elle s'efforçait de remettre en place son voile déchiré. La gifle que lui envoya maman la fit retomber dans son fauteuil à bascule.

— Le diable vous emporte vous aussi, Corinne Foxworth ! J'espérais ne plus jamais revoir vos traits. J'espérais que vous mourriez dans votre « maison de repos » et qu'il me serait épargné d'entendre à nouveau le son de cette voix qui m'était si douce à une époque. Mais je n'ai jamais eu de chance. J'aurais dû savoir que vous n'auriez pas la délicatesse de mourir et de nous laisser en paix, Chris et moi. Vous êtes comme votre père qui s'accrochait désespérément à une vie qui ne valait pas la peine d'être vécue.

Je ne savais pas que ma mère était capable de se mettre dans une colère aussi terrible. Elle était tout à fait comme moi. Ce fut avec ébahissement et épouvante que je la vis empoigner le fauteuil de ma grand-mère et le secouer si brutalement qu'il se renversa. Toutes les deux dégringolèrent sur John Amos qui continuait de gémir — peut-être qu'il serait infirme pour toujours, maintenant. En deux temps, trois mouvements, maman se mit à califourchon sur ma grand-mère et entreprit de lui arracher ses bagues.

— Non, Cathy, pas ça! disait la vieille dame en essayant de se défendre et de protéger ses bijoux.

— Ah! Il y a si longtemps que je rêve de vous voir ainsi, gisant par terre et demandant merci! J'avais tort : c'est mon jour de chance, aujourd'hui. Enfin, je vais pouvoir vous faire payer tout le mal que vous avez fait. Regardez ce que je vais faire de vos chers joyaux. (Elle leva le bras et, d'un geste frénétique, elle lança toutes les bagues dans le feu.) Voilà! Voilà! C'est fait! Et c'est ce que j'aurais dû faire la nuit où Bart est mort.

Puis, exultante, elle prit Cindy dans ses bras et l'entraîna dans le vestibule.

John Amos, qui avait réussi à se relever, bredouillait quelque chose où il était question de progéniture du diable qui aurait dû périr alors qu'elle était en cage. « Maudite tigresse! Il aurait fallu l'égorger avant qu'elle puisse engendrer une nouvelle engeance infernale! »

J'avais entendu.

Mais pas elle, peut-être.

Je me glissai hors de ma cachette sans être vu de ma grand-mère qui pleurait, assise par terre dans ses oripeaux noirs.

Maman réapparut sur le seuil de la porte. Elle grelottait, bien qu'elle eût remis son manteau et ses bottes.

— Qu'est-ce que vous avez dit, John Amos Jackson ? Vous ai-je entendu me traiter de maudite tigresse ? D'engeance infernale ? Répétez-moi cela en face. Allez... répétez-le, maintenant que je suis une adulte et non plus une enfant terrifiée, que la force est de mon côté, et non plus du vôtre. Vous auriez tort de vous imaginer que vous pourrez vous en tirer à si bon compte, à présent.

Il marcha sur elle en brandissant un tisonnier qu'il avait dû prendre dans la cheminée. Maman éclata d'un rire méprisant à la vue d'un aussi piètre adversaire. Elle esquiva agilement, le contourna et, levant sa bonne jambe, lui expédia un coup de pied dans le derrière. John Amos s'écroula face contre terre avec un cri de fureur.

Moi aussi, je poussai un cri. Ce fut alors qu'elle me vit. Ses yeux s'écarquillèrent, le sang se retira de ses joues et elle parut se recroqueviller sur elle-même.

— Bart ! fit-elle dans un souffle.

Je murmurai :

— John Amos m'a dit tout ce que je devais faire.

Elle se tourna vers ma grand-mère.

— Voilà votre œuvre ! Vous avez détourné mon fils de moi. Vous êtes toujours arrivée à vos fins, quitte à tuer pour y parvenir. Vous avez empoisonné Cory, vous avez empoisonné l'esprit de Carrie au point de la pousser au suicide, vous avez assassiné Bartholomew Winslow en le forçant à retourner dans la maison en flammes pour sauver une vieille peau qui ne méritait pas de vivre et maintenant, c'est l'esprit de mon fils que vous empoisonnez. Vous avez échappé à la justice en plaidant l'irresponsabilité. Mais vous n'étiez pas folle quand vous avez mis le feu à Foxworth Hall. C'est la première fois de votre vie que vous avez fait preuve d'intelligence. Mais l'heure de la vengeance a sonné.

Sur ces mots, elle se précipita vers la cheminée, s'empara de la pelle à cendres et se mit à balancer des tisons ardents dans la pièce.

— Habille-toi, Bart, me lança-t-elle quand le tapis commença à brûler. Nous rentrons. Et nous partirons si loin qu'elle ne nous retrouvera jamais.

Je poussai un cri, ma grand-mère aussi. Maman qui était en train de boutonner le manteau de Cindy ne vit pas que John Amos avait récupéré son tisonnier. Pétrifié, j'ouvris à nouveau la bouche pour avertir ma mère mais le tisonnier s'abattit sur sa tête et elle s'effondra comme une poupée de son.

— Imbécile! hurla ma grand-mère. Vous venez peut-être de la tuer!

Les événements se déroulaient trop vite et les choses ne se passaient pas comme elles auraient dû. Il n'était pas prévu que maman serait blessée. Je m'apprêtais à protester mais John Amos, grimaçant, les lèvres retroussées, s'avança vers ma grand-mère qui, agenouillée près de ma mère dont elle avait pris la tête entre ses mains, murmurait plaintivement :

— Cathy, Cathy, ne meurs pas, je t'en supplie! Je t'aime, je t'ai toujours aimée. Je n'ai jamais voulu la mort d'aucun d'entre vous. Je n'ai jam...

La taloche que John Amos lui administra fut si brutale qu'elle s'affala sur le corps de maman.

Cindy hurla.

Moi, la colère m'aveuglait.

— John Amos! Ce n'était pas le plan de Dieu!

Il se retourna. Son sourire était plein d'assurance.

— Si, Bart. Il m'a parlé cette nuit et m'a donné Ses instructions. N'as-tu pas entendu ta mère dire qu'elle allait partir loin, très loin? Penses-tu qu'elle s'encombrerait d'un garçon aussi embarrassant que toi qu'il lui faudrait traîner comme un boulet? Allons donc! Elle commencerait par te mettre dans une institution, après quoi elle disparaîtrait et tu ne la reverrais jamais plus. Tu serais enfermé comme l'était ta grand-mère et, elle non plus, tu ne la reverrais plus. Car la vie est cruelle, Bart, et c'est de cette façon qu'elle traite les êtres de bonne volonté. Je suis le seul qui cherche à te protéger et à t'éviter pire que la prison.

Prison, prison, c'était presque comme poison.

— Est-ce que tu m'écoutes, Bart ? As-tu entendu ? Comprends-tu que je fais ce que je peux pour te les conserver toutes les deux ?

Je le regardai. Non, je ne comprenais rien à rien.

— Oui, Bart. Tu n'auras pas un souvenir, mais deux.

Je ne savais ni quoi ni qui croire. Je baissai les yeux sur les deux femmes qui gisaient par terre, ma mère et ma grand-mère qui était tombée en travers d'elle. Et ce fut d'un seul coup comme une vague qui me submergeait : je les aimais toutes les deux. Plus que je ne l'avais jamais imaginé. Étaient-elles aussi mauvaises que John Amos l'affirmait ?

Et il était là, devant moi, John Amos, le seul qui avait toujours été sincère avec moi, qui m'avait dit dès le début qui était mon vrai papa, qui était ma vraie grand-mère, qui était le sage et malin Malcolm.

Je plongeai mon regard dans ses yeux pour y lire mon devoir. Dieu était derrière John Amos. Sinon, il n'aurait pas vécu aussi vieux.

Il me sourit. Je me rétractai quand il me gratouilla sous le menton. J'avais horreur qu'on me touche, même si je sentais rien.

— Maintenant, écoute-moi bien, Bart. D'abord, tu vas ramener Cindy chez toi. Et puis, tu lui feras jurer de ne rien dire en la menaçant de lui trancher sa petite langue rose si elle désobéit. Tu pourras le lui faire promettre ?

Je hochai la tête. J'étais hébété. Fallait que Cindy promette...

— Vous ferez pas de mal à maman et à ma grand-mère ?

— Bien sûr que non. Je vais seulement les mettre en sécurité. Tu pourras les voir quand tu voudras. Mais pas un mot à l'homme qui se fait passer pour ton père. *Pas un seul mot !* N'oublie pas qu'il fera tout ce qu'il faudra, lui aussi, pour qu'on t'enferme.

J'avalai péniblement ma salive. Je ne savais pas ce que je devais faire. John Amos le savait, lui.

— À présent, tu vas rentrer avec Cindy. Et débrouille-toi pour qu'elle la boucle. Enferme-toi dans ta chambre et joue les ahuris. Tu ne sais rien. Et n'oublie pas de faire terriblement peur à ta petite sœur pour qu'elle n'ouvre pas la bouche.

— C'est pas ma petite sœur, protestai-je faiblement.

— Qu'est-ce que ça change ? gronda-t-il avec irritation. Fais ce que je te dis, suis aveuglément mes instructions. Comme Dieu veut que les hommes croient en Lui — sans poser de questions. Et arrange-toi pour que ton père ne devine jamais que tu as percé son secret ni que tu sais où est ta mère. Même chose pour ton frère. Tu feras l'imbécile. Tu ne devrais pas avoir de peine à être convaincant dans ce rôle.

Qu'est-ce qu'il voulait dire ? Est-ce qu'il se moquait de moi ? Fronçant les sourcils, je lui décochai un regard à la Malcolm.

— Sachez, John Amos, que le jour où vous réussirez à me rouler, les canards porteront des bretelles. Alors, je vous conseille de pas vous ficher de moi et de pas me prendre pour un idiot, parce que c'est moi qui finirai par gagner. Je gagnerai toujours, mort ou vif.

Je débordais de puissance. J'avais jamais eu encore autant de force dans la cervelle. Je regardai les deux femmes que j'aimais, allongées par terre. Oui, c'était ce que Dieu avait décidé : il m'avait donné deux mères pour toujours. Je ne serais plus jamais seul.

— Alors, tu ne diras pas un mot de tout ça ni à papa ni à Jory, sinon je te coupe la langue, ordonnai-je à Cindy une fois de retour à la maison. Tu veux pas que je te la coupe, hein ?

Ses joues étaient barbouillées de larmes et, aussi, de saleté. Elle ouvrait la bouche toute grande, ses yeux lui sortaient des orbites et elle pleurnichait comme un petit bébé. Je lui mis son pyjama et je la couchai en gardant les yeux fermés pour que le spectacle impudique de son corps de petite fille ne me la fasse pas détester encore davantage.

OÙ EST MAMAN ?

Il y avait une personne à qui il fallait que je rabatte le caquet. Celle qui semblait avoir déclenché une tempête qui allait détruire à jamais notre vie. Nous avions abordé la question avec papa mais la situation était toujours aussi critique et je nageais en plein brouillard. Pourquoi avait-elle décidé de venir mettre les pieds dans le plat ? Finalement, incapable de contenir ma colère, j'entrai en trombe dans le bureau de Madame M. après la leçon de danse. Et j'attaquai :

— Je ne vous pardonne pas d'avoir dit toutes ces choses odieuses à maman. Depuis ce jour-là, tout est allé de mal en pis. Alors, de deux choses l'une : ou vous la laissez en paix, ou je m'en vais et vous ne me reverrez jamais plus. Est-ce pour la rendre malade que vous avez fait le voyage ? Comme si ça ne suffisait pas qu'elle ne puisse plus danser ! Si vous n'arrêtez pas de la persécuter, moi aussi je raccrocherai les chaussons. Je disparaîtrai et vous ne saurez plus rien de moi.

Elle pâlit et, soudain, elle eut l'air très vieux.

— On croirait entendre ton père. Julian me transperçait du même regard noir et enflammé.

— Je vous aimais, avant.

— Avant ?

— Oui, avant, quand je pensais que vous vous intéressiez à moi et à mes parents. Je croyais alors qu'il n'y avait rien au monde de plus merveilleux que la danse. Maintenant, je ne le crois plus.

On aurait dit que je lui donnais un coup de poignard en plein cœur. Elle recula en chancelant jusqu'au mur et elle serait tombée si je ne m'étais pas avancé pour la soutenir.

— Je t'en prie, Jory, ne t'en va pas ! balbutia-t-elle d'une voix étranglée. Jamais ! N'arrête pas de danser. Sinon, ma vie perdrait tout sens, George aurait vécu pour rien et Julian aussi.

J'étais dans un tel état de désarroi que j'étais incapable de parler. Alors, je me suis sauvé en courant, comme Bart quand le poids du fardeau qui l'accablait devenait insupportable.

— Où vas-tu, Jory ? (C'était la voix de Melodie.) Tu es bien pressé. Je croyais que tu devais m'offrir une orangeade ?

Mais je ne m'arrêtai pas. Plus rien, plus personne ne comptait. Ma vie s'était brisée net. Mes parents n'étaient pas mariés. Quel pasteur, quel juge aurait uni un frère et une sœur ?

Une fois dans la rue, je cessai de courir et pris la direction du jardin public. Je m'assis sur un banc et m'abîmai dans la contemplation de mes pieds. C'étaient des pieds de danseur. Musclés, sans cals, prêts à faire leur travail. Que deviendrais-je quand je serais grand ? Je ne tenais pas vraiment à être médecin, même s'il m'était parfois arrivé de dire le contraire pour faire plaisir à celui que j'aimais à l'égal d'un père. Quelle bouffonnerie ! À quoi bon essayer de me leurrer ? Pour moi, vivre sans la danse n'était pas possible. En cherchant à punir Madame Marisha, ma mère, mon beau-père — qui, en réalité, était mon oncle —, c'était moi que je punissais, et plus durement encore.

Je regardai autour de moi les petits vieux qui prenaient l'air, solitaires, en me demandant si je serais semblable à eux, un jour. Je réfléchis. Non. Quand il le fallait, je savais reconnaître mes erreurs. Et demander pardon.

Madame M. était à son bureau, la tête enfouie dans les mains, quand je poussai doucement la porte. J'avais quand même dû faire un peu de bruit car elle se redressa. Ses yeux étaient embués mais, à ma vue, ils brillèrent de joie. Elle s'abstint de faire allusion à ce qui s'était passé une demi-heure plus tôt.

— J'ai un cadeau pour ta mère, dit-elle en sortant d'un tiroir une boîte dorée entourée d'un ruban de satin rouge. (Elle parlait sur un ton guindé sans que son regard croisât le mien.) C'est toi qui as raison,

Jory. J'étais décidée à t'enlever à tes parents parce que j'estimais que c'était dans ton intérêt, mais je me rends compte à présent que, en réalité, j'agissais par égoïsme, que c'était plus à moi qu'à toi que je pensais. Les enfants appartiennent à leur mère, pas à leur grand-mère. (Elle regarda la jolie boîte dorée avec un sourire amer.) Ce sont des *Godiva*. Catherine en était folle quand elle faisait partie de la compagnie de Mme Zolta, à New York. Mais, en ce temps-là, il n'était pas question de manger de chocolats, pour ne pas grossir — encore qu'elle brûlât plus de calories que la plupart des ballerines quand elle dansait — et je ne lui en autorisais qu'un seul par semaine. Mais maintenant qu'elle ne danse plus, elle peut exaucer les désirs de son cœur.

C'était la formule de Bart.

— Maman a attrapé une mauvaise grippe, fis-je sur un ton tout aussi emprunté. Merci pour les chocolats et pour ce que vous venez de me dire. Elle sera contente de savoir que vous n'essaierez plus de me prendre à elle. (Je lui fis un sourire et embrassai sa joue parcheminée.) D'ailleurs, vous pouvez largement me partager, toutes les deux. Maman est quelqu'un de merveilleux. Elle ne m'a jamais dit qu'il y avait eu des conflits entre vous. (Je m'assis sur l'unique chaise du bureau et croisai les jambes.) J'ai peur, grand-mère. Rien ne va plus à la maison. Bart est plus bizarre de jour en jour. Maman est malade. Papa a l'air affreusement malheureux. C'est bientôt Noël et on n'a encore fait aucun préparatif. Si ça continue, je crois que je vais craquer, moi aussi.

Elle exhala un de ces gloussements de mépris dont elle avait le secret — je la retrouvais !

— C'est la vie — vingt minutes de misère pour deux secondes de joie. Alors, aie une reconnaissance éternelle pour ces deux précieuses secondes et savoure-les. Apprécie tous les moments de bonheur, quel que soit le prix à payer.

Je lui adressai un sourire forcé. Au fond de moi-même j'étais vraiment en détresse, et ces propos cyniques n'étaient guère de nature à me réconforter.

— Pourquoi faut-il donc qu'il en soit ainsi ?
— Réfléchis, Jory, fit-elle en approchant de ma figure son visage tout fripé. S'il n'y avait pas d'ombre, comment saurions qu'il fait soleil ?

Cette philosophie amère m'apporta un peu de sérénité.

— D'accord, je vois où vous voulez en venir, Madame M. Peut-être que cela ne vous attriste pas. Moi si.
— Moi aussi, murmura-t-elle dans un soupir douloureux.

Je la serrai dans mes bras. Nous étions parvenus à une sorte de compromis.

Dans la voiture, je mourais d'envie d'ouvrir la boîte de chocolats que je tenais sur mes genoux.

— Papa, fis-je d'une voix hésitante, Madame M. offre ces chocolats à maman en signe de réconciliation.

Il me lança un coup d'œil et sourit.

— C'est gentil de sa part.
— Quand même, je trouve drôlement bizarre qu'elle reste si longtemps malade de cette grippe. Quand elle est souffrante, ça ne dure jamais plus d'un jour ou deux. Elle me paraît très fatiguée, pas toi ?
— C'est la faute de ce maudit bouquin, maugréa papa. (La circulation était dense. Il mit les essuie-glaces en marche et se pencha en avant pour mieux voir les panneaux.) Je voudrais bien qu'il cesse de pleuvoir. La pluie la déprime toujours. Elle ne se couche pas avant 4 heures du matin et elle se lève aux aurores pour se remettre à gratter du papier. Elle n'ose pas se servir de sa machine de crainte de me réveiller. Quand on brûle la chandelle par les deux bouts, on finit par y laisser sa santé. C'est ce qui est en train de lui arriver. D'abord sa chute et, maintenant, cette grippe. (Il me lança à nouveau un regard en coin.) Et il y a Bart et ses problèmes, toi et les tiens.

Tu connais notre secret, à présent. Nous en avons parlé, ta mère et moi, nous en avons parlé, toi et moi, pendant des heures et des heures. Peux-tu nous pardonner ? Ai-je réussi à t'aider à comprendre ?

Je baissai la tête. La honte...

— J'essaie.

— Tu essaies ? Est-ce donc tellement difficile ? Ne t'ai-je pas dit ce qu'a été notre enfance quand nous étions enfermés tous les quatre dans une seule et même pièce ? C'est ainsi que nous avons grandi et, adolescents, nous nous sommes rendu compte que nous n'avions personne en dehors l'un de l'autre...

— Mais, papa, après que vous vous êtes échappés et que le Dr Paul vous a eu recueillis, tu aurais pu trouver quelqu'un. Pourquoi a-t-il fallu que ce soit elle ?

Il poussa un soupir et ses mâchoires se crispèrent.

— Je croyais pourtant t'avoir expliqué quels étaient alors mes sentiments à l'égard des femmes. Cathy était là quand j'avais besoin d'elle. Notre propre mère nous avait trahis. Les idées que l'on se fait quand on est jeune restent gravées de façon indélébile dans l'esprit. Si l'incapacité où je suis d'aimer une autre femme que ta mère a eu pour conséquence de te faire souffrir, je le regrette, crois-moi.

Que répondre à cela ? Je ne pouvais pas comprendre. Le monde était rempli de femmes jeunes et belles, elles étaient des milliers, des millions. Et, soudain, je pensai à Melodie. Si elle mourait, pourrais-je lui trouver une remplaçante ? Je tournai et retournai la question dans ma tête. Papa gardait le silence. On aurait dit qu'il lisait dans mes pensées. Oui, si jamais j'avais le malheur de perdre Melodie, je continuerais quand même à vivre et je finirais par en trouver une autre. N'importe quoi plutôt que...

— Je sais ce que tu penses, Jory. Je me suis demandé pendant des années et des années pourquoi il a fallu que ce soit ma sœur et personne d'autre. Peut-être que ce que notre mère nous avait fait subir m'avait ôté toute confiance dans les femmes en général et que seule ma sœur pouvait m'apporter un réconfort. Si je n'ai pas craqué pendant cette interminable captivité, c'est grâce à elle. Cette unique pièce où nous étions confinés, elle l'avait transformée en un authentique foyer. Elle mettait la table avec amour, elle faisait les lits, elle faisait la lessive dans la salle de bains, elle étendait le linge à sécher dans le grenier. Mais c'était d'abord et surtout sa manière de danser, là-haut, qui l'a fait entrer à jamais dans mon cœur. Je me disais que j'étais son prince charmant comme elle était ma princesse. J'étais romantique, en ce temps-là, encore plus qu'elle. Ta mère est d'une autre étoffe que la plupart des femmes, Jory. Elle était capable de s'épanouir tout en cultivant sa haine. Moi pas. Il fallait que j'aime ou que je meure. Après notre évasion de Foxworth Hall, elle a flirté avec le Dr Paul dans l'espoir de briser ce qu'il y avait entre elle et moi. Puis, à cause du mensonge d'Amanda, la sœur de Paul, elle s'est mariée avec ton père. Elle a été une bonne épouse mais après son suicide, elle s'est installée en Virginie afin de mener à bien ses projets de vengeance. Elle voulait séduire le second mari de notre mère. Comme tu l'as découvert, Bart est son fils, et non celui de Paul, contrairement à ce que nous vous avons dit. Nous étions obligés de mentir pour vous protéger. Par la suite, après la mort de Paul qu'elle avait fini par épouser, elle est revenue vers moi. Pendant toutes ces années d'attente, j'avais la certitude qu'un jour elle serait enfin mienne si je conservais vivante la flamme de mon premier amour. Il m'était impossible de trouver une autre femme qui soutienne la comparaison avec elle. J'avais à peu près ton âge quand mon cœur l'a choisie. Choisis bien la première fille que tu aimeras, Jory, car tu ne pourras jamais l'oublier.

Décidément, songeai-je en poussant un soupir que je retenais depuis longtemps, la vie ne ressemblait en rien aux contes de fées qui servent d'arguments aux ballets et aux feuilletons de la télévision. L'amour, contrairement à ce que j'avais plus ou moins espéré, n'était pas quelque chose qui naît durant une saison et meurt avec elle.

J'avais l'impression que nous n'arriverions jamais. Papa était obligé de rouler avec la plus grande prudence. De temps en temps, ses yeux se posaient fugitivement sur la pendule du tableau de bord. Je regardai dehors. Il y avait partout des décorations de Noël, des sapins illuminés qui brillaient. Comme j'aurais voulu être encore l'année dernière, quand nous étions heureux! Le bonheur semblait alors devoir durer toujours. J'aurais voulu que la vieille dame d'à côté n'ait jamais fait irruption dans notre existence. Que Madame M. ne soit pas venue fourrer son nez dans la vie de papa et maman et dévoiler des secrets qu'il aurait mieux valu ne jamais révéler. Le pire était que ces deux femmes avaient détruit la fierté que j'éprouvais pour mes parents. En dépit de moi-même, je leur en voulais de faire ce qu'ils faisaient, de risquer le scandale, de risquer de nous broyer tous, moi, Bart et Cindy. Et tout cela pourquoi? Parce que Chris n'avait pas réussi à trouver une autre femme à aimer que Cathy. Et que celle qu'il aimait avait sûrement dû faire quelque chose pour entretenir sa fidélité et son espérance.

— Ta mère se plaint de temps en temps que ses chapitres ne sont pas à leur place, Jory, dit soudain papa au moment où nous nous engagions dans l'allée. Traiter avec insouciance un travail important, ce n'est pas son genre. Je suppose que tu les as pris dans son tiroir pour les lire...

Devais-je lui dire la vérité?

C'était Bart qui avait commencé à chiper des pages du manuscrit mais mon sens de la loyauté n'avait pas été assez fort pour m'empêcher de les lire aussi. Pourtant, je n'avais pas encore lu le manuscrit jusqu'au bout. Quelque chose m'avait empêché d'aller plus loin que le passage qui racontait comment le frère avait violenté sa propre sœur. Que l'homme assis à côté de moi ait pu violer sa sœur qui n'avait que quinze ans dépassait ma compréhension. Rien, ni l'exacerbation de son désir, ni la situation particulière qui l'avait conduit à commettre un acte aussi sacrilège, n'était une circonstance atténuante. Et elle n'aurait pas dû se laisser aller à raconter cela !

— Jory, est-ce que je t'ai... perdu ?

Je me tournai lentement vers lui, le cœur serré, les jambes molles. Son visage défait et ravagé me mettait à la torture. Pourtant, j'étais incapable de lui dire que oui... ou que non.

— Inutile de me répondre, fit-il d'une voix tendue. Ton silence est une réponse suffisante. Je suis navré. Je t'aime comme si tu étais mon fils et j'espérais que tu m'aimerais suffisamment pour comprendre. Cathy aurait dû garder ses brouillons sous clé et compter avec la curiosité de ses fils.

— Tout est inventé, hein ? lui demandai-je, avec espoir. Bien sûr que c'est du roman ! Jamais une mère n'aurait pu traiter ses enfants de cette manière...

J'ouvris la portière et, sans attendre, je me précipitai vers la maison en courant. Déjà, j'ouvrais la bouche pour appeler maman mais je la refermai. Il était plus facile d'éviter la confrontation.

Habituellement, quand je rentrais, je faisais un peu de jogging dans le jardin, des entrechats et des bonds ou, quand il pleuvait, comme c'était actuellement le cas, je passais davantage de temps à faire des exercices à la barre. Mais, ce jour-là, je me plantai devant la télé pour regarder une émission bêtasse mais amusante.

— Cathy ! cria papa en entrant. Où es-tu ?

Pourquoi ne lançait-il pas à la cantonade son traditionnel « Viens m'embrasser si tu m'aimes » ?

— As-tu dit bonjour à ta mère, Jory ?
— Je ne l'ai pas vue.
— Où est Bart ?
— Je ne l'ai pas cherché.

Il m'adressa un regard suppliant avant de pousser la porte de la chambre qu'il partageait avec « sa femme ».

— Cathy! L'entendis-je appeler. Où es-tu, Cathy?

Quelques secondes plus tard, il entra dans la cuisine d'où il ressortit bredouille. Il se mit alors à visiter toutes les pièces les unes après les autres et finit par frapper à la porte de Bart. Elle était fermée à clé.

— Bart! Tu es là?

Il y eut un long silence. Enfin, la voix boudeuse de mon frère s'éleva :

— Ouais, j'suis là. Où est-ce que je pourrais être puisque la porte est fermée à clé?

— Eh bien, ouvre-la et sors.

— Maman m'a enfermé pour que je puisse pas, justement. De l'extérieur.

Je ne bougeai pas. Plongé dans le feuilleton, je m'efforçais de rester en dehors du coup tout en me demandant comment j'arriverais à survivre et à grandir normalement alors que je me sentais tellement malheureux.

Papa, qui était quelqu'un de prévoyant, avait les doubles de toutes les clés de la maison. Bart fut bientôt libéré et il le mit aussitôt sur le gril :

— Qu'est-ce que tu as fait encore pour que ta mère t'ait bouclé avant de sortir?

— Moi? Rien.

— Tu as sûrement dû faire quelque chose qui l'a mise en colère.

Bart eut un sourire bizarre mais ne répliqua pas. Je les regardai tous les deux, inquiet et effrayé.

— Bart, si tu as fait du mal à ta mère, je te jure que tu le sentiras passer, tu peux compter sur moi.

— Moi? Lui faire du mal? C'est elle qui m'en fait. Elle m'aime pas, elle aime que Cindy.

— Cindy? s'exclama papa, se rappelant brusquement l'existence de la petite.

Il alla la chercher dans sa chambre.

— Où est maman, Bart?

— Qu'est-ce que tu veux que j'en sache? Puisqu'elle m'a enfermé.

J'avais beau faire, je ne pouvais rester indifférent.

331

— Papa, maman n'a pas sorti sa voiture du garage depuis plusieurs jours. C'est Madame Marisha qui nous reconduit. Elle n'a pas pu aller bien loin.

— Je sais, elle me l'a dit. Elle a un problème avec ses freins. (Il lança à Bart un regard scrutateur.) Tu es bien sûr de ne pas savoir où elle est ?

— J'sais pas voir à travers les portes.

— L'est sortie dans la pluie, fit soudain Cindy. On était tout plein mouillées...

Bart se retourna vivement et la fusilla du regard. Cindy se pétrifia et se mit à trembler.

Papa la prit dans ses bras et l'assit sur ses genoux.

— Heureusement que tu es là, toi ! Maintenant, réfléchis bien et dis-moi où maman est allée.

Toujours aussi tremblante, la petite ne quittait pas Bart des yeux. Elle était incapable de parler.

— C'est moi qu'il faut regarder, Cindy, pas Bart. Je suis là pour te protéger. Il ne te fera pas de mal. Bart, cesse de faire ces grimaces à ta sœur !

— Cindy est sortie sous la pluie, papa, et maman a été obligée de lui courir après. Elle est rentrée ruisselante, elle toussait. J'ai dit quelque chose qui lui a pas plu, ça l'a mise en rogne et elle m'a enfermé à clé dans ma chambre.

— Cela explique pourquoi Cindy est aussi échevelée, murmura papa.

Mais il n'avait pas l'air plus soulagé pour autant. Il reposa Cindy par terre et passa une série de coups de téléphone à tous les amis de maman ainsi qu'à Madame Marisha qui lui dit qu'elle sautait dans sa voiture et qu'elle arrivait. Il finit par Emma qui était bloquée par la tempête et ne rentrerait que le lendemain. J'imaginais ma grand-mère en train de rouler sous l'averse. Même quand le temps était au beau fixe, c'était une conductrice dangereuse. Alors...

— Papa, il faut regarder absolument partout, même dans le grenier ! m'écriai-je en me précipitant vers le placard à linge. Peut-être qu'elle est montée pour y danser comme ça lui arrive parfois et qu'elle s'est enfermée accidentellement ou qu'elle s'est endormie sur un des lits...

Au moment où, l'un derrière l'autre, nous commencions à monter l'escalier du grenier, Cindy poussa un cri d'épouvante. Papa revint précipitamment sur ses pas et la prit dans ses bras comme s'il voulait qu'elle nous accompagne. Bart sortit alors de sa poche un couteau que je ne connaissais pas, avec lequel il entreprit d'écorcer une longue branche dans l'intention manifeste d'en faire une badine. Cindy paraissait incapable de le quitter des yeux.

Nous visitâmes donc toute la maison, y compris le grenier; nous inspectâmes les placards, nous regardâmes sous les lits, partout. Maman demeurait introuvable.

— C'est là un comportement qui ne ressemble pas à Cathy, dit papa sur un ton où perçait l'inquiétude. En particulier, elle ne laisserait jamais Cindy seule avec Bart, cela ne fait aucun doute. Il y a quelque chose de très anormal dans cette histoire.

Ouais, pensai-je, et s'il y avait un faux jeton quelque part, il était en train de nous observer en taillant une badine qui ferait bon ménage avec ses fesses!

— Papa... peut-être que Bart sait quand même où elle est allée. Il n'est pas d'une franchise au-dessus de tout soupçon. Et tu sais comme il est bizarre depuis quelque temps.

Nous nous mîmes à la recherche de Bart mais, soudain, il était introuvable. Il avait disparu, lui aussi.

Connaissant mon Bart, je jetai un regard circulaire. Il pouvait très bien se cacher derrière un fauteuil ou se tapir dans un coin d'ombre. Ou être dehors sous la pluie à faire semblant d'être un animal.

Mais la tempête gagnait en violence. Il ne serait pas à l'abri, dans son trou sous la haie. Malgré tout, il n'était pas idiot au point de rester à peler de froid.

J'avais la tête en ébullition, l'esprit en tumulte. Je n'avais rien fait pour mériter de souffrir comme ça! Et pourtant, j'étais dans le bain avec papa, avec maman, avec Cindy. Et peut-être, aussi, avec Bart.

Papa me regarda droit dans les yeux.

— Est-ce que tu me hais, maintenant, Jory? Je devine ce qui se passe dans ta tête. Tu te dis que c'est ta mère et moi qui sommes responsables de tout ce qui arrive et que c'est à nous de payer, pas à vous. Eh bien, si c'est ce que tu penses, sache que je suis du même avis. Peut-être que la vie de ta mère — et la tienne, et celle de Bart — aurait pris une tournure plus satisfaisante si j'étais parti en la laissant habiter dans la maison de Paul jusqu'à ce qu'elle trouve quelqu'un d'autre. Mais je l'aimais encore. Je l'aime aujourd'hui, je l'aimerai demain, je l'aimerai toujours.

Je m'éloignai, lugubre. C'était donc cela, l'amour éternel! Un brasier qui dévore tout sur son passage, implacablement.

Je pleurai longtemps, dans ma chambre. Finalement, je m'assis sur mon lit et me demandai de nouveau où était passée maman. Pour la première fois, l'idée me vint qu'elle était peut-être en danger. Elle n'aurait pas abandonné papa. Il s'était certainement produit quelque chose de terrible, sinon elle serait là à mettre la table comme tous les jeudis quand Emma avait congé. Le jeudi était un jour très spécial pour elle et pour papa, et je commençais tout juste à comprendre pourquoi.

C'était le jour de repos des bonnes de Foxworth Hall. Le jeudi, papa et maman sortaient par la mansarde du grenier pour prendre le frais sur le toit. Ils parlaient, ils se regardaient et c'était ainsi qu'ils étaient irrésistiblement tombés amoureux l'un de l'autre.

Je savais maintenant pourquoi maman avait collectionné les maris. C'était dans l'espoir d'échapper à cet amour coupable auquel elle avait, elle aussi, succombé.

Je me mis debout. Ma décision était prise. C'était à moi qu'il appartenait de retrouver Bart.

Et quand je l'aurais retrouvé, je retrouverais ma mère.

John Amos avait la situation parfaitement en main. Les bonnes et la cuisinière s'activaient dans l'immense cuisine.

— Madame doit partir de bonne heure, leur disait-il. Vous allez préparer les affaires dont elle aura besoin pour son séjour à Hawaii, et que ça saute! Lottie, vous irez enregistrer ses bagages à l'aéroport. Ne restez pas plantée à me regarder avec des yeux comme des soucoupes. Vous comprenez l'anglais? Alors, faites ce que je vous dis. Ouste!

Mince! Comment qu'il savait être vachard quand il voulait! Elles se dispersèrent dans tous les sens comme des oiseaux effarouchés et bientôt nous restâmes en tête à tête, lui et moi. Son sourire découvrait ses vilaines dents.

— Comment ça s'est passé, chez toi?

J'avalai ma salive. J'avais une boule dans la gorge qui s'en allait pas.

— Ils savent pas où est maman. Ils se font de la bile et ils arrêtent pas de demander où elle est.

— Ne t'en fais pas pour eux, répondit John Amos de sa drôle de voix chevrotante de vieux, même que ça m'intriguait que ce soit lui que Dieu avait choisi pour une pareille mission. Je m'occuperai de tout jusqu'à ce que le Seigneur me fasse savoir que ta mère et ta grand-mère ont été rachetées et sauvées des flammes de l'enfer. Rentre chez toi et tiens-toi tranquille.

— Vous m'avez dit que ma maman serait mon souvenir du grenier et, maintenant, vous voulez même pas me dire où que vous l'avez mise. J'ai été voir dans le grenier. Elles y sont pas. Alors, vous allez me dire où elles sont, sinon je raconterai à mon papa tout ce que vous avez fait.

— Ce que j'ai fait? répéta-t-il avec un rictus qui lui retroussa les babines. Mais c'est toi qui as fait, Bart Winslow Sheffield. T'imagines-tu qu'avec tes antécédents psychiatriques et tes instincts violents on te croira? La justice te demandera des comptes, tu seras déclaré coupable et on t'enfermera.

Quand il vit briller dans mes yeux la flamme rouge du regard de Malcolm, il essaya de sourire.

— Allons, Bart, je ne parlais pas sérieusement. C'était juste pour te mettre à l'épreuve, pour voir si tu tiendrais le coup ou si tu perdrais courage. Mais tu es fort, tu possèdes la puissance des justes, exactement comme ton arrière-grand-père Malcolm. Et l'occasion t'est à présent offerte de t'en servir. À partir de maintenant, tu assumeras la responsabilité de ta mère et de ta grand-mère. Leur existence sera entre tes mains. Tu leur donneras à manger — si tu le souhaites — ou tu les laisseras mourir de faim si tel est ton bon plaisir. Mais il faudra être prudent. Cela doit demeurer un secret jusqu'à... enfin, rappelle-toi toujours que ton père et ton frère auront des soupçons et qu'ils risquent de te trahir si tu leur donnes le moindre indice qui les mettrait sur la piste.

— Du pain sec et de l'eau, c'est assez bon pour des femmes qui sont infidèles à leurs maris et à leurs fils.

— Voilà qui est parlé.

Une lampe électrique à la main, John Amos me précéda dans l'escalier qui menait à la cave. Des ombres fantasmagoriques qui faisaient la farandole sur les murs nous accompagnaient. C'était froid et humide. Avant, quand la maison était notre domaine, à Jory et à moi, nous en avions exploré tous les recoins. Mais ici, c'était l'antre des fantômes, je ne m'y étais jamais senti à l'aise. Aussi, je collais aux talons de John Amos, paniqué s'il me dépassait de plus d'un mètre.

— Ils viendront voir ici, lui dis-je en parlant à voix basse pour ne pas réveiller les spectres endormis.

— Rassure-toi, là où elles sont, personne n'ira les chercher. (Il pouffa.) Ton père croira qu'elles sont dans le grenier. Dame! Ce serait la revanche idéale. Mais jamais on ne découvrira la douillette petite cellule que les maçons ont fabriquée quand ils ont monté une nouvelle cloison de brique pour consolider le cellier

Le cellier ? C'était loin d'être aussi bien que le grenier. Pas aussi effrayant. N'empêche qu'il faisait drôlement froid et drôlement noir, en bas.

John Amos commença par arracher les toiles d'araignées, puis il déplaça de vieux meubles et finit par dégager une porte de bois qu'il eut beaucoup de peine à ouvrir.

— Approche et regarde par la petite porte qu'on a ménagée au bas de la grande. Ta grand-mère avait recueilli un chat perdu mais il a disparu peu de temps après que tu as commencé à venir. Elle m'avait fait ouvrir cette chatière pour qu'il puisse entrer et sortir à volonté.

Il tenait sa lampe coincée sous son menton et ça lui donnait l'air d'un cadavre déterré. J'avais pas confiance — des fois qu'il referme derrière moi.

— Non, entrez le premier, je lui ordonnai, comme Malcolm l'aurait fait.

Pendant quelques instants, il ne bougea pas. Peut-être qu'il se demandait, lui aussi, si je ne repousserais pas la porte sur lui. Enfin, après m'avoir lancé un long regard, il se décida. Il posa la lampe sur un casier à bouteilles auquel il s'arc-bouta. Ça sentait mauvais, derrière. Je me pinçai le nez et regardai. Il leva sa lampe le plus haut possible pour que je voie mieux les prisonnières.

Oh ! Dans quel état pitoyable était ma mère ! Elle était allongée à même le ciment humide, la tête sur les genoux de ma grand-mère. Elles portèrent toutes les deux leurs mains à leurs yeux, éblouies par cette lumière brutale.

— Qui est là ? demanda faiblement ma mère. C'est toi, Chris ? Tu nous as trouvées ?

Est-ce qu'elle était devenue aveugle ? Comment est-ce qu'elle pouvait confondre John Amos avec papa ? Si elle était aveugle et, en plus, folle, peut-être que Dieu estimerait que c'était suffisant comme châtiment, non ?

— Je sais que c'est vous, John, fit alors ma grand-mère. Vous allez nous délivrer sur-le-champ. Vous m'entendez ? Faites-nous sortir d'ici immédiatement.

John Amos éclata de rire.

Je ne savais pas quoi faire mais Malcolm vint à mon aide.

— Donnez-moi la clé, John Amos, lui commandai-je sur un ton cassant. Remontez ! C'est moi qui leur apporterai à manger.

Je me demande pourquoi il m'a obéi. Est-ce qu'il pensait vraiment que j'étais aussi costaud que Malcolm ? Dès qu'il fut hors de vue, je me précipitai et tirai le verrou pour qu'il ne puisse pas rappliquer en douce, après quoi je revins sur mes pas à quatre pattes en poussant le plateau d'argent sur lequel il y avait un quignon de pain et une cruche d'eau. J'étais plus Malcolm que Bart. Et je ne trouvais rien d'insolite à apporter aux prisonnières leur pitance sur un plateau d'argent.

Je me glissai à plat ventre sous le casier à bouteilles et poussai la petite porte dans le bas de la grande. Elle battait dans les deux sens. À l'intérieur et à l'extérieur.

— Voilà du pain et de l'eau, annonçai-je d'une voix rude.

Je fis vivement glisser le plateau dans le cellier, refermai la petite porte et la coinçai avec une brique qui traînait pour qu'elles ne puissent pas me voir en la poussant.

Je restai à les épier. J'entendis ma mère gémir et appeler Chris. Soudain, à ma grande surprise, elle s'écria :

— Maman ! Où maman est-elle partie, Chris ? Il y a si longtemps qu'elle n'est pas venue nous rendre visite, cela fait des mois. Et les jumeaux qui ne grandissent pas !

— Cathy, ma pauvre Cathy chérie, cesse de songer au passé, dit alors ma grand-mère. Prends sur toi, je t'en supplie. Mange et bois, il faut conserver tes forces. Chris viendra à notre secours.

— Cory, cesse de jouer le même sempiternel refrain! Je suis fatiguée de tes chansons. Pourquoi sont-elles si tristes?

Maintenant, j'entendais des sanglots. Ceux de ma grand-mère?

— Ô mon Dieu! Est-ce ainsi que cela doit finir? s'exclama-t-elle. Suis-je donc incapable de faire quelque chose de bien? Pourtant, cette fois, j'étais convaincue que je réussirais. Mon Dieu, faites que je ne les trahisse pas tous, de grâce!

Et elle se mit à prier à haute voix. Pour que ma mère guérisse, pour que son fils les découvre avant qu'il ne soit trop tard. Elle répétait les mêmes mots à n'en plus finir et, pendant ce temps-là, ma mère débitait des questions qui n'avaient ni queue ni tête.

Je restai longtemps à écouter. J'étais pas dans une position confortable, j'avais des crampes dans les jambes, je devenais tout vieux et sec à l'intérieur comme si j'étais prisonnier avec elles, comme si, moi aussi, j'étais fou, comme si j'avais faim, comme si j'avais mal, comme si j'étais en train de mourir.

— Je m'en vais, murmurai-je. J'aime pas cet endroit.

À la maison, personne. Tout était éteint. C'était le moment ou jamais de faire une descente dans le frigo. J'étais en train d'attaquer ma deuxième tranche de jambon quand la porte donnant sur le garage s'ouvrit et Madame Marisha entra à grands pas dans la cuisine.

— Bonsoir, Bart. Où sont ton père et Jory?

Je haussai les épaules. Personne m'avait rien dit. Je ne savais pas pourquoi ils étaient partis en laissant Cindy seule avec moi.

— Madame Marisha! (C'était la voix d'Emma qui l'appelait d'une autre pièce.) Le Dr Sheffield m'a prévenue de votre arrivée. Je suis désolée que vous ayez tous ces ennuis. Quand j'ai appris que Cathy avait disparu, je suis revenue tout de suite; je ne tenais plus, il fallait absolument que je sache ce qui lui était arrivé. Elle était affreusement mal en point, une fièvre de cheval... qu'est-ce qui m'a pris de la quitter dans un état pareil! (Ce fut alors qu'elle me vit.) Tu es là, toi, espèce de sale garnement? Qu'est-ce qui t'a pris de disparaître, toi aussi, comme si ton père n'avait pas déjà assez de soucis comme ça? Tu es un méchant garçon et tu dois avoir une idée sur ce qui est arrivé à ta mère, j'en mettrais ma main au feu.

Madame Marisha et Emma me dévisageaient d'un air mauvais. Je suis parti en courant. En courant parce que je savais que j'allais pas tarder à fondre en larmes et que je voulais pas qu'on me voie pleurer, personne, maintenant que j'étais forcé d'agir comme Malcolm — comme l'impitoyable Malcolm.

LA PERQUISITION

C'était une nuit à ne pas mettre un chien dehors. Il pleuvait aussi fort que quand Noé avait construit son arche. Les mugissements et les glapissements stridents du vent qui semblait vouloir nous dire quelque chose étaient un charivari démentiel qui vous pilonnait la cervelle. Je ne quittais guère mon père d'un pas bien que ce ne fût pas commode; ses jambes étaient plus longues que les miennes. Il serrait les poings et moi aussi — j'étais prêt à me battre à ses côtés.

— Bart vient-il souvent ici? me demanda-t-il sans ralentir l'allure.

Nous étions maintenant devant les grilles de fer et il se pencha pour parler dans la petite boîte qui servait aux visiteurs à s'annoncer.

— Je ne sais pas, répondis-je tristement. Il avait confiance en moi avant mais, à présent, il n'a plus confiance en personne et il ne me dit plus rien.

Les grilles s'ouvrirent avec une majestueuse lenteur. On aurait dit de noires mains de squelette. Je frissonnai. Décidément, je devenais aussi morbide que Bart. Je dus courir pour rattraper papa.

— Il faut que je te dise quelque chose, lui criai-je à pleins poumons pour dominer la clameur du vent. Quand j'ai découvert que tu étais le frère de maman et, par conséquent, notre oncle, je vous ai haïs tous les deux. J'ai cru que je ne pourrais jamais vous pardonner de m'avoir menti et trompé de cette façon. J'ai cru que je deviendrais dur comme une pierre, que je n'aimerais plus jamais personne, que je ne ferais plus jamais confiance à personne. Mais depuis la disparition de maman, j'ai compris que je vous aimerais toujours. Même si je le voulais, je ne pourrais jamais vous détester, ni toi ni elle.

Sous la pluie diluvienne qui s'abattait sur nous, il se retourna et me pressa très fort contre son cœur. Il me sembla qu'il pleurait.

— Jory, tu ne peux pas savoir comme je brûlais de t'entendre dire que nous ne te faisions pas horreur, ta mère et moi. J'ai toujours espéré que tu comprendrais quand nous te dirions la vérité. Maintenant que tu l'as découverte tout seul et que, malgré tout, tu continues à nous aimer, il se peut que tu finisses un jour par comprendre.

Nous continuâmes d'avancer vers la masse sombre de la demeure. Quelque chose était né entre nous, un lien plus fort qu'avant. En un sens, il était davantage mon père puisque nous avions une grande part de sang commun. Il était mon oncle et celui de Bart, me disais-je, bien que j'eusse toujours cru qu'il était seulement celui de mon frère, ce qui me rendait un peu jaloux. Je pouvais maintenant le revendiquer comme tel à mon tour.

Nous étions arrivés au perron. Avant que papa ait eu le temps de secouer le heurtoir, la porte d'entrée s'ouvrit à deux battants et nous nous trouvâmes face à face avec le maître d'hôtel, ce John Amos Jackson, l'air furieux et patibulaire.

— Je suis en train de faire les bagages, commença-t-il sans autre préambule. Mon épouse est à Hawaii et j'ai mille choses à faire. Je n'ai pas le temps de recevoir des visiteurs. Je pars la rejoindre dès que j'aurai terminé.

— Votre épouse ! s'exclama papa avec une telle stupéfaction que j'éprouvai un choc, moi aussi.

Une lueur de satisfaction passa fugitivement dans le regard du maître d'hôtel.

— Oui, docteur Christopher Sheffield. Nous sommes mariés, Mme Winslow et moi.

Je crus que papa allait s'écrouler, tant la nouvelle était surprenante.

— Je veux la voir. Et je ne vous crois pas. Il faudrait qu'elle ait perdu la raison pour vous épouser.

— C'est pourtant la vérité, rétorqua l'inquiétant personnage. Et elle a effectivement perdu la raison. Il y a des femmes qui ne peuvent vivre sans un homme pour s'occuper de leurs affaires. Et c'est précisément ce que je suis : quelqu'un sur qui l'on peut se reposer.

— Je ne vous crois pas, répéta papa avec violence. Où est-elle ? Et où est ma femme ? L'avez-vous vue ?

John Amos Jackson sourit.

— Votre femme, monsieur ? J'ai trop à faire avec la mienne pour veiller aussi sur la vôtre. Mon épouse en a eu assez de ce temps de chien et elle est partie hier avec une de ses femmes de chambre en me disant de la rejoindre quand j'aurais fermé la maison.

Papa, immobile, le dévisageait. Je pensais que nous allions nous en aller, à présent, mais non : on aurait dit qu'il avait pris racine.

— Vous savez qui je suis, n'est-ce pas, John ? Ne dites pas le contraire, je le lis dans vos yeux. Vous êtes le maître d'hôtel de Foxworth Hall que j'ai surpris à faire l'amour à Livy, la petite bonne, un soir où j'étais caché derrière le canapé. Je vous ai entendu ce jour-là lui parler de beignets saupoudrés d'arsenic destinés à tuer les souris du grenier.

— Je ne vois absolument pas à quoi vous faites allusion.

Mes yeux allaient de l'un à l'autre. Oh ! J'aurais dû lire le manuscrit de maman jusqu'au bout ! Les choses étaient encore plus compliquées que je ne l'avais cru.

— Peut-être êtes-vous marié avec ma mère, John. Peut-être est-ce aussi un mensonge. Quoi qu'il en soit, je suis convaincu que vous savez ce qui est arrivé à ma femme et, maintenant, je me fais également du souci pour ma mère. Aussi, vous allez me laisser entrer. Je tiens à fouiller cette maison de fond en comble.

John Amos Jackson pâlit.

— Vous faites irruption ici, vous me donnez des ordres! bredouilla-t-il. En voilà des façons! Je pourrais appeler la police...

— Mais vous vous en garderez bien. Toutefois, si le cœur vous en dit, allez-y, appelez-la. Ne vous gênez pas. Je vous le répète : je vais fouiller cette maison. Vous ne m'en empêcherez pas.

Le vieux maître d'hôtel recula en traînant les pieds.

— Eh bien, faites. Mais vous ne trouverez rien.

Et nous nous mîmes à perquisitionner. Je connaissais beaucoup mieux le manoir que papa, tous ses placards, tous ses recoins secrets. Il était persuadé que c'était dans le grenier qu'elles étaient mais il n'y avait rien, là-haut, que des vieilleries mises au rancart qui dormaient sous la poussière.

Nous redescendîmes dans le salon où la femme qu'il appelait sa mère avait l'habitude de se tenir. J'essayai son fauteuil à bascule. Il était rudement inconfortable.

Papa tournait nerveusement en rond. Il finit par s'immobiliser devant l'arcade donnant sur la pièce attenante, celle où était accroché le grand portrait en pied.

— Si Cathy est venue ici, elle a certainement vu ce tableau. Et elle a pu venir, si Bart lui a parlé de quelque chose.

Tout en me balançant dans le fauteuil, je m'approchai de la cheminée où des bûches finissaient de se consumer. Soudain, quelque chose s'écrasa sous le bois du fauteuil. Entendant le craquement, papa me rejoignit, se baissa et ramassa quelque chose.

C'était une perle.

Il la mordilla et eut un sourire amer.

343

— Le sautoir de ma mère! Avec un papillon pour fermoir. Elle ne le quittait jamais, pas plus que notre grand-mère ne quittait sa broche de diamants. Elle ne serait pas partie sans ses perles.

Nous fouillâmes encore la maison pendant une heure, mais tous nos efforts furent vains.

— Je reviendrai, John Amos Jackson, dit papa en ouvrant la porte du vestibule, mais cette fois, ce sera avec la police.

Le maître d'hôtel lui adressa un mince sourire narquois.

— Comme il vous plaira, docteur.

— Papa, on ne peut pas avertir la police... n'est-ce pas? dis-je quand nous fûmes dehors.

— S'il le faut, nous le ferons. Mais attendons au moins jusqu'à demain. Il n'osera faire de mal ni à Cathy ni à ma mère. Sinon, il se retrouvera derrière les barreaux.

— Je parie que Bart sait ce qui se passe. Il est tout ce qu'il y a de plus copain avec John Amos.

J'expliquai alors à papa que mon frère parlait tout seul quand il croyait qu'il n'y avait personne. Il parlait aussi en dormant et quand il jouait à faire semblant. Il semblait que ces soliloques étaient une grande partie de sa vie.

— Je comprends où tu veux en venir, Jory. J'ai une idée qui pourrait être la bonne. Ce sera peut-être le rôle le plus important que tu aies jamais joué. Aussi, écoute-moi attentivement. Demain matin, tu feras mine d'aller à l'école. Quand nous arriverons à la route, tu descendras de la voiture et tu rentreras à toute vitesse en veillant que Bart ne te voie pas. De mon côté, j'essaierai de savoir si ma mère est réellement partie pour Hawaii et si elle est vraiment mariée avec cet affreux vieillard.

CHUCHOTEMENTS DANS L'OMBRE

Des questions, des questions. Me poser des questions, c'était tout ce qu'ils savaient faire.

Je ne savais rien. Rien de rien. J'avais rien fait de mal.

Cette nuit-là, des prostituées, des courtisanes et des catins ont dansé dans ma tête. Ça m'a réveillé. La pluie jouait du tambour sur le toit. Le vent hurlait à ma fenêtre.

Je me suis rendormi et j'ai rêvé que j'étais ma tante Carrie qu'avait jamais grandi comme elle aurait dû. Et je priais, je priais tant qu'un jour Dieu m'a fait grandir si grand que j'avais la tête qui touchait le ciel. J'ai regardé en bas et j'ai vu les gens tout petits qui couraient comme des fourmis tellement qu'ils avaient peur de moi. J'ai ri et puis je suis entré dans l'océan, ça a fait un raz de marée qui a englouti toutes les hautes villes. Les gens, ils piaulaient encore plus. Ceux que je n'écrasais pas se noyaient. Alors je me suis assis sur le fond de l'océan — j'avais de l'eau jusqu'à la ceinture — et j'ai pleuré. Mes larmes étaient tellement énormes que le niveau a encore remonté et je voyais plus rien autour de moi que mon reflet.

Quand j'ai raconté mes rêves à John Amos, il a secoué la tête et il m'a dit que lui aussi, quand il était jeune, il rêvait de filles, des filles qu'il aurait vraiment aimées, si elles n'avaient pas vu qu'il avait un nez aussi long. « J'avais d'autres attributs à leur montrer mais elles ne m'en ont jamais donné l'occasion, jamais », il a ajouté.

Le lendemain matin, quand Jory est parti avec papa, j'ai pas eu de mal à filer sans qu'Emma et Madame Marisha s'en aperçoivent tellement qu'elles étaient occupées avec Cindy. Ça m'a permis d'aller en douce à côté. J'ai cherché John Amos. Il était en train de mettre les jolies lampes, les tableaux et les autres choses précieuses dans des caisses.

— Il faudra envelopper l'argenterie dans du papier spécial pour qu'elle ne noircisse pas, il disait à une des femmes de chambre. Et prenez grand soin de la porcelaine et des cristaux. Quand les déménageurs arriveront, qu'ils commencent par charger les beaux meubles. Je serai peut-être occupé ailleurs.

La bonne, c'était la jeune, la plus mignonne. Elle fronça les sourcils.

— Pourquoi partons-nous, monsieur Jackson? Je croyais que Madame se plaisait ici. Elle n'avait jamais parlé de déménager.

— Votre maîtresse est une femme d'humeur changeante. C'est à cause du gamin d'à côté, le petit taré qui est tout le temps fourré ici. Une vraie plaie, ce gosse. Il a tué le chien qu'elle lui avait donné. Je suppose qu'aucune de vous ne savait ça?

La femme de chambre, horrifiée, ouvrit la bouche toute grande.

— Non... je croyais qu'il avait emmené son chien chez lui.

— Ce gosse est dangereux. C'est la raison pour laquelle Madame a été forcée de partir. Il a proféré à plusieurs reprises des menaces de mort. Il suit un traitement psychiatrique.

J'étais ivre de rage. Furieux contre John Amos qui répandait des mensonges sur mon compte.

J'attendis que la bonne s'en aille et quand il se fut assis devant le secrétaire où ma grand-mère gardait son carnet de chèques, j'entrai. Il sursauta.

— Je n'aime pas que tu marches comme ça à pas de loup, Bart. Quand tu entres dans une pièce, fais un peu de bruit, gratte-toi la gorge, tousse... enfin, ce que tu voudras pour qu'on sache que tu es là.

— J'ai entendu tout ce que vous avez dit à la femme de chambre. Je ne suis pas fou!

— Bien sûr que non, répondit-il, mais il fallait bien que je trouve une explication. Autrement, les domestiques risqueraient d'avoir des soupçons. De cette manière, ils croiront bien que ta grand-mère est allée à Hawaii.

Je me sentais pas dans mon assiette. J'agitai mes orteils en contemplant fixement mes baskets.

— Est-ce que je peux apporter des sandwiches à ma maman et à ma grand-mère aujourd'hui ?

— Non. Il est encore trop tôt pour qu'elles aient faim.

J'aurais juré qu'il me répondrait ça.

Et puis il m'oublia. Il se mit à examiner les chéquiers, les livres de comptes, les factures en poussant des petits gloussements. Il trouva une petite clé et ouvrit un minuscule tiroir secret.

— Quelle gourde ! grommela-t-il. Elle s'imaginait donc que je ne savais pas où elle cachait sa clé !

Le laissant fureter dans les affaires de grand-mère puisque ça l'amusait, je descendis dans la cave voir ce que devenaient mes souris en cage. Je préférais penser que c'étaient seulement des souris.

Maman gémissait et elle avait si froid qu'elle en pleurait presque. Elles avaient allumé le bout de bougie que je leur avais apporté en même temps que des allumettes. Maman était toute recroquevillée et toute blanche. Elle avait toujours la tête sur les genoux de ma grand-mère, qui lui essuyait la figure avec un chiffon. C'était sans doute un morceau de combinaison qu'elle avait déchiré parce qu'il avait un bord de dentelle.

— Cathy, ma chérie, toi, la dernière de mes deux filles, écoute-moi, je t'en prie. Si je ne parle pas maintenant, je n'en aurai peut-être jamais plus l'occasion. Oui, j'ai commis des fautes. Oui, j'ai laissé mon père me torturer au point de ne plus savoir distinguer le bien du mal ni de quel côté me tourner. Oui, j'ai mêlé de l'arsenic au sucre de vos beignets. Mon intention était de vous rendre tous un petit peu malades, comme ça j'aurais pu vous escamoter l'un après l'autre. Je ne voulais pas votre mort. Je te jure que je vous aimais — tous les quatre.

Elle secoua ma mère. Moi aussi, je tremblais.

— Cathy, mon enfant, je t'en supplie, réveille-toi et

écoute-moi. (Maman s'était réveillée et elle paraissait faire des efforts pour accommoder.) Je ne pense pas que ce soit Bart qui ait tué le chien que je lui avais donné, ma chérie. Il aimait Pomme. Pour moi, c'est John qui a fait ça dans l'espoir que l'on accuserait Bart et qu'il passerait pour un fou dangereux. Ainsi, la police le soupçonnerait quand nous disparaîtrions toutes les deux. Je soupçonne également John d'avoir étranglé le petit caniche de Jory, et même d'avoir massacré mon chat.

« Bart est un petit garçon très seul, très désorienté, Cathy, mais il n'est pas dangereux. Il se plaît à faire semblant de l'être parce que cela lui donne l'impression qu'il sera quelqu'un de puissant quand il sera grand. Non, c'est John qui est dangereux. Il me poursuit de sa haine. Si je n'étais pas revenue à Foxworth Hall après la mort de ton père, il aurait hérité toute la fortune des Foxworth. Mon père qui se méfiait de tout le monde avait en lui une confiance totale — peut-être parce qu'ils se ressemblaient énormément tous les deux. Mais quand je suis revenue, il s'est ravisé et a refait son testament en ma faveur. Cathy, est-ce que tu m'écoutes ?

— Maman... c'est toi, maman ? demanda ma mère d'une toute petite voix, on aurait dit celle d'un enfant qui a du chagrin. Pourquoi ne regardes-tu pas les jumeaux quand tu viens nous voir, maman ? Pourquoi ne t'aperçois-tu pas qu'ils ne grandissent pas normalement ? Est-ce exprès que tu regardes ailleurs ? Pour ne pas avoir honte de toi ?

— Oh ! Cathy ! s'exclama grand-mère. Si tu savais combien je souffre de t'entendre parler ainsi au bout de tant d'années ! Vous ai-je si profondément blessés, Chris et toi, que les plaies ne cicatriseront jamais ? Quoi d'étonnant si toi et ton frère... Je regrette, je regrette à en mourir.

Mais au bout d'un instant, elle se ressaisit et continua, poussée par l'urgence désespérée de la situation, comme elle disait :

— Même si tu délires et ne peux me comprendre pleinement il faut que je parle, parce que je ne veux pas mourir avant de t'avoir tout dit. Quand John Amos était jeune — il avait vingt-cinq ans, à l'époque —, il me courait après, bien que je n'eusse alors que dix ans. Il se cachait dans les coins pour m'espionner et il allait ensuite dire à mon père pis que pendre de moi. Il noircissait mes faits et gestes les plus innocents. Je ne pouvais pas expliquer à mes parents que c'étaient des mensonges car c'était lui qu'ils croyaient, pas moi. Ils refusaient d'admettre qu'une jeune fille pouvait être convoitée par des hommes plus âgés qu'elle. Et John était un cousin de ma mère au troisième degré et c'était le seul membre de sa famille que mon père pouvait supporter. Je crois qu'il lui avait mis dans la tête, après la mort de mes deux frères, que si jamais il devait me retirer sa faveur, il ferait de lui son légataire universel. C'était la tactique dont il usait pour que tout le monde soit à sa botte. John guignait aussi la fortune de ma mère et tous les deux l'encourageaient à rêver qu'il serait leur héritier. Ils le tenaient en odeur de sainteté. Il affichait un air dévot, affectait la piété, ce qui ne l'empêchait pas d'abuser de toutes les petites bonnes qui étaient engagées à Foxworth Hall, pour peu qu'elles fussent jolies. Mes parents ne s'en sont jamais doutés. Ils ne voyaient le mal que chez leurs enfants. Comprends-tu maintenant pourquoi John me hait ? Pourquoi il haïssait aussi mes fils et mes filles ?

Grand-mère se mit alors à pleurer. J'étais en plein désarroi. Malcolm faisait-il partie de l'armée des impies, lui aussi ? En qui pouvais-je avoir confiance, maintenant ? Est-ce que tout le monde était aussi perfide que ma grand-mère et maman ? De quel côté se tenait Dieu ? Du mien, du sien ou de celui de John ?

— Maman... es-tu toujours là, maman ?

— Oui, ma chérie, je suis là. Je ne bougerai pas, je te protégerai comme je ne l'ai jamais fait. À présent, je serai la mère que je n'ai pas su être autrefois. Cette fois, je vous sauverai, toi et Chris.

Ma mère se redressa brusquement et la repoussa :
— Qui êtes-vous ? Oh ! C'est toi ! ajouta-t-elle dans un hurlement. Il ne te suffit donc pas d'avoir tué Cory et Carrie, il a encore fallu que tu reviennes pour me tuer à mon tour. Comme ça, tu auras Chris pour toi toute seule, pour toi toute seule, pour toi toute seule ! Pourquoi n'es-tu pas morte, Corinne Foxworth ? explosa-t-elle comme une folle furieuse. Pourquoi ne meurs-tu pas ? Pourquoi ?

Je suis parti, incapable d'en supporter plus. C'étaient toutes les deux des impies.

Mais pourquoi est-ce que j'avais si mal ?

LE DÉTECTIVE

Comme nous en étions convenus la veille, papa fit mine de me conduire à l'école mais il me déposa à l'intersection de la route et du chemin de la maison.

— Sois prudent, Jory. Ne fais rien qui puisse mettre ta vie en péril et prends garde à ne pas éveiller les soupçons de Bart et du maître d'hôtel. Ils pourraient se révéler dangereux, ne l'oublie pas. (Il m'étreignit comme s'il craignait que je pèche par excès de témérité.) Maintenant, écoute-moi bien. Je vais passer d'abord chez le psychiatre de Bart pour le mettre au courant. Ensuite, je vérifierai auprès des aéroports si ma mère a pris l'avion, ce qui m'étonnerait fort, soit dit en passant.

Il fallait quand même que je le lui dise, si terrible que ce fût d'entendre ces mots sortir de ma propre bouche :

— Papa, est-ce que tu as pensé que Bart aurait peut-être pu... enfin, tu comprends. Clover étranglé avec un fil de fer, Pomme privé de nourriture et tué d'un coup de fourche... Qui sait ce qu'il a pu faire ensuite ?

Il me tapota l'épaule.

— Oui, bien sûr, j'y ai songé. Mais je ne vois pas

Bart venir à bout de ta mère. Elle est très robuste, tu sais, même avec le handicap de cette grippe. C'est cela qui m'inquiète le plus, Jory. Elle avait de la température, et la fièvre affaiblit. J'aurais dû rester à la maison pour m'occuper d'elle. Jamais une femme ne devrait épouser un médecin, conclut-il d'une voix âpre comme s'il avait oublié ma présence.

Le moteur tournait au ralenti. Il enfouit sa tête dans ses bras posés sur le volant.

— Allez, papa, va faire la tournée des aéroports. Moi, je prends tout en main ici. Et n'oublie pas que Madame M. est là. Avec elle dans le secteur, Bart filera doux, sois tranquille.

Il sourit comme s'il n'en fallait pas plus pour le rassurer et il démarra. Je le regardai partir en me demandant comme j'allais m'y prendre au juste. La pluie diluvienne de la veille avait fait place à un crachin froid et lugubre. Je regagnai la maison et me cachai sous les arbres ruisselants. Bart était dans la cuisine et il se faisait tirer l'oreille pour manger son petit déjeuner.

— J'aime pas ce que vous cuisinez, maugréa-t-il.

Sur le coup, je n'en revenais pas d'entendre sa voix ronchonneuse aussi distinctement. Puis je souris. Pas de raison de s'affoler. L'interphone était simplement resté branché. Les livreurs aimaient généralement mieux passer par la porte de derrière que de faire le tour par l'allée. Le coin du petit déjeuner était tout près du tableau mural hérissé de boutons. Quand on avait fait construire, maman avait voulu qu'il y ait « de la musique dans toutes les pièces pour que le ménage soit moins fastidieux ».

— Qu'est-ce qu'elles ont, tes céréales, Bart ?

Cette fois, c'était la voix perçante de Madame M.

— J'aime pas quand y a des raisins secs dedans.
— Eh bien, tu n'as qu'à les laisser de côté.
— Ils me gênent.
— Ne dis pas d'âneries. Si tu ne manges pas les céréales, tu n'auras rien à déjeuner. Et si tu ne

déjeunes pas, tu ne dîneras pas non plus. Et je te garantis que tu auras l'estomac dans les talons quand tu iras au lit.

— Vous avez pas le droit de me faire mourir de faim! brama Bart. Je suis chez moi! Pas vous! Allez-vous-en!

— Il n'en est pas question, mon petit ami. Je ne bougerai pas d'ici tant que ta mère ne sera pas rentrée saine et sauve. Et que je ne t'entende plus me parler sur ce ton si tu ne veux pas que je te fesse jusqu'à ce que tu demandes grâce.

— Vous pourrez toujours y aller, ça ne me fera pas mal.

Madame M. ne se laissa pas décontenancer:

— Je te remercie de me prévenir. Puisque c'est ainsi, je trouverai une punition plus efficace. T'enfermer à clé dans ta chambre, par exemple.

Je regardai par la fenêtre de la cuisine et je vis un sourire retrousser les lèvres de Bart.

— Emma, dit Madame M., enlevez l'assiette de Bart. Son jus d'orange aussi. Tu vas me faire le plaisir d'aller immédiatement dans ta chambre. Tu n'en ressortiras que quand tu seras décidé à venir à table et à manger ce qu'on te donnera.

— Ouh! la sorcière! Ouh! la vieille sorcière toute noire qu'est venue vivre chez nous! chantonna-t-il sur l'air des lampions en quittant la cuisine.

Mais au lieu de se rendre dans sa chambre, il sortit en trombe par le garage dès qu'il fut hors de vue de Madame Marisha et, de là, se dirigea vers le vieux chêne auquel il grimpa pour passer de l'autre côté du mur.

Je m'élançai en courant sur ses traces. Mais une fois dans la grande maison, je le perdis. Où était-il passé? Je regardai à gauche, à droite, derrière moi. Avait-il monté l'escalier ou était-il descendu dans la cave? Je détestais cette baraque, avec son dédale de couloirs interminables, ses innombrables recoins, tous ces évidements dans les murs.

Soudain, j'entendis des pas. C'était Bart. Il était juste derrière moi. Son regard me traversa comme si j'étais transparent. Ses yeux fixes étaient vitreux. Je ne pus croire qu'il ne me voyait pas.

Je lui emboîtai le pas en silence, dans l'espoir qu'il me conduirait là où se trouvaient maman et sa mère. Malheureusement, il reprit le chemin de chez nous. Je le suivis, découragé et abattu, avec le sentiment d'avoir trahi mon père.

Quand papa rentra à midi, il avait l'air fatigué et soucieux.

— Tu as découvert quelque chose, Jory ?
— Non. Et toi ?
— Rien. J'ai fait le tour de toutes les compagnies aériennes. Ma mère n'est pas partie pour Hawaii. Cathy et elle sont certainement dans la maison d'à côté.

Une idée me vint subitement à l'esprit :

— Tu devrais avoir une longue conversation avec Bart, papa. Pas pour le mettre sur le gril ni l'accuser, seulement pour lui dire des choses aimables. Le féliciter d'être gentil avec Cindy, lui faire comprendre que tu t'intéresses beaucoup à lui. Je sais qu'il est derrière tout ça : il ne cesse de marmonner qu'il est l'ange noir de la vengeance de Dieu.

Papa en demeura muet. Finalement, il se leva et se mit à la recherche de Bart pour le convaincre qu'il n'était pas indésirable, qu'il était aimé — s'il n'était pas déjà trop tard.

LE DERNIER REPAS

Plus tard, je suis retourné à la cave avec John Amos. Il se baissa avec raideur et appela à mi-voix :

— Corinne ! (Il se mit à genoux aussi gauchement que moi et ouvrit la chatière.) Je dois vous avertir, vous et votre fille, que c'est votre dernier repas. Aussi, j'ai tenu à ce que ce soit un festin succulent. (Il souleva le couvercle de la théière d'argent, cracha dans le liquide fumant et remplit les tasses de fine porcelaine.) Une pour vous, une pour elle.

Il fit glisser l'une après l'autre les deux tasses sur leurs soucoupes à l'intérieur, après quoi il prit une assiette de sandwiches qui avaient l'air rassis et pas très ragoûtants. Elle se renversa et les sandwiches s'éparpillèrent dans la poussière. Il les récupéra, les frotta sur sa jambe de pantalon et remit les tranches de viande à leur place. Ils étaient noirs de charbon, maintenant. Il poussa l'assiette par la petite porte.

— Et voilà la suite, Corinne Foxworth, dit-il de sa voix chuintante. J'espère que vous trouverez ces délicats amuse-gueule à votre goût, chienne ! Je vous ai crue sur parole quand vous m'avez épousé, j'étais sincèrement convaincu que vous seriez ma femme. Mais bien que vous ne l'ayez jamais été au sens où je l'entendais, cela ne m'empêchera pas d'hériter, et légitimement. Je suis enfin arrivé à vous détruire, vous et les vôtres. Exactement ce que voulait Malcolm : éliminer cette progéniture démoniaque.

Pourquoi est-ce qu'il haïssait ma grand-mère à ce point ? Peut-être qu'elle était pas responsable, pas plus que moi qui faisais, des fois, des choses méchantes sans pouvoir m'en empêcher.

— Vous étiez belle et vous paradiez devant moi ! reprit le vieil homme avec violence. Enfant, vous me faisiez enrager. Adolescente, vous me provoquiez, sûre de n'avoir rien à craindre de moi. Puis vous avez épousé votre demi-oncle et vous êtes revenue pour que je sois floué de mon héritage, vous me traitiez comme de la boue, comme si je n'étais rien de plus qu'un meuble. Eh bien, où votre arrogance est-elle passée, maintenant, Corinne Foxworth ? Êtes-vous toujours aussi hautaine au milieu de vos excréments, la tête de votre fille agonisante sur vos genoux ? Enfin, je vous ai obligée à ramper devant moi ! Je vous ai battue à votre propre jeu. J'ai détruit l'affection que Bart vous portait et détourné à mon profit la confiance qu'il avait en vous. Plus question d'user de votre charme et de vos armes féminines, désormais. Il est trop tard. Je vous exècre, Corinne Foxworth. Derrière toutes les femmes que je payais, c'était vous que je poursuivais dans mes fantasmes. Mais c'est fini. J'ai gagné la partie. Certes, j'ai soixante-treize ans, maintenant, mais il me reste encore au moins cinq ou six années à vivre dans le luxe et l'opulence pour compenser tout ce dont j'ai été frustré par votre faute.

Ma grand-mère sanglotait sans bruit. Et moi aussi je pleurais. Qui avait raison ? Lui ou elle ?

— N'en avez-vous pas assez fait, John ? cria ma grand-mère. Laissez-nous sortir. Je serai votre femme de la manière que vous souhaitez mais, je vous en supplie, ayez pitié de ma fille. Elle est très malade. Il faut la conduire à l'hôpital. Si nous mourons, la police y verra un double meurtre.

John Amos se contenta de rire. Il remonta l'escalier d'un pas lourd.

J'étais incapable de faire un mouvement, j'étais paralysé, je ne savais plus où j'en étais, ni qui étaient les bons ni qui étaient les méchants.

— Bart ! s'écria grand-mère. Cours dire à ton père que nous sommes là ! *Cours ! Cours !*

Je demeurai planté comme un piquet, la vue brouillée. Sans savoir quoi faire.

— Je t'en prie, Bart ! Va dire à ton père où nous sommes.

Malcolm... Est-ce que c'était lui, ce visage spectral dans le coin qui me regardait d'un air furieux ? Je passai ma main sale sur mes yeux. Comme il faisait noir ! Je fis semblant de m'éloigner mais je revins sans bruit sur mes pas. Je voulais en entendre davantage pour connaître toute la vérité.

La voix vacillante de maman s'éleva dans l'ombre :

— Oh oui, mère ! J'ai tout compris. Aucun de nous, ni ceux qui sont morts ni ceux qui ne le sont pas, n'avait l'ombre d'une chance, quand vous nous avez conduits à Foxworth Hall pour nous y séquestrer. Et maintenant, après toutes ces années, nous allons mourir parce que ce vieux fou de maître d'hôtel n'a pas reçu l'héritage qu'il convoitait, la fortune que lui avait promise un vieillard agonisant. Et si vous croyez un seul mot de tout cela, c'est que vous êtes aussi folle que lui.

— Ne laisse pas ta haine pour moi te cacher la réalité, Cathy. Je te dis la vérité. Ne vois-tu pas comment John s'est servi de ton fils, le fils de mon Bartholomew ? Ne vois-tu pas que sa vengeance est parfaite ? Prendre pour instrument de sa revanche le fils de l'homme qu'il abhorrait parce qu'il estimait avoir été évincé ! C'eût été lui mon mari, si mon père avait pu me forcer à l'épouser. Tu ne peux pas savoir tout ce que Père m'a dit pour essayer de me convaincre de me marier avec John, de le laisser hériter de la moitié de sa fortune sous prétexte qu'il avait une dette de reconnaissance envers lui. Mais il ne savait pas que John la voulait tout entière. Peut-être que si, au fond... Et quand nous serons mortes toutes les deux, ce ne sera pas lui que l'on accusera, ce sera Bart qui passera pour coupable. C'est John qui a tué Clover. C'est John qui a tué Pomme. C'est John qui rêve d'avoir la puissance et la richesse de Malcolm. Je l'entends constamment marmonner entre ses dents, ce n'est pas mon imagination qui m'emporte.

— Comme Bart ! murmura maman d'une drôle de voix. Il prétend tout le temps qu'il est vieux et faible mais riche et puissant. Pauvre Bart ! Et Jory ! Où est Jory ?

Pourquoi qu'elle s'apitoyait sur moi et pas sur Jory ?
Alors, j'ai décidé de m'en aller.
Est-ce que je suis fou, moi aussi... comme lui ? Est-ce que je suis au fond de moi un assassin... comme lui ? Je ne sais pas ce que je suis. Je ne sais rien.

J'avais la tête vide, j'avançais dans une sorte de brouillard, j'avais les jambes lourdes comme du plomb mais je suis quand même arrivé en haut des marches.

L'ATTENTE

Je l'aimais encore plus parce que c'était le seul père que je me rappelais bien. Il leva la main pour m'expliquer ce que nous devions faire et je le suivis. Je l'aurais suivi n'importe où. Aveuglément.

Nous reprîmes le chemin de la maison d'à côté. Nous n'avions pas revu Bart de l'après-midi. Je m'étais laissé posséder comme un idiot. Il s'était esquivé en profitant que je tournais la tête pour admirer Cindy qui essayait de danser comme moi.

Cela faisait maintenant vingt-quatre heures que maman avait disparu.

Le vieux maître d'hôtel s'effaça pour nous laisser entrer, la mine revêche.

— Ma mère n'a pas pris l'avion, elle n'est pas allée à Hawaii.

Le regard bleu de papa était dur et glacé.

— Vraiment ? C'est une femme qui n'a aucun sens de l'organisation. Elle a peut-être voulu passer les fêtes chez des amis. Elle ne connaît personne, ici.

— Vous fumez des cigarettes de luxe, laissa sèchement tomber mon père. Je me rappelle la nuit où j'étais caché derrière le canapé quand Livy et vous...
— j'avais dix-sept ans. Vous fumiez les mêmes. Ce sont des cigarettes françaises ?

— En effet, répondit John Amos avec un sourire dédaigneux. C'est une habitude que j'ai contractée auprès du vieux Malcolm Neal Foxworth.

— Vous prenez mon grand-père pour modèle, c'est ça ?

— Vous croyez ?

— Absolument. Quand j'ai fouillé la maison, j'ai ouvert un placard plein de vêtements masculins de bon faiseur. C'est votre garde-robe ?

— Ne suis-je pas le mari de Corinne Foxworth ?

— À quel chantage avez-vous eu recours pour qu'elle vous épouse ?

Le vieil homme ricana à nouveau.

— Certaines femmes ne se sentent pas en sécurité quand il n'y a pas un homme à la maison. Elle m'a épousé pour avoir un compagnon. Ce qui ne l'empêche pas de continuer de me traiter à la manière d'un domestique, comme vous voyez.

— Vous m'étonnez. (Les yeux plissés, papa toisa John Amos qui portait un costume flambant neuf.) Je pense plutôt que vous songez à ce que sera votre avenir après la mort de ma mère — si elle meurt.

— Comme c'est intéressant! (Il écrasa le mégot de sa cigarette.) Tout est prêt pour mon départ. Je pars pour la Virginie où j'attendrai que mon épouse me rejoigne quand elle sera fatiguée de ses amis. Sa fille a détruit sa réputation là-bas, vous le savez sûrement, mais elle y retournera quand même.

— Pourquoi?

John Amos Jackson eut un large sourire.

— Elle fait reconstruire la demeure, docteur Sheffield. Tel le Phénix de la légende, Foxworth Hall va renaître de ses cendres.

Papa, les yeux toujours fixés sur la cigarette, tressaillit.

— Foxworth Hall, répéta-t-il d'une voix blanche. Où en sont les travaux?

— Ils sont presque achevés, fit le maître d'hôtel sur un ton avantageux. Je régnerai bientôt comme un roi sur ce qui était le domaine de Malcolm, et sa somptueuse et arrogante fille régnera à mes côtés. (Il éclata d'un rire dément, savourant apparemment le trouble de mon père.) On effacera les cicatrices qui la défigurent, on lui refera le visage, elle se teindra les cheveux en blond et elle s'assiéra au bas bout de la table. Un de mes cousins se tiendra debout derrière moi à mon ancienne place. Tout sera à nouveau comme avant, sauf que ce sera désormais moi le seigneur et maître.

Les pensées se bousculaient visiblement dans la tête de papa.

— Seigneur et maître en prison, oui ! dit-il avant de faire demi-tour et de ressortir.

— Papa, est-ce que tu as cru à ce qu'il disait ? lui demandai-je sur le chemin de la maison.

— Je ne sais pas trop. Tout ce que je peux dire, c'est qu'il est plus malin que je ne le pensais. Quand j'étais petit, à Foxworth Hall, je n'ai jamais imaginé qu'il avait la moindre puissance. Avec son crâne déplumé, ce n'était qu'un domestique comme les autres. Mais je me rends maintenant compte qu'il y a longtemps qu'il prépare ses plans et qu'il est en train d'assouvir sa vengeance.

— Sa vengeance ?

— Ne vois-tu pas que cet homme est fou, Jory ? Tu m'as dit que Bart imite un personnage mort depuis longtemps qu'il appelle Malcolm. Mais, en réalité, c'est John Amos Jackson qu'il imite, et John Amos Jackson lui-même imite mon grand-père. Malcolm Foxworth est mort et enterré mais il continue de nous manipuler.

— Comment le sais-tu ? L'as-tu jamais vu ?

— Une seule fois, répondit-il tristement. J'avais quatorze ans. Nous nous étions cachés dans un grand bahut à l'étage, ta mère et moi, et nous regardions le bal. Malcolm Foxworth était là dans son fauteuil roulant. Il était loin et je n'ai jamais entendu le son de sa voix. Mais notre mère nous répétait ses discours ponctués de citations bibliques. Il parlait du péché, de l'enfer et du Jugement dernier. Il n'avait que cela à la bouche.

Quand la nuit fut tombée, nous allumâmes partout dans l'espoir que la maison illuminée ferait revenir maman — et Bart. Emma et Madame Marisha couchèrent Cindy de bonne heure. Quand elles l'eurent mise au lit, Emma retourna à la cuisine et ma grand-mère nous rejoignit au salon. Elle se laissa choir dans un fauteuil en face de papa. Presque au même moment, Bart fit irruption dans la pièce. Il alla s'accroupir dans un coin. Papa se redressa et le regarda d'un air étrange.

— Où étais-tu passé ? Tu as été absent bien longtemps.

Madame M. rivait aussi ses yeux d'ébène sur mon frère mais Bart, feignant de les ignorer l'un et l'autre, s'amusait à faire des ombres chinoises sur le mur.

La télé marchait mais personne ne s'en occupait. Une manécanterie chantait des airs de Noël. J'étais exténué d'avoir couru toute la journée à la recherche de Bart. Épuisé aussi à force de me faire du mauvais sang pour maman. Qu'allait-il advenir de nous ?

Je décidai d'aller me coucher mais quand je me levai pour dire bonsoir, Madame M. mit un doigt sur ses lèvres et fit signe à papa d'écouter ce que bredouillait Bart qui projetait sur le mur la silhouette fantomatique d'un vieillard en train de parler à un enfant.

— Malheur à ceux qui bravent les lois de Dieu, ânonnait-il comme en état d'hypnose. Les impies qui ne vont pas à l'office du dimanche, qui abandonnent leurs enfants, qui commettent l'inceste iront en enfer et brûleront dans les flammes éternelles tandis que les démons tourmenteront leurs âmes. Les méchants ne peuvent être rachetés que par le feu, ils ne peuvent être sauvés de l'enfer, du Diable et de sa fourche, que par le feu, que par le feu.

C'était hallucinant.

— Bart ! s'exclama papa, incapable de dominer plus longtemps son impatience et sa colère. Qui t'a mis de pareilles sornettes dans la tête ?

Bart sursauta. Son regard était vide.

— Parle quand on te parlera, dit le sage à l'enfant innocent. Et l'enfant répondit : Les impies et les pécheurs finiront dans la fournaise ardente.

— Qui t'a raconté cela ?

— Le vieil homme qui est dans sa tombe. Le vieil homme qui m'aime plus que Jory avec sa danse sacrilège. Le vieil homme qui exècre les danseurs et les danseuses. Le vieil homme qui dit que moi seul suis digne de lui succéder et d'être le maître.

Papa était suspendu à ses lèvres. Les conseils du psychiatre me revenaient en mémoire : « Ne le contrariez pas. Ayez l'air d'ajouter foi à ses affabulations, si absurdes soient-elles. N'oubliez pas qu'il n'a que dix ans. À cet âge, un enfant est capable de croire à peu près n'importe quoi. Laissez-le donc s'extérioriser et se défouler. C'est la seule soupape sans danger qu'il ait trouvée. Quand le "vieil homme" parle, vous entendez votre fils évoquer ce qui le trouble le plus. »

— Écoute-moi bien, Bart, dit alors papa. Suppose que ta mère ne sache pas nager et qu'elle soit en train de se noyer. Moi, je regarde ailleurs. Est-ce que tu m'avertirais pour que je puisse la sauver ?

N'importe quel fils aurait immédiatement répondu oui sans hésiter mais Bart, le front plissé, réfléchit et pesa longuement ses mots.

— Tu n'aurais pas besoin d'intervenir pour qu'elle se noie pas si elle avait l'âme pure et sans péché, papa. Dieu la sauverait.

LE JUGEMENT DERNIER

Personne me comprenait, personne comprenait ce que je cherchais à faire. Et expliquer, je savais pas m'y prendre. Fallait que j'agisse seul. Sans m'occuper de papa, ni de Jory, ni de tous ces gens pour qui j'étais mauvais et indésirable. J'étais venu, je pouvais repartir, ça leur ferait ni chaud ni froid. Ils savaient pas que j'essayais de redresser le mal qu'ils avaient fait quand j'étais même pas encore né et le mal qu'ils avaient fait après.

Le péché. Le monde était rempli de péché et de pécheurs.

C'était pas de ma faute si maman devait être punie. Pourtant, je comprenais pas très bien pourquoi Dieu ne voulait pas que le châtiment frappe aussi papa.

John Amos m'avait dit que les hommes étaient désignés pour autre chose. Des choses supérieures, des choses héroïques, comme aller à la guerre et accomplir des actions d'éclat. Tant pis s'ils perdaient leurs bras et leurs jambes ; c'était préférable aux souffrances que Dieu avait réservées aux femmes.

Il allait falloir que je réfléchisse sérieusement là-dessus. Et si les portes de perles du Paradis ne s'ouvraient pas pour accueillir l'âme purifiée de maman ? Si j'étais Dieu, je lui dirais : « Va, et ne pèche plus. » Je frapperais les dalles du Paradis avec mon bâton en or et il y aurait un gros rocher qui se fendrait en deux pour que j'écrive mes vingt commandements (dix, c'était pas assez). Est-ce que je saurais séparer les flots du Pacifique afin que les justes puissent échapper aux païens qui leur collaient aux talons ?

Oh la la ! Penser à ça, ça me faisait mal à la tête, mal dans les jambes, froid aux mains et aux pieds. *Maman, pourquoi il a fallu que tu sois si mauvaise ? Pourquoi que tu as vécu avec ton frère et que tu me mets le fardeau de ta mort sur les épaules ?*

Jory était derrière ma porte à m'espionner. C'était lui, je le savais. Tout le temps, il m'épiait pour savoir ce que je faisais. Ne pas penser à lui. Seulement aux dernières heures de ma maman. Fallait qu'elle et grand-mère aient quelque chose de bon pour leur dernier repas. Je devais leur faire ce plaisir. Qu'est-ce qu'elles aimaient le plus ? Moi, c'étaient les sandwiches. Alors, peut-être qu'elles aussi. Des sandwiches, de la tarte et de la glace, ça serait parfait. Dès que tout le monde serait couché, j'irais leur apporter leur dernier repas.

Maintenant, l'obscurité était totale. Toutes les lumières étaient éteintes. Un grand, grand silence. Hein ? Qu'est-ce que c'était que ça ? On aurait dit des ronflements. Ça venait de la chambre d'amis à côté de celle de Jory. La vieille Marisha ronflait comme un sonneur. Quelle horreur !

Je fourrai du blanc de dinde entre deux tranches du pain maison d'Emma. Je mis les sandwiches dans un sac avec deux morceaux de tarte aux cerises et un petit pot de crème glacée, et je me dépêchai de gagner la maison d'à côté. Elle ressemblait à une baleine blanche.

Je dégringolai l'escalier raide de la cave où les rats, les souris et les araignées faisaient la sarabande et où deux femmes gémissaient plaintivement en m'appelant. Je me sentais important. J'ouvris la petite porte de la chatière et glissai à l'intérieur du cellier mon sac rempli de bonnes choses.

La lumière du bout de bougie que je leur avais donné était très faible. Elle vacillait et éclairait des formes pâles qui paraissaient irréelles. Ma grand-mère essayait de calmer ma maman qui n'arrêtait pas de tempêter :

— Enlevez vos mains, madame Winslow. Lâchez-moi. Pendant un moment, j'étais redevenue une petite fille et j'étais contente que vous soyez avec moi dans le noir mais maintenant, la mémoire me revient. Quelle somme avez-vous donnée à votre maître d'hôtel pour qu'il m'inflige ce traitement ? Et pourquoi êtes-vous ici, vous ?

— Cathy, Cathy, John m'a assommée tout comme toi. Moi aussi, il me hait. N'as-tu pas entendu ce que je t'ai expliqué ?

— Si, j'ai entendu. C'était comme un cauchemar. Exactement ce que Chris me disait pour tenter de m'expliquer votre conduite. Il a beau prétendre qu'il vous déteste, j'ai toujours su qu'au fond de lui il vous aimait encore en dépit de tout. Il gardait un peu de sa foi en vous. Mais il est envers les femmes d'une loyauté stupide. Vous d'abord, moi maintenant.

J'étais content de connaître tant de grands mots savants. Comme ça, un jour, je pourrais écrire mon journal et tout le monde saurait comment j'aurais sauvé ma maman des flammes de l'enfer.

Elle avait de la paille dans ses cheveux qui n'étaient plus jolis comme avant. C'était de la vieille paille que j'avais été chercher dans l'écurie qui avait servi à

Pomme. Elles m'avaient même pas remercié de leur avoir apporté de la paille pour que ce soit plus confortable et pour qu'elles aient plus chaud. J'avais fait ça pendant qu'elles dormaient.

— Cathy, se pourrait-il que tu n'aimes pas vraiment ton frère? T'es-tu seulement servie de lui?

Maman se mit à cogner sur ma grand-mère. On aurait dit une folle.

— Si, je l'aime! Vous m'avez contrainte à l'aimer. C'est votre faute si nous vivons maintenant dans le scandale et le péché, hantés par la peur que nos enfants découvrent un jour la vérité. Et ils l'ont découverte! À cause de vous!

— À cause de John, soupira grand-mère. Je suis seulement venue pour vous aider, pour être près de vous, pour partager si peu que ce soit votre vie. Mais cesse de culpabiliser. C'est à moi seule qu'incombent et la honte et le crime. Je les assume entièrement. Tu as raison. Tu as toujours eu raison dans ton jugement sur moi, Cathy. Je suis faible, je suis stupide et je me suis toujours trompée. Je crois que mes décisions sont justes au moment où je les prends mais elles se sont régulièrement révélées fausses à l'usage.

Maman s'était calmée. Elle s'assit sur ses talons et dévisagea sa mère.

— Votre figure... Pourquoi vous êtes-vous tailladé le visage de cette façon?

Ma grand-mère baissa la tête. En l'espace d'un jour — un jour interminable —, elle avait vieilli de dix ans.

— Après la mort de Bartholomew, j'ai voulu mourir également. Détruire ma beauté pour que plus jamais un homme ne puisse me désirer. Je ne voulais pas te revoir, toi, chaque fois que je me serais regardée dans la glace car moi aussi, je t'ai longtemps détestée. Chris venait me voir tous les étés, et c'est lui qui m'a ouvert les yeux sur ta liaison avec mon mari. Il m'a fait comprendre que tu l'aimais réellement, que tu aurais dû te faire avorter, dans l'intérêt de ta propre santé, quand tu es tombée enceinte mais que tu as refusé. Tu voulais garder son fils. Merci d'avoir fait cela, Cathy. Merci de m'avoir donné un autre Bart, car il est plus à moi que ne le sera jamais Jory.

Oh! Elles m'aimaient toutes les deux! Maman avait risqué sa santé pour me mettre au monde. Grand-mère avait cessé de la détester à cause de moi. J'étais loin d'être aussi mauvais que je le pensais.

— Pardonne-moi, Cathy, je t'en supplie, reprit plaintivement ma grand-mère. Dis que tu me pardonnes, s'il te plaît, dis-le-moi au moins une fois. J'ai tellement besoin d'entendre ces mots tomber de ta bouche. Christopher m'aimait, il prenait ma défense, mais c'était toi qui me tenais éveillée des nuits entières, toi qui me torturais, même pendant mon voyage de noces. Et c'est ton visage, ce sont les visages des jumeaux qui me hantent encore. Christopher sera toujours mien — et tien. Mais rends-moi ma fille.

Maman poussa un cri strident, un cri démentiel qui n'en finissait pas, et elle se jeta sur ma grand-mère qu'elle se mit à bourrer de coups de poing.

— *Non!* Ne comptez pas un seul instant sur mon pardon.

Dans la bagarre, elle renversa la bougie qui mit le feu à la paille. Les vieux journaux dont elles s'étaient enveloppées pour se réchauffer s'enflammèrent à leur tour.

— Bart! hurla grand-mère tout en essayant avec maman d'éteindre le début d'incendie à mains nues. Si tu es là et si tu m'entends, va vite chercher du secours! Téléphone aux pompiers! Préviens ton père! Si tu ne fais pas quelque chose immédiatement, Bart, ta mère va brûler vive... et Dieu ne te pardonnera jamais d'avoir aidé John Amos à nous tuer!

Comment? Qui est-ce que j'aidais? John Amos ou Dieu?

Je grimpai l'escalier quatre à quatre. John Amos était dans le garage en train de charger ses bagages dans la malle de la dernière limousine noire. L'autre était déjà partie avec les femmes de chambre.

Il rabattit le couvercle du coffre et se tourna vers moi, la bouche fendue d'un large sourire.

— Eh bien, le grand jour est arrivé. À minuit pile... n'oublie pas. Tu descendras sans bruit dans la cave et tu allumeras la mèche.

— Celle qui pue tellement ?

— Oui. Elle est imbibée d'essence.

— Son odeur me plaisait pas, alors je l'ai enlevée. J'voulais pas que ça sente mauvais pour leur dernier repas.

— Qu'est-ce que tu dis ? Tu leur as apporté à manger ?

Il pivota sur lui-même comme s'il voulait me cogner dessus mais Jory sortit soudain du néant et se jeta sur lui. Le vieil homme bascula en arrière et mon frère s'assit à califourchon sur lui. Au même moment, papa surgit en courant.

— Nous t'avons vu préparer les sandwiches, couper deux tranches de tarte et prendre de la glace, Bart. Dis-nous où sont ta mère et ta grand-mère.

Je ne savais pas quoi faire.

— Papa ! s'écria alors Jory. Ça sent la fumée !

— Où sont-elles, Bart ?

— Ce gamin taré et ses allumettes ! s'exclama John Amos. Il a mis le feu ! Toujours à se conduire comme un forcené ! Comme quand il a tué ce malheureux chien qui l'adorait. Je comprends pourquoi Corinne a été prise de panique et s'est sauvée sans même me dire où elle allait. (Il pleurait des vraies larmes et il essuya son nez qui coulait.) Ô mon Dieu, comme je regrette que nous soyons venus ici ! Je lui avais bien dit que tout cela finirait mal.

C'étaient des mensonges ! Rien que des mensonges. Y avait pas un mot de vrai là-dedans !

— C'est vous qui avez tout fait ! C'est vous le fou, John Amos. (Et je me précipitai pour lui flanquer des coups de pied comme il aurait fait, Malcolm.) Mourez, John Amos ! Mourez ! Que la mort soit votre rédemption.

Papa me saisit par les bras et me souleva.

— Ta mère... où est ta mère ? Où le feu s'est-il déclaré ?

Tout baignait dans une espèce de brouillard rouge mais je réussis quand même à sortir tant bien que mal la clé de ma poche. Je la tendis à papa.

— Dans le cellier. Elles attendent que le feu les dévore comme il a dévoré Foxworth Hall. C'était la volonté de Malcolm. Toutes les petites souris du grenier, fallait qu'elles brûlent pour cesser de reproduire une race contaminée.

J'étais comme détaché de mon corps. Papa, hébété et frappé d'épouvante, essayait de plonger son regard dans le mien. Mais je savais que mes yeux étaient vides puisque j'étais pas là. J'ignorais où que j'étais. Et ça m'était bien égal.

LA RÉDEMPTION

Le feu. Le manoir était la proie des flammes.

Je maintenais John Amos à terre en l'écrasant de tout mon poids. Il essaya de me désarçonner mais il ne tarda pas à comprendre qu'il n'était pas le plus fort.

— Vous ne vous en tirerez pas, lui dis-je. Vous avez empoisonné l'esprit de mon frère, vous lui avez fait faire des choses horribles. Tout ce que j'espère, c'est que vous pourrirez dans un cachot jusqu'à la fin de vos jours.

Pendant que nous luttions, papa partit comme une flèche à la recherche de maman et de sa mère avec, sur ses talons, Bart qui braillait qu'il savait comment on pouvait entrer dans le cellier.

— Lâche-moi, mon garçon, gronda John Amos. Ton frère est complètement détraqué. C'est un danger public. Il a tué ce pauvre chien qui n'en pouvait mais en lui passant une fourche à travers le corps après l'avoir laissé crever de faim. Est-ce qu'un garçon normal aurait fait ça ?

— Pourquoi n'êtes-vous pas intervenu si vous l'avez vu le martyriser ?

— Parce que... parce qu'il se serait retourné contre moi comme une bête féroce, bredouilla le vieil homme. Je te dis qu'il est fou comme sa grand-mère. Tiens ! Ma propre femme l'a vu de ses yeux enterrer le cadavre du petit chat. Tu n'as qu'à le lui demander, elle te le confirmera.

Il y avait quand même quelque chose de troublant dans le discours de John Amos. Bart avait un comportement irrationnel. Soit. Mais... mais avait-il des instincts de meurtre ?

— Il parle en dormant. Il répète comme un perroquet tout ce qu'il a entendu dire pendant la journée. Il cite la Bible et il prononce des mots qu'il ne pourrait pas proférer si quelqu'un dans votre genre ne les lui inculquait pas.

— Pauvre petit imbécile ! Il ne sait pas qui il est. Tu ne le vois donc pas ? Il s'imagine être son arrière-grand-père Malcolm Foxworth et, comme lui, quelque chose le pousse à tuer jusqu'au dernier des survivants du clan des Foxworth !

Au même instant, mon père fit irruption dans le garage en titubant. Il tenait maman dans ses bras, et sa mère, noire de poussière, le suivait. Je bondis sur mes pieds.

— Maman ! Oh ! Maman !

J'étais transporté d'allégresse : elle était vivante. Pâle comme un linge, amaigrie, toute sale — mais vivante, grâce au Ciel !

— Où est Bart ?

À peine eut-elle bredouillé la question qu'elle perdit conscience. Comme je me retournais pour chercher Bart, je m'aperçus que John Amos Jackson avait disparu. Je me préparai à prévenir papa mais, au même moment, le maître d'hôtel émergea de l'obscurité du garage, une lourde pelle à la main. Il lui en assena un coup violent sur la tête et papa, qui tenait toujours maman dans ses bras, s'effondra. Jackson leva à nouveau son arme improvisée, dans l'intention manifeste de lui porter le coup de grâce — peut-être aurait-il tué maman aussi. Je lançai ma jambe droite en avant avec une force incroyable. La pelle s'envola en tournoyant et John Amos Jackson pivota sur lui-même pour me faire face. Cette fois, ce fut mon pied gauche qu'il encaissa en plein dans le ventre. Il s'écroula avec un grognement.

Mais Bart... où était Bart ?

— Jory, me cria ma grand-mère, fais sortir aussi vite que possible tes parents du garage. Il faut que tu les mettes à l'abri car tout risque de sauter si le feu atteint les bidons d'essence. *Vite !* (Je me préparais à protester mais elle devança mon objection :) Je vais chercher Bart. Occupe-toi seulement de mon fils et de ma fille.

Je n'eus pas de mal à soulever maman et à la transporter dans le parc, sous un arbre, mais tirer papa par les aisselles, ce fut une autre paire de manches. J'y arrivai quand même.

De la fumée s'échappait maintenant de plusieurs fenêtres. Mon frère était à l'intérieur de la maison. Et ma grand-mère aussi.

John Amos, qui avait récupéré, se rua à son tour dans la demeure en flammes. Je l'aperçus dans la cuisine qui se battait avec ma grand-mère, qu'il giflait à tour de bras, et je fonçai au secours de la vieille dame, malgré la fumée qui me piquait les yeux.

— Vous ne vous en tirerez jamais, John ! lui cria-t-elle alors même qu'il essayait de l'étrangler.

Je trébuchai sur une chaise renversée et m'étalai. Au moment où je me remettais debout, je vis ma grand-mère lui porter de toutes ses forces sur la tempe un coup avec le lourd cendrier en verre dont elle s'était emparée. John Amos s'affaissa pesamment.

C'est alors que je vis Bart. Il était dans le boudoir en train de haler le gigantesque portrait pour le mettre à l'abri. Et il sanglotait :

— Maman... faut qu' je sauve maman. J' te f'rai sortir de là, maman, aie pas peur, parce que j' suis aussi brave que Jory, tout aussi brave... J' peux pas te laisser brûler. John Amos m'a menti, il sait pas c'qu'est la volonté de Dieu, il le sait pas...

— Bart, l'appela ma grand-mère d'une voix câline qui ressemblait incroyablement à celle de maman. Je suis là. Tu peux me sauver — moi, et pas seulement le portrait. (Elle s'avança vers lui, en boitant. Chaque pas lui arrachait une grimace et je devinai qu'elle avait dû se fouler la cheville.) Il faut que nous sortions de la maison tous les deux, mon chéri.

Bart secoua la tête.

— Faut qu' je sauve ma maman. Toi, t'es pas ma maman!

— Moi, je suis ta maman. (Je me retournai et écarquillai les yeux à la vue de ma mère qui se tenait, chancelante, sur le seuil de la porte, en se cramponnant tant bien que mal au chambranle.) Laisse ce tableau, mon grand. Nous allons tous sortir.

Le regard de Bart allait de l'une à l'autre. Il continuait de s'accrocher au lourd tableau qu'il n'aurait jamais la force de remorquer.

— Faut qu' je sauve ma maman, même si elle me déteste, murmura-t-il. Maintenant, ça m'est égal qu'elle aime Jory et Cindy plus que moi. Suffit que je fasse une seule bonne action, rien qu'une. Alors, tout le monde saura que j' suis pas méchant et que j' suis pas fou non plus.

Maman se précipita sur lui et couvrit de baisers ses joues noires de suie.

L'atmosphère devenait de plus en plus irrespirable.

— Jory! me cria ma grand-mère. Appelle les pompiers! Et emmène Bart pendant que j'aiderai ta mère à sortir.

Mais maman n'était pas décidée à sortir. Elle ne semblait pas se rendre compte du danger qu'elle courait. Je composai le 0 et donnai l'alerte. Pendant ce temps, elle était tombée à genoux et serrait Bart contre elle.

— Bart, mon chéri, si tu ne peux pas accepter Cindy et vivre heureux avec elle, je m'en séparerai.

Les yeux de mon frère s'élargirent.

— Non, tu le feras pas...

— Si, je te le jure. Tu es mon fils, né de l'amour que je portais à ton père...

— T'aimais mon vrai papa? demanda-t-il avec incrédulité. Tu l'aimais vraiment, même si tu l'as séduit et tué?

Je poussai un gémissement et me précipitai vers lui pour le prendre à bras-le-corps.

— Viens! Partons pendant que c'est encore possible.

Ma grand-mère vint à la rescousse :

— Va avec Jory, Bart. Moi, je me charge de ma fille.

J'entraînai mon frère vers la porte de service par laquelle il avait l'habitude de passer pour entrer sans se faire voir. Je me retournai. Ma grand-mère tirait maman à la limite de l'évanouissement. Elle devait presque la porter.

J'obligeai Bart à courir jusqu'à l'arbre près duquel j'avais couché papa. Quand je me retournai, je vis que maman était toute molle dans les bras de sa mère qui tituba et bascula en arrière. Puis la fumée les engloutit toutes les deux.

— Mon Dieu! Cathy est-elle encore dans la maison? demanda papa en essuyant le sang qui continuait de s'échapper de la profonde blessure qui lui entaillait le crâne.

— Maman va mourir, je le sais! hurla Bart.

Il repartit en courant vers la demeure et je me lançai à sa poursuite. Je parvins à lui faire un croche-pied et l'immobilisai, mais il se débattait comme un forcené.

— Maman... Faut la sauver! Lâche-moi, Jory, laisse-moi y aller, je t'en prie!

— Ce n'est pas la peine. Sa mère va la faire sortir, lui répondis-je en pesant de tout mon poids sur lui.

Sur ces entrefaites, Emma et Madame Marisha

firent une entrée inattendue. Elles se précipitèrent sur mon frère et moi et nous entraînèrent vers papa qui avait réussi à se mettre debout et qui, les mains tendues en avant comme un aveugle, avançait en direction de la maison en hurlant :

— Cathy, où es-tu ? Sors de là ! J'arrive, Cathy, j'arrive !

Au même moment, une des portes-fenêtres du patio s'ouvrit et maman fut violemment projetée à l'extérieur. Je bondis, la pris dans mes bras et la ramenai en lieu sûr. Je la confiai à papa.

— Personne ne mourra, ni toi ni elle, lui dis-je entre deux sanglots. Ta mère a sauvé au moins un de ses enfants.

Mais des hurlements s'élevèrent. La robe noire de ma grand-mère était en flammes ! Elle se donnait de grandes tapes pour les éteindre, c'était comme dans un cauchemar.

— Roule-toi par terre ! lui cria papa.

Il lâcha si précipitamment maman qu'elle tomba et il se rua sur sa mère qu'il jeta par terre. Elle suffoquait tandis qu'il s'efforçait d'étouffer les flammes qui consumaient ses vêtements. Elle lui adressa un long regard chargé d'affolement et de terreur, puis une sorte de sérénité apparut sur son visage. Pourquoi cette expression soudain pacifiée ?

Papa poussa un cri et posa son oreille sur la poitrine de sa mère.

— Maman, je t'en prie, ne meurs pas avant que j'aie le temps de te dire ce qu'il faut que je te dise ! gémit-il. Ne meurs pas, maman...

Mais elle était déjà morte. Même moi, qui n'étais pas médecin, je pouvais m'en rendre compte, rien qu'à la façon dont ses yeux vitreux et fixes demeuraient braqués sur le ciel étoilé.

— Le cœur a lâché, murmura papa avec hébétude. Exactement comme son père. Tandis que je la roulais par terre, pour éteindre les flammes, son cœur battait à se rompre. Et maintenant elle est morte. Mais elle est morte en sauvant la vie de sa fille.

JORY

Toutes les ombres qui avaient plané sur mes jeunes années, toutes les questions, tous les doutes dont j'avais peur de parler s'étaient évanouis telles des toiles d'araignées balayées par le vent.

En revenant de l'enterrement de ma grand-mère, je me disais que la vie allait reprendre comme avant, sans grands changements.

Mais un certain nombre de choses ont quand même changé. Le fardeau qui pesait sur les épaules de Bart s'est quelque peu allégé et je retrouve le petit garçon d'autrefois, taciturne et soumis, incapable de s'aimer vraiment. Son psychiatre nous a assuré que cela s'arrangerait peu à peu s'il était suffisamment entouré d'affection et s'il avait suffisamment de camarades de son âge pour jouer avec lui. Tandis que j'écris ces lignes, je le vois par la fenêtre ouverte en train de s'amuser avec le poney shetland que nos parents lui ont offert pour Noël. Il a enfin « ce que son cœur désire ».

Je l'observe souvent, j'observe la façon qu'il a de regarder son poney et le jeune saint-bernard dont papa lui a aussi fait cadeau. De temps en temps, il tourne la tête et son regard se pose sur les ruines du manoir. Il ne parle jamais d'elle — la grand-mère de notre été perdu. Et nous ne prononçons jamais le nom de John Amos Jackson, nous n'évoquons jamais ni Pomme ni Clover. Nous ne pouvons pas risquer de mettre en péril la santé et le bonheur d'un petit garçon instable qui essaie de trouver sa route dans un monde qui ne ressemble pas toujours à un conte de fées.

L'autre jour, nous avons croisé une femme arabe dans la rue — une vraie. Bart s'est retourné sur elle et son regard était embué de nostalgie. Elle était ce qu'elle était mais je sais maintenant qu'il l'aimait.

John Amos... Il a eu le sort qu'il méritait. Comme ma grand-mère, il repose dans sa tombe, très loin d'ici, en Virginie, le pays de ses ancêtres, les fondateurs de ce que les livres d'histoire appellent « la colonie perdue ». Toutes ses machinations, toutes ses intrigues ne lui ont servi à rien. S'il est encore capable de penser là où il est maintenant, je me demande ce qu'il pense du testament de ma grand-mère. S'est-il retourné dans sa tombe quand le notaire nous a appris qu'elle avait légué en indivision Foxworth Hall à Jory Janus Marquet, à Bartholomew Scott Winslow Sheffield et — surprise! — à Cynthia Jane Nickols, dite Cindy? Pourtant, aucun de nous trois ne lui était apparenté par le sang — pas aux termes de la loi. Nous aurons la jouissance de notre héritage quand nous aurons vingt-cinq ans. D'ici là, ce sont nos parents qui seront les administrateurs de notre fortune.

Nous pourrions vivre dans le luxe et l'opulence si nous le désirions — ou si papa et maman en décidaient ainsi — mais nous continuons d'habiter notre maison des séquoias avec ses statues de marbre dans le jardin qui devient plus luxuriant d'année en année.

Bart est désormais d'une propreté méticuleuse. Il ne se couche que lorsque sa chambre est parfaitement en ordre. Pas un objet ne traîne. Quand il insiste pour la ranger, mes parents se regardent et je discerne de la crainte dans leurs yeux. Je m'interroge alors : Malcolm Neal Foxworth était-il un homme d'une nature particulièrement maniaque?

Un matin, peu de temps après Noël et l'arrivée de son poney, Bart a voulu imposer sa loi à mon père et à ma mère.

— Si vous gardez Cindy, leur a-t-il dit, vous ne pouvez plus vivre ensemble comme mari et femme et souiller mon existence de vos péchés. Il faut que tu dormes dans ma chambre, papa, et que maman dorme toute seule le reste de sa vie.

Ils ne dirent rien, se contentant de le dévisager jusqu'à ce qu'il devienne cramoisi et s'en aille en murmurant :

— Pardon. Je ne suis pas Malcolm, n'est-ce pas? Je suis seulement moi. Et c'est pas grand-chose.

Mon frère est un vrai et authentique Foxworth, un Foxworth bon teint car il sera, à l'en croire, le maître du nouveau Foxworth Hall qu'il a l'intention de reconstruire.

— Et tu pourras danser à en avoir le vertige jusqu'à l'âge de quarante ans, m'a-t-il lancé rageusement, un jour, furieux parce que j'avais caressé son poney, mais tu seras jamais aussi riche que moi ! À quarante ans, je le serai dix fois plus que toi parce que des jambes de danseur, ça ne sert plus à rien quand on est vieux. Le cerveau compte plus, un million de fois plus ! Moi, je serai le plus grand acteur que le monde ait jamais connu, ajouta-t-il avec arrogance. Et quand j'aurai fait mes adieux à la scène et à l'écran, je consacrerai mon talent aux affaires. Alors, tous ceux qui ne m'admiraient pas comme acteur se lèveront comme un seul homme et acclameront mon génie financier.

Il recommence à fabuler, voilà tout. Il n'est qu'un petit garçon qui parle rarement, sauf à lui-même. Et pourtant, parfois, lorsque je ne peux pas dormir et que je songe à tout ce qui est arrivé avant notre naissance à tous les deux, je me dis qu'il doit sûrement y avoir une raison. Les roses devraient pousser sur les ruines, non ? Je pense avec angoisse à toutes les femmes que Bart piétinera pour parvenir à ses fins. Sera-t-il aussi implacable que notre arrière-grand-père dans son désir d'amasser une fortune encore plus grande ? Et combien d'êtres souffriront-ils à cause d'un été, d'un automne et d'un hiver mouvementés, l'année de mes quatorze ans ?

Demain, je le prendrai par la main, je l'emmènerai dans le jardin et nous regarderons ensemble la copie du *Baiser* de Rodin. Peut-être qu'il comprendra alors que Dieu a voulu que les hommes et les femmes s'aiment physiquement, que ce n'est pas un péché, que c'est naturel, simplement.

Je souhaite que Bart voie un jour la vie du même œil que moi, qu'il se rende compte que l'amour, quelle que soit la forme qu'il revêt, même dénaturée, n'a pas de prix.

Si je dois choisir entre l'amour et l'argent, je n'hésite pas : c'est l'amour que je prends. Mais la danse vient d'abord. Quand Bart aura des cheveux gris et qu'il comptera ses milliards à Foxworth Hall, je serai avec ma femme et mes enfants, riche de mes souvenirs de jeunesse quand, beau et souple et léger, je virevoltais sur la scène, aveuglé par les projecteurs, assourdi par les applaudissements. Je saurai alors que j'aurai accompli ma destinée.

Moi, Jory Janus Marquet, je perpétuerai la tradition familiale.

BART

Ils me connaissent pas mieux, ils me comprennent pas mieux qu'avant. Jory me regarde avec compassion comme si j'étais différent du reste de la race humaine. Ça lui fait de la peine que j'apprécie pas la musique qu'il aime — et aucune autre, d'ailleurs — et que les couleurs ne chantent pas une mélodie dans ma tête. Il se figure que je trouverai jamais de joie dans rien. Mais si, j'en trouverai. Je sais quel est l'avenir qui m'est promis parce que c'était exprès que Dieu m'a envoyé ma grand-mère et John Amos et Malcolm. Pour qu'ils m'indiquent le chemin. Ils m'ont montré ce qu'il fallait faire pour que mes parents ne rôtissent pas éternellement dans les flammes de l'enfer.

Je les épie vingt-quatre heures sur vingt-quatre. La nuit, je me glisse dans leur chambre, redoutant de les surprendre en train de faire des choses coupables. Mais non, ils dorment dans les bras l'un de l'autre. Maman a plus de cauchemars, c'est fini. Le matin, au petit déjeuner, le regard de papa est plus bleu qu'il a jamais été parce qu'il s'est libéré de la fascination de sa sœur.

Je les ai sauvés.

Alors, que Jory s'apitoie sur mon sort si ça lui chante. Mais un jour, quand on sera plus vieux et plus savants, tous les deux, et que je saurai trouver les mots qu'il faut, je lui parlerai d'un truc que Malcolm a écrit dans son journal. Que s'il n'y avait pas l'obscurité, il y aurait pas de lumière.

ÉPILOGUE

Je conserve un souvenir vivace des événements qui se sont déroulés avant que nous soyons allés enterrer ma mère à Greenglenna. C'était Bart qui avait tenu à ce que sa grand-mère dorme de son dernier sommeil auprès de son vrai papa, Bartholomew Winslow. Nous étions tous en larmes, y compris Emma et Madame Marisha. Même dans mes rêves les plus délirants, je n'avais jamais imaginé que Madame M. pleurerait un jour la mort de quelqu'un de ma famille.

Quand la première pelletée de terre retomba sur son cercueil, je me suis revue à douze ans devant la tombe de papa. Maman nous tenait très fort par la main, Chris et moi, et les jumeaux tenaient la main de leur grand frère et de leur grande sœur. Alors quelque chose a fondu en moi, quelque chose s'est libéré, que j'avais si longtemps — trop longtemps — refoulé. Un cri qui remontait de loin, fracassant les années. J'étais soudain redevenue une enfant qui avait un besoin déchirant de s'accrocher à ses parents.

— Maman, je te pardonne! Je te pardonne! Je t'aime encore! Est-ce que tu m'entends là où tu es maintenant? Mon Dieu, de grâce, faites qu'elle sache que je lui pardonne!

Je me suis jetée en pleurant dans les bras de mon frère. J'aurais voulu lui en dire davantage le jour où on la mettait en terre mais Bart était là et son regard courroucé m'ordonnait d'avoir la force et le courage de donner son congé à l'homme que j'aimais. Comment aurais-je pu le faire alors que je savais que cela le détruirait ?

Nous habitons toujours la même maison à côté des ruines du manoir où ma mère est morte en essayant de me sauver. Rien cependant n'est plus comme à l'époque où elle s'y était installée avec ce diabolique maître d'hôtel qui détraquait l'esprit de Bart avec ses préceptes délirants et qui lui avait donné le journal intime de Malcolm Foxworth. J'aime Bart, Dieu sait que je l'aime, mais lorsque je vois luire dans l'ombre ses yeux sombres et impitoyables, je me rétracte et je me demande pourquoi j'étais animée par un tel désir de vengeance alors que j'avais Chris pour me sauver.

Hier soir, Jory et Melodie ont dansé *Roméo et Juliette*. Ils ont été sensationnels. Merveilleux. Je tremblais en voyant Bart sourire cyniquement comme s'il avait cent ans et davantage, comme s'il connaissait tout cela par cœur, comme s'il savait que ce serait lui qui, à la fin, obtiendrait tout ce qu'il voulait.

La nuit, il s'introduit subrepticement dans notre chambre — il a appris à crocheter les serrures — et il nous regarde, Chris et moi. Je feins de dormir ; je ne bouge pas, je retiens ma respiration jusqu'à ce qu'il s'en aille, tant je redoute que le mal dont Malcolm était l'incarnation ne revive dans mon fils cadet. Tôt ou tard, l'histoire se répétera.

— J'ai reçu aujourd'hui une lettre de mon agent, ai-je murmuré à Madame M. pendant que Jory et Melodie enlevaient leurs costumes de scène. Il m'annonce qu'un éditeur lui a fait une proposition pour mon premier bouquin. Ce n'est pas la fortune, mais je crois que je vais accepter.

Elle m'a lancé un de ces regards songeurs et appuyés qui, autrefois, me mettaient affreusement mal à l'aise — je me sentais vulnérable comme si elle lisait mes pensées à livre ouvert.

— Oui, bien sûr, Catherine. Tu feras ce que tu estimeras devoir faire, sans tenir compte ni des conséquences ni des objections de qui que ce soit.

Je comprenais à quoi elle faisait allusion car son regard de braise était éloquent : mes secrets, je devais les garder pour moi au lieu de les étaler sur la place publique. Non, Bart ne pouvait pas gouverner chacun de mes faits et gestes.

— Tu seras riche et célèbre, poursuivit Madame Marisha qui était dorénavant ma confidente la plus chère. Mais pas comme tu l'imaginais à quinze ans. Tout peut arriver pour ceux qui en ont le désir, l'enthousiasme et la détermination.

Je souris d'un sourire mal assuré sans oser affronter le regard de Bart et je posai les yeux sur mon fils aîné, mon étoile du Berger. Je savais sans l'ombre d'un doute que lorsque mes livres seraient publiés, lorsque tous les cadavres seraient jetés hors des placards de Foxworth, je tirerais le rideau et que, dès lors, le fantôme de Malcolm Neal Foxworth ne m'imposerait jamais plus sa loi.

Je portai nerveusement mes mains à mon cou pour caresser les perles invisibles qui, naguère, ornaient la gorge de ma mère. Mais la mienne... jamais, jamais. Une fois de plus, je me dis qu'essayer ne pouvait pas faire de mal. C'est dans l'ombre ténébreuse des mensonges que le mal s'épanouit. Il ne saurait survivre dans l'éclat éblouissant et généreux de la vérité, si invraisemblable qu'elle puisse paraître aux esprits sceptiques.

Je m'éloignai insensiblement de Bart pour me rapprocher de Chris, qui passa son bras autour de mes épaules quand je le pris par la taille. Et je me sentis en sécurité. Maintenant, je pouvais regarder Bart et sourire, saisir la main de Cindy et essayer de saisir la sienne...

Mais il recula, refusant de rejoindre la chaîne familiale — un pour tous, tous pour un.

J'aimerais pouvoir terminer en disant que je ne pleure plus la nuit, que je n'ai plus de cauchemars, que je ne vois plus dans mes rêves ma grand-mère grimper l'escalier dans l'espoir de nous surprendre en train de nous livrer à des actes répréhensibles. J'aimerais pouvoir écrire qu'il me plaît de penser que les tiges épineuses des fleurs du grenier ont quand même réussi à produire quelques roses, de vraies roses qui s'épanouissent au soleil.

J'aimerais que ce soit là ma conclusion. Mais c'est, hélas! impossible. J'ai acquis assez de maturité et de sagesse pour accepter les pièces d'or telles qu'elles sont et me garder de les retourner pour en découvrir la face ternie.

« Cherche et tu trouveras. »

Je viens de lever les yeux sans raison spéciale. Bart, accroupi dans son coin sombre, tenait dans ses mains ce qui semblait être une sorte de livre relié de cuir rouge portant un titre gravé à l'or fin. Il lisait en remuant les lèvres, articulant en silence les mots qu'avait jetés sur le papier un bisaïeul qu'il n'avait jamais vu.

Je frissonnai. Car le journal de Malcolm avait été détruit dans l'incendie. Le livre que lisait Bart avait une mauvaise couverture en similicuir et toutes ses pages étaient blanches.

Ce qui n'avait strictement aucune importance.

Les personnages de ce roman, dont vous avez déjà lu les aventures dans *Fleurs captives* et *Pétales au vent*, vous pourrez les retrouver dans *Les Racines du passé* et *Le Jardin des ombres*, parus aux Éditions J'AI LU.

1350

Achevé d'imprimer en France (Manchecourt)
par Maury-Eurolivres
le 05 décembre 2006.
Dépôt légal décembre 2006.
1er dépôt légal dans la collection : août 1982
EAN 978290113509

Éditions J'ai lu
87, quai Panhard-et-Levassor, 75013 Paris
Diffusion France et étranger : Flammarion